ОтражениЕ

◆

ПробуждениЕ

Рэна Фишер

ОтражениЕ

Freedom

Москва 2020

УДК 821.112.2-93
ББК 84(4Гем)-44
Ф68

Фишер, Рэна.

Ф68 Отражение / Рэна Фишер ; [перевод с немецкого А.К. Харламовой]. – Москва : Эксмо, 2020. – 480 с. – (Young Adult. Дом воронов).

ISBN 978-5-04-110817-5

Мать Эммы погибла при странных обстоятельствах. После ее смерти девушка отправляется в закрытую школу, ученики которой обладают уникальными способностями. Эмма – одна из них. Она умеет проникать в мир чувств других людей и переживать их эмоции.

Когда девушка получает письмо с зашифрованным посланием, она начинает понимать, что за закрытыми дверями школы скрывается гораздо больше тайн, а смерть ее матери совершенно не случайна. Используя свой дар, Эмма пытается узнать правду. Однако девушка даже не подозревает, что уже зашла слишком далеко, и ее жизнь может оборваться в любой момент.

УДК 821.112.2-93
ББК 84(4Гем)-44

ISBN 978-5-04-110817-5

Саре, которая всегда верила в Эмц

ОГОНЬ

— Ты пообещала над этим поработать, — укоризненно говорит он.

И я снова даю ему обещание запирать их: мои воспоминания.

Но они словно тени. Можно ли представить тело без тени? Жизнь без воспоминаний?

По утрам это проще всего. Тогда я думаю, что справлюсь. Но затем они все же возвращаются. После обеда. Когда становится тихо, когда я читаю в библиотеке, или ломаю голову над домашними заданиями, или когда смотрю на дорогу, когда за окном льет дождь. Раньше я ненавидела дождливые дни. Сейчас каждая капля шепчет свое имя запотевшему стеклу, и барабанная дробь грозы звучит как мелодия. Поэтому в дождливые дни становится особенно тяжело. Не то чтобы в Ирландии дожди бывали редко.

Я все время пытаюсь отвлечься. Но каждой клеточкой своего тела я жду того момента, когда внезапно почувствую его присутствие. Сначала очень нежно, будто кто-то тепло дышит мне в затылок. Затем я начну различать кончики его пальцев на моей коже. Они кружат по шее и рисуют обжигающий узор вверх к щекам. И наконец, тени становятся так близко, что начинают пожирать меня жадными глазами. Но они наносят удар тогда, когда его мягкие губы касаются моих. Затем его огонь пронзает меня, как электрический ток, его лицо появляется перед моими глазами, и я протягиваю руки, чтобы коснуться его, удержать. Пока мои пальцы скользят в пустоте, тени вонзают свои клыки в тонкую кожу под моим сердцем, разрывают ее и высвобождают боль.

Но хуже всего по ночам. Тогда я устремляю взгляд в темноту, которая оборачивается огромной змеей. Она медленно ползет по белой простыне, обвивает мою шею, останавливает мое дыхание. Ее зубы страстно отравляют мою кровь, пока боль не становится такой сильной, что погружает меня в свои темные сны.

Вокруг его фигуры волнуется море красок, но взгляд его глаз металлически-серый.

«Ты забудешь его», – тихо говорит он.

Часть 1

РАССТАВАНИЕ

И сидит, сидит зловещий Ворон черный, Ворон вещий,
С бюста бледного Паллады не умчится никуда.
Он глядит, уединенный, точно Демон полусонный,
Свет струится, тень ложится, – на полу дрожит всегда.
И душа моя из тени, что волнуется всегда.
Не восстанет – никогда!

Э. А. По «Ворон»
Перевод К. Бальмонта

ПОДОЗРЕНИЕ

Я понимаю, что что-то не так, когда Лиц показывает мне билеты. Улыбаясь, она заправляет прядь светлых волос за ухо и смотрит на меня умоляющим взглядом, как ребенок смотрит на прилавок со сладостями.

– Ну пойдем же, Эмц. Что не так?

– Все.

Она смеется и толкает меня в бок:

– Эй, это потому, что ты никого к себе не подпускаешь и охотнее играешь «Белоснежку, такую прекрасную и недосягаемую в стеклянном гробу»...

– Прекрати! – У меня по спине пробегает дрожь. Я ненавижу, когда она меня так называет. Кроме того, она не единственная такая. Кожа, белая как снег, и черные как смоль волосы. Я хотела бы быть обладательницей русых волос, загорелой кожи и бесконечно длинных ног – как Лиц. Или, по крайней мере, золотистых волос, как мама. Но единственное, чем я похожа на мать, – это ее маленькая, изящная фигура. Даже ледяные голубые глаза у меня от отца, чьего имени я не знаю. Он такая же запрещенная тема для разговора, как и все прошлое матери.

– Ни один нормальный парень не дарит девушке, которую он знает всего пару секунд, два билета на невероятно популярный мюзикл! Да еще и на места во втором ряду! – восклицаю я и стараюсь найти причину.

— Ник тоже ненормальный. Он танцует как полубог, очень мужественный, милый, с примесью опасности...

— Милый, с примесью опасности? — я смеюсь и в этот момент понимаю, что проиграла.

Мое любопытство к приобретению Лиц слишком большое, чтобы упустить этот вечер. Что может случиться? Возможно, у него действительно были два лишних билета и вчера в клубе «Willenlos»[1] он был сражен очарованием Лиц. Nomen est omen[2]. Кроме того, он ждал нас в театре, а не в темном углу парка. Мне, правда, не нужно быть все время такой подозрительной. Но как мог тот, кого воспитала Катарина Майер, когда-либо стать веселым и искренним, как моя лучшая подруга?

Никогда не принимай что-либо от других людей, не спросив себя, чем это может обернуться. А затем подумай, готова ли ты пойти на этот риск.

Мне было только шесть, когда моя мать вбила это предложение мне в голову. С тех пор я всегда слышала его от нее.

Когда я закрыла глаза, то увидела перед собой детскую игровую площадку. Мой мяч закатился под выкрашенную в зеленый деревянную скамейку, и, когда я наклонилась, чтобы его достать, появилась эта рука: костлявая и белая, как слоновая кость. Маленькие голубые жилки сплетали сетку между морщинами на тыльной стороне ладони. Но в ее пальцах многообещающе поблескивало что-то золотое. Я смотрела на красные буквы, которые еще

---

[1] Willenlos (*нем.*) — безвольный.

[2] Название говорит само за себя.

не могла разобрать, но точно знала, какое лакомство скрывает фантик. Молниеносно я схватила сокровище из пальцев, разорвала фантик и запихнула сладкое содержимое в рот.

Когда мать остановилась передо мной, ее лицо стало бледным, как выцветший песок под ногами, и нижняя губа задрожала. Мы сразу же покинули площадку. Едва входная дверь закрылась, она схватила меня за плечи, сильно потрясла и заставила поклясться никогда не брать что-либо от чужих людей. Но та женщина правда была милой. Седые волосы, приветливая улыбка на морщинистом лице: прямо бабушка из сказок. Я смотрела в золотисто-карие глаза матери и пыталась понять, почему она одна во всем мире такая взволнованная.

И тогда произошло это.

Ее голос вдруг зазвучал приглушенно и нечетко, как под водой. Мое горло сжалось, и я не могла больше дышать. Съежившись, я сползла мешком на пол. Что-то влажное текло по моим щекам. Я открыла рот, чтобы закричать, но не могла издать даже и звука. Страшно! Так страшно! Мой живот болел, будто я проглотила раскаленный уголь, и я видела лишь расплывающееся лицо матери. Ее глаза расширились от испуга. Она двигала губами, но я не понимала ни слова. Мама прижала меня к груди, и внезапно все мои чувства сконцентрировались на единственном непреодолимом желании: на жажде срочно, прямо сейчас защититься. Никогда я не чувствовала этого так сильно.

Но я и не умела, собственно говоря.

Потому что все, что я чувствовала в тот момент, — это любовь матери к своему ребенку.

Но ребенок — это я сама.

Никому не рассказывай об этом. Они стали бы ставить над нами эксперименты или отправили бы в сумасшедший дом.

Я сглатываю горький вкус во рту и решительно смотрю на Лиц:

— Окей, я пойду с тобой.

— Правда?

Удивленный голос Лиц выдал, как мало она рассчитывала на спонтанное решение. Это злит меня.

— Ты не должна сначала спросить свою маму? — сразу же переспрашивает она.

— Я просто скажу ей, что ты получила билеты от своих родителей, тогда она не будет иметь ничего против. Она поедет на выходных к Ханне и Элиасу.

Мой голос немного дрожит, но Лиц этого не замечает.

Я должна уметь доверять тебе, Эмма. Между нами не должно быть лжи. Это очень опасно. Для тебя, для нас обоих. Пообещай мне.

Но я, как ребенок, нисколько не сдерживаю обещания и только намного позже понимаю, почему он не ждал нас перед театром.

УВЕРЕННОСТЬ

Восемь сообщений.

Цифры мигают красным на автоответчике и ведут обратный отсчет с восьми до одного, когда я нажимаю на кнопку воспроизведения. Лиц сзади напевает песню из мюзикла, в то время как снимает мокрую куртку и вешает ее на стул. С кончиков моих волос на дисплей капает вода. Проклятый дождь! Все сообщения от Ханны, и с каждым последующим ее голос становится все резче.

Мама не приехала к ним.

Любой другой подросток в шестнадцать лет воспринял бы это как чересчур истеричную реакцию своей бабушки. Но, к сожалению, Ханна не моя бабушка, а я не обычный подросток.

Что случилось? Мама же всегда пунктуальна. А если нет, то она звонит.

– Успокойся сейчас же! – Лиц кладет руку мне на плечо. – Возможно, аккумулятор разрядился!

Мои мысли мечутся. У нее есть зарядное устройство в машине. В крайнем случае она могла позвонить с заправки. Я набираю номер Ханны. Когда я слышу голос, то вижу ее перед собой: седые волосы заплетены в косу, из которой выбиваются пряди, теплые светло-коричневые глаза на лице с морщинками от смеха.

Мама, улыбаясь, как-то сказала, что взяла их обоих приемными бабушкой и дедушкой. Но я хорошо знала ее гордость, чтобы понять, что первый шаг сделала Ханна, когда мама в девятнадцать лет на последнем месяце беременности поселилась с ней по соседству.

Ханна сказала, что Элиас отправится проверить дорогу. Моя рука дрожит, когда я завершаю звонок. Лиц вопрошающе смотрит на меня. Она, конечно, не знает плана:

1. Экстренный случай наступает тогда, когда я опаздываю на более чем два часа, не давая о себе знать.

2. Тогда запри свои эмоции.

3. Не беги в квартиру. Они могут ее взломать.

4. Собери пару вещей, документы, телефон и деньги на всякий случай и иди к своей подруге.

5. Позвони оттуда Ханне.

6. Если она покажется тебе странной, прерывай разговор. И беги. Лондон был бы неплохим выбором. Как бы то ни было, в большой город. Используй паспорт с фальшивым именем ТОЛЬКО в этом случае. Если Ханна покажется нормальной, то пусть она тебя заберет. Но следи, чтобы вас никто не преследовал.

7. Никогда не забывай, что я тебя люблю. Поэтому береги себя.

План мамы из семи пунктов.

Я перевела взгляд на часы. Три часа. Она должна была быть уже как ТРИ чертовых часа назад у Ханны и Элиаса! Мое дыхание участилось. Окей, запереть чувства, немедленно! Я закрываю глаза и собираюсь с мыслями.

— Эмц! Что случилось? Ты выглядишь так, будто только что увидела Джека-потрошителя, — ее голос звучит приглушенно и отдаленно.

— Мы можем сегодня переночевать у тебя? — тихо спрашиваю я.

Двадцать семь, двадцать восемь, двадцать девять, тридцать.

Я не знаю, сколько раз я уже пересчитала эти дурацкие звезды-лампочки над кроватью Лиц, когда в дверь позвонили. Рывком я вскакиваю и смотрю на будильник. Уже почти пять. Лиц со стоном натягивает одеяло на голову, но я спешу к входной двери, прежде чем ее родители проснутся.

Снаружи стоит Элиас. С полицейским.

Под его взглядом я отступаю назад. Худое, морщинистое лицо Элиаса бледное как у мертвеца.

— Эмма... — хрипло шепчет он. Потом он крепко сжимает тонкие губы. Слезы текут по его щекам и капают на темный старомодный макинтош. Я не могу вспомнить, что когда-нибудь видела Элиаса плачущим. Выражение его мокрых от слез глаз предупреждает меня. Но, несмотря на это, я делаю это.

Я ныряю. Прямо в пучину его боли. Сильной и неутолимой. Я ударяюсь плечом о дверную раму и сжимаю пальцы на дереве. Я должна дышать. Медленно. Вдох, выдох. Но тут такая тяга. Она утягивает меня глубже, и я упираюсь, барахтаю ногами, пытаясь выбраться наверх. Наружу! Здесь так темно, так тихо, совсем безжизненно. Я теряюсь в бездне его сомнения. Элиас слишком доверяет мне, чтобы я могла быстро выбраться из него. Но затем я все же справляюсь, закрываю глаза и обессиленно падаю на его грудь. Он обхватывает меня рукой. Она трясется.

Прежде чем полицейский начинает говорить, я знаю, что он скажет.

Мамы больше нет.

ПОХОРОНЫ

Тридцать пять.

Подобно цветам из снега, над гробом вырастают белые пионы, и каждый из них соответствует одному году жизни. Пока священник говорит о расставании и смерти, я цепляюсь за их терпкий весенний запах, обещание встретиться, судорожно сдерживаю слезы и непрерывно ломаю голову над тем, как мама могла съехать с трассы. Высокая влажность и скорость, говорит полиция. Но она всегда ездила осторожно.

К моему ужасу, Элиас без спроса дал извещение о смерти в местную газету. Я знаю, что она бы никогда этого не одобрила.

Мы должны оставаться незаметными.

Дни до похорон напоминали нескончаемый кошмар. Мгновения, проведенные в доме Ханны и Элиаса, который мы так любили, горят во мне, как соль на открытой ране. Я вижу их повсюду. Как она в саду срезает розы, как перекрашивает ветхую скамейку и как собирает малину в голубые эмалевые блюдца.

Когда мы покидаем траурный зал, я жмурюсь от солнца, в то время как внутри бушует ураган. Хрустящий звук шагов по гальке будет преследовать меня в кошмарах еще несколько дней. Пришло немного людей. Только несколько соседей.

Я хотела бы не ходить тогда с Лиц в театр. Возможно, я смогла бы это предотвратить. Возможно... Элиас коснулся меня и прошептал:

— Эмма, кто это?

Он стоял в десяти метрах прямо посреди дороги. Слишком далеко, чтобы быть частью нашей компании, и слишком близко для визита на другую могилу. Около сорока лет, высокий, стройный и прямой. Весь в черном. Даже лицо закрывают черные прямые волосы. Он поднимает руку и убирает прядь назад. Я замечаю маленький шрам на правой щеке. Его взгляд направлен прямо на меня. Осторожно я ныряю в ледяную голубизну его глаз.

Я ловлю ртом воздух.

Я в комнате со множеством дверей. За каждой скрыто какое-то чувство. За каждой скрывается что-то новое. Запертые эмоции. Траур и боль, но одновременно злость, гнев, страх и любовь. Как он может все это одновременно чувствовать и при этом сохранять на лице такую непроницаемую маску? Я концентрируюсь на чувстве любви. Оно обращено к моей матери? На вкус как горький мед, и прямо в вяжущей сладости я обнаруживаю что-то особенное. Выглядывает что-то маленькое и нежное, как побег, который медленно устремляется навстречу солнечному свету. Симпатия, которая появляется прямо сейчас. Но внезапно все двери закрываются, и остается единственное чувство: неукротимая ярость.

Удар по голове резко выбрасывает меня из него. Я смотрю вниз и потираю ушибленное место. На земле лежит елочная шишка. Она, должно быть, упала с дерева позади меня.

Священник закончил речь. Я бросаю лопатой темную землю в могилу и закусываю нижнюю губу, но не плачу.

И вдруг незнакомец возник рядом со мной и забрал у меня лопату. Я вздрогнула, когда наши руки соприкоснулись. Резким движением он бросил ком земли на гроб, прежде чем безмолвно передать лопату Элиасу. Затем мужчина молниеносно нагнулся вниз, его щека почти прикоснулась к моей, и прошептал на ухо:

— Не делай этого никогда больше без моего согласия, Эмма!

Сильными, упругими шагами он исчез за елями и березами, которые отбрасывали темные тени на могилы. Пока я смотрела ему вслед, их стволы и густая листва расплывались в нечеткие пятна из зеленого и коричневого, и от паники у меня перехватило дыханием.

Ему известно мое имя.

И тайна моего дара.

ПОБЕГ

Мы снова в маленьком доме Ханны и Элиаса, но я должна уходить. Это чрезвычайная ситуация. Так что нужно выполнять план. Лихорадочно я собираю пару вещей и фонарик в рюкзак, засовываю в него телефон и пересчитываю мамины деньги. Если буду бережливой, то этого мне хватит на два месяца. На цыпочках я крадусь мимо гостиной в кухню и беру пару продуктов и бутылку воды. Но на обратном пути к лестнице уже звонят в дверь.

У меня не остается времени. С рюкзаком и курткой под мышкой я прячусь в шкафу для одежды. Иногда быть маленькой и худой – это даже преимущество. Через щель в двери я могу видеть, как Элиас приглашает черноволосого незнакомца в гостиную. Мамина паранойя все же не была необоснованной. Найти адрес Ханны для него, вероятно, было детской игрой. Их имена, наконец, значились в извещении о смерти. Но откуда ему известно про мой дар?

Я распахиваю дверь и вырываюсь на свободу. На бегу надеваю куртку и рюкзак. Он тяжелый. Шнур спального мешка режет мне левое плечо. Но боль – это хорошо. Она отвлекает от страха.

Ты должна тренироваться. Если тебя будут преследовать, ты должна быть в лучшей форме.

Без труда я вхожу в свой привычный темп бега. Я не могу ехать на автобусе. Так меня легко поймать. Ноги несут меня по оживленному шоссе в густой лес, а мысли переносят меня к матери.

— Мы сейчас сыграем в игру, – ее карие глаза сверкают, как золотые пятна. Она гладит меня по волосам и улыбается. Но улыбка не достигает ее глаз. Я знаю этот взгляд. Мама всегда использует его, когда рассказывает мне о тех, кто ищет таких, как мы.

— Сейчас я господин Винклер. Все равно, что я скажу, ты не должна становиться грустной или сердитой, – господин Винклер один из дворников нашей школы, которого все боялись. Я почти уверена, что игра мне не понравится. Но мама говорит, что я должна быть не Эммой, а Кейт. А Кейт крутая, учится в третьем классе и вообще не боится господина Винклера.

— У нее особый дар. Она может ощущать чувства других людей. Лучше всего ярость, ненависть или презрение. Ими она питается, как вампир.

Я смеюсь, когда мама это говорит.

Но внезапно она рывком встает.

— Почему ты не почистила обувь, когда пришла со школьного двора?

Что? Уже началось? Я не знаю, что должна ответить. Ее голос вдруг стал строгим, а глаза, кажется, просверливают меня насквозь.

— Нууу? Долго еще ждать? Ты из 3-го «Б», не так ли?

Я киваю и не издаю ни звука. Скажи что-нибудь! Сделай что-нибудь!

Она еще сильнее наклоняется вперед.

— Ты больше никогда не зайдешь в эту школу, не почистив обувь! – рычит она.

И тогда до меня доходит. Со мной же ничего не может случиться. Я же Кейт.

— Вам это не разрешено! Кричать на меня. Если я расскажу директору, она вас наругает.

— И кому же она поверит? Тебе или мне?

Правильно. Госпожа Шнайдер придерживается мнения учителей и господина Винклера.

— Вы кричите не в первый раз. Мои друзья...

— Друзья? У такой странной девочки, как ты, нет же никаких друзей.

Нет! Я подпрыгиваю и отстраняюсь назад. Это подло. Это неправда. Только в этот момент. Возможно, у меня скоро будет подруга. Я кажусь им такой странной, когда «ныряю». Они говорят, я выгляжу сумасшедшей.

— Я не хочу в это играть!

Мама обнимает меня и вытирает слезы со щек.

— Мы будем играть в это только до тех пор, пока ты не сможешь всем Винклерам без страха дать отпор.

Устало я сажусь на корточки в зарослях вдали от лесных тропинок. Мое дыхание такое же бешеное, как и пульс. Влажный, пряный вкус дерева, еловых иголок и мха резко устремляется в легкие. Я достаю телефон из рюкзака и бронирую место на ночной самолет в Лондон. Когда я была маленькой, мама работала переводчицей с английского. Тот факт, что я выросла билингвом, предоставил мне вместе с хорошими оценками по английскому языку неоценимое преимущество свободного времени на уроке. Учителя неохотно позволяют себя обучать, особенно перед всем классом.

Я хотела прийти в аэропорт за два часа до отлета. Когда я, наконец, захожу в терминал за полчаса до посадки, на моих стопах от бега мозоли, которые стерлись до крови. Ноги неистово болят. Пот на коже заставляет меня мерзнуть в зале с кондиционерами. Кто-то касается моего плеча.

— Привет, Эмма.

Проклятье! Я знаю, что это незнакомец, прежде чем оборачиваюсь. Он смотрит на меня так, словно чем-то обеспокоен.

— Исчезните! — мой голос звучит слишком неубедительно.

— Нам нужно поговорить.

— НЕТ!

Я отступаю на пару шагов назад. Они меня не запрут и не будут проводить надо мной опыты.

Он хватает меня за руку и наклоняется вперед:

— Послушай, я не знаю, что тебе рассказала мать, но ты не должна меня бояться.

Его внезапная близость и крепкая хватка говорят мне противоположное. Я должна освободиться от него.

Избегай безлюдных трасс. Они не хотят попадаться на глаза. Они неохотно будут нападать на людях.

Я начинаю вполголоса звать на помощь. Хватка становится сильнее, и он бурчит:

— Оставь этот бред, дитя.

Упираясь, я кричу громче. Незадолго перед тем, как к нам подходят охранники, он отпускает меня. Незнакомец улыбается.

— Что здесь происходит? — спрашивает один из служащих.

Он не меньше двух метров ростом, так что я должна запрокинуть голову, чтобы смотреть ему прямо в глаза.

— Этот мужчина...

— Простите, что моя дочь устраивает такую сцену, — прерывает меня незнакомец.

Дочь? Подлец! Мой отец оставил мать еще до моего рождения.

— Вы не мой отец!

— Я знаю, малышка. — Его тон, как у врача, который разговаривает с тяжелым пациентом. — Давай поговорим об этом дома, Эмма. — Он пытается положить на меня руку, но я ее отбиваю. Его актерская игра действительно поражает.

Они знают, как манипулировать людьми. Ты должна быть лучше их.

— Я вообще не знаю этого человека!

— Ты Эмма Майер, 16 лет, дочь Катарины Майер и моя, — говорит незнакомец. Выражение его лица становится серьезным. — И твою мать сегодня похоронили.

Он оборачивается к сотрудникам полиции:

— Вы можете проверить эту информацию. Простите, что мы доставляем вам столько беспокойств, но она сегодня уже много чего перенесла.

Мои губы дрожат, и я крепко сжимаю их. Как он смеет использовать смерть моей мамы для этой подлой игры! Перед моими глазами танцуют расплывчатые пятна. С момента смерти мамы я почти не спала. Усталость смешивается с моей яростью и страхом перед тем, что он может со мной сделать. Я сжимаю руки в кулаки и пытаюсь сконцентрироваться на дыхании, когда раздается оглушительный треск и звон разбитого стекла. Кулер около стойки регистрации падает на пол. В большой луже осколки резервуара блестят, как жидкое серебро. Некоторые брызги воды и осколки почти достигли ног мужчины. Все обернулись. Бежать! Сейчас! Но он быстр. И его хватка такая крепкая.

— Отпустите мою руку!

Он поднимает брови:

— Ну, если только ты наконец пойдешь со мной. Я отвезу тебя к Леманнам… домой.

Я не верю ему. Почему он должен отвезти меня обратно к Ханне и Элиасу?

— Я никуда с вами не пойду! — кричу я громко.

— Ах, да перестань уже, девочка, — нетерпеливо говорит сотрудник охраны. Из его рации раздается дребезжащий голос: «Все понятно. Мы пришлем уборщика».

— Спасибо, — отвечает он. Затем он смотрит на меня и качает головой: — То, что он твой отец, видно же с первого взгляда.

ЧТО? Я чувствую, будто только что врезалась в бетонную стену. Медленно поворачиваюсь и внимательно осматриваю незнакомца. Черные, гладкие волосы, узкое лицо, высокий лоб и ледяные глаза. Мои глаза.

О боже, как же это я сразу не обратила на это внимание! Дрожь пробегает по моему телу. Я больше не могу двигаться и только пристально смотрю на него.

— Эмма, — вздыхает он, — Пойдем уже. Мы действительно должны поговорить.

ДОМОЙ

Я сажусь в лимузин с затемненными стеклами. Он напоминает мне фильмы о мафии. Только преступники ездят на таких машинах. Где он, черт возьми, торчал все это время? И откуда узнал о смерти мамы? Он что, следил за нами на протяжении многих лет?

Пока мы ехали по шоссе, я уставилась на лобовое стекло и не сказала ни слова. Он тоже молчал. Дорога, на которую нам потребовалось полдня и ночь, прошла в тишине. Но мое любопытство в конце концов победило.

– Откуда ты узнал, что я собралась отправиться за границу?

– Я предположил, что так поступила бы твоя мать в подобной ситуации.

Внезапно во рту пересохло.

– Где ты был? – прошептала я.

– Я до последнего момента даже не знал, что ты вообще существуешь, – он держит руль так крепко, что его костяшки на тыльной стороне рук побелели, – и действительно не знал, где вы живете. – После пары сдавленных выдохов его руки снова расслабились. Свет фар едущих навстречу машин ослепляет меня. Он не знал, что я вообще существую?

Ты должна научиться скрывать понимание и сочувствие. Больше, чем любой другой человек. Из-за дара тобой легко манипулировать и управлять.

Я цепляюсь пальцами за джинсы и глубоко выдыхаю. Он лжет. Если бы мужчина говорил правду, он был бы невиновен.

— Кто это тебе сказал?

— Я прочитал извещение о смерти в газете. Там было написано, что ее дочь Эмма очень по ней скорбит.

Теперь я точно знаю, что он лжет.

— Тебе должно было быть очень скучно, если ты находил время, чтобы просматривать все извещения о смерти в местных газетах.

Мужчина молчит, но мускулы на его челюсти вздрагивают. Тогда он продолжает:

— Я хочу, чтобы ты поехала со мной в Ирландию.

— Ты с ума сошел? — перехожу на крик я. Он поворачивается в мою сторону и секунду озадаченно смотрит в глаза, прежде чем снова вернуться к дороге. Невозможно поверить! Он действительно удивлен. Чего же он ожидал? Восторга?

— Мама бы никогда от тебя не скрыла, что у тебя есть дочь. Возможно, ты сбежал и сейчас не хочешь в этом признаваться. Я точно с тобой никуда не пойду. Я даже не знаю твоего имени!

Даже в полутьме я могу заметить, как он бледнеет.

— Якоб. Якоб Макэнгус. Я советую тебе добровольно пойти со мной. — Его голос звучит так же холодно, как и мой. Ему, конечно, не нравится, что его называют лжецом. Хорошо.

— А если нет, Якоб Макэнгус? — Краем глаза я вижу, как он закусил нижнюю губу. Я радуюсь. Пока сама не понимаю, что делаю так же, когда злюсь.

— Я могу добиться судебного постановления.

— Тогда ты действительно уже должен будешь доказать, что ты мой отец. — Мои ногти сгибаются под давлением, с которым я вонзаю их в ноги.

Он поднимает брови и бросает на меня издевательский взгляд:

— С нашим внешним сходством и даром? Ты действительно еще сомневаешься или не хочешь принимать этого? Кажется, я принял тебя за более интеллигентную девочку. Существуют, в конце концов, анализы крови.

Теперь я закусываю нижнюю губу:

— Не беспокойся о моей интеллигентности, она у меня от матери.

— Ну, тогда здесь ничего не может пойти наперекосяк.

Ноготь на указательном пальце ломается, но боль терпима по сравнению с чувством, которое бурлит внутри. С большим усилием я отвожу взгляд от его застывшего лица и пристально смотрю на лобовое стекло. Вдруг дворник отрывается от крепления и пролетает через машину. Когда я оборачиваюсь, Якоб резко тормозит, и меня отбрасывает вперед на ремень безопасности, а затем с силой вжимает в сиденье.

— Ты с ума сошел? Что... — кричу я.

Он наклоняется ко мне. Его лицо в паре сантиметров от моего, глаза — ледяные, голубые огни, а губы сжаты в тонкую линию.

Я быстро отстраняюсь от него к окну и думаю, как быстро я могу открыть дверь и сбежать.

Его черты вмиг расслабляются и становятся мягче:

— Не бойся, я тебе ничего не сделаю. Это только что... ты сделала это намеренно?

Проходит мгновение, прежде чем я вообще понимаю, что он имеет в виду. Затем из меня вырывается истерический смешок.

— Я задаю сейчас тебе вопрос и жду на него честного ответа. Ты намеренно оторвала дворник? — он сверлит меня глазами.

— Конечно нет! Ни один человек не способен на это.

— А я — да, — сухо отвечает он.

Ну конечно. Как всегда, когда я думаю, что поймала людей на лжи, я «ныряю». Инстинктивно, не размышляя. Но у него нет никаких чувств, которые указали бы ложь. Никакой неуверенности перед разоблачением. Только беспокойство и злость. Ремень безопасности натягивается на моем теле и крепко прижимает мою шею к изголовью. Я не могу дышать. Я цепляюсь руками за ремень, чтобы оторвать его от горла, но он не двигается.

— Теперь ты мне веришь? — я слышу отдаленный голос Якоба. Я задыхаюсь! Он убьет меня. Как я могла быть такой глупой, чтобы сесть в машину к совершенно незнакомому человеку! Внезапно давление ослабевает. Мои пальцы нащупывают пряжку, и я отстегиваю ремень. Но когда я хочу распахнуть дверь, чтобы выпрыгнуть из машины, она блокируется. И Якоб не сдвинулся ни на миллиметр.

— Я тебя предупреждал, — говорит он равнодушно.

— Ты с ума сошел! — по телу пробегают мурашки.

— Потому что я могу двигать вещи, не прикасаясь к ним? — он кривит рот в грустной улыбке.

— Потому что ты чуть меня не задушил... этими способностями. Это невозможно! Как ты это делаешь? — Я быстро замолкаю, когда вижу, как уголки его губ поднимаются вверх. Это однозначно звучало слишком восхищенно.

— Поверь мне, все было под контролем, — он коснулся моей груди, — в отличие от тебя.

Он же не имеет в виду...

Улыбка Якоба становится шире, и он легко качает головой:

— Ты никогда этого прежде не замечала?

— Нет, — мое дыхание слишком частое. И стук сердца тоже. — До этого я тоже никогда не была такой, такой...

— Злой? — заканчивает он мое предложение.

— ДА!

Якоб смеется и примирительно поднимает руки. Он действительно выглядит милым, когда смеется. На щеках появляются маленькие ямочки, и глаза блестят.

— Осторожно, Эмма. Мы должны еще над этим поработать.

На уловку я не попадусь:

— Мы ни над чем не будем работать! Ты поедешь туда, откуда ты приехал...

— Ирландия. Замечательный милый остров, — циничная улыбка рябит на его губах.

— А я останусь здесь с Ханной и Элиасом.

Его лицо мгновенно становится серьезным:

— Они знают что-то о твоих способностях?

— Конечно нет!

— Ну, по крайней мере, этому она тебя научила.

ПРОЩАНИЕ

Его адвокат заточен под мое дело точно так же, как и его костюмы сшиты под него. А Ханна и Элиас не мои родственники.

— На основании имеющегося перед судом медицинского доказательства при установлении отцовства родительское попечительство Эммы Майер будет передано Якобу Макэнгусу. Договор об изменении фамилии на Макэнгус будет отклонено по отсутствующему согласию Эммы.

Часть победы. Взгляд моего отца становится жестким, когда он замечает улыбку на моем лице.

Мы стоим перед стойкой регистрации в аэропорту. Ханна и Лиц плачут, в то время как Якоб наблюдает за мной с неподвижной миной на лице. Я так сильно прикусила нижнюю губу, что почувствовала металлический вкус крови. Никаких слез. Не перед ним.

— Я вернусь, — обещаю я. Потом следую за отцом. Два года до моего совершеннолетия станут для него адом.

Мы летим бизнес-классом. При других обстоятельствах я сочла бы это крутым. Но это путешествие с ним такое же неправильное, как и улыбка на лице блондинистой стюардессы, которая передавала Якобу новейший выпуск «Financial Times». Корпус самолета вздрагивает, когда тот медленно приходит в движение, и вдруг отец протягивает мне носовой платок:

— Ты держишься хорошо, Эмма. Но тебе нужно вытереть кровь с губ.

Я игнорирую его жест и вытираю губы рукавом своего джемпера. Красный четко выделяется на кремовом вязаном узоре.

Его уголки губ весело вздрагивают, когда он убирает платок. Мои пальцы снова впиваются в ноги. Он хмуро смотрит на меня:

– Пожалуйста, ты можешь успокоиться, пока у нас снова не будет твердая почва под ногами? – Затем он нагибается ко мне и шепчет в левое ухо: – Я серьезно. Ты должна расслабиться. Немедленно! Подумай о кулере в аэропорту и о дворнике. Если будешь продолжать в том же духе, то сможешь повлиять на механизмы в кабине пилота.

Шипя, я хватаю ртом воздух.

– Я обещаю тебе, что ты сможешь после прилета так же сильно ненавидеть меня, как и до этого момента. Но последствия будут не такими драматичными.

Трясущимися пальцами я достаю плеер из рюкзака и вставляю наушники. Затем включаю музыку на максимальную громкость и закрываю глаза.

Семь: *Никогда не забывай, что я тебя люблю. Поэтому береги себя.*

Часть 2

ВОРОН

Даже друга дорогого
Ты оставь в сей час суровый.
Светлый лик лица родного
Будет предан чувствам злым.

Что сегодня утомилось –
Завтра возродится снова.
Ночь все может взять навеки,
Осторожен, путник, будь!

Йозеф фон Эйхендорф «Сумрак»

ПРИБЫТИЕ

Идет дождь.

Что еще? Я смотрю через боковое окно такси на небо, такое же темно-серое, как и мое настроение. Я ненавижу Корк уже сейчас. Точно так же, как и моего отца. Как он только мог оторвать меня ото всех, кого я люблю?

Мы остановились на Орчард-роуд перед красным кирпичным домом с выступами и узкими мансардными окнами. Над входом и по периметру здания я замечаю темные камеры наблюдения. Чувствуй себя как дома!

Дверь закрывается, и передо мной предстает длинная, наполненная светом комната с панорамными окнами, из которых открывается вид на сад. Квадратные светло-зеленые кресла стоят перед камином с длинным, узким очагом, который окружен достающими до потолка полками кремового цвета. Справа возвышается обеденный стол и восемь стульев, обтянутых светло-зеленой тканью. За ними – открытая раздвижная дверь, за которой видно идеально чистую кухню. В воздухе витает нежный запах ванили, и у меня возникает странное ощущение, будто из-за угла прямо сейчас выпрыгнут фотографы для нового издания журнала об уютном доме.

Кем мой отец вообще работает – и сколько он зарабатывает?

Во всяком случае, намного больше, чем моя мама журналисткой – раньше. Мысль о ней ноет, как открытая рана.

Я вспоминаю крошечную квартиру передо мной: фиалки и орхидеи наряду с травами для приправы заполняют подоконник, а в ярких горшках на полу разрастаются кусты помидоров и перца. Белые стены увешаны фотографиями из отпусков и лично нарисованными картинами. За пустыми чашками, сухими завтраками и чипсами, газетами и книгами едва видно поцарапанное стекло диванного столика. Итак, аккуратность я в любом случае унаследовала не от моего отца. Как успокаивает!

— Тебе нравится? — спрашивает он с любопытством.

Я пожимаю плечами.

— Где моя комната?

Мы поднимаемся по лестнице. На верхнем этаже есть две комнаты и ванная. Комната, которую он мне показывает, по крайней мере, в два раза больше, чем моя дома.

— Извини, у меня не было времени, чтобы убрать вещи Эйдана. Я сейчас дам тебе коробку.

Мои руки сразу вспотели. У меня есть сводный брат?

— Эйдан Каллахан мой крестный сын, — объясняет Якоб, — сейчас он в отпуске со своими родителями. Но в школьное время он живет у меня. Через пару дней ты с ним познакомишься.

Прежде чем я могу задать другие вопросы, Якоб покидает комнату.

На письменном столе я замечаю блокнот.

Это не школьная записная книжка: у блокнота твердый переплет, обтянутый черным шелком, да еще и страницы на спирали. Необычно. Я открываю книгу. На первой странице изогнутыми, сильными угольными штрихами выделяется ворон на белоснежной бумаге. Он выглядит свирепо, будто сейчас нападет. Над распростертыми крыльями написаны слова *Воздух* и *Вода*, над головой: *Огонь*. Заглавные выведены каллиграфическим почерком. Я провожу пальцем по фигуре птицы. Было бы здорово уметь так рисовать. Дата над угловатым, выразительным почерком указывает на события двухнедельной давности.

«Наконец-то каникулы!» – твердят все вокруг. Но я не смогу выдержать даже неделю вместе с ними. По крайней мере, когда они ссорятся или кричат друг на друга. К тому же они оба ощущают гнев, и это уже хоть что-то. Их отношения достигли той стадии (или никогда не были другими?), когда один равнодушно терпит другого. Молчание. Если бы сегодня один из них умер, то другой ничего не заметил бы. Я не знаю, что бы я делал, не будь у меня Якоба...

Я глубоко вдыхаю и закрываю блокнот. Он определенно не хотел бы, чтобы я это читала.

Мои глаза просматривают корешки книг на полке.

Бег по огню: искусство перемещения по раскаленным углям

Волны – райские пляжи для серфинга

Справочник для полета на параплане

Водительские права для пилотов-любителей

Вулканы – сила из земли

У этого Эйдана, кажется, особенная тяга ко всему опасному. И внезапно я понимаю:

Огонь, Воздух и Вода.

Все книги на полке можно отнести к одному из трех элементов.

Стук в дверь. Якоб заходит с коробкой и ставит ее передо мной. Его взгляд перемещается с блокнота на меня. Он забирает его и направляется к двери.

— Упакуй весь хлам. Мне нужно на один час выйти из дома. Ты голодна?

Я качаю головой.

— Тогда я позже возьму что-нибудь у китайцев.

В САДУ

Дождь прекратился.

Я открываю дверь гостиной и выхожу в сад. Ветер гладит меня по волосам и стряхивает блестящие капли воды с листьев и веток. Пахнет свежескошенной травой, мхом и влажной землей. Под большим орешником я замечаю деревянную скамейку. Я бросаю взгляд на густую крону и представляю, как здорово было бы залезть наверх. В последний раз я такое делала в тринадцать. Скамейка шатается, когда я встаю на нее. Я осторожно подтягиваюсь на ветку. Выше, еще выше, ветка за веткой. Сначала я сижу на высоте пяти метров над землей. Здесь одиноко. И спокойно. Здесь можно размышлять. Но чего я вообще хочу?

Мгновения похорон, судебного процесса и раздел нашей квартиры. Образы Элиаса, Ханны и Лиц проносятся стремительными вспышками в голове, как видеоклип.

И я больше не должна быть сильной. Я одна. Наконец-то.

По моим щекам медленно текут слезы и капают на джемпер. Порыв ветра касается моего лица, и я крепче цепляюсь за ветку. Я слышу тихий шорох под ногами.

– Черт! – вырывается у меня.

Он криво улыбается:

– Привет, Эмма. Рад с тобой познакомиться.

Я закрываю глаза. Он разговаривает, как примерный мальчишка из моего учебника английского. Может, я его себе только представила? Ты должна побеспокоиться о своем рассудке, когда в моменты отчаяния начинаешь представлять симпатичных мальчиков у твоих ног. К тому же таких, которые знают твое имя.

— Я Эйдан, — говорит юноша, и я пытаюсь громко не закричать.

Из всех возможных вариантов развития событий этот определенно самый ужасный. Почему он просто не может быть доставщиком пиццы, который заглядывает сюда раз в три года? Как здорово бы было сейчас оказаться на дне озера. Очень, очень глубокого озера.

— Ладно, я тогда зайду внутрь. Как по мне, ты можешь и дальше торчать на дереве и реветь.

Я распахиваю глаза и еще сильнее хватаюсь за ветку. Тупой идиот! У него улыбка, как у голливудской звезды, и даже на расстоянии я могу разглядеть, что у него какие-то особенные глаза. Они сверкают под длинными ресницами: светло-голубые, бирюзовые или все же зеленые? Темно-русые волосы с несколькими выгоревшими прядями падают на густые брови. Загорелое лицо и руки.

— Ты разве не должен был отдыхать на каникулах? — колко спрашиваю я, пока спускаюсь вниз.

Его глаза немного расширяются, но затем Эйдан сильнее прищуривает их.

— Я мешаю? — теплый тон его голоса сменился ледяным.

Я уже почти спрыгнула на скамейку, как вдруг поскользнулась на влажном дереве и приземлилась на задницу прямо перед ним. Что за чудесный день!

Тонкая рука появляется в моем поле зрения, и я инстинктивно хватаюсь за нее. Он сильнее, чем можно было предположить по его стройной фигуре. Не слишком мускулистый, скорее подтянутый. Одним рывком он поднимает меня на ноги. Эйдан на голову выше меня.

Наши взгляды встретились.

Бутылочно-зеленого цвета лучи стреляют из черных зрачков, постепенно меняются от бирюзового в светло-голубой, окруженный темно-синей канвой. Как будто кто-то ласково разрисовал радужку кистью. Лебединые глаза. Картинка из маминой английской сказки не выходит из головы. Я быстро отгоняю ее.

— Спасибо, — бормочу я.

От покорения дерева на моих джинсах остались коричневые пятна, а по рукаву кремового джемпера еще сильнее размазалась кровь. Как выглядит мое зареванное лицо, я вообще не хочу знать!

Эйдан все еще держит мою руку в своей, и она становится теплее от его прикосновения. Я чувствую, как в моем животе просыпаются бабочки.

Он резко отпускает меня.

— Заберу свои вещи и свалю.

Я смотрела ему вслед, пока он не исчез за дверью террасы. Я что-то не так сказала? Внезапно я представила себе, как это было бы: не оставаться с Якобом совсем одной.

Пружинистыми шагами Эйдан торопится вниз по лестнице, когда я врываюсь в гостиную.

Его руки судорожно держат коробку, которую я собрала, как спасение. Юноша избегает моего взгляда.

Не знаю, что бы я делал, не будь у меня Якоба...

– Подожди! – Я быстро встаю у основания лестницы и преграждаю ему дорогу. Эйдан мрачно хмурит лоб. – Пожалуйста, не уходи!

Он останавливается и недоверчиво щурит глаза. И тут я снова чувствую это. Странный трепет в животе. Я поднимаюсь на ступень выше и прикасаюсь к пальцам его правой руки. Кажется, будто я схватила пламя свечки. Я хочу сделать это еще раз, но беру себя в руки.

– Ты знаешь, я... я этого не хотела. Отбирать твою комнату... и занимать твое место. Я вообще не хотела бы находиться здесь. Мне жаль. Правда.

Должна ли я окунуться в его чувства? Нет. Это было бы... неприлично. Я смущенно смотрю на Эйдана. У меня еще никогда не возникало проблем с тем, чтобы заглядывать в чувства других людей.

Глаза Эйдана начинают сверкать серебром, а уголки губ растягиваются в робкой, искренней улыбке.

– Эмма полностью права. Оставайся! Ты можешь чувствовать себя как дома так же, как и раньше.

Якоб. Мы не слышали, как он вошел. Он стоит в дверном проеме, держит в руках два пакета с покупками и улыбается Эйдану с выражением, которого я раньше никогда еще не видела на его лице. Добродушным, отеческим.

– Хорошо, что ты снова здесь. – Когда Якоб проходит мимо меня на кухню, выражение его лица изменяется. – Спасибо, Эмма, – говорит он сдержанно.

* * *

– Рад снова видеть вас. Что произошло за год?

Что за вопрос! Папа потерял работу и начал выпивать. Маминой зарплаты едва хватало, чтобы оставаться на плаву. На прошлой неделе ее тоже уволили. В пятнадцать мне тоже можно было бы найти работу, но мама ничего не хотела об этом слышать. Мне нужно закончить школу и поступить в университет. На худой конец даже здесь.

Его улыбка такая же непроницаемая, как и аура. Как у него получается скрывать ее от меня?

– Я... мы... – Моя мама теребит ручку сумки. Она стесняется. В последний раз она сказала, что ее решение окончательное.

– Если ваше предложение по поводу бесплатного образования еще действительно, тогда мне хотелось бы вступить в ряды ваших учеников, – говорю я громко, чтобы ей помочь.

Мама удивленно приподнимает брови.

– Правда? Я рад. Даже очень. Вы об этом не пожалеете.

По бледным, впалым щекам мамы уже текут слезы. Только этого еще не хватало! Больше всего мне хотелось бы сейчас выбежать наружу.

Он встает, обходит свой письменный стол и останавливается напротив мамы. На ее лице появляется беспокойство. Осторожно, будто не желая ее напугать, он протягивает руку и касается ее плеча:

– Я знаю, как это тяжело для вас, расстаться с единственным ребенком и доверить его на мое попечительство. Тем больше я восхищаюсь вашим выбором. Доверие и жертвенность в семье в настоящее время редки. Мне хотелось бы убедить вас переехать вместе с дочерью в Ирландию. У меня есть множество контактов с зарубежными фирмами. Найти работу для вас и вашего супруга не составит труда. Добрые, верные люди нужны всегда. Но вы определенно не хотите просто так оставлять все, что построили в Германии.

Она поднимает голову и безмолвно смотрит на него.

– Мама? Пожалуйста! – шепчу я ей, и мое сердце вдруг начинает трепетать, как бабочка.

НАКРЫТЬ НА СТОЛ

Это ощущение преследует меня уже несколько дней.

Сначала легкое, будто дуновение ветра, который слегка касается кожи, когда открываешь окно. Я знаю, что должна привыкнуть к этому. Но чувство становится все сильнее, а я все слабее.

Якоб и Эйдан всегда дружелюбны, когда я захожу в комнату. Но слова замерзают в воздухе, а предложения остаются недосказанными. На стенах, как легкая пыль, лежит шепот тайн. Никто не отсылает меня прочь. Я ухожу добровольно. Чаще всего в свою комнату или в сад. Это продолжается почти две недели, пока ощущение не становится настолько тяжелым, что отбирает у меня дыхание, и я узнаю его имя:

Одиночество.

Затем наступает воскресенье, которое меняет все.

Запах помидоров, чеснока и приправ погружает меня в воспоминания: по воскресеньям мы с мамой готовили вместе. Я стою на лестнице и слышу, как Эйдан разговаривает с Якобом. Медленно начинаю спускаться. Эйдан смеется. Я быстро сжимаю губы, прежде чем глубоко вздыхаю и вхожу на кухню. Якоб стоит у плиты спиной ко мне, пока Эйдан мелко нарезает базилик.

– Ты должен был это видеть! Он... – Эйдан замечает меня, замолкает. Его загадочные глаза с любопытством осматривают меня.

– Могу... могу я помочь?

Я кажусь себе кем-то, кто пытается помириться с врагом. Отец даже не оборачивается.

— Ты можешь накрыть на стол снаружи.

Снаружи. Слово гулко раздается во мне, как хлопок мяча для игры в сквош, который отскакивает от стены, и такое же ощущение возникает у меня в голове. Я механически оборачиваюсь и покидаю комнату. Слезы наворачиваются на глазах. Я больше не могу их сдерживать. Когда я открываю шкафчик для посуды, меня охватывает бешеная ярость, и тогда происходит что-то невообразимое. Мутная пелена на моих глазах исчезает. Как солнечные лучи, которые разделяют туман. Я снова ясно вижу. Нет. Даже четче прежнего. Я медленно протягиваю руки к посуде.

— Эмма, это было не так...

Сопереживающий тон, с которым Эйдан произносит мое имя, собирает все невыносимые чувства в одной точке. Когда я вижу, как белые тарелки из шкафчика летят на нас, я ожидаю боли. Но она не приходит. Даже тогда, когда я вижу перед собой пятна крови на светлой мебели. Руки Эйдана обхватывают меня за талию и тянут на пол. Во время падения я слышу испуганный крик над правым ухом: «ЯКОООБ!»

И ударяюсь лбом о пол.

ПОДСЛУШАНО

Темнота и боль. Я закрыла глаза.

– Прекрати уже меня упрекать! Она еще не умеет контролировать свои силы, на этом все.

– Ах да? И это тебя удивляет? Две недели ты утверждаешь, что лучше всего было бы оставить ее в покое. Ты только поставь себя на ее место! Она потеряла мать, была вырвана из своего привычного окружения, ее сюда умышленно затащили и оставили гибнуть.

Эйдан выступает против Якоба? Ради меня?

– Что значит «оставили гибнуть»? Она может здесь жить, я забочусь о ней, я...

– Ты же говоришь о своей дочери, а не о домашнем животном?

Я с трудом сдерживаю ухмылку. Пульсирующая боль в голове помогает мне в этом. Я бы охотно посмотрела сейчас на выражение лица отца.

– Конечно, она не... Что это, собственно говоря, на тебя нашло? – Голос Якоба становится громче.

– Это я могу тебе сказать. Если кто-то и может понять ее, так это я.

Тишина. Я должна открыть глаза?

– Я... ладно, хорошо, возможно, я совершил ошибку. Но ты и понятия не имеешь, что она устроила, прежде чем я привез ее сюда. Она может оказаться довольно хитрой.

– Ты должен бы этим гордиться. Она станет выдающимся адептом. Если только овладеет своими силами... Фарран будет ею доволен.

Кто, черт возьми, этот Фарран?

— Шшш, не так громко! — Я чувствую дыхание, будто кто-то наклоняется надо мной, и замираю.

— Ты подумай только! — продолжает Эйдан, и я напрягаюсь, чтобы лучше его расслышать, — Мы втроем. Вместе мы сможем столько всего совершить! А еще она эмпат, как и ее мать!

Пульсация усиливается. Мне сразу становится плохо.

— Эй! У тебя нет другого дезинфицирующего средства? Что-нибудь, от чего не кажется, будто тебя лечат горящими углями?

Эйдан ранен? Кровь на шкафчике! О, боже мой!

— Я думаю, ты восхищаешься ее силами? Тогда тебе не нужно жаловаться на последствия, — раздается трещащий звук, будто от скотча. — Она опасна, Эйдан. Пока Эмма не научится управлять своим телекинезом, она может повредить себя и других в любой момент, как ты мог заметить.

— Перестань, этого хватит. Остальное я сделаю сам. Лучше позаботься о ней, — ворчит Эйдан.

— Мальчик, не нужно вкладывать в нее так много чувств, прежде чем она не сдаст тест Sensus Corvi. Если Эмма провалится, она окажется на улице. Возможно, я отвезу ее обратно в Германию.

Моя голова пульсирует, а перед глазами мигают красные световые пятна. Тест?

— Ты не можешь этого сделать! Она твоя дочь!

— Я могу. И я должен. Если она не будет посвящена, она не сможет жить здесь. Она может слишком многое узнать. Тебе известны предписания.

Я ненавижу его. Я ненавижу, ненавижу, ненавижу его. Как мантру, я повторяю эти слова в голове. Что-то влажное, холодное касается моего лба и высвобождает жгучую боль из моей кожи. Я вскрикиваю и распахиваю глаза.

Надо мной нависает бледное лицо Якоба. Он убирает от меня пахнущий алкоголем платок.

— Кто... что... произошло? — Не показывать, что я подслушала. Мой взгляд скользит в сторону. — ЭЙДАН!

Торс юноши обнажен, пластыри покрывают его от шеи и до бедер. Некоторые насквозь пропитались кровью. Я рывком пытаюсь сесть. Слишком быстро. Больно. Чертовски больно. Я хватаюсь за лоб, нащупываю шишку и оседаю назад.

— Лежи спокойно, — говорит Якоб.

— Что с ней? — спрашивает Эйдан, и беспокойство в его голосе заставляет мое сердце биться быстрее.

— Возможно, у нее легкое сотрясение. Я отнесу ее в постель.

Отец осторожно приподнимает меня, и моя голова опускается ему на грудь. Я не могу скрыть, что это успокаивающе действует на меня. Элиас всегда носил меня так, когда я была еще маленькой.

— Мне жаль, — шепчу я Эйдану, когда Якоб проходит мимо юноши.

Он ухмыляется, а его глаза сверкают, как солнечные зайчики.

— Восхитительное шоу, Эмма.

ПЛАН

Никто не должен знать о твоем даре. А если кто-то его обнаружит, тогда покажи ему, что не владеешь даром. Тогда ты станешь для него неинтересной.

Лицо моей матери растворяется, когда раздается стук. Я открываю глаза и устремляю взгляд на белоснежное одеяло.

Если она провалится, она окажется на улице.

Я должна провалить тесты, какими бы они ни были.

Стук становится громче.

– Да?

Дверь открывается. Я сжимаюсь и жду обвинений. Но это не отец. Мое сердце стучит быстрее, когда я узнаю Эйдана, и пульсирующая боль возвращается в голову. Я молча смотрю на него.

Юноша склоняется над кроватью и прикасается рукой к моему лбу. Очень нежно. Сначала я чувствую кончики его тонких пальцев, затем сами пальцы, а потом всю ладонь. По моему телу проходит волна сильного жара, и одновременно я ощущаю холод, а на руках и спине появляются мурашки. С моих губ срывается жалобный стон, и Эйдан резко убирает руку. Глаза под длинными, темными ресницами расширяются, и я тону в загадочном сине-зеленом цвете. Вдруг я стою по колено в морской воде в маленькой бухте в Корфу. Белые гребешки волн облизывают мои ноги. Губы пересохли. Я открываю рот и провожу по ним языком. Внезапно его глаза начинают приближаться, и синь моря становится такой сильной, что почти затягивает меня в свою пучину.

— Эмма, — шепчет Эйдан так тихо, что я едва могу расслышать.

Звук его голоса огнем облизывает мое тело. В последний момент я поворачиваю голову в сторону.

— Прости, я не хотел тебя напугать.

Его щеки немного покраснели, а лицо отражает мое же смущение.

Напугать, так это он называет? Он отправил меня на высокоскоростные американские горки и заставил ехать крутыми поворотами сначала вокруг вулкана, а потом по айсбергу. Я с трудом пытаюсь совладать с дыханием и бешено стучащим сердцем. Еще ни один парень не вызывал у меня таких чувств. И, как назло, крестный сын моего отца! Будто у меня и без этого не хватает проблем. Эйдан смущенно откашлялся.

— Как у тебя дела?

— А как ты думаешь? Я опасный фрик, который может навредить людям или даже убить их. Лучше держись от меня подальше.

Он улыбается, немного наклоняется вперед и берет прядь моих черных волос с белой простыни. Юноша медленно накручивает ее кончик на свой указательный палец.

Тук, тук, тук. Это глупое сердце. Ни один человек не чувствует кончиков своих волос!

— А если я не хочу держаться от тебя подальше?

— Я не хочу навредить тебе еще больше.

— Почему?

Потому что у тебя самые красивые глаза, которые я когда-либо видела, потому что мое тело сходит с ума, когда ты касаешься его. А еще потому, что ты защищал меня перед Якобом!

– Тебе не кажется нормальным тот факт, что мне не хочется вредить другим людям? – говорю я вместо этого.

Уголки его губ разочарованно опускаются.

– Конечно. Я только думал...

Он отпускает мою прядь и проводит ею по своим волосам. Кончики пальцев начинает покалывать.

– Мне помочь тебе научиться лучше контролировать свой дар?

Что? Я рывком встаю с кровати. Слишком быстро.

– Ааа! – я хватаюсь за лоб.

– Все еще болит голова?

Я киваю. Он кладет свои руки мне на плечи, чтобы поддержать мое тело. Жар! Возникает ощущение, что я должна оттолкнуть юношу, чтобы не обжечься. Мои руки опускаются на его грудь. Но я не отталкиваю Эйдана. Я не могу. Под пальцами я чувствую его сердце. Оно мощно и быстро стучит под моими ладонями.

– Если ты не расскажешь Якобу, я охотно тебе помогу.

– Спасибо, Эйдан, – хрипло отвечаю я и откашливаюсь, – вообще друзья зовут меня Эмц.

– Эмц – звучит классно, – он проводит большим пальцем по моему запястью.

Эйдан – недостающая часть моего плана. Чтобы провалить тесты, я должна намеренно подавить телекинез. Или направить силу в неправильное русло. Я ударю Якоба. Еще немного, и я снова окажусь в Германии у Ханны и Элиаса, у моих друзей. И все снова будет хорошо.

Почти.

Эйдан хочет мне помочь, чтобы я осталась здесь. Я должна использовать его. И предать.

* * *

– Я мог бы лопнуть от зависти, Рина! – Ирис слегка ударяет меня плечом.

Я смеюсь:

– Якоб же только мой наставник!

– Это означает, что он должен будет проводить с тобой все свободное время.

– А кто говорит, что мне это понравится?

Ирис смотрит на меня с таким недоверием, что я снова начинаю смеяться.

– Ладно, он выглядит очень неплохо, – признаю я. Укорительный взгляд. – ОЧЕНЬ неплохо. Но он такой же замкнутый и холодный, как и мистер Шпок. Боюсь, что его чувство юмора такое же зеленое, как кровь в этих вулканических венах.

– Любопытно!

О нет! Я медленно оборачиваюсь. Со вздернутой бровью Якоб действительно еще больше напоминает мистера Шпока, чем когда-либо. Ирис тихо посмеивается. Предательница!

– Что любопытно?

– Твое, несмотря не эмпатию, отсутствие умения разбираться в людях, Маккой. Крайне нелогично! Не хочешь сопроводить меня на палубу к капитану?

Как, черт возьми, у него удается вызывать у меня мурашки по всему телу только своим голосом?

– После вас, командир, – холодно отвечаю я и высоко поднимаю подбородок.

Якоб отворачивается.

Со смехом Ирис в ушах я сопровождаю его к лестничной клетке.

ШКОЛА

— В какую школу я вообще пойду?

Я запиваю глотком кофе обезболивающую таблетку и закусываю тостом с медом.

— Частная школа с лучшей репутацией. Она называется Sensus Corvi, — говорит Якоб, и я давлюсь и принимаюсь кашлять.

— Это интернат?

— У школы есть общежитие учеников, которые живут далеко. Но у тебя занятия во вторую смену, до пяти. По вечерам ты снова будешь возвращаться сюда.

Здорово! Возможно, у меня получится переубедить его переселить меня в общежитие.

— Я тоже хожу в Sensus Corvi, — говорит Эйдан и крепко откусывает яблоко. Блестящая капля фруктового сока стекает по его губам вниз к подбородку. Я бы так хотела ее вытереть, поцеловать... Черт, Эмц, соберись!

— Что значит это название? — спрашиваю я с любопытством.

Эйдан и Якоб обмениваются короткими взглядами.

— «Душа ворона». Это на латинском. Вороны вообще считаются самыми умными птицами. Это школа для... людей с высоким интеллектом.

Ну конечно! Я знаю, что это на самом деле значит.

— Если они тебя примут, ты сможешь считать себя счастливчиком, так что напрягись. — Якоб добавил немного молока в черный чай.

— А если не примут?

— Тогда мы найдем другое решение, — уклоняется он.

Ну разумеется. Тогда ты меня просто отправишь обратно к Ханне и Элиасу. Вороний отец! Я сжимаю под столом руки в кулаки. Эйдан встает и относит свою посуду на кухню.

— Откуда ты, собственно, узнал о маминой смерти? Ты рассказал, что прочитал это в газете. Никакому ирландцу не пришла бы в голову идея читать извещения о смерти местных газет Германии!

Якоб отставил чашку и серьезно посмотрел на меня.

— О смерти твоей матери я правда узнал из извещения, — на какой-то момент в комнате воцарилась тишина, — но я получил его с анонимным письмом.

Мои пальцы сжимают скатерть.

Они ищут меня. Нас. Иногда я думаю, что они уже наблюдают за нами.

— Но кто мог его отправить? У тебя наверняка есть предположения!

Якоб вздохнул. У него на лбу пролегла глубокая морщина.

— Без понятия. Но я это выясню.

ДАР ЭЙДАНА

Солнечные лучи умело прокладывают путь сквозь листву орешника. Он сидит на скамейке, запрокинув голову на затылок, а свет и тень на его лице ведут молчаливую борьбу.

– Ты можешь перемещать вещи силой мысли? – спрашиваю я.

Эйдан поднимает голову и улыбается. Я избегаю его взгляда и жду ответа.

– Тебе бы это понравилось, Эмц?

От его терпкого запаха парфюма у меня кружится голова. Он определенно слишком близко. Я отодвигаюсь.

– Ты хочешь быть моим учителем. И должен также соответственно вести себя.

Он широко ухмыляется:

– Тогда ты моя послушная ученица?

Я быстро встаю, чтобы уйти.

Но Эйдан тянет меня за руку обратно.

– Ладно, хорошо. Я стихийный кинетик.

Кто? Он указывает на крону дерева над нами. Его взгляд медленно скользит по изборожденной коре вверх. Зеленые скорлупки орехов еще не лопнули, но это продлится недолго. Между ветвями проступает безоблачное небо.

– В нашу первую встречу ты же сидела там сверху и плакала.

– Что? – кажется, Эйдан хочет надо мною посмеяться.

– Что тебя заставило посмотреть вниз?

— Не знаю. Я думаю, ветер смахнул мне на лицо пару дождевых капель... — мое сердце вдруг застучало быстрее, — это был ты!

Он довольно кивнул:

— Да. Я могу влиять на стихии огня, воздуха и воды.

Я вспомнила рисунок в его блокноте:

— Вау!

— Точно так же я подумал, когда ты запустила в меня тарелками. — В зелено-голубых глазах снова засверкали серебристые пятна. Я быстро перевела взгляд на свои руки.

— Что ты почувствовала, когда это произошло? Что стало источником твоего телекинеза?

— Я была просто обижена, окей? — резко ответила я.

— Если ты хочешь, чтобы я тебе помог, то мне нужно знать, какие чувства служат спусковым крючком для телекинеза. Или ты расскажешь мне подробнее, или мне придется применить более радикальные методы.

— Какие, например?

— Я мог бы, например, тебя... поцеловать.

— Только посмей!

— Хм, но я хорошо целуюсь.

Я смотрю куда угодно, только не на его губы, и в паре слов описываю ему свои чувства в момент непроизвольного телекинеза.

— Ты ревновала? — его глаза расширяются, и Эйдан недоверчиво качает головой. — Боже, если б ты знала, как сильно я желал, чтобы у меня был отец.

Отец. Я не могу себе представить, что когда-либо смогу принять своего отца. Эйдан не понимает. Якоб же совсем другой с ним.

— Я не хочу об этом разговаривать.

Он кивает.

— Твоя мама учила тебя как эмпата контролировать чувства?

— Да, но это не всегда срабатывает. Я использую дыхательные техники.

— Попробуй применить их, если пробьется телекинез. Возможно, ты сможешь подавить его.

— Я думала, ты научишь меня осознанному применению телекинеза, а не его подавлению!

— Тшш, не так громко! — Эйдан бросает осторожный взгляд в сторону гостиной. — Это не так быстро работает, как ты думаешь. Тебе нужно найти свой подход, делать упражнения на концентрацию, научиться осознавать суть вещей, которые ты перемещаешь. Это может продлиться месяцы.

— Месяцы? — Я сжимаю губы.

— Или годы. Посмотри сюда.

Я слежу за его взглядом, который направлен на газон, но ничего не могу увидеть. Вдруг примерно в метре начинаются шевелиться травинки. Сначала мягко, затем сильнее. Поток воздуха, направленный специально на них, подхватывает, крутит, разделяет их. Движения становятся быстрее, кончики стеблей ломаются, разлетаются по ветру, как искры костра, и земля вместе с ними. Передо мной возникает что-то вроде миниатюрного вихря, который четко ограничен примерно половиной квадратного метра.

Я с трудом отрываю взгляд и смотрю на Эйдана. Его лицо напряжено, глаза зажмурены, а на лбу проступает пот. Будто сама по себе моя рука смахивает капельки пота с его кожи. Он вздрагивает и рассерженно смотрит на меня. Потом его взгляд становится мягче.

Я быстро отдергиваю руку. *Что на меня нашло?*

– Полтора года интенсивных тренировок с твоим отцом, – объясняет он.

– Так долго? – охнула я.

– Непросто продолжительно удерживать и соблюдать границы. Ты это еще заметишь. – Он нагибается вперед и шепчет мне на ухо: – И тебе потребовалось ровно полторы секунды, чтобы сломать мою концентрацию и упустить силу из-под контроля.

– Эмма! – Еще никогда я не хотела так услышать рассерженный голос Якоба. Он стоит на террасе, скрестив руки, и смотрит на нас исподлобья. Почему же он так разозлился? Я встаю и направляюсь к нему. Мои колени обмякли. Он берет меня за руку и тянет за собой в гостиную. – Тебе нужно держаться подальше от Эйдана!

– Почему? Я недостаточно хороша для него? Он для тебя намного ценнее собственной дочери, Якоб?

Отец отпускает меня. Я не могу истолковать его взгляд и не решаюсь заглянуть в его чувства. Я его ненавижу. Когда я направляюсь к лестнице, то слышу его голос за спиной:

– Не учитывая той опасности, которая в данный момент нависла над вами обоими, я думал скорее о тебе, дочка. Я знаю Эйдана с момента рождения и очень его люблю, но что касается девочек... – Я останавливаюсь, оборачиваюсь и смотрю на Якоба. Он беспомощно проводит рукой по волосам и смотрит в точку на стене позади меня. Отец вдруг всем видом напоминает мне смущенного подростка. – Я должен сказать тебе, что ты не первая, кем он интересуется, когда ему становится скучно на каникулах. И, возможно, не последняя.

Моя рука сжимает перила. Он заботится обо мне? Эйдан помогает мне только потому, что для него это, так сказать, курортный роман?

Их слова неважны, Эмма, льстят они тебе или обижают тебя. Единственное, что важно, это их намерение. Ты должна понимать, что стоит за их действиями, иначе окажешься у них в руках.

– Ладно, – говорю я в тишину, – я поняла.

Якоб кивает, быстро отворачивается и направляется в сад к Эйдану. Мое сердце сжимается. Эйдан не первый парень, который со мной заигрывает, – но первый, который что-то для меня значит.

Звонок в дверь. Я бросаю взгляд на сад. Якоб и Эйдан разговаривают друг с другом и ничего не слышат. Когда я поворачиваю голову к двери, она сама собой распахивается, ударяясь о дверь. За две секунды я подбегаю ко входу. К счастью, мужчина с неухоженной рыжей густой бородой ничего не заметил. Его голова склоняется над пачкой писем в руках, от него разит алкоголем и сигаретами.

Мужчина, подмигивая, протягивает мне мятый белый конверт:

– Оно для тебя. Строго секретно. От почитателя.

Никакого адресата и отправителя. После того как он засунул мне в руку почту для Якоба, я закрыла дверь. Затем разорвала белый конверт. Несколько напечатанных слов на листочке расплылись у меня перед глазами:

Молвил я: «Пророк зловещий,
Забери сомненья муку!
Любовь Рина мне придет ли?
«Никогда», – ответил ворон.
Берегись воронов Sensus Corvi, дочь Рины.
Особенно Фаррана.
Пробуждайся к жизни, когда они спят!»

* * *

– Я думаю, вы должны принять предложение, мистер Миллер, – холодно говорит Якоб.

Я беспокойно сползаю на стул, когда вижу, как аура вокруг Миллера переходит в светящийся красный. Красный от гнева. Она охватывает его лысину, как огненная корона.

– Послушайте. Фирме не нужны шпионы. Мне все равно, заключит он со мной договор или нет. Это серьезное предприятие, которое знают на рынке десятилетиями. Я не нуждаюсь в подачках от Фаррана.

Его голос холоден, но аура вибрирует. Он выглядит как бульдог, который скалит зубы перед нападением. Я осторожно касаюсь стопой ноги Якоба под столом.

Но он только убирает черную прядь со лба и приветливо улыбается Миллеру.

– Простите. Как дела у вашей супруги?

Оранжево-желтая. Светится.

Я должна заставлять себя не закрывать глаза. Дрожа, я опускаю свою руку Якобу на колени. Он вздрагивает. Давай исчезнем!

– Какое вам дело до моей жены, Макэнгус?

– Ох, это чисто вопрос вежливости.

Якоб резко встает, и моя рука соскальзывает с его коленей. Я встаю рядом с ним. Нужно оставаться спокойной. Дышать. Как он сказал, на первом задании всегда нервничают.

Широкая грудь Миллера вздымается и опускается. Его рука указывает на дверь:

– Исчезните, прежде чем я выйду из себя.

Мое сердце стучит быстрее, и я надеюсь, что Якоб наконец сдастся. Но я довольно хорошо узнала его за полтора года. Он протягивает руку Миллеру и говорит:

– Желаю вам отличного дня. Возможно, еще увидимся. На конгрессе хирургов в Дублине ждут Фаррана для выступления. Вы тоже хотите сделать пожертвование?

Белая! Такая резкая, что слепит меня.

– Якоб!

Он сразу реагирует, приседая вниз. Кулак Миллера разрезает воздух в том месте, где только что была его голова.

Я инстинктивно отпрыгиваю в сторону и вижу, как Миллер сильно замахивается и ударяет Якоба по спине. Ледяные глаза Якоба задерживаются на чело-

веке под ним. Несколько прядей беспорядочно падают ему на лицо. Я замечаю напряжение его мускулов под черным костюмом. Он выглядит как пантера, которая концентрирует внимание на своей жертве. Только краем глаза я замечаю, как Миллер шумно встает и, пошатываясь, идет на Якоба. И тут вдруг – одно быстрое движение, и рука обхватывает меня за шею. Якоб прыгнул в мою сторону и остановился. Его глаза расширились. Но их голубизна была полностью перекрыта черным, который, как темный дым, охватывал весь его силуэт.

Страх.

– Оставь ее, – его голос уверенный и холодный. Он хорошо скрывает свои чувства.

– Ну, Макэнгус, как тебе это? Я когда-то был хорошим борцом. Поверь мне, я все еще знаю, как свернуть шею. Тебе нравится малышка, не правда ли? Теперь ты понимаешь, каково это: ожидать ее смерти и не иметь никакой возможности помочь.

– Верно. Но между нами есть одно маленькое, но важное отличие. Вы ее потеряете. Я – нет.

И пока Якоб произносит последние слова, его взгляд устремляется за спину Миллера. Я чувствую мощный удар, и Миллер падает со мной вперед. Прежде чем я успеваю закричать, Якоб ловит меня, прижимает руку ко рту и вытаскивает из-под Миллера и стула для конференций, который ударил его по затылку. Я прижимаюсь к его груди и закрываю глаза.

– Нам нужно уходить, Рина, – шепчет он, и я поднимаю глаза. Взгляд, которым он на меня смотрит, такой же холодный, как и всегда. Его лицо неподвижно. Но вокруг него кружатся все цвета спектра, как пере-

ливающиеся мыльные пузыри. Но недолго, затем его аура меркнет. Якоб снова получает контроль над своими чувствами и пытается скрыть их от меня. Эта аура редкая, и я никак не ожидала увидеть ее у Якоба: страстная любовь.

ПЕРВЫЙ ДЕНЬ В ШКОЛЕ

Наконец-то.

Я с отвращением смотрю на лежащую передо мной школьную форму. Юбка в складку до колена, серые шерстяные колготки, белая блузка, серый пиджак. На пиджаке справа на груди вышит ворон, которого рисовал Эйдан. В полете он взмахивает своими черными широко расправленными крыльями, будто хочет меня обнять. Или напасть. По сторонам от него вышиты буквы с завитками: Sensus Corvi. Он парит в вышитом золотыми нитями кругу, которого касается кончиками своих крыльев.

Берегись воронов...

Кто бы ни написал письмо, он был фанатом Эдгара Аллана По и знал мою маму так хорошо, что называл ее Рина. И ему известно, что мамы больше нет. Это он прислал Якобу извещение о смерти в газете? Погруженная в мысли, я надела форму, еще раз расчесала свои длинные прямые волосы, спадающие до бедер, и выбежала из комнаты. Я почти споткнулась на лестнице, когда увидела его.

В черном костюме, белой рубашке с золотистым галстуком с эмблемой ворона на нем Эйдан облокотился на перила. Его волосы взлохмачены, а взгляд вгоняет меня в краску. Рядом с ним я выгляжу как безобразная серая мышь.

— Мило, Эмц.

Ноги стали ватными. Но я думаю о предупреждении моего отца. Ухмыляясь, Эйдан протягивает мою сумку.

– Вы опоздаете! – холодно вставляет Якоб. Я поворачиваю голову в его сторону с улыбкой, которую только что посвятила Эйдану.

Якоб подмигивает:

– Удачи в первый день!

Перед дверью стоит черный «Ягуар». Эйдан с выжидающим взглядом открывает мне пассажирскую дверь:

– Подарок от отца на день рождения.

Машина определенно стоит больше двух годовых заработков мамы.

– Он хочет успокоить свою совесть или ты должен больше напрягаться в школе? – Я сажусь и тону в мягкой черной коже.

Эйдан поднимает брови.

– Ну, большинство девчонок тащатся от этой тачки, – холодно отвечает он.

Мальчишки! Я закатываю глаза и качаю головой от такой заносчивости:

– Возможно, их больше интересует кошелек твоего отца, чем ты.

Эйдан захлопывает дверь и обходит машину. Когда он занимает свое место, на лице красуется насмешливая улыбка. Он заводит машину и смотрит на меня.

– Что?

– Круто понимать, что ты интересуешься исключительно мной.

Мы едем по узкому шоссе вдоль реки Лее. По краям дороги растут густые лиственные деревья и тянутся низкие каменные стены. Эйдан едет быстро. Слишком быстро. Но у его папочки определенно нет проблем с оплатой штрафов.

Вскоре мы сворачиваем на узкую дорогу, которая заканчивается коваными железными воротами. Они огромные. Черные заржавелые прутья устремляются в небо. Между ними пролегают витиеватые узоры. На нескольких пиках возвышаются скульптуры ворон. Справа и слева на створках изображены золотые буквы S и C. Ворота закрыты. Справа со столба на меня смотрит черный глаз камеры наблюдения. Прямо под ним находится металлический ящик.

Эйдан опускает боковое окно, достает пластиковую карту со своей фотографией и прижимает ее к маленькому окошку. Ворота беззвучно открываются. Перед окрашенной в серый будкой сидит одетый в черное молодой человек чуть старше двадцати. У него коротко подстриженные волосы, в кобуре на бедре он носит оружие. Я бросаю на Эйдана вопросительный взгляд.

— Безопасность в Sensus Corvi превыше всего.

— Ага.

Только я хотела ему сказать, что чувствую себя, будто меня сопровождают в тюрьму, но вовремя прикусила язык. В конце длинной березовой аллеи возвышается школа.

— Фарран не любит все маленькое, — объясняет Эйдан без надобности.

Перед нами вырастает огромное, мрачное, похожее на замок здание, как поместье из романа Джейн Остин. Четыре крыла из тесаного камня окружают двор, куда быстро въезжает Эйдан и, скрипя шинами, паркуется рядом с кабриолетом «Мерседес».

Мой взгляд скользит вверх. Крыши школы украшены башенками, фонарями, колоннами и аркадами. На куполах сидят золотые вороны с расправленными крыльями.

— А кто такой Фарран?

— Директор школы.

Фарран придет от нее в восторг. Я так крепко сжимаю губы, что они начинают болеть.

Эйдан выходит из машины и открывает мне дверь. Звонкий возглас заставляет меня вздрогнуть.

— Эйдан!

От группы учениц отделяется девушка со светлыми волосами до плеч, бледным фарфоровым лицом и бежит в нашу сторону. Она как раз из тех красавиц, на которых оборачиваются парни на улице. Высокая и стройная, но с округлостями на нужных местах, с пропорциональным лицом, идеальным макияжем без излишеств. Настоящая кукла Барби: красивая, но ничем не примечательная. Не удостоив меня взглядом, она бросается Эйдану на шею, зарывает руки в его волосы и страстно целует юношу.

Я знаю, что это меня не касается. Но все равно хочется закричать настолько громко, как я могу. О боже! Якоб был прав. Я делаю глубокий вдох. И выдох. Между нами ничего нет. Почему я должна ревновать?

Я нервно хватаюсь за свою сумку на плече и выпрыгиваю из машины. Мои пальцы были в сантиметре от двери, как она сама собой захлопнулась с оглушительным звуком. Парочка испуганно отпрянула, и я зашагала к входным воротам, у которых собралось несколько учеников, которые бросали на нас любопытные взгляды. Как я рада, что не поцеловала Эйдана на каникулах! И в первый раз я ощутила позитивное чувство к моему отцу: благодарность.

Эйдан звал меня, но я не останавливалась. Ученики возвышались передо мной как черная стена.

Я так внезапно остановилась, что мой преследователь врезался мне в спину. Моя сумка соскользнула с плеча, и я упала на колено.

— Прости! — с трудом перевел дух Эйдан и протянул мне руку.

Я ее проигнорировала.

— С чего это я здесь единственная, кто носит этот отвратительный серый? У всех других девочек черная форма, как у тебя!

За моей спиной послышался тихий смех. Я знаю, кому он принадлежит. Куколка с красными расцелованными земляничными губами. Она смотрит на меня сверху.

Я поспешно выпрямилась, но она на своих высоких каблуках почти такого же роста, как и Эйдан. Серые лодочки, которые Якоб купил к моей форме, я сменила на черные кеды. Как жаль, что здесь я не могу ходить в школу в джинсах и футболке!

— Твоя форма... — начинает Эйдан, пока передает мне сумку.

— ...форма кандидатки, — прерывает его куколка с презрительным тоном в голосе. — Серый носят те, для кого еще неизвестно, будет ли им оказана честь учиться в Sensus Corvi. В твоем случае, – ее взгляд прошелся по мне и остановился на кедах, – перемена цвета скорее невозможна.

— Оставь ее в покое, Лин! – гневно выкрикивает Эйдан.

Если ты определила врага, попробуй разузнать о нем как можно больше. Узнай о его чувствах!

Я зажмуриваю глаза и медленно проникаю в мир ее чувств. Ее губы движутся, но я слышу только приглушенное бормотание. Наши эмоции смешиваются. Неуверенность и злость. Что еще? Страх. Страх чего? Я проникаю глубже. Кто-то дергает меня за руку. Но это не угроза. Нет причины покидать мир ее чувств.

Тут! Контроль. Куколка хочет контролировать, хочет... владеть? Давление на мою руку усиливается, и мне приходится оставить ее эмоции.

Я спокойно убираю руку Эйдана и подхожу к девушке. И пусть лицо Лин переполнено гордостью: ее глаза нервно блестят, но я вижу в них страх.

Ты сможешь лучше распознать чувства людей, в которых ты проникала, даже не заглядывая вновь.

Я быстро наклоняюсь и шепчу ей в ухо так тихо, что только она может расслышать:

— Прости. Но ты никогда не сможешь его контролировать или владеть им. Эйдан слишком сильный. Он использует тебя, а когда ему надоест, бросит.

Я насладилась ее резким криком и выражением паники в глазах.

— Это... это тебе запрещено! Школьные правила запрещают использовать дар без предупреждения!

— Лин! – крикнул Эйдан. Его лицо поблекло как камень под ногами. Другие ученики начали взволнованно перешептываться между собой, и губы Лин задрожали.

— Не говори ему! Пожалуйста, не говори это ему!

Что она имеет в виду? Школьного директора? Боже, какая она жалкая!

— Возьми себя в руки, Лин. Я же только *кандидатка*!

Не дожидаясь ответа, я оборачиваюсь и направляюсь ко входу в школу. Девушка с рыжими кудрявыми волосами и раскосыми кошачьими глазами улыбается мне. Она протягивает руку с накрашенными зеленым лаком ногтями.

— Привет! Я Фай.

Ее вздернутый нос усыпали веснушки, а выражение лица настолько лукавое, будто этой плутовке только что удалось напакостить. Она, так же как и я, не пользуется косметикой. Мой взгляд падает на ее черные спортивные кроссовки, и я ухмыляюсь.

— Эмма, – говорю я и пожимаю ее руку.

— Кто же твой отец? – спрашивает Фай, пока мы проходим через двери и оказываемся в вестибюле.

— Якоб Макэнгус, – мне все еще трудно в это поверить.

— ЧТООО? Этот Макэнгус? – Фай спотыкается на ходу.

— Именно он, – раздается раздраженный голос Эйдана позади нас.

ХЕРЛИНГ

Разговоры затихли, мою спину сверлили взгляды, по сторонам слышался шепот. Вороны держатся вместе, а серый воробей стоит снаружи. Я ненавижу эту школу!

– Тебе не нравится баранина?

Я с отвращением смотрю на тарелку Фай и качаю головой. Ложкой я тыкаю в ванильный пудинг. Она смеется.

– Дочь чудака не ест баранину!

– Пару недель назад я понятия не имела, что у меня вообще есть отец.

Ее глаза увеличиваются.

– Не может такого быть! Боже, твой папа здесь знаменитость. Один из самых влиятельных воронов и лучший друг Фаррана. Он и Фарран вместе...

– Скажи-ка, ты забыла школьные правила?

Эйдан уселся без спроса рядом со мной с двойной порцией ирландского рагу. У меня заурчал желудок.

– Ты хочешь настучать на меня Фаррану? – у Фай железный тон. Эйдан пожимает плечами и начинает разрезать мясо.

– Как получится.

– Что?

Он опирается локтями на стол и направляет лезвие ножа на Фай.

– Попридержи язык!

– Лучше пересядь куда-нибудь в другое место! – рассерженно отвечаю я.

Эйдан игнорирует мой протест.

А Фай сдалась.

— Ладно. Не рисуйся. Лучше расскажи о последней игре в херлинг.

Я застонала, а Фай и Эйдан засмеялись. Математика, история, английский, физика — все проще вынести, чем херлинг, или камоги, как этот спорт называется у девочек.

В защитной форме и шлеме нужно ударять деревянной клюшкой по кожаному мячу размером с кулак и пытаться забить его в ворота противника. Или между стойками над ними. Тогда команда получит определенное количество очков. Звучит очень просто. Но я в этом чертовски бездарна.

— Да ладно, Эмц! Когда-нибудь ты научишься! — Фай толкает меня в бок. Да. Возможно, лет через сто.

— Лин говорит, ты часто ударяешь мимо меча... — добавляет, пережевывая рагу, Эйдан.

— Она так говорит? — я бросаю на юношу взгляд, от которого у него должен застрять батон в горле.

Лин капитан нашей команды. С первого школьного дня она пробует надо мной издеваться. А я пытаюсь делать вид, что мне все равно.

— Объясни-ка, как у тебя получается удерживать мяч на клюшке и одновременно бежать с ним к воротам, чтобы он не упал. Смазываешь клюшку суперклеем?

На прошлой неделе мы с Фай смотрели игру мальчиков в херлинг. Эйдан, конечно, настоящий бог этой дурацкой игры. Он, как леопард, проносится по полю, жонглируя мячом на клюшке, будто тот прирос к ней.

— Тебе просто нужно расслабиться.

— Конечно. По пункту «спокойствие» ты далеко впереди меня, особенно если речь идет о всяких стычках во время игры...

— Физический контакт с противником, ведущим мяч, разрешен, — я поднимаю брови, — с ограничениями. — Он лукаво ухмыляется.

— А размахивать над головой клюшкой как дубинкой, угрожать кулаками и выкрикивать ругательства тоже относится к честной игре?

Фай делает глоток колы. К моему удивлению, она защищает Эйдана.

— Именно так. Один английский журналист как-то сказал о херлинге, что это игра позволяет обмениваться скрытой агрессией с первобытным оружием в руках, — она хитро мне подмигивает, — все же лучше, чем галльский футбол. Он назвал его хорошо организованной мясорубкой.

После обеда Эйдан останавливается с двумя другими парнями на краю игрового поля, пока девочки ведут игру. Мои руки вспотели, и я вцепилась в клюшку. Больше всего я хотела бы спрятаться куда-нибудь. К сожалению, мяч летит прямо на меня. Я ловлю его. Вау! Два шага. Нужно быстро подцепить мяч клюшкой, иначе мы проиграем. Получается. Мяч начинает соскальзывать. Оставайся! А теперь мне нужно бежать. И вот я делаю шаг. Один. Еще один. Два. Три игрока из команды противника бегут на меня. Это совсем просто. Три. Четыре. Я очень медленная. Они подрезают меня. Когда я пытаюсь уклониться, мяч летит в траву.

Эйдан поднимает бровь.

Мяч у Мэри. Я бегу за ней. Уж бегать-то я могу очень хорошо. Я быстрее остальных. Мэри это видит. И делает пас. Мяч летит в моем направлении. Я ловлю его клюшкой. В этот раз я забью гол. Абсолютно уверена. Мой удар должен быть сильным, потому что я нахожусь в центре поля. Я вижу мяч. Сейчас он будет здесь. И вот мяч пролетает всего в паре сантиметров от моего лица! И я отбиваю. От такого сильного удара я покачнулась. Да! Мяч летит чуть ли не со скоростью 200 км/ч. И направляется прямо в ворота. Но что-то не так. Угол не тот. Траектория изменилась. Затем я вижу белое пятно на черном шлеме Кайли, и она валится с ног на землю. Нет! Я подбегаю к девушке, но мой взгляд устремляется к краю поля. И тут я вижу, что трое парней смеются так, что держатся друг за друга.

— Отличная работа, мышка Эмма. Благодарим от всего сердца!

Лин откинула свои светлые волосы и подмигнула Эйдану, пока, пританцовывая, проходила мимо нас с Кайли. Черная юбка ее спортивного костюма прилегала к бедрам намного сильнее, чем моя. И оказалась на пару сантиметров короче. Она ее подшила. Это точно. На моем языке появляется горький привкус. Я сглатываю и делаю глубокий вдох.

— Не накручивай себя. С каждым может случиться, — слабо простонала подо мной Кайли. Она действительно так думает, и от этого я еще сильнее злюсь. Этого не произошло бы, если бы Эйдан не смотрел и не смеялся. Я встаю и помогаю Кайли уйти с поля. Злость горячо полыхает у меня в животе. И я знаю, что Эйдан и Лин ответят за это. Сейчас.

Игра продолжается с двумя запасными игроками. Я наблюдаю за мячом с края поля. Удар. Пойман. Удар. Мяч задерживается на клюшке. Я концентрируюсь. Так, как объяснял Эйдан.

Ты должна осознавать суть вещей, которые хочешь передвигать.

Мяч у Лин. О да! Она умелая. И элегантная. Она все делает идеально. Эйдан смотрит на нее и улыбается.

Мне больно. Так сильно, что я отворачиваюсь и снова смотрю на Лин, которая сейчас подбрасывает в воздух мяч и замахивается клюшкой. И тут я чувствую его. Он загорается посреди моей злости, как блуждающий огонек.

Мяч.

Его мягкая кожа встречается с твердым деревом, со скрипом деформируется на миллиметр и снова принимает прежнюю форму в тот момент, когда клюшка отправляет мяч в полет. Лица игроков проносятся передо мной, когда я оборачиваюсь и смотрю на Эйдана. Он с испугом распахивает глаза, и меня внезапно отбрасывает на землю вместе с Кайли. Ударная волна? Я поднимаю голову. Мяч парит в паре сантиметров от лица Эйдана, а затем падает в траву.

Тишину прерывает истерический крик.

И я вижу открытый рот Лин.

В БИБЛИОТЕКЕ

Я это сделала.

Я, Эмма Майер, осознанно применила свой дар, чтобы напасть на Эйдана Каллахана, самого популярного парня в школе, любимца всех девушек, мячом! С десятиметрового расстояния. Не прикасаясь к мячу. Проклятье!

Я могла его убить! Или, по крайней мере, серьезно покалечить. В зависимости от силы удара Лин.

Запыхавшись, я проношусь мимо полок школьной библиотеки. Еще пара поворотов, и я на месте: филателистская библиотека[1].

На книгах и фолиантах толстым слоем лежит пыль. Маленькие кресла под высокими потолками отливают красным цветом: прохладный шелк, стертый на сиденьях других отделов библиотеки, здесь почти нетронут. Кто сейчас еще интересуется почтовыми марками и почтовой историей Европы? Я скидываю обувь, забираюсь на кресло, подтягиваю к себе колени и прижимаюсь к ним лбом. Я обхватываю ноги руками и закрываю глаза. Внезапно я чувствую тепло на своих волосах. Такие же ощущения были, когда мама меня утешала. Я испуганно отпрянула.

– Эйдан!

Он опустился на колени у моего кресла. Взгляд серьезный и спокойный, как море после

---

[1] **Филателия** – область коллекционирования и изучения знаков почтовой оплаты.

бури. И только едва заметные серебристые искры выдают недавнее возбуждение. Его левая рука все еще лежит на моих волосах, и тут он притягивает меня к себе. Его губы становятся все ближе. Но насколько я могла верить Фай, он, очевидно, целует каждую хоть немного симпатичную девушку.

В последнюю секунду я опускаю свою голову. Эйдан с глубоким вдохом прижимает меня к себе, его губы касаются моего уха, и я вздрагиваю.

– У тебя действительно особенный способ показывать кому-то, что он тебе нравится, – шепчет он, и его дыхание щекочет мочку уха.

Я решительно его отталкиваю.

– Оставь это, Эйдан. Если сейчас здесь внезапно появится Лин...

Юноша закатывает глаза:

– Она все еще в шоке.

– Я... прости. Но ты меня спровоцировал!

– Тебе не следует применять свой дар, пока ты не научишься держать его под контролем. И уж точно не на школьной территории. Если бы я не отбил мяч...

– Тогда научи меня контролировать его. Пожалуйста!

Его глаза блестят как водяные кристаллы, в которых преломляется солнце. Со вздохом он убирает волосы со лба.

– Если бы я только мог! Ты должна исследовать связь между своей эмпатией и телекинезом. Твой отец мог бы тебе помочь. Но сначала он хотел бы, чтобы ты сдала тесты.

– Почему Якоб может мне помочь?

– Потому что он знал твою мать. А я только учил теорию об эмпатии.

У меня перехватывает дыхание.

– Есть учебники о наших способностях?

Эйдан тяжело выдыхает.

– Ты понятия не имеешь, сколько правил я сейчас нарушаю, рассказывая это тебе. Фарран бы...

Эйдан замолкает и нежно касается моей щеки. От его прикосновений меня охватывает жар.

– Ты тоже это почувствовала? Нашу... связь?

Ударная волна!

– Почувствовала? Ты со всей силы оттолкнул меня на Кайли!

– Ты шутишь? Я оттолкнул мяч, а не тебя!

– Нет. Ты не только оттолкнул мяч. Ты почувствовал... я имею в виду, откуда ты вообще знал, что это я бросила в тебя мяч?

Губы Эйдана растягиваются в улыбке.

– Врать слишком поздно. Я это почувствовал, – его улыбка становится еще шире, – я правда так сильно разозлил тебя, маленькая Эмц?

Что, простите? Маленькая Эмц?

– Эйдан, ты можешь хотя бы раз остаться серьезным, когда я пробую поговорить с тобой о своих способностях?

– Как я могу оставаться серьезным? Ты выглядишь как невинный ангел, и одного только моего присутствия достаточно, чтобы превратить тебя в маленького дьявола, который метает в меня адские снаряды. Я невероятно удивлен, что обладаю такой властью над тобой.

Я понимаю, что смотрю на него разинув рот только тогда, когда Эйдан выпрямляется и падает в кресло напротив, небрежно закидывая ногу на ногу. Напыщенный болван! И я еще просила его о помощи!

Я вскакиваю и скрещиваю руки на груди.

— Ты... ты...

— Дааа? — он немного наклоняется вперед. Его глаза таинственно сверкают. — Давай, мышка Эмма, — шепчет Эйдан, и его голос звучит тише, — извинись передо мной поцелуем и снова станешь послушной девочкой.

Я хватаю воздух ртом. Дышать! Глубокий вдох и выдох! Но не получается. Книги быстрее. Настолько, что я сама не понимаю, что происходит. Энциклопедия редких марок мира весит по меньшей мере два килограмма. Когда она врезается ему в живот, Эйдан издает хриплый звук и сгибается. К его счастью, потому что за ней следуют три других тома, которые врезаются в спинку кресла и плюхаются юноше на спину. В воздухе замерли многочисленные карманные справочники.

В голове и позвоночнике появляется тупая боль, когда я ударяюсь о полку позади меня. Книги начинают падать. Я сползаю на пол и пытаюсь прикрыть голову руками.

ТЕСТЫ

Мы успели убрать книги на полки, прежде чем начались тесты.

Каждый день после спортивной тренировки я должна спускаться в подвал. Там, вопреки опасениям, меня не пичкают психотропными препаратами и не пытают электрическим током. Вместо этого я должна придавать значение нарисованным на бумаге безобразным цветовым пятнам и мысленно поворачивать геометрические фигуры, чтобы найти им пару. Вчера были тесты на внимательность и математическое мышление. Возможно, Фарран хочет отбирать только учеников, имеющих определенный показатель IQ.

Но он не догадывается о моем плане. Я отвечаю примерно на треть заданий правильно, а на остальные неверно.

Эйдан провожает меня до двери.

– Убирайся, Эйдан. Маленькая мышка Эмма справится и без тебя.

– Уверена? – уголки его губ вздрагивают. – Ты мне еще кое-что должна.

Прежде чем я успеваю что-либо сделать, юноша мгновенно прижимает руки к двери по обеим сторонам моей головы и перекрывает путь к отступлению. Его лицо медленно приближается к моему. Не двигаясь, я отвечаю на его взгляд, пока борюсь со своим предательски стучащим сердцем. Все мои чувства отключаются, когда его губы находятся в миллиметре от моих. Эйдан в предвкушении закрывает глаза, а я ныряю вниз и дергаю за дверную ручку. Юноша спотыкается и с такой силой влетает в комнату, что почти падает.

— Мистер Каллахан! — кричит Эвелин О'Коннел. Ее серые мышиного цвета волосы похожи на швабру, которую только что отжали. Эйдан оборачивается и бросает на меня убийственный взгляд. Вывести Мистера Заносчивость из себя прямо как съесть конфеты на воскресный завтрак.

Двойной подбородок О'Коннел трясется, когда она смеется.

— Так бурно сегодня, молодой человек?

— Извините, миссис О'Коннел, — говорит Эйдан, краснея. — Мисс Майер сегодня, к сожалению, совершенно не может ориентироваться в пространстве. Я был любезен и показал ей дорогу. — На лице юноши появляется ехидная ухмылка.

— И по-рыцарски, как у вас бывает, вы не только открыли ей ворота в замок, но и придержали их, не так ли?

Я с трудом подавляю смех. Щеки Эйдана краснеют еще сильнее, и он широкими шагами направляется к двери.

— Увидимся, Эмц. — Проходя мимо, юноша будто случайно касается моей руки, и возникает ощущение покалывания на тыльной стороне ладони.

— Пожалуйста, проходите. Сегодня мы посмотрим один фильм, — говорит миссис О'Коннел, когда захлопывается дверь, — в 3D.

В соседней затемненной комнате она дает мне очки и включает проектор. Затем садится напротив сбоку от меня, спиной к экрану. Перед ней лежат блокнот и карандаш.

Фильм начинается.

Косуля пугливо скачет в лесной чаще. Солнечные лучи сверкают между зеленью деревьев и окрашивают окружающее пространство в теплые желтые тона. Майский жук медленно ползет по кленовому листу между каплями росы.

Я облокачиваюсь на спинку стула и зеваю.

Миссис О'Коннел что-то царапает в блокноте. Вероятно: «Явное отсутствие интереса к документальным фильмам о дикой природе».

Молодая семья едет в машине. Пока родители разговаривают, маленький мальчик со светлой копной волос играет со своим медвежонком. Его отец протягивает руку жене и улыбается. Как мило! Сейчас в кадре появится шоколад. Нет. Скорее моющее средство. Миссис О'Коннел продолжает делать записи. Я бы хотела заглянуть в этот блокнот. Медвежонок выпадает у ребенка из руки. Я устало закрываю глаза. Мои руки тяжело лежат на коленях. Когда я снова открываю глаза, то слышу скрип карандаша о бумагу.

Длинные волосы женщины касаются штанишек ее сына, пока она тянется за медвежонком.

КРОВЬ. КРИКИ. ОСКОЛКИ СТЕКЛА. ТЕМНОТА.

Я вскрикиваю и касаюсь лица, ожидая нащупать на нем брызги крови. Затем косуля смотрит на меня. Огромные коричневые глаза, наполненные болью. Я уставилась на вывихнутые конечности, разодранную шерсть и кровь. Много крови! Предсмертная судорога, и глаза животного застывают. Мне становится плохо. Что-то горькое поднимается по пищеводу, и я сглатываю.

Не смотри! Но я не могу. Вообще не могу двигаться. Мои ноги сразу приросли к полу, я даже не могу поднять руку или повернуть голову. Я должна знать, жива ли она!

Мать.

И тогда я вижу ее. Светлые волосы разметались по земле, словно золотистые колосья пшеницы, а кровь на бледном лбу расцвела, как дикий мак. Глаза широко открыты. Карие с золотистыми вкраплениями. Мамины глаза. И она замерла так же, как и косуля.

НЕТ! ПРЕКРАТИТЕ!

Картинка становится расплывчатой. На моей коже проступает холодный пот. Я рывком встаю, срываю 3D-очки и бросаю их на стол. Моя грудь лихорадочно поднимается и опускается. Я знаю, что должна успокоиться. Как-нибудь.

Но слишком поздно. Свет мигает, и проектор издает громкий звук. Запах гари ударяет мне в нос.

— Эмма! — резко вскрикивает миссис О'Коннел. Женщина быстро появляется передо мной и сжимает мои трясущиеся руки: я не ожидала от нее подобного с такой полной комплекцией. Она обходит стол и садится рядом со мной на стул.

— Девочка, ты в порядке? Это был только рекламный ролик дорожной полиции.

Рекламный ролик? Фильм ужасов? Моя голова болит, будто сейчас взорвется, а тело трясется. Миссис О'Коннел достает платок и промокает слезы на моих щеках.

— Что тебя так встревожило? Фильм должен побудить людей всегда пристегиваться, когда они едут в машине. Это грубо, я знаю. Но обычно...

я имею в виду... обычно наши ученики не так сильно реагируют на него.

Она разве не знает? Мой отец ей ничего не рассказал?

– Моя мама. Она в этом году... в автокатастрофе... – у меня не получается выдавить слово «умерла».

Миссис О'Коннел широко распахивает глаза. Затем морщит лоб.

– Я серьезно поговорю с твоим отцом, – сказала она тихим тоном.

Этого еще не хватало!

– Пожалуйста, не надо. Я в порядке.

Она бросает на меня пристальный взгляд. Потом нежно касается руки.

– Не позволяй Якобу обманывать себя, милочка. Я знаю его почти вечность. Он охотно строит из себя неприступный айсберг.

Строит? Достаточно. Я медленно поднимаюсь с места.

– Я в хороших отношениях с ним. – Чистая ложь.

– Заполнишь для меня еще пару тестов?

Нет. Я устала как собака и хочу выйти наружу. Но я должна доказать ей, что все в порядке. Миссис О'Коннел дает мне десять листов, прежде чем исчезнуть. Карандаш в моей руке почти летает над бумагой. Я все еще вижу застывшие глаза той женщины. Как они это делают? Они используют какие-то специальные капли для глаз? Вдруг я вздрагиваю, и карандаш выпадает из моей руки. Черт! Я забыла сделать ошибки! Быстро пересчитываю листы. Примерно половина выполнена. Со следующего вопроса я начинаю ошибаться.

Я замечаю Якоба издалека, когда приближаюсь к парковке. Он в деловом костюме стоит рядом с Эйданом, и оба напряженно смотрят в моем направлении. Мелодия из фильма «Люди в черном» врезается мне в голову, но я не в силах даже улыбнуться. Получается, О'Коннел их все же предупредила. Рассказал ли ему Эйдан о херлинге? Мое дыхание учащается, а руки сразу становятся холодными. Когда я подхожу ближе, Эйдан едва заметно кивает. Лицо Якоба непроницаемо, и я не решаюсь заглядывать в его чувства. Я просто стою и смотрю на своего отца. Два больших шага, и его руки уже обхватывают меня за плечи. Тепло.

* * *

– Ты уже прочитала статью из «Irish Times»? После всего, что ты пережила с этим типом... – Ирис качает головой и протягивает мне газету, – иногда я думаю, что такой эмпат, как ты, должна была увидеть святой нимб у Фаррана над головой.

Я смотрю на фотографию нашего директора школы, который пожимает руку толстому мужчине с лысиной лет тридцати. Над ней написано большими буквами:

ФИОНБАР ФАРРАН ПОДДЕРЖИВАЕТ «МИЛЛЕР ИНКОРПОРЕЙТЕД» ПОСЛЕ СЕМЕЙНОЙ ТРАГЕДИИ

Уже прошло два месяца с тех пор, и я все еще вижу кошмары и чувствую давление его руки на моем горле, когда просыпаюсь в поту по ночам. Фарран сказал после этого, что неправильно оценил Миллера.

...Люсинда Миллер ввиду хронической почечной недостаточности несколько месяцев находилась на стацио-

нарном лечении. Мистер Миллер устроил грандиозную акцию в газете и на телевидении, в которой призывал граждан пожертвовать почку своей смертельно больной супруге. Многие отозвались на его просьбу и прошли обследования. К сожалению, по причине редкой группы крови его супруги за последнее время не нашлось подходящего органа для трансплантации. После того как миссис Миллер умерла в субботу от острого нарушения функции почек, он повесился с субботы на воскресенье в хлеву на своей конной ферме. Помощь не подоспела вовремя.

Фионбар Фарран, управляющий и главный владелец акций «Фарран Индастриз», глубоко тронутый этой трагедией, быстро предложил сыну умершего, Джеймсу Миллеру, финансовую поддержку для пошатнувшегося семейного предприятия. В связи с этим будет произведена смена персонала.

Я складываю газету и отдаю ее Ирис. Подруга с любопытством смотрит на меня, но я не знаю, что должна сказать. Возможно, нужно вздохнуть с облегчением. Другой человек стал бы даже злорадствовать. Фарран определенно чувствует сожаление и, несмотря ни на что, поддерживает его сына.

Я закрываю глаза. Что-то не так. Что-то не сходится. Все чувства покинули меня. Осталась лишь пустота.

ПОДСЛУШАНО

Чай, который заварил для меня отец, пахнет марокканской мятой. Я сижу рядом с Эйданом и грею руки о чашку. Якоб только открыл почту, когда зазвонил телефон. Он взял трубку, наморщил лоб и поднялся с телефоном вверх по лестнице в свою комнату. Из трубки доносилось непонятное бормотание.

Эйдан наклоняется ко мне.

— Послушай, то, что я сказал сегодня в библиотеке, было только для того, чтобы проверить...

— Забудь! — у меня нет настроения об этом разговаривать. Что-то не так. Комната, в которой мы сидим, кажется совсем другой. Она уже не напоминает номер в отеле. Мой папа обнял меня. И он мог бы помочь мне разобраться с моим даром. А Ханна и Элиас — нет. Они не такие, как мы. Я нерешительно покусываю нижнюю губу.

Вдруг дверь в спальню Якоба резко открывается, и отец устремляется вниз по лестнице. В его глазах сверкает ярость, когда он смотрит на меня. Я еще никогда не видела его таким злым. Я крепко вжимаюсь в диван, а Эйдан вскакивает с места и пытается заслонить меня собой.

— Якоб, что...

— С дороги, Эйдан!

Свершилось. Он отправит меня домой. Они сказали ему, что я завалила тесты. Но вместо триумфа я ощущаю горечь.

— Ты думаешь, мы такие глупые, чтобы играть в твои игры? — его голос дрожит от злости.

— Игры? Она вышла из-под контроля, когда сломала проектор! — Мое сердце сжимается от слов Эйдана.

— Ты еще защищаешь ее после того, как она сегодня чуть тебя не убила?

— Я не знаю, о чем ты говоришь!

У меня в горле застревает чувство стыда. Я не хочу, чтобы он мне помогал. Голос Якоба обрушивается на нас, как ледяной ветер.

— Не ври, Эйдан!

Юноша упрямо смотрит на моего отца и не двигается с места.

— Оставь его, пап, — слова сами срываются с губ, и только потом я замечаю, что впервые назвала его отцом. Якоб медленно поворачивается ко мне.

— Почему ты подделывала тесты, *дочка*?

Я ничего не хотела сильнее, как просто вновь оказаться у него в объятиях.

— ЧТО? — шокированно вскрикивает Эйдан.

— Некоторые серии тестов намеренно подделаны. Эвелин они с самого начала казались подозрительными. Она несколько раз просматривала результаты, а потом сравнила их на компьютере. При этом она обратила внимание, что все они следуют одному и тому же принципу. Не так уж Мисс Всезнайка и хитра. Почти во всех тестах первые задания правильные, затем начинают появляться ошибки, и вдруг Эмма вновь становится смышленой. И это учитывая тот факт, что сложность вопросов постоянно меняется. Иногда сложные задания стоят в начале, иногда – в конце.

Я вижу, как Эйдан напрягается. Он прищуривается.

– Но теперь самое интересное, – немилосердно продолжает Якоб, – это видео должно было внести коррективы. Обычно испытуемые показывают результаты хуже, когда находятся под эмоциональным стрессом от того фильма. Все в зависимости от того, насколько сильно они на него реагируют. И вот, Эмма отреагировала на него, без сомнений, более чем чувствительно. Она пребывала в таком замешательстве, что совсем забыла сделать ошибки в тесте. По крайней мере, в первой части. Затем она благодаря своему потрясающему интеллекту абсолютно безошибочно все выполнила, несмотря на эмоциональное потрясение. А потом вдруг вспомнила, что нужно отвечать на тест с ошибками! В следующих заданиях она специально сделала намного больше ошибок, чем в предыдущих. Ты можешь себе представить, как я себя чувствую перед Эвелин? Моя дочь попыталась обмануть Sensus Corvi!

Челюсть Эйдана вздрагивает.

– Скажи ему, что это не так, – выдавил он.

Со смерти мамы я еще никогда не чувствовала себя настолько одинокой. Я открываю рот, но не произношу ни слова.

– Ну, по крайней мере, мы теперь знаем, что можно сэкономить время на IQ-тестах и сразу перейти к определению уровня паранормальных способностей. Фарран очень обрадуется, — говорит отец.

Все пошло наперекосяк.

Я не вернусь в Германию.

А Эйдан и Якоб теперь презирают меня.

НЕЗНАКОМЕЦ

Два часа тридцать пять минут.

Зеленые числа резко вспыхивают на дисплее моего будильника, когда я открываю глаза. Мне нужно сбежать? Бессмысленно. Якоб уже однажды нашел меня. А Ирландия – это остров. Это не облегчает побег. В комнате становится душно от моего отчаяния, и я встаю, чтобы открыть окно. Холод устремляется мне навстречу. Я устало смотрю из окна в темноту сада. Некоторые соседи до сих пор используют камин для обогрева дома. В воздухе еще висит холодный дым от уже давно потухшего огня. Деревья тихо шелестят на ветру, а мои руки, лежащие на подоконнике, начинают мерзнуть. Тут я вижу высокую, стройную фигуру. Она так осторожно появляется между орешником и пихтой, что я замечаю движения по-настоящему только тогда, когда силуэт застывает посреди сада. Мужчина обращает на меня свое бледное лицо. Мое сердце начинает возбужденно трепетать, словно мотыльки на свету.

Когда они спят, пробуждайся к жизни!

Вот тебе и потрясающий интеллект! Почему я об этом раньше не подумала?

Незнакомец исчезает в кустах, ряд которых тянется к улице. Мои ноги становятся мягкими, словно зефир. Дрожа, я закрываю окно и приземляюсь обратно на кровать. В своем послании он назвал маму Риной. Только близкие друзья могли ее так называть! И почему он предупреждает меня о воронах и Фарране?

Я беру телефон, кошелек и обувь, накидываю куртку и на цыпочках выхожу из комнаты.

— Поторопись! У нас мало времени.

Больше он ничего не говорит, прежде чем берет меня за руку и тянет за собой мимо пары домов к двери пикапа. Мы останавливаемся. Мужчина тощий и почти такого же возраста, как и мой отец. Он поспешно осматривает улицу, словно опасается, что сейчас отец или Эйдан выбегут на улицу и попытаются нас остановить. Что-то с ним не так. Его глаза беспокойно горят, когда он смотрит на меня. Я не сяду к нему в машину, пока не просканирую его чувства. Наши взгляды встречаются, и я ныряю.

Я ощущаю боль, будто кто-то вонзил нож в грудь и медленно провернул его. Она отбрасывает меня, как сплавную древесину с водопада. Я перебарываю слезы, которые начинают бежать по моим щекам. Так много печали. Моя грудная клетка сжимается. Это напоминает мои чувства в тот момент, когда я узнала о маминой смерти. Его голос глухо раздается в моих ушах, и вдруг я чувствую его руки на моих плечах. Он сильно встряхивает меня. Я возвращаюсь. Тыльной стороной ладони я утираю влажное лицо.

Он отпускает мои плечи.

— Достаточно увидела? Тогда садись.

— Нет. Сначала скажите, почему вы не можете смотреть на меня, не чувствуя боли и печали.

Наши взгляды встречаются. Затем он проводит рукой по коротким темно-коричневым волосам.

— Твоя мать... она очень много значила для меня.

Мы проезжаем по сельской местности. Я думала, что мужчина все объяснит мне в машине. Но он этого не делает. Он не говорит ни слова. Сначала я пробую запоминать названия улиц, но в какой-то момент сдаюсь. Я нащупываю смартфон. Если придется бежать, я смогу определить мое местонахождение.

— Выключи его и вынь аккумулятор, — говорит мужчина и останавливается на обочине. Я сглатываю. Должно быть, он заметил мое движение. Мы находимся посреди сельской дороги: вокруг нас только темные поля. Страх сдавливает мою грудь железным кольцом. Как можно быть такой глупой? Я медленно достаю телефон из кармана и открываю крышку. Руки так сильно трясутся, что у меня только с третьего раза получается вытащить аккумулятор.

— Эмма! — он наклоняется вперед, и я чувствую его теплое дыхание на затылке. — Ты думаешь, что я могу тебе навредить?

— Да, черт возьми! — Мой голос звучит резко, а глаза ошеломленно распахиваются. — Вы не говорите мне ни слова с тех пор, как я села в машину. Я не знаю даже вашего имени, не говоря уже о том, куда мы едем. Вокруг нас ничего, кроме пустых пастбищ, и вы приказываете мне разобрать телефон!

Мужчина начинает смеяться.

— Ты права. Весьма паршивое начало. Меня зовут Ричард, мы на пути к моим друзьям, и после ты сможешь снова включить телефон. Сразу после того, как мы вернемся в Корк. Я не заберу его у тебя. Но мы должны сделать так, чтобы твой отец не смог определить наше местоположение.

— Почему?

Ричард криво улыбается.

— Ну, потому что так будет лучше для него и Фаррана.

Дыши, Эмц!

— Что же мы будем делать? — шепчу я.

— Ты скоро узнаешь. Мы почти приехали.

ГЛАЗ ГОРА

Мы останавливаемся у маленького старого дачного домика. Обвитый темно-зеленым плющом, он стоит в центре сада, такого же одичавшего и неухоженного, как и сам дом. Черный кот появляется у моих ног, когда мы с Ричардом подходим к крыльцу. Зеленая краска во многих местах облезла, а медная ручка так сильно потускнела, будто ее каждый день натирали наждачной бумагой.

– Кыш, Дубх. Ты уже вылакал достаточно молока, – прогоняет кота Ричард, прежде чем мы заходим внутрь через протяжно скрипнувшую дверь. В доме стоит затхлый запах, как в подвале. Меня знобит, и я плотнее прижимаю к себе куртку. Ричард большими шагами направляется к выбеленной двери на другом конце коридора. Я слышу приглушенное бормотание и смех. Он останавливается, и на его узком лице проступает хитрая улыбка, когда мужчина заговорщически прижимает указательный палец к губам. Он немного приоткрывает дверь, так что его высокая фигура скрывает меня, и останавливается в проеме. Я чувствую запах свежесваренного кофе.

– Уже проснулись или еще не ложились?

– Ричард! Какого черта ты здесь делаешь? Твоя смена только полпятого! Мы только что хотели отправиться в дорогу.

– Это того стоило.

Ричард делает большой шаг в сторону, и меня становится видно. Тишину разрывает крик, за которым следует жестяное дребезжание. Женщина тридцати лет с короткими морковно-рыжими волосами стоит у края массивного деревянного стола напротив и всматривается в меня. По полу катится жестяная кружка, и темная кофейная лужа устремляется к моим ногам. Прежде чем я успеваю отреагировать, слышу за собой громкий шум, и кто-то, задыхаясь, кричит:

— Руки вверх!

Я поворачиваюсь и смотрю на толстое лицо коренастого пожилого мужчины в очках и с лысиной. На нем пижама с синими полосками. Рубашка опасно натягивается на животе, будто вот-вот оторвутся пуговицы. Из-под коротких штанов выглядывают голые волосатые ноги. Он ниже меня и держит в руках пистолет.

У него странный взгляд. Дрожь пробегает по моему напряженному телу и разряжается в безудержном хохоте. Я пытаюсь успокоиться и перестать смеяться, ведь мне, в конце концов, угрожают оружием. Но это просто невозможно. Мужчина разевает рот и глазеет на меня, как рыба, выброшенная на сушу.

Я хватаю ртом воздух и облокачиваюсь на дверной проем. Рукавом я вытираю слезы с глаз. Тут за толстяком просовывается ладонь и опускает его руку с оружием.

— Спасибо, Джаред, — слышу я веселый голос Ричарда позади себя. — Коннор, если ты уже действуешь на мисс Майер как устрашающий клоун, что же произойдет, если здесь появится Фарран собственной персоной?

Толстяк закрывает рот и корчит обиженную гримасу. Затем он направляется ко мне, шлепая по полу босыми ногами. Его маленькие коричневые глаза светятся в полумраке.

— Добро пожаловать в Глаз Гора, Эмма.

Ричард негодующе фыркает за моей спиной. Глаз Гора. Так они себя называют. Звучит как название подпольной организации. В этот момент мимо Коннора протискивается молодой человек и протягивает мне руку.

— Привет, Эмма! — загадочно шепчет он, и по моему телу пробегают мурашки. Он, возможно, на год или два старше Эйдана: на нем черные тренировочные брюки и белая футболка, обтягивающая выразительные мускулы на руках и груди. Прямые черные волосы достают до плеч, а голубые, как небо весной, глаза обрамляют густые ресницы.

— Привет! — я сглатываю. Он подходит ближе и берет меня за руку. Я ощущаю свежий запах лосьона для бритья. Его рукопожатие такое же теплое, как и взгляд. И вдруг, хотя его губы не двигаются, я слышу в голове голос юноши:

— Неудивительно, что Эйдан ни на секунду не спускает с тебя глаз.

С моих губ срывается удивленный вздох, и уголки его рта насмешливо вздрагивают, когда он опускает мою руку.

— Оставь это, Джаред! — говорит Ричард позади меня.

Мужчина опускает руку мне на плечо и, круто обернувшись, тянет за собой в комнату к улыбающейся женщине с рыжими волосами.

Четверть часа спустя я сижу с ароматной чашкой кофе у кухонного стола и пытаюсь привести мысли в порядок. Вокруг меня собрались пять членов так называемого Глаза Гора: мой шофер Ричард; рыжая Филлис; Коннор – клоун, как я его про себя называю; Деннис, муж Филлис, который скорее напоминает бледного бухгалтера, нежели члена подпольной организации, и Джаред. Последний, кажется, не сводит с меня взгляда и этим нервирует меня. Какого черта у него получается проникать в мою голову и так разговаривать со мной?

– ...не имеем и представления, как легко твой дар может быть использован в дурных целях. Ты...

Хуже, чем бесконечные мамины доклады! Просто прерывая Ричарда, я смотрю Джареду прямо в глаза.

– Ты можешь читать мои мысли? – спрашиваю я его и мгновенно проникаю в его мир чувств.

Вау! Что... это вообще? Я когда-то уже видела подобное, но не так сильно, не так... горячо. Мое нутро вдруг накаляется от жара, и я хочу дотронуться, протянуться, овладеть. Где я это уже чувствовала? Правильно. У Лин. Она ощущает что-то похожее к Эйдану, только здесь намного сильнее, более страстно и резче. Его глаза темнеют и погружаются в мои.

– Конечно. Каждую из них. В этот момент ты видишь мои чувства к тебе и подобное сбивает с толку, не так ли?

Он снова говорит не вслух, а в моей голове. Я перестаю дышать. Ты испытываешь это *ко мне*?

Жар, который я чувствую на щеках, дает мне понять, что я выгляжу как пожарная сигнализация. Я не понимаю. Он же совсем меня не знает.

Джаред широко ухмыляется и наклоняется вперед, жадно пожирая меня глазами. Вызванный его чувствами порыв прикоснуться к нему становится настолько сильным, что я не могу удержать руку. Я должна вынырнуть, и очень быстро! Момент. Здесь еще что-то. Очень близко, умело спрятанное за горой самоуверенности: искра страха.

Страха, что я что-то узнаю. Мое сердце успокаивается, когда я медленно возвращаюсь к своим чувствам.

– Ты врешь, – говорю я, улыбаясь, – читать мысли ты не умеешь.

Коннор издает восхищенный свист, и другие аплодируют.

Джаред заправляет черную прядь за ухо.

– А ты хороша, – признает он. В этот раз юноша говорит вслух.

– Ты почти меня провел! – сказала я.

Его глаза весело сверкают, и в моей голове сразу образуются слова.

– Я хочу всегда быть с тобой!

Мгновенно я отворачиваюсь к Ричарду.

– Прости, что перебила тебя. Но то, что ты сказал, я знаю наизусть с шести лет. Мама и правда была параноиком. – Джаред смеется, пока Ричард хмурится.

– Вот и я так говорю, Эмма. Но здесь, к сожалению, никто не хочет меня слушать, – он весело подмигивает мне.

— Придержи язык, Джаред, и не смей больше проникать к ней в голову. Ты знаешь правила! Это касается, между прочим, и тебя, Эмма. Никаких исследований чужих чувств без разрешения, понятно?

Я испуганно вздрагиваю от замечания. Да здесь еще хуже, чем в Sensus Corvi. Филлис берет меня за руку и говорит:

— Мы предупреждаем, когда применяем свои способности к другим людям. Ни с кем нельзя взаимодействовать против его воли. До этого момента ты же боялась, что Джаред может прочитать твои мысли, верно? — Я молча киваю. — Никто из нас этого не умеет. Но даже если и так, то было бы нечестно использовать подобную способность, не предупредив тебя, так ведь?

Она права. Поэтому мой отец и разозлился, когда я окунулась в его чувства.

— Если уж мы затронули эту тему, — включается Деннис. Его карие глаза кажутся совсем маленькими за толстыми квадратными стеклами в роговой оправе. Когда он их снимает, то выглядит моложе. Мне показалось, что ему около сорока. Сейчас же мне кажется, что ему чуть больше тридцати, — Фарран умеет читать мысли и применяет дар без предупреждения. Ты с ним уже встречалась?

— Нет, — говорю я и вспоминаю, как Лин его боится.

— Это, к сожалению, еще не все, — продолжает Ричард. — Он эмпат, как и ты. Можешь представить, как опасна комбинация его даров?

– Человек, который способен читать мысли и распознавать чувства других людей, легко может манипулировать ими?

– Именно.

– Вдобавок он еще и телекинетик, – печально говорит Деннис и снова надевает очки. – Господи! Три дара одновременно!

Ричард скрещивает руки и пристально смотрит на меня.

– Мы думаем, что он хочет создать армию паранормальных войск. Его цель – собрать со всего мира таких людей, как мы, и с помощью них воздействовать на политику и экономику, чтобы достичь мирового господства. Он не чурается никаких средств. А мы поставили перед собой задачу предотвратить подобный вариант развития событий и дать отпор этим воронам.

Простите, что? Я в неверии смотрю на него. Да он еще более двинутый, чем моя мама! Его взгляд перемещается на Джареда, который небрежно раскачивается на стуле и кривит рот в усмешке.

– Это так, – серьезно говорит Деннис, – я сам являлся частью учредительного комитета Sensus Corvi. Школа служит только этой цели. Привлечь подростков, обладающих паранормальными способностями, и вырастить будущую элиту. Я очень хорошо знаю твоего отца, он...

– Попал под влияние Фаррана! – грубо прерывает его Ричард. Его грудь сильно вздымается и опускается. Я чувствую, не заглядывая в него: он смертельно ненавидит Якоба.

— Эмма, я должен сказать тебе нечто, что может тебя испугать, но мы...

— Не сегодня, Ричард! — рассерженно прерывает его Филлис и хлопает рукой по столу. — Мы договорились...

— Фил, он прав, Эмма ДОЛЖНА это знать! Она в опасности, — отвечает Деннис.

— НЕТ! — встревает Коннор. — Слишком рано! Вы даже еще не знаете, на чьей она стороне!

Полностью игнорируя меня, эти четверо какое-то время перебрасываются многозначительными взглядами. Только Джаред не принимает в склоке никакого участия. Он кажется здесь единственным здравомыслящим человеком. Почему я в опасности? Из-за Фаррана? Мой отец с ним так хорошо ладит, что он вряд ли мне что-то сделает! Чего эти сумасшедшие вообще хотят от меня? Зевая, я смотрю на часы. Уже пять. Я нагибаюсь через стол к Джареду, который ни на секунду не отрывается от меня. Он делает то же самое. Наши лица разделяют лишь несколько сантиметров. Его глаза не такие загадочные, как у Эйдана. Но, без сомнения, красивые.

— Ты отвезешь меня домой? — шепчу я.

— Прямо сейчас? — его губы не двигаются. Кажется, он не особо придерживается правил Ричарда. Я киваю. Мы одновременно встаем. Оживленная дискуссия вокруг нас замолкает.

— Что случилось? — спрашивает Ричард.

Джаред изящно обходит стол и по-хозяйски кладет руку мне на талию. Я задерживаю дыхание. Непривычно. Но приятно.

— Мы уходим, – говорит Джаред. Его решительный тон удивляет меня. Впервые с того момента, как я покинула комнату, я чувствую себя в безопасности.

— Что значит, вы уходите? – Ричард вскакивает с места и останавливается между нами и дверью.

— Эмме достаточно на сегодня, Рич. Я отвезу ее обратно.

— С каких пор ты говоришь, что делать, Джаред? – шипит Ричард.

Их взгляды ведут безмолвную борьбу.

Филлис встает между ними и умоляюще смотрит на меня.

— Я знаю, сегодня все шло не совсем нормально.

Ах, правда? Я пытаюсь подавить горькую усмешку. Что сегодня вообще шло нормально? Весь день превратился в настоящий кошмар!

— Но мы не можем отпустить тебя просто так.

Она взмахивает рукой, и я слышу металлический звук, прежде чем небольшой предмет опускается на ее ладонь. Ключ. Вау! Как у нее только получается так точно им управлять? Тогда я осознаю, что она только что сделала. По моей спине пробегают мурашки, и я сжимаю руку Джареда. Теплой, сильной хваткой он приближает меня к себе. Мое сердце колотится так быстро, что мне кажется, его слышит каждый в комнате. Юноша вытягивает руку и держит ее перед собой.

— Отдай мне ключ.

Я ожидаю отказа. Женщина, скрестив руки на груди, вопросительно смотрит на Ричарда.

Он вздыхает.

— Ты должна поклясться, что не расскажешь о нас воронам, Эмма.

— Почему я должна рассказывать? Я просто устала. Чего вы вообще от меня хотите?

Ричард открывает рот, и краем глаза я замечаю, как Филлис поднимает руку, чтобы его остановить, но слова быстрее:

— Нам нужен шпион.

— Я подумаю над этим.

Ужас! Я это правда сказала? Вздыхая, я опускаю голову на изголовье сиденья машины и закрываю глаза.

— Джаред?

— Ммм? – мычит он и делает радио потише.

— Ты, кажется, не веришь во всю эту чушь, которую рассказывал Ричард о Фарране. Почему же ты тогда с ними?

Он молчит. Ладно, тогда нет.

Через какое-то время он сворачивает вправо на маленькую проселочную дорогу и останавливается. Я удивленно смотрю на него. Когда он поднимает свою футболку, я нащупываю ручку двери и нажимаю на нее. Но прежде чем я выпрыгиваю из машины, он хватает мою руку и крепко держит меня.

— Отпусти меня! – к моему облегчению, он это и правда делает.

— Не бойся, я только хочу тебе кое-что показать, – смеется он, – за кого ты меня принимаешь? – Что-то в его голосе заставляет ему поверить.

Мой взгляд переходит с его глаз на ухмылку, жилистую шею и медленно скользит ниже. Затем я вижу что-то темное прямо на его груди. Тогда я с любопытством склоняюсь и вижу пятно размером с монету и охаю.

Прямо на месте, где находится сердце, я узнаю четкую синюю татуировку ворона.

— Sensus Corvi, — шепчу я, и мои пальцы сами собой прикасаются к распростертым крыльям.

Джаред вздрагивает.

— Нет! — хрипло говорит он и решительно убирает мою руку от себя.

Пока юноша натягивает футболку обратно, я закрываю дверь и смотрю в окно. Вокруг ни души. Без фар темно, хоть глаз выколи, и чем дольше я смотрю на ночное небо, тем больше звезд замечаю в его черноте. Когда пучок света мимо проезжающего грузовика попадает на машину, я оглядываюсь на Джареда. Сомнение и стыд мгновение борются на моем лице. Когда юноша замечает мой взгляд, выражение его лица становится отрешенным.

— Я был вороном телом и душой. Поэтому даже набил эту дурацкую татуировку над сердцем. Пожалуйста, не рассказывай никому, особенно Ричарду!

Я тихо киваю.

— Ты пока только кандидат. Но когда станешь адептом… Это непередаваемое чувство… Вороны всегда держатся вместе, как говорит Фарран. Они были моей семьей, моей жизнью. В этом году у меня состоялся выпускной. Знаешь, Фарран помогает бывшим ученикам и после выпуска. Безработных воронов нет. Он помогает всем найти достойную работу и поддерживает каждого, у кого дела идут паршиво. Вороны как братья и сестры, между каждым из них существует сильная связь… — Он останавливается и поворачивает голову в мою сторону. Его взгляд меняется. — Каждым, кто в игре. Я должен был выполнить задание, которое ни в коем случае не мог провалить.

Он наказал меня, испортив мои оценки на выпускных экзаменах. Затем я получил настолько плохой аттестат, что у меня не осталось шанса получить с ним стипендию в хороший университет. На родителей я рассчитывать не мог. У них нет денег, чтобы оплатить учебу. Он это отлично знал! Вся зубрежка была напрасной! И если бы я просто провалился на экзаменах. Тогда бы я мог закончить другую школу. Но так...

— Ты не можешь подать на него жалобу?

— Ты думаешь, у меня есть деньги на судебные разбирательства? Кроме того, он всегда побеждает. Я думаю, что у Фаррана больше лучших адвокатов, чем у самого премьер-министра. Чтобы собрать денег на обучение, сейчас подрабатываю на металлоперерабатывающем заводе, а по выходным — в пабе.

Я не знаю, что должна сказать. Только молча смотрю на него.

— Я хочу ему отомстить, — голос юноши звучит так безучастно, будто он говорит о погоде. По спине у меня пробегают мурашки.

— Поэтому Глаз Гора?

Джаред смотрит на лобовое стекло. От нашего дыхания оно запотело, и ландшафт вокруг нас все больше расплывается в туманной белизне.

— Да, — глухо отвечает юноша и поворачивает ключ зажигания.

Пока мы едем по сельской дороге, я думаю о том, как Эйдан восхищается Sensus Corvi.

— Мне приятно находиться рядом с тобой, — тихо говорит Джаред через некоторое время.

— Ты же меня совсем не знаешь!

— Ты просто не в курсе! — он смеется. — Я уже в Германии присматривал за тобой.

У меня сжимается желудок.

— Присматривал? Что это значит?

Джаред успокаивающе опускает свою руку на мою.

— Они боялись, что тебе могут навредить или совсем убрать, если ты... ну... узнаешь всякое от своей матери.

В ушах начинает шуметь.

— Я ничего не знаю! Мама никогда не рассказывала о своем прошлом. Ричард был в нее влюблен, это так? Что произошло?

Выражение лица Джареда становится мрачным. Я бросаю на юношу злобный взгляд и убираю его руку в сторону.

— Проклятье, Джаред, меня правда кто-то хочет убить?

Он молча сворачивает на нашу улицу и останавливается в ста метрах от дома Якоба. Отец просыпается в шесть тридцать. Мне нужно поторопиться.

— Джаред! — умоляю я.

— Ричард свернет мне шею, если узнает, что я тебе вообще это рассказал! Выходи.

Я со скрещенными руками упрямо смотрю на него.

— Ну давай же, Эмма. Уже поздно. Если Якоб заметит... — пробует он снова, но затем со вздохом отстегивает ремень безопасности, выходит и подходит к пассажирской двери. Улыбаясь, он открывает ее и наклоняется ко мне. Голова начинает кружиться от его терпкого запаха. – Я тебя и правда должен вытащить из машины?

Он это серьезно. Но я хочу знать, что тогда произошло!

Пока я выхожу из машины, то вспоминаю, как Лиц полгода назад звала Робина со мной на фестиваль Tollwood[1].

– А если, – я смотрю на свои пальцы, которые поднимают прядь волос и накручивают ее, – если мы еще раз встретимся? Мы вдвоем? Наедине.

Я с горящими щеками жду его ответа. Никогда еще я не разговаривала с парнями подобным образом. Если он засмеется, я никогда больше так не сделаю.

– Прекрати играть со своими волосами.

Он нежно проводит большим пальцем по моей руке, и я отпускаю волосы. Когда поднимаю глаза, меня поражает его пылкий взгляд.

Джаред резко оборачивается, подходит к двери у водительского сиденья и садится в машину. Ну, попробовать все же стоило. Перед тем как я оказываюсь у дома Якоба, Джаред останавливает машину передо мной и опускает боковое стекло.

– В четверг ночью. Заведи будильник на час.

По рукам все еще пробегают мурашки, когда я закрываю входную дверь. Уже шесть двадцать. Так тихо, насколько это было возможно, я пробираюсь по лестнице вверх в комнату.

---

[1] Ежегодный музыкальный фестиваль, который проходит каждые полгода в Мюнхене в Олимпийском парке.

— Где ты была? — Вместе с холодным голосом загорается прикроватная лампа. Я стараюсь не закричать. На моей кровати сидит Эйдан. Он бледный и выглядит уставшим.

— Гуляла, — крякнула я.

— Ага... — Его взгляд становится еще более жестким. Он ловко спрыгивает с кровати и направляется ко мне.

Я чувствую себя ягненком, которого вот-вот проглотит волк.

Эйдан останавливается так близко, что я могу разглядеть искры в его глазах.

— Два часа? Да ты, бедняжка, должна была совсем замерзнуть!

Я не могу ему рассказать правду.

— Ладно, ты меня поймал. Я была с одним парнем. Ну давай иди и расскажи это моему отцу! — Все же это не чистая ложь.

Эйдан раскрывает рот и отходит на шаг.

— Кто он? — его голос заставляет меня вздрогнуть.

— Это тебя не касается.

Быстрым движением он отодвигает меня в сторону, открывает дверь и выходит из комнаты. Снаружи звенит будильник Якоба.

* * *

— Что случилось?

— Ничего.

— Рина, я твоя мать. Ты не можешь меня дурачить. Это из-за Якоба?

У меня горят щеки. Наверное, я уже красная как рак.

– Нет. Как это пришло тебе в голову?

– Он тебе нравится.

– Да. Но он всего лишь друг. Ничего больше.

Серая прядь волос выбилась у нее из косы, и она, улыбаясь, заправляет ее за ухо.

– Вчера после работы Фарран ненадолго заходил на чай.

В ее голосе слышится почтение. Какая важность. Определенно она взволнована. Мама выглядит по-настоящему счастливой. Хотела бы и я разделить с ней это чувство.

– И?

Папа откладывает газету в сторону. Он тоже мне улыбается.

Мне постепенно становится плохо.

– Он обрадовался бы, если бы ты... сохранила чувства к Якобу.

Я сглатываю. Моя рука дрожит, когда я откладываю вилку в сторону.

– Якоб не только невероятно одаренный молодой человек. Фарран называет его своей второй рукой, лучшим другом, – спокойно говорит мама.

Ладно. Этого я пока не знала.

– Ты знаешь, чем мы обязаны Фаррану, Рина.

Конечно, папа. Вы напоминаете мне об этом каждые выходные. Я молча киваю. А потом сжимаю руки в кулаки.

– И чего вы теперь ждете? Мне нужно повеситься на шею Якобу? Даже если бы я испытывала к нему какие-либо чувства, уверена, он смотрит на наши отношения по-другому.

Это ложь. После дела с Миллером мне известны его чувства. Даже если Якоб их скрывает.

Мама громко вздыхает и, не спрашивая, подливает мне чай.

– Фарран говорит, что Якоб тоже тобой интересуется.

Больше всего мне хочется вскочить и убежать.

– Он имеет в виду, что кто-то из вас должен сделать первый шаг.

– Возможно, было бы лучше, если бы вы оставили меня в покое. Некоторым вещам нужно время.

И снова это. Счастливая улыбка у мамы на лице.

– Я знала, что ты рассудительная. Завтра же я скажу Фаррану, что у тебя на примете нет никакого другого юноши.

Классно. Я не произношу ни слова. Что я должна сказать? У меня вообще есть подходящие слова?

ЕДИНСТВЕННЫЙ РОДСТВЕННИК

Мы сидим за завтраком и игнорируем друг друга, насколько это получается. Я так устала, что едва могу держать глаза открытыми. Когда я встаю и хватаю свой школьный пиджак, Якоб откашливается и обращается к Эйдану.

— Эмме сегодня будет оказана честь быть представленной школьному директору. Поэтому я отвезу ее в школу.

Берегись Ворон. Особенно Фаррана.

— Зачем? — спрашиваю я, но он не отвечает и только делает очередной глоток чая. Я снова сажусь.

— Фарран хочет видеть ее уже сейчас? — удивленно интересуется Эйдан.

– Конечно, — отец берет тост и начинает намазывать на него апельсиновый джем, — ее маленькое шоу во время игры в камоги вчера...

— Лин только ударила рядом, это все, — защищает меня Эйдан.

Я начинаю волноваться.

— Как бы то ни было, ее способности и подделанные тесты вызвали у него интерес. Фарран хочет поговорить с Эммой до того, как она закончит выполнять тесты на определение уровня паранормальных способностей.

— Это большая честь, – вырывается у Эйдана.

Ну супер. Я чувствую себя особенной.

— А если я откажусь?

Якоб поднимает голову и сверлит меня взглядом. Льдисто-голубые глаза. Страх застревает комком у меня в горле, и я пытаюсь проглотить его.

Если кто-то захочет тебя напугать, ты должна заблокировать чувства. Лучше всего ты это сделаешь, представив его своим учителем. Что именно он делает? Как он тебя пугает? Проанализируй и попробуй это повторить. Он станет нервничать при взгляде на тебя. Подумай о нашей игре.

Я знаю, что у меня глаза Якоба. Так что повторить его взгляд должно быть просто. Я прищуриваюсь и отвечаю на его взгляд.

— Не перегибай палку. Если ты опозоришь меня перед Фарраном, я отправлю тебя в общежитие Sensus Corvi. Учитывая твою нелюбовь ко мне, это станет лучшим решением для всех нас.

Поймали! Клянусь воронами! Без возможности связаться с Глазом Гора. И Джаредом. Я вспоминаю о больших воротах и парне с пистолетом на поясе. Меня охватывает чувство паники.

— Ты не можешь этого сделать! — говорит Эйдан и окидывает Якоба мрачным взглядом.

Тот встает так резко, что задевает стол и чай выплескивается из чашек.

— Прекрати уже вмешиваться! Это касается только Эммы и меня.

Оба переглядываются через стол, и я вижу, как пламя маленькой свечки в нагревателе для чая начинает беспокойно колыхаться, будто от порыва ветра. Но в комнате не может быть сквозняка. Воздух начинает трещать от напряжения.

– Ты ведешь себя с ней так же, как и мой отец. На это невыносимо смотреть! Будто ты другой человек! Если ты так просто выкинешь ее...

Я чувствую, что он хочет сказать, и вскакиваю.

Я не знаю, что делал бы, не будь у меня Якоба... – писал он в своем дневнике. Эйдан не должен его потерять. Не из-за меня.

– ...видишь ли...

Я одергиваю юношу, обхватываю его шею руками и прижимаю свой лоб к его лбу.

– ...меня... – хрипит он и прерывается.

– Шшш... не говори этого! – шепчу я.

Глаза юноши расширяются от удивления. От близости его тела у меня внутри все вспыхивает. Нечто берет контроль над моими мыслями, и руки просто начинают делать то, что давно хотели: они перебирают его мягкие, растрепанные волосы. Мое дыхание сбивается, а кончики пальцев болят несколько секунд, будто я обожглась.

Затем я слышу усталый голос Якоба, и чары спадают.

– Пожалуйста, оставь нас с Эммой наедине, Эйдан.

Мои щеки краснеют, и я быстро отступаю на пару шагов.

Все напряжение, кажется, исчезает из тела Эйдана. Он бросает на меня долгий взгляд. Затем юноша направляется к выходу, хватает куртку, школьную сумку и надевает кроссовки. У двери он еще раз быстро оборачивается.

– Прости, Якоб, – коротко бросает Эйдан.

Я опускаюсь на стул и подпираю голову руками.

— По крайней мере, с ним ты честна, — голос Якоба потерял всякую злость и теперь звучит только устало. Он придвигает свой стул ближе и осторожно убирает мои руки от лица.

— Чего ты хочешь, ребенок?

— Домой.

— У тебя больше нет дома. Твоя мама умерла. Все не будет так, как прежде.

— Но... Элиас и Ханна... и мои друзья...

Якоб сжимает мои руки крепче, будто желает предотвратить мое падение в море печали.

— Малышка, они чужаки. Я единственный родственник, который у тебя есть. Я... — он вздыхает, — я не особо хорош в выражении чувств.

Я бы никогда об этом не догадалась... Мои руки теплеют в его руках. Я вспоминаю о вечере после неудачных тестов. Как хорошо было, когда отец меня обнял. Якоб молчит некоторое время. Потом он тихо продолжает:

— Ты больше похожа на меня, чем думаешь. Не только внешне. Эти упрямство и замкнутость у тебя определенно от меня.

Я пытаюсь подавить улыбку.

— Почему для тебя так важно, чтобы меня приняли в Sensus Corvi?

— Мне нельзя...

— Я твоя дочь, черт возьми! Ты думаешь, что я побегу к Фаррану и настучу ему?

Он усмехнулся.

— Фарран и так все узнает.

— Потому что он умеет читать мысли? — вырывается у меня, и хватка отца становится жесткой.

— Кто тебе это сказал?

— Моя интуиция, — соврала я.

Лицо Якоба расслабляется.

— Достойно. Тебе следовало бы чаще ее применять. — Он опускает мои руки, встает и беспокойно начинает ходить по комнате. Затем останавливается.

— То, что я тебе сейчас скажу, ты никому не расскажешь.

— Обещаю.

— Я получил анонимное письмо не только с извещением о смерти твоей матери, но и... — мое сердце начинает стучать быстрее, и я замечаю, как Якоб пытается совладать с чувствами, — с твоей фотографией. На ней было напечатано: SIMILIS SIMILI GAUDET. Это означает: «Рыбак рыбака видит издалека».

Что-то во мне хочет вскочить и убежать, но я, как замороженная, остаюсь сидеть на стуле, неспособная пошевелить и пальцем.

— Эмма, у меня есть все основания полагать, что речь идет об угрозе. Ты немногое знаешь обо мне. Я состоятельный и влиятельный человек. Есть люди, которые очень хотят оказать на меня давление. И если это так, то ты находишься в крайней опасности и с твоей матерью произошел не несчастный случай.

ФАРРАН

Кабинет Фаррана находится на самом верхнем этаже в крыле, куда я еще не заходила. Я следовала за темным костюмом своего отца и немного помедлила на лестнице. Как я должна выкинуть Ричарда и других членов Глаза Гора из головы? Вдруг Фарран и правда умеет читать мысли?

Двустворчатая дверь из эбенового дерева выглядит весьма внушительно: такое ощущение, что искусно вырезанные фигуры на ней вот-вот оживут и ринутся мне навстречу. По центру на высоте ручки я узнаю символ воронов. Вокруг него изображены сцены охоты: люди с копьями и мечами скачут на лошадях в сопровождении собак и соколов.

— Сцены из мифологии Ирландии, — объясняет мне отец. Он нажимает на медную кнопку под домофоном.

— Кабинет экзерциатора. Чем я могу помочь? — слышится отчетливый женский голос.

— Макэнгус с дочерью, — коротко отвечает Якоб.

Я поспешно дергаю его за рукав.

— Экзерциатор? — шепчу я. В этом имени есть что-то угрожающее. Звучит как экзекутор. Перед моими глазами появляется палач, заносящий топор.

Якоб улыбается и продолжает:

— Освежи свои знания латинского. Это значит: наставник.

В этот момент правая створка эбеновой двери с тихим скрипом отворяется. Молодая женщина в черном элегантном платье, которое блестит, как перья черного лебедя, приглашает нас войти. Она провожает нас до кабинета Фаррана: девушка будто босиком идет по мшистой лесной почве, несмотря на то, что на ее ногах высокие каблуки.

Мой отец заходит в кабинет Фаррана будто в свой собственный. Я прячусь за его широкой спиной и мечтаю исчезнуть. Громоздкий черный лакированный письменный стол пуст, и Якоб уверенным шагом направляется к большому затемненному мансардному окну, из которого открывается вид на сад школы. Я испуганно хватаю воздух ртом. Он же не...

— Доброе утро, Фион! — дружелюбно приветствует директора мой отец. Когда Якоб отходит в сторону, я вижу его. После благоговейного шепота, которым поражает он всех, кто о нем говорит, я представляла себе Фаррана мускулистым гунном с угловатым лицом и острым орлиным взглядом. Сейчас мужчина стоит спиной к нам: намного ниже моего отца, со светлыми, по-военному коротко подстриженными волосами, поседевшими на висках. Его темный костюм определенно сшит на заказ, так как Фарран такой худой, что кажется хрупким. И все же здесь есть что-то еще.

Я зажмуриваю глаза и сосредотачиваюсь на его фигуре, когда он рывком оборачивается. Что-то обволакивает его. Расплывчатое, облачное, сильное. Воздух будто вибрирует. Я слышу, как Фарран отвечает на приветствие моего отца, и быстро опускаю глаза, когда он обращается ко мне.

— Доброе утро, сэр, — говорю я и сразу же стесняюсь своего писклявого голоса.

– Я не кусаюсь, мисс Майер, – весело отвечает он. У него приятный мелодичный голос, и это заставляет меня поднять голову.

Высокий лоб и орлиный нос выделяются на лице и отвлекают внимание от тонких губ. Они улыбаются и обнажают ряд ровных, безупречных зубов. Я чувствую, как мое тело неосознанно реагирует на эту улыбку, и чувство беспечности и радости обволакивает меня со всех сторон, будто я встретила старого друга. Ноги сами по себе начинают двигаться к нему, а правая рука протягивается навстречу. Я уже так близко к Фаррану, что могу видеть насмешливые искры в его маленьких, узко посаженных глазах. Они чрезвычайно светлые, скорее серые, чем голубые, и по цвету напоминают сталь. Наши руки соприкасаются. Его ладонь крепко обхватывает мою, и во мне зарождается чувство безграничного доверия. Какого черта здесь происходит? Когда Фарран отпускает руку, меня охватывает странная пустота.

– Присаживайтесь, пожалуйста.

Он указывает на маленькие кожаные сиденья у мансардного окна. Секретарь приносит нам напитки. Когда девушка ставит чашки перед Фарраном, то краснеет, как поклонница, которая встретила своего идола, и смиренно опускает глаза.

– Почему вы не хотите поступить в Sensus Corvi, мисс Майер? – голос Фаррана звучит в моих ушах как песня.

– Хочу вернуться домой, – признаюсь я. Определенно не следует врать ему по этому поводу.

Серо-голубые глаза задумчиво сосредотачиваются на мне.

— Якоб, ей одиноко. Тебе следовало бы лучше заботиться о дочери, если ты не хочешь ее потерять.

Чашка в моей руке начинает дрожать, и я бросаю шокированный взгляд на отца. Выражение его лица не меняется. Фарран как эмпат просканировал мои чувства? Почему я ничего не заметила? Маму я чувствовала всегда.

— Прости, Фион. Но я думаю, что это мое личное дело.

Фарран подносит чашку к губам и делает глоток чая. Когда он опускает чашку, то отвечает отцу, но его глаза всматриваются в мои.

— Больше нет, мой дорогой. Потому что она... — мужчина замолкает, и на долю секунды в его глазах вспыхивает удивленное выражение, прежде чем их снова обволакивает прохладный металлический глянец, — в каких отношениях ты состоишь с Эйданом, Эмц?

Я вздрагиваю от страха. Откуда он знает мое прозвище? Неужели от Эйдана?

— От Лин. Она слышала, как Эйдан тебя так называл. — Его губы остаются неподвижными, но я отчетливо слышу голос Фаррана в своей голове. Значит, он тоже так умеет! Образ Джареда мгновенно вспыхивает в памяти, что я резко ударяю себя по губам, будто только что выложила всю информацию о нем. Фарран резко наклоняется вперед. Он пристально смотрит на меня, как змея, которая гипнотизирует кролика.

— Ты знаешь Джареда Бреди? — шипит его голос в моей голове. Я с трудом отвожу взгляд и таращусь на пальцы, которые пытаюсь спрятать за кожаными подушками дивана. А сейчас я *чувствую* его присутствие в своей голове. Легкая щекотка. Я должна закрыть от него свои мысли. Быстро. Но как? Отчаявшись, дальше не размышляя, я рывком поднимаю голову и ныряю в него.

Темнота. Влажный холод. Вокруг меня ничего, кроме камней и стен. Как это возможно? Мои силы на него не действуют? Почему я ничего не чувствую? Внезапно мрак сгущается и заполняет окружающее пространство. Огромная пугающая тень ловит меня, хватает и с силой швыряет об одну из стен.

Боль.

Ошеломленно я открываю глаза. Я лежу на полу перед диваном. Потеряла сознание? Я со стоном хватаюсь за голову.

– Это было необходимо? – тишину рассекает голос отца.

Я чувствую движение позади себя, но Фарран быстрее. Прежде чем я успеваю что-то сделать, он приседает, хватает меня за руки и тянет наверх. Для его комплекции он удивительно сильный. Я не хочу смотреть на него, но он мягко берет меня за подбородок и принуждает меня это сделать.

– Я не хотел тебя напугать, Эмма. Я могу тебя так называть? – Его взгляд так же хорошо скрывает чувства, как и дух. Я невольно киваю.

– Якоб, это не шутки. Я никого не подпускаю к своей душе. Абсолютно никого!

Он обходит стол и снова занимает свое место. Я сижу на диване так близко к Якобу, что наши колени почти соприкасаются.

— Со своим уровнем эмпатии она вряд ли может проникнуть в твою душу, — пытается отшутиться Якоб, но его тело напряжено, — во всяком случае, это не повод, чтобы сбрасывать ее с дивана!

У меня вырывается смешок. Фарран меня и правда... но он же только что встал!

Мужчина непринужденно улыбнулся.

— Я мог бы тебя этому научить, Эмма.

Якоб начинает шипеть.

— Что на тебя нашло, Фион? Сам нарушаешь созданные тобой же правила!

Фарран начинает громко смеяться и наклоняется вперед, опираясь руками о колени.

— Ты привел ко мне выдающуюся кандидатку. Кажется, у тебя нет ни малейшего представления о ее способностях. — Он имеет в виду телекинез? Мой взгляд устремляется к окну, выходящему на спортивную площадку. — Да, я видел ваше небольшое представление, юная леди. Действительно вдохновляет.

Черт! Он снова читает мои мысли?

— Нет, я не в твоей голове. Но ты не особо хорошо умеешь скрывать свои мысли. Каждый, кто хоть немного разбирается в людях, сможет прочитать тебя как открытую книгу. Но не беспокойся, скоро ты научишься защищаться лучше.

Я закусываю нижнюю губу и пытаюсь оставаться спокойной.

Фарран делает глоток воды и снова обращается к моему отцу.

— Ты ужасно ее недооцениваешь, мой друг. Возможно, потому, что она твоя дочь. Это явно обманывает твои инстинкты. Эмма не эмпат.

Кровь на моей губе на вкус соленая, как жидкое железо. Как он это понял? Никто, кроме моей мамы, до сих пор не знал об этом.

Якоб хватает меня за руку, и я вздрагиваю. Кажется, он разозлился. К моему удивлению, отец смотрит на меня с любопытством.

— Я... я, в общем, мама называла меня эмоциональным водолазом.

Якоб потерял дар речи. С его лица пропали все краски, и он так болезненно сжимает мою руку, что я начинаю морщиться от боли.

— Прости! — он отпускает меня. — Но это невероятно! Почему ты никогда... — Он смотрит на меня так, будто я инопланетянин.

— Потому что ты никогда не слушал меня и не подпускал ее к себе, упрямый баран! — отвечает Фарран.

Нет. Это зашло слишком далеко. Я так быстро вскакиваю с места, что у меня начинает кружиться голова — явно побочное действие от телекинеза Фаррана.

— Да что вы о себе возомнили? Вы — директор школы, а не психиатр! И мы с отцом пришли не на сеанс семейной терапии. Вы только что напали на меня. За это я могла бы подать на вас в суд.

— Эмма! — выдыхает мой отец. Но Фарран лишь отмахивается от него.

Мне становится тяжело дышать.

— У тебя нет свидетелей, девочка. Не надейся на своего отца. Он никогда не пойдет против меня. Из верных соображений.

Я вспоминаю слова Джареда. Возможно, он прав. Я снова опускаюсь на диван.

— Чего вы от меня хотите? — прошипела я.

— Твое сердце. И твою душу, — угрожающе прошептал он.

По рукам пробегают мурашки.

Они любят играть с чувствами людей, чтобы запугать их мысли, ослабить концентрацию. Кажется, это всего лишь слова, но проходят секунды – и ты уже трясешься от страха.

Теперь я поняла, что мама имела в виду. Все это лишь игра, чтобы запугать маленькую Эмму. Ничего больше. Но мама рассказала мне, как нужно играть.

— Ладно. А что я получу взамен?

Его зубы сверкают, когда Фарран начинает смеяться и переводит взгляд на отца.

— Она хороша. Маленький борец, как и ее мать. Из Катарины могло бы выйти больше, чем жалкая предательница. Она была так молода и податлива.

Я хочу закричать, но изо рта вырывается лишь стон.

Якоб, защищая, опускает руку мне на плечо.

— А вот сейчас ты зашел слишком далеко, Фион.

Я чувствую, как тело Якоба напрягается от злости, и когда Фарран хочет взять свою чашку, та мигом взлетает в воздух и мягко опускается на другом конце стола.

Улыбка исчезает с лица Фаррана.

— Это вызов, мой друг?

Чашка снова поднимается в воздух, и пристальный взгляд Фаррана говорит мне, что в этот раз он управляет ее движением. Чашка замирает над столом. Хотя «замирает» — не совсем то слово.

Она дрожит и вибрирует и, кажется, не может решить, куда ей двигаться дальше. Я опускаю голову на плечо отца и пристально смотрю на него. Каждая клетка его красивого лица напряжена. Голубые глаза кажутся замерзшими озерами. Он не мигает. На его лбу медленно проступают капли пота и стекают по вискам. Как долго он сможет вести безмолвную борьбу?

Фарран не должен победить!

Но, к несчастью, мне хватает одного быстрого взгляда, чтобы понять, что Фарран, кажется, намного меньше устал, чем мой отец. Это злит. У меня чешутся руки, и я вжимаю ногти в ладони, когда я концентрируюсь на чашке. Инстинктивно я знаю, что должна делать. Я просто дам ей волю. Своей злости.

Нет, я даже усилю ее. Со всей мощью, что у меня есть, я сосредотачиваю внимание на чашке. Да что Фарран может занать о моей матери? Как он посмел осквернить память о ней? Его провокационная улыбка создает в моей голове минное поле, и, когда начинается цепная реакция, я направляю все мысли на стекло.

Оно твердое и холодное.

Но я еще хорошо помню, как изящно оно выглядело, когда стеклодув на школьном выступлении растопил бокал вина. От него остался только красно-оранжевый светящийся комок. Вязкий, как лава. Полностью погруженная в созерцание чашки с чаем, я улавливаю приглушенный оклик моего отца, когда чай начинает закипать и брызги фонтанами разлетаются через край.

Давление руки на мое плечо становится сильнее, но в тот же момент до меня доносится крик Фаррана:

— Нет, Якоб! Не прерывай ее! Посторонись!

И только я хочу ослабить силы и сдаться, как в моих мыслях слышится голос Фаррана:

— Твоя мать была моей ученицей. Интеллигентная и симпатичная, как и ты. Но ведомая и слабая. Она связалась с соколами и отказалась от нашей защиты, предала нас и стала легкой добычей для ее палачей.

Белый!

Мой гнев белый, как водяной пар, который, шипя, исходит от раскаленной докрасна чашки. Или того, что от нее осталось. Раскаленное стекло теряет форму, становится сначала оранжевым, затем светло-желтым. Я начинаю дрожать.

Тупые волны усталости накрывают меня, и в ушах вместе с резким гулом звучит искаженный голос Фаррана:

— Осторожно, Эмма, мы отпускаем. Сейчас, Якоб!

Я смутно вижу, как светящийся желтый шар падает на стол и растекается по нему блестящей лужей. Черный дым поднимается от столешницы, окутывает меня, и тьма поглощает меня.

— Эмма! — слышу я спокойный голос. Чья-то рука нежно гладит меня по волосам. Папа. Я открываю глаза. Его лицо бледнее снега. Он еще никогда на меня так не смотрел.

— Пап? — слабо шепчу я. Губы Якоба начинают дрожать, но он крепко сжимает их, и я понимаю, что назвала его так впервые. Звучит непривычно, но приятно.

Мой взгляд бесцельно бродит по комнате. Когда в поле моего зрения показывается худощавая фигура, я вздрагиваю. Отец крепче прижимает меня к себе и шепчет:

— Тшшш. Все в порядке.

Лицо Фаррана серьезное, но не злое, а скорее грустное. Он убирает руки в карманы пиджака и подходит ближе.

— Было больно, я знаю. Но у меня не осталось выбора. Я должен был высвободить твои силы. Узнать, на что ты способна.

Его взгляд сбивает с толку. Вместо ненависти и злости я вижу в его глазах гордость... и симпатию? Вздыхая, он садится рядом с моим отцом на диван, и я быстро поджимаю ноги, чтобы увеличить расстояние между нами.

— Я должен извиниться перед вами. Особенно перед тобой, Эмма. Если бы твой отец знал, что я собираюсь сделать, он бы не стал инстинктивно защищать тебя, как лев своего детеныша.

На лице Фаррана появляется легкая улыбка, и меня накрывает понимание. Он с самого начала задумал меня спровоцировать. И я, глупая курица, попалась. Но он смог осознанно направлять мои силы. Невероятно.

— Откуда вам все известно? — я осторожно встала на ноги.

— Я наблюдал за тобой во время игры в камоги, — Фарран кивает в сторону окна, — ты была так хороша, что я забыл обо всем на свете и у меня остыл чай.

– Мне искренне жаль, сэр, – серьезно отвечаю я.

– Фион, – он, улыбаясь, протягивает мне руку, и я чувствую, как мой отец резко напрягается. Я неуверенно пожимаю ее.

– Эм. Вы не обижаетесь, что я только что испортила ваш стол?

Огромную прожженную дыру невозможно не заметить. Фарран озадаченно смотрит на стол, будто видит его в первый раз, а затем смеется. Его смех звучит звонко, радостно и заразительно.

Я медленно понимаю, почему они с папой дружат.

– Эмма Майер, я тебя уверяю, что мое финансовое положение позволяет мне в любой момент купить новый стол. Но знаешь что? То, что ты только что показала, будучи совершенно неопытной аспиранткой, настолько удивительно и неповторимо, что я сохраню стол, чтобы вспоминать о тебе и о том, за что мы боремся. – Фарран немного наклоняется вперед, и я чувствую его теплое дыхание на руке. – Дать особенным людям шанс использовать свои силы в полной мере, вместо того чтобы спрятать их во враждебном окружении, где они увядают. Я могу, но не хочу тебя заставлять. Это должно стать твоим осознанным решением. Но я прошу тебя от всего сердца: не растрачивай себя. Оставайся у нас. Я бы смог самостоятельно обучать тебя, если ты согласишься дать Sensus Corvi клятву верности.

Я снова чувствую, как руки отца предательски вздрагивают.

Фарран *просит* меня. И даже предлагает преподавать мне лично. Сколько всего я могла бы у него узнать... Представляю выражение лица Эйдана, когда он об этом узнает. Мое решение однозначно. Но я должна еще узнать кое-что.

— Кто такие соколы?

В этот раз это не дрожь. Отец круто поворачивается, берет меня за плечи и разворачивает к себе.

— Откуда тебе известно это название? — спрашивает он голосом, полным ярости.

— От меня, — спокойно отвечает Фарран.

Отец рывком поворачивается к нему. Я не уверена, что смогла бы выдержать его взгляд с таким же невозмутимым выражением лица, как Фарран.

— Фионбар Фарран! У нас еще нет никаких доказательств. Что на тебя нашло?

— Якоб Макэнгус, тогда я недостаточно быстро среагировал на ситуацию с матерью Эммы. Этому не бывать дважды!

От этих слов у меня становится тепло на сердце. Он был ее учителем. Он хотел ее защитить.

— Ты думаешь, я хочу, чтобы с ней что-то произошло?

— Нет. Но способности твоей дочери особенные. Привлечь Эмму будет их главной целью. Ты не можешь держать ее в неведении только ради беззаботного детства. Письма с угрозой достаточно. И снова за этим стоит Глаз Гора. Кто еще? В их стремлении навредить мне они готовы на все, — Фарран сжимает руки в кулаки.

Глаз Гора.

Слова раздаются в моей голове и вызывают тупую боль. Правда ли, что кто-то из них убил мою маму? Она узнала слишком много?

Я не могу сказать тебе, кто твой отец, Эмма. Но знай, что я его люблю больше всего на свете и сделала бы для него что угодно. Я совершила непоправимую ошибку и теперь расплачиваюсь за нее. Будь осторожна, доверясь кому-то.

Внезапно мне все становится понятно: она шпионила для Ричарда и, когда осознала свою ошибку, сбежала. Соколы стали преследовать маму как предательницу, и поэтому она одна воспитывала меня, чтобы не навлечь на моего отца опасность.

Я трясущейся рукой нащупываю анонимное письмо в кармане. Но вдруг вспоминаю Джареда. Сначала я должна предупредить его о Ричарде, прежде чем расскажу отцу и Фаррану о встрече с Глазом Гора.

– Пап, пожалуйста. Я уже не маленький ребенок. Что за Глаз Гора?

Отец протяжно выдыхает и проводит рукой по волосам.

– Подпольная организация, которая уже почти два десятилетия хочет уничтожить Фаррана. Многие из них – бывшие члены Sensus Corvi, которые завидуют его успеху. Отчасти за этим кроется и желание отомстить. Они называют себя соколами. Потому что соколы ведут охоту на воронов, а Гор – это верховный бог с головой сокола из египетской мифологии. Только название уже демонстрирует гордыню! Твоя мать попала к ним в когти в семнадцать лет. Она тогда находилась в сложной жизненной ситуации. Она... я...

– Твой отец тогда так же умело проявлял свои чувства, как и сегодня, – перебил его Фарран.

Якоб бросает в его сторону опасный взгляд.

— Ты никогда не говорил, что любишь ее? — спрашиваю я его в лоб.

Он вздыхает и виновато смотрит на меня.

— Это было непросто. Я был не учеником, а ее наставником. К тому же я на пять лет старше. Сначала ее чувства казались почитанием моих способностей, поэтому я отдалился.

— Это ты умеешь превосходно. Без сомнения.

— Поверь мне, я при этом думал только о ней. Твоя мать была... — он пытался подобрать подходящие слова, — такая молодая, умная, красивая, чувствительная. Я хотел дать ей время, чтобы она могла определиться. К тому же я тогда выполнял опасные задания для Фиона. Некоторые напрямую угрожали моей жизни. Я не хотел, чтобы она страдала, если со мной что-то случится.

Задания, опасные для жизни? Я вопросительно смотрю на Фаррана. Он неправильно понимает мой взгляд.

— Не смотри на меня так! Я хотел заставить его жениться. Я верующий католик. Опасность тут и там. Они были идеальной парой. Мне уже в тот момент стало ясно, что они при всей своей наследственности могли бы получить необыкновенного ребенка, — его голос вибрирует от восхищения.

Мой отец с отвращением кривит рот.

— Я думаю, этим вы не облегчили ситуацию моим родителям, — говорю я, — далеко не романтично получить партнера на блюдечке, подобранного на основе анализа наследственного материала.

Папа улыбается и ласково убирает прядь с моего лба.

— Ну, если бы мне не хватало последнего доказательства, что ты моя дочь...

— Эмма Майер, здесь речь идет совсем не о романтике! — начинает горячиться Фарран. Его щеки вспыхивают, и даже обычно холодные глаза загораются огнем, который распространяется и на меня.

Я не решаюсь моргать и моментально понимаю, что готова согласиться со всем, что он сейчас скажет.

— Начальник! Ха! Вряд ли найдется человек, которого я считаю более близким другом и при этом позволяю дерзить мне в ответ, как твой отец.

Последний, забавляясь, фыркает, но Фарран, не двигаясь, продолжает:

— У меня были лучшие намерения! Что бы это была за пропажа, если бы ты никогда не появилась на свет? Девочка, ты и понятия не имеешь, насколько ценны твои способности! Что из тебя может вырасти! И при всех задатках ты очень решительная и можешь выбрать себе человека из коллектива Sensus Corvi! Нет, даже больше, из высших кругов, человека, который...

У меня получается справиться с гипнотическим чувством: «да-господин-я-сделаю-все-что-вы-пожелаете», и я вскакиваю так быстро, что Фарран умолкает.

— Я еще не ворон и не стану им, если вы когда-нибудь рискнете назначить мне мужа!

Отец хлопает Фаррана по плечу.

— Ты ведь сам говорил, что не хочешь повторить ту же ошибку, что и семнадцать лет назад, не так ли? Позволь Эмме сделать выбор самостоятельно. Возможно, исход будет не таким уж и плохим. У меня есть ощущение...

– Ну папа! – возмущенно вскрикиваю я.

Он с невинным выражением лица пожимает плечами.

Я делаю глубокий вдох. Не возражай. Не сейчас. Когда отец выйдет из этой комнаты, он снова будет молчать как могила. Я должна задавать вопросы прямо сейчас.

– Почему мама сбежала?

Отец делает шаг, и, прежде чем он успевает остановить Фаррана, тот отвечает:

– Члены Глаза Гора потребовали от нее, чтобы она шпионила за мной.

Выходит, это действительно так! Ноги становятся ватными, и я быстро опускаюсь на свое место.

– Как вы об этом узнали?

– Достаточно! – шипит Якоб. Моя чашка с чаем начинает дрожать. Я умоляюще смотрю на Фаррана. Он мог бы мысленно сказать мне об этом.

Но он примирительно кивает ему.

– Остальное тебе расскажет отец, – уголки его губ весело поднимаются, и он указывает рукой на чашку, – он давно уже не был таким сердитым.

– Неудивительно. Мы едем домой, Эмма. – У папы бледное лицо, и он выглядит так, будто за последний час постарел на десять лет.

– У меня сегодня нет занятий? – удивленно спрашиваю я.

– А тебе разве на сегодня не достаточно? – отвечает Фарран.

– Да! – мое сердце подпрыгивает.

– Подумай над своим домашним заданием. – Домашним заданием? Мужчина насмешливо поднимает бровь: – О моем предложении. Завтра я ожидаю твоего ответа. И благослови тебя господь, если это не «да». – Его улыбка разряжает слова. Но взгляд остается серьезным.

Якоб тянет меня к двери и открывает ее.

– До завтра, Фион. Если я сам не передумаю после сегодняшнего дня.

– Будто я тебя когда-нибудь отпущу, – смеется Фарран.

Я сглатываю. Инстинктивно оборачиваюсь и снова вижу ее. Эту расплывчатую ауру, которая окружает худое тело Фаррана. Будто кто-то обработал его силуэт размывающим фильтром в фотошопе. Она исчезает так же быстро, как его голос принимает в моей голове форму:

– Я беспокоюсь о тебе. Берегись Джареда. Девочки здесь называли его Синей Бородой. Он – плохая компания.

МАКЭНГУС

– Если я приму предложения Фаррана, то стану вороном? Тогда я получу черную школьную форму? – спрашиваю я за ужином.

Мой отец делает глоток красного вина и задумчиво поворачивает бокал в руках.

– Не сразу. В Sensus Corvi есть инициация. Она наступает непосредственно после завершения ряда тестов на определение уровня паранормальных способностей.

– Что ты подразумеваешь под инициацией? Это что-то вроде обряда посвящения, как в Средневековье? – спрашиваю я.

Отец улыбается.

– Фарран каждый раз придумывает что-то новое. Иногда кандидат должен выполнить задание с помощью своего дара. Так как ты ему уже доказала свои умения, то в твоем случае я склоняюсь к какому-нибудь тесту, который определит уровень твоих интеллектуальных способностей. Ты выступаешь против парня из Чикаго. Он очень сильный соперник. И он непременно хочет попасть к Фаррану, хотя уже посещает индивидуальные занятия с руководителем Чикагского института. Фарран пообещал обучать тебя, если просто поступишь в Sensus Corvi. Того же просит твой конкурент. Соответственно, Фарран будет выбирать между им и тобой, хоть он и трудоголик, но его возможности ограничены. Но все же я уверен, что ты победишь.

Я на это не рассчитывала. А что, если я проиграю?

— Когда пройдет прием?

— В пятницу.

Я смотрю на него и чувствую, что в горле пересохло.

— Если я провалюсь, ты отправишь меня обратно? — с момента моего приезда я ничего так сильно не желала. Но сейчас испытываю болезненную пустоту при мысли, что оставлю это все. И страх.

Отец качает головой и серьезно смотрит на меня.

— Нет. Я думаю, что Фарран сделает для тебя исключение, потому что в Германии ты окажешься в большой опасности. Если пожелаешь уйти — я не стану тебя останавливать. Но мне бы этого не хотелось.

Его лицо напряжено. Отец ожидает моего решения.

— Ты думаешь, мы могли бы еще подать заявление на смену фамилии? Макэнгус звучит не так плохо, как я думала.

Якоб сглатывает, и в его глазах появляется теплый блеск, когда он тянется через стол и берет мою руку.

— Когда захочешь. Можно даже завтра, малышка.

Два часа спустя я лежу с телефоном на кровати и накручиваю волосы на палец. Мое ухо сильно нагрелось от долгого телефонного разговора.

— Я очень хотела бы сесть в самолет и попасть к тебе, — голос Лиц полон тоски.

— Ханна тоже так сказала. Она удивилась, когда я ей рассказала, как хорошо общаюсь с папой.

Я скучаю по этим двум. Возможно, я смогу убедить папу полететь к ним на Рождество.

– Но перед этим я тебя навещу!

– Что насчет осенних каникул? Может, здесь проходит какая-нибудь огромная вечеринка на Хеллоуин. Кстати, о Хеллоуине. Есть идеи, почему парня называют Синей Бородой?

– Ты же сейчас говоришь не об этом Эйдане?

– Нет. Ему бы подошло скорее Казанова.

Лиц хихикает на том конце провода.

– Ну, давай я попробую угадать. Синяя Борода хорошо выглядит, соблазнитель, перед которым трудно устоять. Очень властный и невероятно мужественный. И в нем есть что-то зловещее. У него же не в прямом смысле синяя борода.

– Эм, да... что-то в этом роде, – мямлю я и вспоминаю о способности Джареда мысленно общаться с людьми.

– Что же это должно значить, Эмма Майер?

– В скором времени Макэнгус.

– Как бы то ни было. Но ты же не такая неразборчивая, как я? Бросайся к Эйдану в объятия, а Синюю Бороду попридержи до Хеллоуина для меня.

– Очень смешно, Лиц. Но я серьезно. Если его называют Синей Бородой, это же не значит, что он убивает всех своих девушек?

– Ну, в сказках он наказывает слишком любопытных женщин. Возможно, он начинает мстить, если девушка его игнорирует.

– Ладно. Я оставляю его тебе.

ЭЙДАН И ДЖАРЕД

Иногда же должно везти.

Эйдан должен жить до пятницы у родителей, потому что к ним приехала тетя. А я встречусь с Джаредом в четверг ночью. Встречусь с Синей Бородой.

Я не рискую спросить о нем у Фай. Это было бы слишком подозрительно.

В школе кое-что изменилось. Новость о том, что я могу не проходить тесты на определение уровня паранормальных способностей, распространилась как лесной пожар. Я ненавижу перешептывания и восхищенные взгляды. Если раньше меня избегали, то теперь я внезапно оказалась в свете софитов.

По дороге в столовую я замечаю Эйдана. Он стоит перед колонной спиной ко мне. И только при повторном взгляде я вижу, что к колонне прислонилась Лин, которую он целует.

«Иди дальше», – говорит моя голова. Но мои ноги просто останавливаются. Кто-то касается моего плеча, и я выхожу из оцепенения.

– Лучше выкинь его из головы. Он никогда не изменится. – Фай опускает руку мне на плечо и с сочувствием смотрит мне в глаза.

– Что? Я даже не... ах, забудь!

Будильник под подушкой звонил так тихо, что я его почти не слышала. Половина первого. Зевая, я одеваюсь и направляюсь в ванную. Бледная девочка, смотрящая на меня из зеркала, нисколько не похожа на Белоснежку из сказки. Скорее на одного из ее гномов. Маленькие глаза, растрепанные волосы и помятое подушкой лицо. Я умываюсь ледяной водой, расчесываюсь и решаю накраситься. То, что было задумано как «свежий мейк», заканчивается щедрым макияжем глаз, и, когда я крашу губы вишнево-красной помадой, до меня доходит, что я делаю. Я прихорашиваюсь перед встречей с Синей Бородой!

Я стираю помаду и тороплюсь к выходу. На улице никого не видно, но я предполагаю, что он ждет там, где в прошлый раз высадил меня из машины. Позади слышится шепот шин автомобиля, и вскоре я замечаю источник звука. И через пару домов я вижу Джареда.

Он прислонился к машине и играет с ключом, высматривая меня. Волосы падают ему на лицо, и я замечаю изменения тогда, когда останавливаюсь перед ним.

Он тихо смеется.

– Я так пугающе выгляжу, Эмма?

Снова слышу его голос в голове.

– У тебя... э... борода, – заикаюсь я и сразу же хочу прикусить себе язык. Он, должно быть, держит меня за глупую.

Соберись! Это трехдневная черная щетина, а не голубая борода. А в руках у Джареда ключ от машины, а не от камеры пыток.

Юноша прищуривается.

– Ты наводила про меня справки?

Черт! Он отталкивается от машины и в один шаг сокращает расстояние между нами. Его лицо так близко, что я задерживаю дыхание.

— Ты серьезно думаешь, что я способен навредить тебе? — шепчет он, и мгновение я чувствую его дыхание на лбу, прежде чем Джаред оборачивается и открывает дверь. — Тебя интересует, почему меня прозвали Синей Бородой? Садись. Я тебе расскажу.

Место, в которое мы приехали, находится на Саут-Мейн-стрит и выглядит как типичный ирландский паб. Темно-зеленый фасад и дюжина маленьких квадратных окон, над которыми значится надпись золотыми буквами: *An Spailpín Fánach*[1]. Выглядит уютно. Но внутри темно хоть глаз выколи.

— Мы вдвоем. Одни. Ты же так говорила, верно? — Он достает связку ключей и победно раскачивает ее. — К счастью, у меня есть дубликат, потому что я хорошо знаю владельца и часто подрабатываю здесь официантом.

— Классно! — Паб только для нас двоих. Я открываю дверь и выпрыгиваю из машины.

Джаред включает музыкальный центр и ставит передо мной стакан колы. Несмотря на то что я выросла в Мюнхене, пиво я не люблю. Какая ирония!

— Что это за музыка?

— Одна из композиций с последнего фестиваля ирландской народной музыки. Тебе нравится? Или ты хочешь послушать что-нибудь современное?

— Нет, звучит красиво, — я весело качаю ногами в такт. — Джаред, я должна тебе кое-что сказать. —

[1] «У лисы-плутовки».

Но прежде, чем я предупреждаю его о Глазе Гора, юноша меня перебивает:

— Она была по-своему красивой, как ты. Скорее, спортивно-атлетичный тип. Ты же можешь принимать участие в кастинге на Белоснежку.

Он улыбается, а я закатываю глаза. Даже здесь, в Ирландии, меня преследует мое прозвище. Я не успеваю что-то ответить, как выражение лица у Джареда меняется. Он поворачивает кружку с пивом в руках и становится рассеянным.

— Мы были пару недель вместе. Это происходило за год до выпуска из Sensus Corvi. Хелен была умной и имела очень редкий дар. Она являлась мантиком, — тогда Джаред поднял голову, и его глаза потемнели, — и такой же чувствительной, как ты.

Я откашлялась.

— Что значит мантик?

— Она могла предсказывать будущее.

— Правда? Но как? Это же невероятно!

Ничего! Я абсолютно ничего не знаю о дарах других людей. Почему мама не рассказывала мне об этом?

— Она предвидела события только на пару минут вперед, но это может быть очень важным в определенных ситуациях. По крайней мере для таких, как Фарран, — лицо юноши помрачнело.

Мои руки крепче сжимают стакан. При всей неприязни к Фаррану будет трудно предупредить его о Глазе Гора.

— Ему не нравилось, что она общалась со мной. Мой дар общаться силой мысли для него был более незначительным феноменом. Поэтому я дошел только до степени мистика. Хелен была уже оптивой.

Я поднимаю брови.

Он, извиняясь, улыбается.

– Не волнуйся, пока ты лишь адепт. В школе тебе расскажут про каждую иерархическую ступень.

– Ладно, помедленнее, Джаред. Sensus Corvi – это школа, где учатся люди с паранормальными способностями. Как это связано с иерархией?

Выдохнув, он скрещивает руки на груди.

– Кроме распределения по классам есть еще ранг уникальности твоих способностей. Может получиться так, что у восьмиклассника статус выше, чем у десятиклассника, если тот менее одарен.

– И для чего это необходимо? – у меня вдруг пересыхает во рту. Словно я уже знаю, что он хочет сказать. Я беру стакан колы и делаю глоток.

– Буквально для всего. Будут тебя поддерживать или нет, какую работу назначит тебе Фарран. Но кроме этого, он разрешает отношения только между людьми одного ранга.

И теперь я переношу разговор в кабинете директора на меня и моих родителей.

– Как же он хочет предотвратить...

– Поверь мне, всевозможные методы. Это неопровержимое школьное правило. Тебя отвергнут, если ты его нарушишь.

– Отвергнут? – эхом повторяю я.

Джаред резко ставит кружку на стол. Затем наклоняется ко мне и продолжает хриплым шепотом:

— Никто с тобой больше не будет говорить. Ты станешь изгоем. Не сможешь разговаривать по телефону, болтать на школьном дворе, беседовать в столовой. Старые друзья внезапно начнут избегать тебя. Твои оценки ухудшатся. За тобой постоянно будут следить. Общество девушки, которую ты любишь, будет запрещено. Если тебя все же увидят с ней, то потребуют расстаться. И это не считая давления на родителей, которых, конечно же, тоже вовлекут, чтобы прервать дальнейший контакт. Поверь мне, подобное можно терпеть всего пару недель.

Мое сердце начинает биться быстрее, и я не уверена, что хочу знать продолжение этой истории.

— Мы могли бы дождаться окончания школы. Но Sensus Corvi преследует тебя всю жизнь. Хелен понимала это. Я сказал ей, что мы найдем выход, на крайний случай сбежим за границу. Но ее родители узнали об этом.

Теперь Джаред говорит быстро и так сильно сжимает кружку, что я немного отклоняюсь на случай, если она лопнет. Во внезапно наступившей тишине между песнями большие часы с логотипом Guinness издают неприятный жужжащий звук. Проходит вечность, прежде чем Джаред мучительно выдавил:

— Она окончила жизнь самоубийством.

Я закрываю глаза и хочу забыть услышанное. Джаред берет мою руку в свои ладони и мягко сжимает ее. Когда я открываю глаза, он тихо продолжает:

— После этого они стали называть меня Синей Бородой. Возможно, тебе и правда стоит держаться от меня подальше. Если Фарран...

– Чушь, Джаред! Во-первых, это не твоя вина, во-вторых, пусть Фарран идет куда подальше!

На его лице появляется странное выражение. Юноша прижимает мою руку к своим губам. Они мягкие, но щетина колется, и неожиданно Джаред открывает рот и проводит языком по ладони, будто хочет узнать, какова моя кожа на вкус.

Я быстро убираю руку.

– Нет... я...

Вдруг Джаред вскакивает.

– Это джига. Хочешь, покажу, как ее танцевать?

– Ч...что? – перемена его настроения слишком быстрая.

Он тянет меня за плечи наверх и ведет за собой к свободной квадратной площадке посреди комнаты. И тут юноша начинает танцевать.

Это что-то вроде чечетки с быстрыми перекрестными шагами и прыжками. Иногда он сгибает ноги в прыжке или вытягивает их вперед. Футболка натянулась на его мышцах. Сильными пружинящими шагами он кружится по комнате, большую часть времени передвигаясь на мысках. Так легко и изящно. Я никогда не видела, чтобы парень так танцевал!

Он останавливается и улыбается.

– Теперь ты.

– Нет. Я не умею. Невозможно!

– Ну давай. Я тебе покажу, – его грудь поднимается и опускается от напряжения, а на лбу и руках блестят капельки пота. Джаред хватает пульт от музыкального центра и запускает мелодию сначала. Я понимаю, что отступать он не намерен.

Со вздохом я подхожу к нему и беру за левую руку. Юноша очень медленно начинает двигаться. Я чувствую разгоряченное тело рядом с моим и следую за его движениями и звуком низкого голоса. Быстрее, еще быстрее мы кружимся по протертому от многочисленных танцев паркету, пока одежда насквозь не пропитывается потом. Меня охватывает чувство свободы и счастья, и так сильно щекочет в животе, что мне кажется, что я сейчас лопну.

— Эй, да у тебя врожденный талант.

Я устало падаю в его объятия.

— Я больше не могу! — рукавом я вытираю пот со лба. — Но было здорово! Спасибо!

Моя левая рука все еще в его правой, а другая лежит на его груди. Я чувствую жар под тканью и быстрый стук сердца. Только я хочу сделать шаг назад, как Джаред обхватывает своей левой рукой мою талию и прижимает ближе к себе. Он нежно касается губами моего правого уха и шепчет:

— Не пугайся. Я тебя сейчас поцелую.

Что? Стоп! Как загипнотизированная, я смотрю на его мягкие губы и уже ощущаю их на своих. Мои глаза закрываются, а ноги становятся ватными. К счастью, Джаред крепко прижимает меня к себе. Я чувствую на его губах терпкий вкус пива. Щетина слегка колется о мой подбородок. По шее пробегает дрожь. Его волосы щекочут мои щеки. От них исходит пряный запах трав. Моя рука будто сама по себе тянется к его голове и зарывается в волосы Джареда.

И в этот момент я вспоминаю ощущения, которые испытывала, когда касалась Эйдана.

Что-то не так.

Мне не хватает этой тяги, этого внутреннего огня, который проходит через мое тело, когда Эйдан находится рядом. На данный момент внутри меня лишь тлеющие угли.

Я прихожу в себя.

Все не так.

К моим ногам снова возвращается сила, и я упираюсь пальцами в грудь Джареда, пытаясь оттолкнуть юношу. Но его объятия не ослабевают.

Бам! Я чувствую тупой удар и падаю вместе с Джаредом на пол.

Он болезненно стонет, когда ударяется головой о барную стойку, пока я мягко приземляюсь на него. О боже! Неужели это из-за меня?

— Прочь от него!

Я вскрикиваю, откатываюсь от Джареда и оборачиваюсь. И снова кричу.

Эйдан.

Он стоит в нескольких метрах от меня с перекошенным от ненависти лицом и мрачным взглядом. Убийственно мрачным. Как он, ради всего святого, сюда добрался? Джаред поднимается с пола, протягивает руку и помогает встать мне. Мои колени трясутся.

— Исчезни, Эйдан. У тебя был шанс. Она не хочет быть с тобой, — рычит Джаред.

— Это я понял сегодня ночью.

Я вздрагиваю от этих слов. Голос Эйдана звучит совсем по-другому. Агрессивная и угрожающая интонация, как во время игры в херлинг. Даже хуже.

— Но и ты ее точно не получишь!

Что, простите?

«Выйди, Эмма!» – мысленно приказывает мне Джаред, и я вижу, как он сжимает кулаки.

– Вы в своем уме? Я вам не овца! Сейчас вы не будете драться!

– Лучше послушай ее, Джаред. Ты в любом случае проиграешь, – издевается Эйдан.

«Эмма, уходи!» – раздается громкий голос Джареда в моих мыслях. Он скрипит зубами, напрягая мышцы и не спуская с Эйдана взгляда. Но я и не думаю о том, чтобы делать то, о чем он говорит.

– Почему ты здесь, Эйдан? – спрашиваю я насколько возможно спокойно.

– Чтобы защитить тебя от него.

– Лучше позаботься о Лин. Мне не нужна защита.

– Это заметно, – бросает он и в первый раз смотрит на меня. Я еще никогда не видела в нем столько презрения, – и не выдумывай себе ничего. Я это делаю только ради твоего отца.

Больно. Будто он ударил в живот. Я молча смотрю на него, и он отвечает неподвижным и холодным взглядом. Тут прямо перед его лицом появляется бутылка.

– Эйдан! – вскрикиваю я, и мое предупреждение дошло бы слишком поздно, если бы не идеальная реакция юноши благодаря многолетним тренировкам. Бутылка касается кончика носа и замирает в воздухе, словно ударившись о воздушную подушку. На самом деле так и есть. Эйдан срывает ее правой рукой из воздуха, словно спелый фрукт.

– Спасибо за пиво, Джаред. Но я не пью с предателями, – лицо Эйдана неподвижно, будто его вырезали из камня. В первый раз с тех пор, как я его встретила, юноша внушает страх. Это не грустный мальчик, который бродил по дому моего отца с коробкой в руках. И не крутой Казанова, которого он строит из себя в школе. Даже агрессивный капитан команды по херлингу кажется котенком, играющим с клубком шерсти. Выжидающий взгляд Эйдана напоминает взгляд охотника, который преследует свою добычу. В нем светится одно намерение: убить. Я в ужасе перевожу взгляд с одного юноши на другого.

Джаред легко сгибает колени и напрягается, будто готовится к прыжку. Эйдан разбивает бутылку о край стола и поворачивается. Пиво, не достигнув пола, зависает в воздухе.

– Ты хочешь приманить своими способностями, хвастун? – насмехается Джаред. – Она не такая глупая, как Лин.

– Нет. И не такая простушка, как Хелен. Ты больше не будешь вводить девушек в заблуждение. По крайней мере, не эту. – На последних словах пиво устремляется в сторону Джареда и выплескивается ему в лицо. Это стало стартовым сигналом: юноши с оглушительным ревом бросаются друг на друга.

Джаред замахивается и кулаком ударяет Эйдана по лицу. Эйдан отшатывается с окровавленным лицом и наносит Джареду удар ногой прямо в пах. Они падают на пол и продолжили бороться. О нет! Как же заставить их прекратить?

Я начинаю кричать, но быстро понимаю, что парни меня вообще не слышат. К этому времени не только их лица, но уже весь пол в крови. У Джареда треснула губа. Он начинает одерживать победу. Я кусаю себя за костяшки правой руки. Юноши, сцепившись, лежат на полу, и тут Джаред перекатывается и оказывается над Эйданом. Он выпрямляется и заносит кулак.

— Нет! – вырывается крик из моей груди. Голос срывается от напряжения, и Джаред, кажется, замирает на секунду. Но он опускает кулак. Раздается треск, и Эйдан кричит, но я не вижу, куда он ему попал, потому что в тот же момент свечка, которая стояла над ними на столе, вспыхивает и охватывает пламенем волосы Джареда. Тот вскрикивает от боли и отпрыгивает в сторону.

Прекратите! Мой желудок сжимается в комок, а от страха перехватывает дыхание.

Он сгорит. Прямо на моих глазах. Я бросаюсь к Джареду. Он извивается и пробует стянуть футболку через горящие волосы. Мой взгляд падает на куртку Джареда, висящую на стуле, и прежде, чем я беру ее в руки, она сама проносится через комнату к нему на голову. Парень со стоном сползает по стене. Его волосы пахнут так, словно сгорели под феном. Когда я хочу подбежать к Джареду, кто-то останавливает.

Эйдан. Я выдергиваю руку и отчитываю его:

— Ты совсем спятил? Посмотри на него! Как ты только мог... – слова застревают у меня в горле, когда я вижу его лицо. Джаред ему хорошо прописал. Правый глаз посинел и заплыл, скулу пересекает большая царапина, как и губу, а из носа течет кровь.

— Черт возьми, Эйдан! – не раздумывая, я обнимаю его, и он болезненно усмехается. Мое тело быстро охватывают языки пламени. Но затем юноша стремительно отталкивает меня.

– Пойдем! – холодно говорит он.

Но я оборачиваюсь к Джареду. Он стягивает куртку и смотрит на меня. Его лицо не так сильно пострадало, как у Эйдана, но длинные волосы на правой стороне сгорели, а на голове остался большой красный ожог. Наверняка адски больно.

В этот раз Эйдан не останавливает меня, и я подхожу к Джареду. Я опускаюсь на колени и беру его за руку. Юноша улыбается. Как он только может улыбаться?

– Эмма Макэнгус, ты немедленно идешь домой! – тихо угрожает Эйдан за спиной.

– Пожалуйста, останься, – бессильно шепчет Джаред, пока его глаза лихорадочно ищут мои. Он выглядит так, будто сейчас потеряет сознание. У меня в голове шумит. Я должна ему помочь! Но как?

– Я пойду только в том случае, если ты его перед этим отвезешь в больницу.

– Забудь! Это насекомое не сядет в машину.

– Тогда я вызову врача и останусь с ним. Ты сам видишь, что ему нужна помощь. Честно говоря, тебе следовало бы тоже показать свое лицо.

Эйдан сжимает кулаки.

– Не зли меня, Эмма. Я много делаю для тебя, но...

– Ты ничего не делаешь для меня! – кричу я. – Единственный человек, который что-то значит для тебя, – это мой отец. Ты сам это сказал. И Лин. Иначе бы ты не обжимался с ней у столовой у всех на глазах. И не смей говорить, что я для тебя что-то значу!

Глаза Эйдана расширяются. Его грудь вздымается и опускается.

— Эй, я не полезу пироманту в машину, — начинает стонать Джаред.

Еще и он! Я достаю телефон из кармана.

— Нет! — одновременно вскрикивают оба.

Эйдан подбегает и вырывает у меня из рук телефон.

— Ты никому не позвонишь. Фарран укоротит нас всех на голову. Как ты хочешь объяснить все это? — он указывает на обожженную голову Джареда.

— Без понятия. Тебе бы следовало раньше подумать об этом!

— У него не было выбора. Иначе бы я его размазал, — защищает его Джаред. Я молча смотрю на него. Его голос дрожит от боли. — Эйдан прав. Никаких звонков и «Скорых». Лучше принеси лед с кухни.

Конечно. Об этом я сразу должна была подумать!

— Я могу оставить вас одних на минуту, чтобы вы не убили друг друга?

Спиной я ощущаю гневные взгляды, когда бегу на кухню паба.

Через полчаса мы, наконец, стоим перед университетской клиникой Корка — большим современным комплексом, состоящим из многих зданий. Парни сдались, и Эйдан с хмурым лицом отвез сюда Джареда.

Я хочу его проводить, но он отмахивается. Лицо юноши бледное как снег, а на лбу проступают капли пота, когда он, покачиваясь, заходит внутрь.

По дороге домой Эйдан не говорит ни слова. Даже тогда, когда останавливается у входной двери. Я захожу внутрь, прокрадываюсь в комнату и падаю на кровать. А затем начинаются слезы.

* * *

– Привет! Можешь подсказать, который час?

Я смотрю на часы и оборачиваюсь к незнакомцу.

– Без пятнадцати два. Автобус снова опа...

О боже, нет! Я вижу черные глаза и думаю:

Беги!

Медленно я отступаю назад. Он стоит и широко улыбается. Я разворачиваюсь и бегу. Прямо в парк рядом с академией искусств.

Черт. Черт. Черт.

Чего он хочет от меня? Я пробую вспомнить его лицо, пока бегу по газону через поле. Он улыбался. Но из-за этого он показался еще страшнее. Убийца, который улыбается, сразу после этого нападает. И тут я с ужасом понимаю: он видел мой побег. Он способен на подобное. Впереди я вижу реку. Она такая глубокая, что утонуть в ней ничего не стоит. Что, если он ждет меня там?

Я торопливо осматриваюсь. Нет, тогда он должен был бы меня обогнать! Пытаюсь понять, знает ли он, куда я хочу пойти. Он может заглядывать так далеко в будущее? По крайней мере, он знает, что я собираюсь сесть в автобус. Возможно, ему известно, что я хочу поехать на нем домой. Каждые две секунды я оборачива-

юсь. Но я нигде не замечаю высокой худощавой фигуры. И тут я добегаю до территории университета.

Может, это вообще был не он. Но зачем спрашивать меня про время? Господи, меня преследует фантом! Что делать?

Сначала успокоиться. Я могу поехать на следующем автобусе. На всякий случай. Передо мной вырастают большие ворота. За стрельчатой каменной аркой стоит пара длинноволосых студентов и курит. Я протискиваюсь мимо них и направляюсь в библиотеку Бодли[1]*. Уже начинает накрапывать дождь, а я не хочу намокнуть.*

Сильный запах лимона перебивает аромат дерева, кожи и бумаги. Возможно, тут прошлась служба чистки. Я прячусь за одной колонной у стойки регистрации и наблюдаю за входом. Ничего.

Рина, ты медленно и верно превращаешься в параноика!

Я глубоко дышу и поднимаюсь на лифте на третий этаж. Читальный зал полностью заполнен. У окна стоит молодая женщина с золотистыми волосами, я ускоряю шаг и сажусь в темно-красное кресло. Мужчина передо мной читает газету. Справа женщина с короткой стрижкой что-то царапает в блокноте. Передо мной на столе лежит несколько книг. Я открываю рюкзак и достаю свой ежедневник с ручкой.

– Пожалуйста, не кричи сейчас, Катарина, – мужчина напротив меня опускает газету.

Я кричу во все горло.

На меня устремляются укоризненные взгляды. Я не могу пошевелиться. Не могу думать. Только смотрю на него. Он поднимается с места, кладет сложенную газету

---

[1] Библиотека Оксфордского университета.

на стол и садится рядом со мной. На его разочарованном лице появляется грустная улыбка, как у ребенка, который спрятался и слишком быстро был найден.

– Знаешь, именно это я ненавижу в своем даре, – шепчет он так тихо, что только я могу его слышать, – я знал, что ты сядешь именно здесь и закричишь, как только узнаешь меня. Потому я предупредил тебя. Но это просто не сработало. Какой прок мне от знания будущего, если я не могу его изменить?

В БОЛЬНИЦЕ

— Боже мой, Эмма!

Судя по испуганному взгляду отца, я действительно выгляжу так же паршиво, как и чувствую себя. Проснувшись, я сразу же отправляюсь на кухню, чтобы выпить кофе.

Он заправляет два ломтика хлеба в тостер и садится рядом со мной.

— Ты плакала, — догадывается отец и внимательно смотрит на меня. Я молча киваю. — Ты не должна так бояться сегодняшнего дня. Я полностью уверен, что кандидат из Чикаго и рядом с тобой не стоял.

Сегодняшний день? Затем до меня доходит. Сегодня же должно состояться мое посвящение в вороны. Я об этом вообще не думала. Вот бы узнать, как дела у Джареда. Я не смогла предупредить его о Глазе Гора, потому что внезапно появился Эйдан. Я делаю глоток кофе. Он такой же водянистый, как и чай. Вкусный кофе — явно не сильная сторона Якоба.

— Я помогаю Фаррану с приготовлениями. Эйдан будет заходить каждое утро и отвозить тебя в школу. Не беспокойся, он постарается отвлечь тебя.

Мой желудок сжимается, и дрожащими руками я опускаю чашку на стол.

Я слышу, как поворачивается ключ в замке. Якоб хватает портфель со стола и направляется к гардеробу. Я закрываю глаза. Ожидаемый крик разрывает тишину.

— Эйдан! Что, черт возьми, ты делал? Связался со взрослой гориллой?

— Что-то вроде того. Куча мышц и маленький мозг.

— Эмма, посмотри на него. И я думал, это ты выиграешь состязание по лучшему внешнему виду!

Очаровательно! Я осматриваю себя и начинаю задыхаться. О боже! На мне полинявшая любимая футболка серого цвета с надписью «Лучшие друзья» под нашими с Лиц улыбающимися лицами. Фотографии два года. В то время у меня еще были брекеты. Футболки стали нашими подарками друг другу на Рождество: тогда они были слишком большими, и мы надевали их вместо пижамы. Сейчас же она едва прикрывает мне ягодицы. А мои пижамные штаны лежат в комнате наверху.

Когда дверь за отцом закрывается, я прячу нос в чашке и хочу оказаться на Луне.

Краем глаза я замечаю, как Эйдан садится на стул рядом со мной.

— Если ты еще хочешь увидеть его перед шоу, то тебе надо одеться.

Сердце начинает биться быстрее. Я поднимаю голову, и волосы падают в чашку, когда я смотрю на юношу. Правый глаз у Эйдана налит кровью, а вокруг расплылся фингал. Нос и часть правой щеки тоже опухли. На треснувшей верхней губе образовалась темная корочка. Все выглядит еще хуже, чем вчера вечером.

— Я только надеюсь, что ему еще больнее, чем мне. — Взгляд Эйдана остается отрешенным, когда он кривит губы. — Из-за кого же ты, хочу спросить, выплакала все глаза?

Дыши глубоко! Я не позволю себя задеть.

— Мне не хотелось целовать Джареда, — растерянно бормочу я, — когда ты появился, я как раз пыталась оттолкнуть его. Он... застал меня врасплох.

— Ну конечно, Эмма. И поэтому ты еще гладила его волосы. — Эйдан наклоняется ближе. Его глаза блестят, как лед на солнце. Какой же у него холодный взгляд.

— Не. Обманывай. Меня!

— А теперь внимательно послушай меня, Казанова. У тебя нет права разыгрывать обиженного любовника. Между нами вообще ничего нет. Лучше смотри, как бы Лин не поцеловала кого-нибудь еще!

Эйдан реагирует так быстро, что у меня не остается времени увернуться. Он притягивает меня за плечи и прижимает свои губы к моим.

Бам! Через мое тело проходит электрический разряд. Волосы на руках встают дыбом, а по коже пробегают мурашки. Юноша издает болезненный стон и отстраняется так же быстро, как и приблизился.

Я облизываю горящие губы и чувствую соль. Кровь. У него снова треснула губа. Я механически беру салфетку со стола и протягиваю ему ее.

— Теперь тебе лучше? Что я вообще для вас обоих? Какой-то охотничий трофей? — к сожалению, у меня не получается унять дрожь в голосе.

Эйдан прижимает салфетку к губам и мямлит:

— Ты его хошешь сешас увидеть или нет?

— Хочу! — гневно отвечаю я и вскакиваю с места.

Он шокированно смотрит на мои ноги.

Ох черт, я забыла про футболку. Я быстро хватаю ее по бокам и пробую натянуть вниз.

Эйдан поднимает брови и бессовестно глазеет на меня.

– Мило, малыфка Эмма! – раздается из-под салфетки.

Меня сопровождает его колкий смех, когда я с раскрасневшимися щеками бегу вверх по лестнице.

Резкий запах дезинфекционных и чистящих средств в коридорах больницы смешивается с ароматом кофе на подносе, который торопливо несет медсестра на завтрак. Вздыхая, я открываю дверь в палату Джареда. У него забинтована голова. Но он определенно выглядит лучше, чем Эйдан. Другие две кровати в палате пустые, видимо, пациенты ушли на процедуры. Мне нужно поторопиться. Я быстро пододвигаю стул к Джареду.

Юноша садится в кровати и улыбается.

– Эй, Эмма. Как...

– Папа и Фарран думают, что член Глаза Гора убил мою маму; что это не было несчастным случаем. Думаю, я должна рассказать им о Ричарде, но не хочу вовлекать тебя. Пожалуйста, держись от них подальше или лучше уйди от них. Фарран вообще знает, что ты с Глазом Гора заодно?

У Джареда странное выражение лица. Я спрашиваю себя, слушал ли он меня вообще.

– Ты хочешь их предать, но перед этим осведомляешь меня? – хрипло шепчет он.

Я киваю. Мне вообще следовало бы бояться. Если он с соколами заодно, то может навредить мне. Но я доверяю Джареду. Мне известны его чувства. Как было бы здорово на них ответить. Но со вчерашнего вечера я знаю, что испытываю к нему не то же самое.

— Почему? — продолжает Джаред.

— Почему? — я смотрю на него, сбитая с толку. — Но это же ясно! Я же... — Мои щеки краснеют, когда я встречаюсь с ним взглядом. Именно. Почему же я хочу предупредить его, если не влюблена в него? Когда юноша наклоняется, чтобы меня поцеловать, я уверенно отталкиваю его.

— Нет, Джаред. Пожалуйста, не надо.

Мне больно от его грустной улыбки. Я так запуталась в своих собственных чувствах.

— Ладно. Я не буду тебя заставлять. Ты слишком дорога для меня.

Звучит странно. Будто я какое-то украшение. Но он снова тоскливо смотрит на меня. Может, Джаред только хотел сделать комплимент?

— Получается, Фарран уже завербовал тебя? Он удивителен, не правда ли? — его губы расползаются в снисходительной улыбке. По крайней мере, Джаред сменил тему.

— Да. Но он еще меня не заполучил. Я еще не дала соглашения примкнуть к воронам. Это решение зависит от того, не будет ли он вмешиваться в выбор моих друзей, — не без гордости объявляю я.

Джаред берет меня за руку и сжимает ее.

— Это правда? — у него хриплый голос.

— Так я сказала Фиону.

— Фиону? — эхом отзывается он, не веря своим глазам.

— Он хочет, чтобы я его так называла. Джаред, пойми же, какие возможности он может мне предложить! Фарран будет преподавать мне пару раз в неделю. Я не могу отказаться. Мой отец говорит, что Фион мог бы развить мои способности, как никто другой. Он еще доверяет мне. Но когда увидит встречу с членами Глаза Гора в моей голове, то сочтет предательницей, такой же, какой стала моя мама. Фарран будет в ярости, и мой отец тоже. Я должна им рассказать! Достаточно того, что он заметил мои мысли об этом.

Выражение лица у Джареда при моих словах то растерянное, то удивленное, а под конец становится мрачным. Он молчит.

Моя рука еще лежит в его и легко сжимает ее.

— Ну скажи что-нибудь!

Юноша поднимает голову и выразительно смотрит на меня.

— Послушай, Эмма. Твоя мама не была предательницей. Она слишком любила твоего отца, чтобы подставить его и Sensus Corvi. Это и стало проблемой. Проблемой Ричарда. Он тоже любил ее и пробовал перетянуть на свою сторону, когда узнал, что Рина хочет уйти из Sensus Corvi. Непросто вернуться, когда ты уже был вороном. Хорошо над этим подумай! С другой стороны, то, что тебе предложил Фарран… Невероятно! Я думаю, за такое я бы пошел на убийство! — У меня по рукам пробегают мурашки. Джаред встает и начинает возбужденно ходить из угла в угол. — Я хочу быть с тобой честным. Никто из Глаза Гора не может сравниться с Фарраном. И за все это время он обучал лишь небольшую группу учеников. Это невероятная привилегия. Он продвинет тебя дальше, чем ты можешь себе представить. Но тебе должно быть известно, что ты соглашаешься на сделку с дьяволом.

— Ты преувеличиваешь, — я смеюсь, но Джаред остается серьезным. У меня в горле встает комок.

— Я рассказывал тебе, что для меня значила Sensus Corvi. Я могу посоветовать тебе только одно: иди к воронам. Стань одной из них и учись! Возьми от Фаррана все, что он может тебе предложить. А после этого — беги!

Джаред останавливается передо мной и наклоняется над моим стулом, опираясь на его спинку. Наши лица разделяют лишь несколько сантиметров, и юноша нежно смотрит на меня, а я смущенно опускаю взгляд.

— Эмма Макэнгус, ты мне доверяешь?

Моя голова будто сама по себе склоняется в кивке. Да. Почему я должна ему врать?

— Ты можешь на меня рассчитывать. Всегда! Я помогу тебе оттуда выбраться. Ты не можешь обмануть Фаррана. Пока что нет. Возможно, получится использовать свои дары, когда ты полностью ими овладеешь. Спокойно рассказывай ему о Глазе Гора. И о том, что видела меня вместе с ними.

Я отрицательно качаю головой.

— Но он же...

— ...это, возможно, уже почувствует. Ты самая умная и смелая девушка, которую я когда-либо встречал. Не позволяй ни Ричарду, ни Фаррану использовать тебя. Разыграй их. Стань независимой. Если кто-то это и сможет, так это ты.

Мгновение я пытаюсь осмыслить слова Джареда. Но затем мои ноги становятся ватными, и я радуюсь, что сижу на стуле.

— Ты хочешь сказать, что я должна стать кем-то вроде двойного агента? — тихо шепчу я.

— Именно, — улыбаясь, юноша опускается на кровать. Он выглядит обессиленным, но счастливым. Я хотела бы разделить с ним это чувство.

— Ты с ума сошел? Никто из них не будет мне доверять!

— Ну и что? Они нужны тебе. Оба. У тебя не остается выбора. Фарран обучит тебя, а Ричард поможет выбраться из Sensus Corvi и создать новую личность, чтобы ты до конца жизни не прислуживала Фаррану.

И где только остался тот милый парень, танцующий джигу? Я удивленно смотрю на юношу. Его глаза сверкают, а на лице светится победоносная улыбка расчетливого стратега.

— Ты уверен, что не станет хуже, если я тебя упомяну?

Джаред рассеивает мои сомнения своим последним козырем.

— Ты, конечно, дашь Фаррану и твоему отцу знать, что получаешь от меня ценную информацию. Это сделает тебя незаменимой, а я буду вне опасности. Ричард, в конце концов, не всегда сможет встречаться с тобой лично. Это было бы для него слишком рискованно. Рано или поздно Фарран может прикончить его.

— Прикончить? — отзываюсь я.

— Само собой. А что ты думала? Это не игра, девочка. Фарран сделает это, как только появится возможность. И Ричард, в свою очередь, тоже. — Джаред бросает взгляд на часы: — Сейчас придет врач. У нас не осталось времени. Я организую следующую встречу с Ричардом и предупрежу тебя. А пока расскажи Фаррану, что ты шпионила для него. Это ему понравится и обеспечит его доверие. И... — Джаред поднимает руку и легонько касается моего носа, — не подпускай Эйдана так близко к себе. Или я снова надеру ему зад.

— Джаред!

Он хитро улыбается, но в глазах юноши мелькает грусть.

— Ты думаешь, я не знаю, кто сейчас твой фаворит? Не принимай окончательное решение так быстро. Это все, о чем я тебя прошу, — юноша обхватывает мое лицо руками и легонько целует меня в лоб. Я чувствую его прохладные губы на моей коже, даже когда выхожу из палаты.

ЭКЗАМЕН ФАРРАНА

— А вот и ты! — улыбается Фай, когда мы останавливаемся на парковке и я выхожу из машины. Она радостно обнимает меня. — Ты будешь... обалдеть, Эйдан, что с тобой?

— Поторопитесь. Фарран уже наверняка ждет! — он хлопает водительской дверью и направляется ко входу в школу.

Фай глазеет ему вслед, а потом поворачивается ко мне и удивленно поднимает брови.

— Это ты его так разукрасила?

— Я напоминаю каратистку?

Она смеется и обхватывает меня за талию, пока мы идем к школе.

— Почему он тогда так зол на тебя?

— Хм. Вероятно, ему не нравится, что меня не так легко заполучить, как Лин.

— Понятно. У меня сейчас от сочувствия слезы потекут.

Мы торопимся в актовый зал. Несколько учеников приветствуют меня и поднимают большой палец вверх. У меня медленно начинает скручивать живот от волнения.

— Ты уже видела того типа из Чикаго?

— Да. Ужасный хвастун. Лучше поднапрягись. Никто его у нас видеть не хочет.

— Только без давления, ладно? — будто не достаточно уже и того, что я не хочу разочаровать папу и Эйдана.

Актовый зал — одно из самых шикарных помещений в Sensus Corvi. Я увидела его в первый день, когда Эйдан проводил мне экскурсию по школьному зданию. Справа и слева на стенах висят длинные горизонтальные зеркала, между которыми натянуты флаги. Не современных государств, а гербов ирландских кланов. На окнах тяжелые красные бархатные портьеры, которые напрочь перекрывают комнату от внешнего мира. Единственное освещение состоит из трех огромных люстр, свисающих с обшитого деревянной панелью потолка с резными воронами Sensus Corvi.

Все зрители устремили взгляды на сцену. Высокий светловолосый мужчина у кафедры приводит в порядок пару документов. На нем черный костюм, он выглядит чуть старше моего отца. Это не учитель. Я уверена, что еще ни разу не видела его, но он будто кажется мне знакомым.

– Кто это? – спрашиваю я у Фай.

– Ты его не знаешь? Джеймс Каллахан.

Отец Эйдана. Не особо привлекательный.

– Довольно самовлюбленный тип.

Фай смеется.

– Какой отец, такой и сын! Хорошо выглядит, успешный, чертовски богатый. Неудивительно, что он принимает себя за кого-то особенного!

Кто-то хлопает меня по плечу.

– Эй! Я Джек. Ты та, другая, не так ли?

Это что еще за приветствие? Та, другая? И тогда я понимаю. Долговязый, на пару голов выше меня парень одет в серый костюм. Это, должно быть, кандидат из Чикаго. Он протягивает мне руку.

Я угрюмо пожимаю ее.

– Эмма Макэнгус.

— Я знаю. Выглядишь очень взволнованной. Ну да, неудивительно. Они тебе уже про меня, наверное, рассказали.

Он надменно кривит губы. Хочет меня запугать?

Тут в зале гаснет свет, освещенной остается только сцена, и все разговоры сразу стихают. Я задерживаю дыхание, когда открывается дверь справа от кафедры. В зал входят Фарран с моим отцом и направляются к Каллахану. Мои глаза прикованы к директору школы. По комплекции он меньше сопровождающих его мужчин. Но хватает одного взгляда, чтобы догадаться о его превосходстве. За холодностью моего отца и надменной самоуверенностью Каллахана он выглядит расслабленно, как отец, который заходит в гостиную со своими детьми. Воздух вокруг дрожит от напряжения, которое разом разряжается бурными аплодисментами.

Фарран останавливается у кафедры. На его тонких губах играет улыбка.

Восторг вокруг меня заставляет сердце биться быстрее, и желание принадлежать к ним становится в тот момент настолько болезненным, что я едва могу дышать. Пару недель назад я не чувствовала подобного. Я спрашиваю себя, может ли Фарран влиять на ощущения. Но я не чувствую никакой манипуляции. Его мимика совершенно расслаблена, и он смотрит на ликующую массу под ним.

В это мгновение его взгляд сканирует толпу и останавливается на мне. Я ощущаю легкую щекотку и мысленно слышу его голос:

«Не разочаруй меня, Эмма».

Затем он оставляет меня, и сердце начинает биться еще быстрее. Я его фаворит.

Каллахан подходит к Фаррану и поднимает руку.

Тишина. Будто мужчина обрезал ножницами все нити разговоров. После восторженной бури тишина становится призрачной, когда Фарран начинает свою речь. Его уверенный и мелодичный голос сразу очаровывает и притягивает меня.

– Когда вы смотрите в зеркало по утрам, что вы видите?

В зале начинаются перешептывания, и девушка в первом ряду выкрикивает:

– Человека, сэр. – Это, должно быть, голос Кайли.

– Ты уверена? – Фарран улыбается и выжидает. Удивленное перешептывание пробегает по залу, прежде чем он поднимает руку, и оно стихает. – Люди... обычные. Большинство напоминают стадо овец. Они точно так же позволяют себя пасти, как и вести на убой. Они всю жизнь мечтают о любви, счастье, успехе и ожидают, что их надежды как-нибудь и когда-нибудь сами собой претворятся в жизнь. Но на самом деле все по-другому. Жизнь сбрасывает их на дно. Снова и снова, пока в конце они не остаются лежать там и теряют последнюю каплю надежды. Больше не живут. Существуют. – Фарран на некоторое время замолкает и позволяет словам воздействовать на нас. – И еще есть пастушьи собаки. Они управляют глупым стадом. Кажется, без труда достигают своих целей. Успешные. Как вы думаете, что отличает их от овец?

Джек вытягивает руку вверх. Фарран быстро смотрит на меня. Но я и понятия не имею, к чему он клонит. Каждый ответ, который приходит мне в голову, звучит слишком просто, поэтому я решаю промолчать. Он кивает Джеку.

— Они умнее и усерднее работают.

Фарран снисходительно кривит губы.

— Но все же этого недостаточно. Я мог бы навскидку назвать вам дюжину неудачников, чей показатель интеллекта намного выше среднего и у кого есть знания, далеко превосходящие мои во многих областях. А усердные работники есть и на конвейере на машинной фабрике.

Ученики начинают смеяться. На лице у Джека проступают красные пятна, и я не могу удержаться от улыбки. Но и на меня пока не спустилось никакое озарение.

— Приглядитесь еще к победителям. Что их объединяет? — Фарран делает глоток воды из стакана, стоящего на кафедре. Может, мне бы что-нибудь пришло в голову, если бы я не была ужасно уставшей...

— Я скажу вам: они переживают больше ударов. Они встречают разочарования и удары судьбы, находят силы начинать сначала. Шаг за шагом. Они настойчиво преследуют свои цели. Пока не достигают их. А что делают неудачники? Они показывают на них пальцем и говорят: «Они виноваты, что нам так плохо». Нет ничего проще, чем перекладывать вину на других! Это намного приятнее, чем признать свое поражение.

Темная комната наполняется одобряющим бормотанием, а я думаю о том, как поначалу ненавидела своего отца. Будто бы он был виноват в маминой смерти. А Эйдан? Я смогла бы отвезти его к Лин в больницу, как он меня к Джареду? Вряд ли. У меня в животе появляется неприятная тяжесть. Мой взгляд блуждает по залу в поисках Эйдана, и я замечаю его в нескольких шагах от меня. Он намного сильнее меня!

— Слабо! Достойно презрения! — громко говорит Фарран.

Его слова напоминают удар кнута. Но они не так причиняют боль, как презрение в глазах Эйдана, когда он поворачивается ко мне. Догадывается ли он, что Джаред сотрудничает с Глазом Гора? Наверное. По крайней мере, он назвал его в пабе предателем. Лин стоит рядом с ним с хозяйским видом и держит юношу за руку.

Я глубоко вздыхаю и снова пытаюсь сконцентрироваться на речи Фаррана.

— Для стада собаки непобедимы. Никакая овца не рискнет восстать против них. А сейчас посмотрите на себя. Вы овцы или собаки?

Холодные глаза Фаррана устремляются на меня. У меня покалывает все тело. «Собаки» наверняка неправильный ответ. Но что он хочет услышать? Раздается тихий шепот, и Джек рядом со мной кричит:

— Конечно, мы собаки!

— Неверно! — голос Фаррана гримит так сильно, что отражается от стен и беспокоит пламя на подсвечнике рядом с кафедрой.

— Пройдите вперед, Эмма Макэнгус, — шепотом говорит Фарран. Тяжело дыша, я закусываю нижнюю губу, пока направляюсь к директору. Ученики образовали проход, ведущий к сцене. Джек проиграл. А теперь мой экзамен. Я хочу справиться, хочу стать частью воронов. Всем сердцем. Ради себя. Ради папы. И... ради Эйдана.

Я останавливаюсь под сценой и смотрю наверх. Лицо Фаррана как непроницаемая маска. Когда толпа позади меня смыкается, я чувствую себя опустошенной. Овцы, пастушьи собаки. Такая чепуха. Он что, строит из себя пророка, рассказывающего притчи? Я так крепко сжала влажные руки в кулаки, что ногти впились в кожу. И тут я понимаю.

— Мы пастухи. Каждый из нас располагает необычными способностями — дарами. Мы отличаемся от других людей. Мы можем предложить больше, чем собаки, можем достигнуть совершенно иных высот. — Уголки губ Фаррана вздрагивают, и я вспоминаю слова Джареда: вороны держатся вместе. — Потому что мы, вороны, способны постоять друг за друга, мы можем дополнять друг друга разными способностями, мы... мы... — Я запинаюсь, пытаясь отыскать подходящее слово. Фарран широко улыбается. Мужчина наклоняется ко мне и продолжает предложение: — ...Можем стать невероятно могущественными и непобедимыми.

И тут я оказываюсь посреди бурлящего котла. Аплодисменты и топот ног оглушают. Со всех сторон раздается мое имя: «Эмма, Эмма, Эмма!»

Меня подхватывают на руки, и Фарран, протянув свою узкую ладонь с длинными пальцами, вытягивает меня на сцену. Когда я оборачиваюсь, то замечаю в колеблющемся море восторга и признания Джека с поникшей головой: он покидает зал.

Это все? Я не могу поверить, что справилась. Но Фарран опускает руку на мое плечо.

— Эмма Макэнгус, — торжественно говорит он, и в зале моментально воцаряется тишина, — ты клянешься стать вороном телом и душой, поддерживать других воронов и подчинить свои потребности воле нашего общества?

Во рту пересохло. Поклясться?

Ты самая умная и смелая девушка, которую я когда-либо встречал. Не позволяй ни Ричарду, ни Фаррану использовать тебя. Разыграй их.

— Я клянусь, — мой голос проносится по залу, и в голове появляется гордое лицо Джареда.

— Сегодня ты не просто оставишь свою старую жизнь, — серьезно объясняет Фарран, — чтобы перевоплотиться в ворона, тебе нужно содрать ее, как старую кожу. Будет больно. Это подобно изгнанию Адама и Евы из рая. У тебя не останется контактов с прежними друзьями и никаких секретов от Sensus Corvi. Я ожидаю, что ты будешь придерживаться наших правил и останешься с нами сердцем и душой. Быть вороном — это привилегия. То, чему тебе придется научиться. Мы будем наставлять тебя и развивать твои дары. Не растрачивай свои способности и каждый день демонстрируй себя с лучшей стороны. Бескомпромиссно. До полного изнеможения.

Это значит, что я никогда не увижу Лиц, Ханну и Элиаса? Будто прочитав мои мысли, Фарран продолжает:

— Мы не оставим тебя одну, Эмма. Мы твоя семья, мы всегда заботимся друг о друге. Из тебя получится что-то великое. Я чувствую это.

Мои губы болезненно растягиваются в улыбке.

— С сегодняшнего дня ты — адепт. Поэтому будет назначен наставник, который введет тебя в курс дела, объяснит правила ордена и будет сопровождать на занятия. Если ты почувствуешь себя неуверенно или у тебя возникнут проблемы, ты всегда сможешь обратиться к нему. Он твой первый советчик во всех делах, которые касаются нашего общества. Вы будете проводить вместе много времени, поэтому я выбрал того, кто к тебе ближе всего.

Я облегченно киваю и думаю о Фай.

Фарран поднимает голову и внимательно осматривает в зал.

— Эйдан Каллахан, пройди, пожалуйста, вперед!

Я с трудом подавляю крик.

О нет! Только не Эйдан!

О СЫНОВЬЯХ И ДОЧЕРЯХ

— За тебя, Эмма!

Глаза отца сияют, как хрустальный бокал в его руке. Раздается звон: папа, я, Фарран, Каллахан и, наконец, Эйдан с фальшивой улыбкой собрались в кабинете директора у большого окна, открывающего вид на затянутое дождевой завесой небо. С завтрашнего дня я буду носить черное, как и мужчины вокруг меня.

— А сейчас объясни-ка, где тебя вчера носило, Эйдан, — радостный Фарран опускается на диван, подзывая нас.

Я неохотно следую его приглашению, потому что ноги от его слов становятся ватными. Надеюсь, он не будет читать мысли Эйдана.

— Вчера я был в пабе и подрался, — равнодушно объясняет Эйдан.

Фарран смеется.

— Радуйся, что у тебя дочь, — обращается Каллахан к моему отцу, — девочки более спокойные. Сколько проблем уже возникало из-за романов Эйдана...

Спокойные? Я что, домашнее животное?

— Здесь и речи быть не может о романе! — прерывает его Эйдан, косо глядя на меня. Ну конечно. Послание доставлено.

— О чем бы ни шла речь, девочки тоже могут быть проблемными, — улыбаясь, возвращает к разговору отец.

— В чем он не ошибается, — Фарран демонстративно ставит бокал шампанского на стол, который я подожгла. У меня вспыхивают щеки.

— Действительно, мастерское исполнение. — Каллахан бросает на меня пронзительный колкий взгляд. Я отвечаю на него. Только не сдаваться! — Следи, как бы она тебя не переплюнула, Эйдан.

Мой «наставник» презрительно фыркает и закатывает глаза.

Я сжимаю челюсти и пытаюсь успокоить сердце. Фарран смотрит на нас своими светло-серыми глазами.

— Есть что-то, что говорит против того, чтобы ты стал ее наставником? — было понятно, что такого мужчину, как он, не волнует наше напряжение.

— Как Якоб уже сказал, Эмма может быть достаточно проблемной, сэр. Но я посвящу этому заданию все силы.

Я бросаю свои дыхательные техники. Мое сердце бешено стучит.

— Фион, — умоляюще говорю я и с удовольствием замечаю, как отец Эйдана рядом со мной удивленно смотрит на Фаррана, — нет ли возможности сделать моим наставником Фай О'Бриен?

С лица Эйдана сходят все краски.

— Мисс О'Бриен милая, умная девушка, — медленно начинает Фарран, пристально глядя на меня, — но по уровню даров она значительно слабее тебя. Она вряд ли пойдет дальше мистика. — Я быстро делаю вопросительное выражение лица. — Вороны разделены по своим дарам, — объясняет мне Фарран, — в зависимости от того, насколько выражены их способности и как хорошо они ими владеют. Эйдан – оптива. Он может стать для тебя более способным руководителем, и пока у меня не возникало ощущения, что вы друг другу несимпатичны. Так как он почти все время живет у Якоба, для меня естественно было назначить его твоим наставником.

Ну конечно. И заодно ты думал, что сможешь нас свести, как до этого мою маму с папой. От злости я сжимаю губы.

– Я охотно откажусь, если она не хочет! Тем меньше работы для меня! – отзывается Эйдан. После драки его лицо выглядит ужасно. А сейчас оно еще и перекошено от злости.

– Хватит! – я поворачиваю голову к отцу, который устремил на нас с Эйданом холодный взгляд. – Вы оба сейчас расскажете нам, что произошло вчера ночью!

– Каким образом к этому причастна твоя дочь? – удивленно спрашивает Каллахан.

Мои глаза испуганно устремляются к Эйдану, который незаметно качает головой и натягивает безучастное выражение. Как у него только получается? В этом отношении я бы и правда могла у него чему-то научиться.

– Я уже сказал, что подрался с одним парнем. Или вы думаете, что Эмма меня так разукрасила?

– Нет. Но сегодня утром Эмма выглядела невыспавшейся, у нее было зареванное лицо, и, насколько я понял, она ни капли не удивилась твоему внешнему виду. Прекратите свои игры! Вы вороны. Оба. Честность – наш высший закон!

Эйдан бросает мне предупреждающий взгляд. Он не хочет врать за меня. Если Фарран прочитает его мысли… Джаред был прав. Другого выхода нет.

– Не пойми, пожалуйста, неправильно, пап, – осторожно начинаю я. Он напрягся. Все оборачиваются ко мне. Но Эйдан начинает раньше.

– Она тут ни при чем. Джаред Бреди, предатель, пристал к ней, а я закончил их шуры-муры, прежде… – он брезгливо искривил губы, – прежде чем это могло бы дойти до чего-то посерьезнее.

– Эмма! – в ужасе повышает голос отец.

– Ты подрался с этим отбросом из-за девчонки, которая для тебя ничего не значит? – интересуется отец Эйдана.

Нет. Скажи. Скажи им, что ты что-то ко мне чувствуешь. Но Эйдан со скучающим выражением лица пожимает плечами и отвечает:

– Она дочь Якоба. Я ему обязан.

О, как благородно! Я медленно встаю.

– Эйдан ошибается, – мой голос дрожит, – я интересовалась Джаредом по одной-единственной причине, – мой взгляд скользит по четырем воронам и останавливается на Фарране. Он улыбается мне. Ему явно нравится мое выступление. Я могу только надеяться, что продолжение моего монолог он тоже воспримет с юмором.

– Джаред мое контактное лицо с Глазом Гора, – говорю я, решительно поднимая подбородок.

Лицо Фаррана неподвижно. Лишь одна мышца едва заметно вздрагивает.

– Что? – кричит Эйдан.

Мой отец вскакивает и кладет руку мне на плечи.

– Этому наверняка есть объяснение!

Мгновение темные расплывчатые тени маячат позади Фаррана, затем он цинично улыбается и тихо отвечает:

– В этом я убежден, Якоб.

Каллахан вдруг разражается смехом, и я замечаю, как отец со злостью смотрит на него.

– Якоб, я забираю свои слова о сыновьях и дочерях назад! Тут мне, если честно, больше по душе заварушки Эйдана.

– Не вмешивайся! – шипит Эйдан, на что его отец отвечает гневным взглядом. Он растерянно проводит обеими руками по волосам.

– Только почему? Я имею в виду... если ты только... из-за меня...

– Попробуй выразиться понятнее и оставь эту пустую болтовню! – говорит Фарран таким резким тоном, что у Эйдана на лице проступают красные пятна.

– Ладно, я сделал это не только из-за твоего отца. Ты и сама знаешь. Но ты не должна совершать такие глупости из-за обиды на меня.

У меня в животе взрывается фейерверк. Эйдан признает, что я ему нравлюсь. Публично.

– Как? Ты этим хочешь сказать... – негодующе восклицает Каллахан, но Фарран его заглушает:

– Займитесь семейными делами позже, Джеймс! Сейчас у нас есть вопрос посерьезнее. – Он поворачивается ко мне: – Как ты связана с Глазом Гора?

Его лицо выражает лишь спокойствие, но в глазах затаилась угроза. Меня почему-то это не сильно заботит. Я чувствую взгляд Эйдана и парю где-то в невесомости.

– Им нужен шпион среди воронов, – объясняю я, будто это что-то само собой разумеющееся. Отец еще сильнее сжимает мое плечо, а Фарран скрещивает руки на груди. Сейчас его глаза горят почти как у дьявола.

– Интересно, – шепчет он.

По телу пробегают мурашки. Он действительно может нагнать страх одним только голосом. По крайней мере тогда, когда ты не неописуемо счастлив. Эйдан признал, что я ему нравлюсь. Он признал, что...

Я пробую взять себя в руки и, извиняясь, улыбаюсь Фаррану.

– И тогда я подумала, что вам бы пригодился шпион в Глазе Гора, Фион.

Маска Фаррана спадает. К сожалению, я не могу долго наслаждаться его растерянностью, потому что отец трясет меня так сильно, что я ударяюсь о его грудь.

– Ты совсем разум потеряла? – кричит он, пока трясет меня за плечи. – Об этом не может быть и речи!

– О, я думаю, что здесь не один ты должен принимать решение, Якоб, – слышу я голос Фаррана за спиной, – теперь она ворон и находится под моей опекой.

– Нет! Она в первую очередь моя дочь, и я запрещаю ей когда-либо встречаться с Джаредом Бреди.

– Тогда будет лучше, если я сразу стану встречаться лично с Ричардом? – невинно спрашиваю я и смело отвечаю на его взгляд. Отец с трудом переводит дух.

Каллахан хлопает его по плечу. Уголки его губ подозрительно вздрагивают, и он в первый раз смотрит на меня не снисходительно, а заинтересованно.

– Ты мог бы сэкономить на тесте отцовства. Это самый настоящий Макэнгус!

Папа яростно качает головой. Его глаза потемнели. Я чувствую его страх.

– Я согласен с Джеймсом, – улыбаясь, говорит Фарран, – она такая же упрямая и смелая. У нее твоя склонность бескомпромиссно бросаться навстречу опасности, если это необходимо. И правда удивительно.

– Но Якоб прав! – горячо восклицает Эйдан. – Это слишком опасно. Только вчера могло произойти что угодно, если бы я не вмешался. Вы только посмотрите на меня.

– Джаред бы мне ничего не сделал! Он не такой опасный, как остальные члены Глаза Гора, – возмущенно вставляю я.

– Ах, и со сколькими же ты уже познакомилась, доченька? – саркастически спрашивает папа, угрожающе хмуря лоб.

Я поднимаю подбородок и делаю ход конем.

– Это я тебе скажу тогда, когда ты мне разрешишь и дальше оставаться на связи с ними.

На мгновение становится тихо. Я зашла слишком далеко? Отец отпускает меня и ледяным взглядом смотрит мне в глаза.

– Эйдан, Эмма, – вздыхает Фарран, – на выход. Идите погулять. Я должен поговорить с вашими отцами наедине.

АГЕНТ ЭМЦ

Едва за нами закрывается тяжелая эбеновая дверь, Эйдан останавливается передо мной и хватает за руки.

– Ты мне наврала!

– Нет. Ты не спрашивал, почему я встречаюсь с Джаредом.

Эйдан холодно усмехается.

– Это выглядело более чем очевидно.

Я качаю головой и пытаюсь освободить руки, но он держит меня железной хваткой.

– Отпусти, Эйдан. Если здесь кто-то и врал, так это ты.

Юноша отпускает мои руки, и на его лице вновь появляется самоуверенная улыбка.

– Нужно было немного отомстить. И я правда думал о Якобе. – Его правая рука скользит по моей руке к шее и касается ключицы. Я вздрагиваю от жжения, которое вызывают его прикосновения. Улыбка Эйдана становится еще шире.

– Эйдан Каллахан, не расскажешь мне, что ты здесь делаешь?

Резкий голос Лин раздается в паре метров от нас. Эйдан вздрагивает и оборачивается. Когда я вижу его виноватое выражение лица, мне становится все равно. С судорожной улыбкой я прохожу мимо Лин. Мое лицо будто превратилось в ледышку.

– Куда ты идешь? – спрашивает Эйдан.

Все равно. Главное, подальше от тебя и твоего лицемерия.

— В библиотеку, — отвечаю я, — можешь зайти за мной, когда эти трое разработают план действий.

На следующей лестничной площадке стоит Фай и восторженно машет мне.

— Как там прошло с четырьмя мушкетерами? Они с тобой основательно отпраздновали?

— Ага. Меня облили шампанским, а сейчас планируют мою дальнейшую карьеру. — Я ужасно рада, что подруга здесь.

— Придешь вечером ко мне? Мои родители охотно бы с тобой познакомились. Сейчас, когда ты стала одной из нас.

— Не сегодня, Фай, — устало говорю я, — папа наверняка захочет отпраздновать мой триумф.

Или разорвать меня на куски.

По дороге домой отец не говорит ни слова. Фарран переубедил его, но только при условии, что Эйдан будет находиться в зоне досягаемости во время моих встреч с Глазом Гора, если мне вдруг потребуется помощь.

Когда мы заходим домой, он опускается на диван и прячется за газетой.

Я сажусь рядом с ним и кладу голову ему на плечо.

— Ты играешь со мной в прятки?

Отец отрывается от газеты. Его губы предательски вздрагивают, но взгляд остается серьезным.

— Почему ты мне не доверяешь?

— Но я же доверяю! — Я хватаюсь за карман юбки и достаю письмо, которое мне прислал Ричард. — Это он мне дал.

На щеках отца от гнева проступили пятна, пока он читал строчки. Затем он так сильно сжал бумагу, что костяшки побелели.

– Ты совсем не понимаешь, насколько опасна эта двойная роль. Монтгомери не раз ранил наших людей и предположительно убил некоторых, которые подошли к нему слишком близко. Даже если у нас и нет никаких доказательств. Это не триллер в кино с попкорном и колой. А ты не Джеймс Бонд.

– И правда нет, – в этот момент я вспоминаю выступление Коннора в полосатой пижаме.

– Не недооценивай их. Вдруг они подсадят к тебе телепата, чтобы узнать, что у тебя на уме?

– Они признались мне, что никто из них не умеет читать мысли.

– И ты так простодушно им поверила! Даже если и так. Глаз Гора – разветвленная сеть организаций с представительствами во всех возможных странах мира! В одном из них у них точно есть телепат.

– Я бы это заметила!

– Не тут-то было! – он поднимается с дивана и начинает ходить взад и вперед.

– Но я же замечаю Фиона и, кроме того, могу его выбросить, как только проникаю в его эмоции.

Папа так резко останавливается, что складывается впечатление, будто наткнулся на невидимое стекло.

– Ты можешь выкидывать Фиона из своей головы? – спрашивает он и потрясенно качает головой. – Как ты замечаешь, что он в твоих мыслях?

— Мне становится щекотно в области головы. Когда я ныряю в его сущность, то могу блокировать активное влияние.

— Но это... невероятно. Теперь я понимаю, почему он не хочет выпускать тебя из своих когтей и даже предлагает общаться на «ты». Понимаешь, что это значит? — Отец снова садится рядом и берет меня за руки. — Ни один человек, который замышляет что-то плохое, не может приблизиться к нему. Как эмпат, он сразу же видит его ауру. Человек, который может его блокировать, в высшей степени опасен для него. А ты единственная известная мне, кому это удалось.

— Почему тогда Ричард не убьет его издалека? Оружием с прицелом или бомбой?

— У меня сейчас волосы встанут дыбом. Откуда только у тебя такая хладнокровность?

— Безусловно от тебя!

— Хм. Возможно. Успокою тебя: Фарран вооружен лучше, чем президент Соединенных Штатов.

— Поэтому Ричард хочет завербовать других воронов.

— Именно. И если он узнает, что ты умеешь, то будет целовать тебе ноги от восторга. Когда ты закончишь обучение, то сможешь стать превосходным кандидатом на место Фаррана.

— Перестань, пап. Я выгляжу как наемный убийца? И даже если я умею выбрасывать его из головы, я не могу скрывать от него свои чувства!

Он улыбается.

— Сам Фарран или другой продвинутый эмпат сможет научить тебя скрывать их от других эмпатов.

— Поэтому я обнаружила в Фарране не чувства, а стены.

— Правильно.

— Но Фарран же должен знать, что я не смогу убивать людей.

— Не будь такой наивной, Эмма. Ты думаешь, он просто так напрягается, чтобы лично обучать тебя? Он потребует, чтобы ты шпионила за Ричардом и другими членами Глаза Гора, чтобы уничтожить организацию. Мне их не жаль. Мы уже давно живем в неофициальной войне с жертвами на обеих сторонах. Но в тебе больше от Рины, чем ты хочешь признавать. Ты не подходишь для этой работы.

Смогла бы я это сделать? Убить людей или предать Фаррана за то, во что сама пока по-настоящему не верю? Мое сердце начинает биться быстрее, а руки становятся холодными.

— Ричард — мантик. Он может предсказывать будущее. Никто не знает, каким образом и насколько мгновений вперед. Фарран предполагает, что он в последнее время невероятно увеличил свои силы. Он может быть ужасно опасным.

Как только я могла так слепо довериться Джареду? Как могла предложить Фаррану стать двойным шпионом? Чего же я ожидала? Что буду разведывать кухонные рецепты?

— Он будет врать тебе и пробовать выставлять воронов и Фаррана в плохом свете там, где только можно. Я еще точно знаю, что он рассказывал твоей матери, но она слепо доверяла ему. Мы с Фарраном просто больше не могли к ней подобраться. В конце ей полностью промыли мозги.

Может, мне все же нужно посмотреть побольше фильмов о Джеймсе Бонде, прежде чем я приму на себя его роль.

– Эмма, ты вообще меня слушаешь?

– Пап? Я... я никого не смогу убить!

– Даже убийц своей матери?

Его слова проникают в меня, как яд, который причиняет боль и безостановочно распространяется по всему телу. По стеклу барабанит дождь и наводит на воспоминания о той ночи, когда я вернулась с Лиц с мюзикла. И тут я вижу перед собой лицо мамы. Почему папа не нашел нас раньше? Почему убийца оказался быстрее? Боль накрывает меня железной волной и утягивает на глубину.

– Эмма! – голос отца звучит отдаленно, но я чувствую тепло его рук, которые не дают мне упасть. Я пытаюсь справиться с печалью и болью и выныриваю, как аквалангист из пучины.

И тут она появляется. Будто неделями после смерти мамы скрыто сидела в засаде, ожидая момента, чтобы приблизиться ко мне. Она складывается в огромного, приглушающего все остальные ощущения монстра. Темного и властного: ненависть.

– Его – да, – медленно отвечаю я.

* * *

– Я не верю ни одному твоему слову, – шепчу я.

Он пожимает плечами. Его темные волосы мягко падают на плечи. Он не такой, как я ожидала. Совсем другой.

– Я на это рассчитывал. И все же это было убийство.

– Самоубийство. И он хотел свернуть мне шею.

Его взгляд становится мрачным, и юноша хмурит лоб.

– Почему ты мне это вообще рассказываешь? – спрашиваю я.

Сейчас он улыбается и выглядит беспомощным. И милым. Черт, да с кем ты разговариваешь, это же Монтгомери!

– Катарина, – его щеки немного краснеют, когда он произносит мое имя, и юноша смотрит куда-то позади меня. Его аура сияет голубым. Я с удивлением понимаю, что нравлюсь ему, – я тебя прошу об одном: обращай внимание на мелочи. Не позволяй себя усыплять. Если хочешь, мы могли бы встретиться с тобой еще раз через пару недель. Здесь, в библиотеке.

– Зачем?

Он шарит в кармане брюк, достает монету и задумчиво крутит ее в руке.

– Я хочу, чтобы ты познакомилась с другой стороной медали, прежде чем станет слишком поздно.

Я наблюдаю за монетой на его ладони и ужасаюсь. Она золотая, с арабскими символами, а на гербе изображен сокол с круглым ореолом над головой.

– Ты с ума сошел? Если они увидят ее у меня, мне крышка. Я ее не возьму.

– Пожалуйста. Миллер не останется твоим единственным заказом. Мои люди здесь в курсе дела. Но если он отправит тебя с Макэнгусом за границу, я ничего не смогу тебе гарантировать. Если тебя поймает кто-то из наших, то монета защитит тебя.

Его глаза почти умоляюще смотрят на меня. Правая рука дрожит, когда я беру монету. Я очень быстро касаюсь его пальцев. Они теплые и влажные. Он нервничает?

– Ты же понимаешь, что я в любой момент могу отдать эту вещь ворону, которого захочу защитить? – тихо говорю я и наблюдаю за его реакцией.

Ничего. Его лицо неподвижно. Только голубой цвет ауры становится сильнее. Она должна была стать красной. Почему он не злится?

– Я доверяю тебе, – тихо бормочет он.

СВЯЗЬ

Желтые пионы.

И рядом темная коробка с золотым гербом Sensus Corvi. Среди тонкой упаковочной бумаги лежит моя новая школьная форма. Черная, как ворон. Никаких лодочек, только новая пара черных туфель с вышитым на них по сторонам мотивом Sensus Corvi и золотыми шнурками. Изготовлено на заказ. Я улыбаюсь. Папа начинает чему-то учиться.

– Соберись, Эмма! Вспомни, как ты это сделала в прошлый раз!

Я устало смотрю на стакан, который Фарран поставил на своем столе перед диваном. Он удивительно терпеливый учитель. Уже почти два часа я пытаюсь его накалить. Безуспешно.

Эйдан стоит у окна и смотрит на спортивное поле. Девочки как раз играют в камоги. Несмотря на дождь. Наверняка он наблюдает за тем, как Лин в промокшей обтягивающей футболке умело забивает гол в ворота. По шее пробегают мурашки. Черт!

«Если ты отвлекаешься на это, то подумай, как превратить твою ревность в злость, чтобы растопить стакан», – слышу я голос Фаррана в голове. Вслух он говорит:

– Я не всегда буду рядом, чтобы злить тебя. Ты должна направлять свои чувства силой мысли, чтобы приводить телекинез в действие.

Как я должна вмиг на кого-то разозлиться, чтобы мне казалось, что я вот-вот лопну изнутри? Потому что последнее необходимо, чтобы растопить стакан.

– Подумай об актере, который на съемках начинает рыдать, – Фарран вздыхает. Его серо-голубые глаза обращаются к окну. – Эйдан, подойди-ка сюда!

Со скучающим видом мой наставник поворачивается и расслабленной походкой направляется к нам.

Фарран ставит рядом со стаканом декоративную свечку и подносит к ней золотую зажигалку.

– Покажи ей! – требует он у Эйдана.

Юноша садится и концентрирует взгляд на пламени. Я наблюдаю, как оно вытягивается, вытягивается, а затем отклоняется в сторону и обхватывает стакан. Он и правда хорош.

Я должна была бы восхититься, но вдруг увидела перед собой лицо Джареда и панику в его глазах, когда половину его головы обхватило пламя, и вспыхнула от гнева. Подождите-ка. Именно это мне сейчас и нужно.

Я закрыла глаза и сконцентрировалась на наполненном болью лице Джареда и его губах, с которых сорвался крик отчаяния. Если бы он не повернулся, то обжег бы не только голову, но и все лицо. Ужасно. Он мог ослепнуть. Стать инвалидом. Я начинаю дышать чаще и вижу перед собой светящиеся пульсирующие точки.

– Эмма?

Я не обращаю на Фаррана внимания и смотрю на стакан. Он подскакивает на полметра вверх, прочь от пламени Эйдана, и я представляю себе, как стекло начинает плавиться. Джаред танцует джигу у меня в голове и радостно улыбается. Такой прекрасный вечер, я была абсолютно счастлива, а Эйдан все разрушил! Как он только мог! Как...

– Стой! – кричит Фарран.

Что-то дребезжит, и меня сбрасывает вниз с дивана. Что это было? Я снова вступила с Эйданом в связь? Я опираюсь на руки и поднимаюсь. От увиденного с моих губ срывается крик.

Бесчисленные осколки стекла неподвижно остановились в нескольких сантиметрах от лица Эйдана.

– Нет! Я этого не хотела! Стакан должен был растаять, правда, Эйдан!

– Успокойся, – говорит Фарран. Он смотрит не на меня, а на осколки. Очень внимательно, но без напряжения. Воздух вокруг него будто дрожит. Тут. Я очень слабо замечаю это на его волосах. Они шевелятся. Он их поэтому так коротко обрезал, чтобы они его не выдавали?

– У меня все под контролем. Эйдан, можешь отпускать, я уже захватил осколки, прежде чем ты успел выставить защиту.

Напряжение уходит с лица юноши, и он стирает пот со лба. Затем он поворачивается ко мне. На лбу у него залегла складка.

– О чем ты подумала? – холодно спрашивает он.

Я все еще смотрю на парящие в воздухе осколки. Как только это могло произойти?

– Скажи ему! – резко приказывает Фарран. – Между вами не должно быть лжи, иначе я и правда должен буду назначить другого наставника, а я этого не хочу.

— О Джареде, — призналась я, — о том, что ты мог сотворить с его лицом, если бы он тогда не отвернулся.

— Эмц, я... — Эйдан замолкает и смотрит прямо перед собой. На моих глазах осколки начинают вращаться, как капли воды в фонтане. Они меняют форму, растягиваются, принимают оранжево-красный цвет и соединяются. Они медленно образуют горящую форму, пока не изменяются и становятся прозрачными, а затем мягко приземляются на стол. Перед нами стоит аналогичная копия стакана, который я разбила.

Я сразу забываю, что только что сделала, и удивленно смотрю на Фаррана. Его лицо так расслабленно, словно он сейчас читал ежедневную газету. И только сейчас я начинаю осознавать весь масштаб его умений. Экзерциатор. Недаром его так назвали.

— Сэр, это было... потрясающе! — с почтением шепчет Эйдан.

Фарран отмахивается.

— Хотел показать, чего вы можете добиться, если начнете концентрироваться на занятиях! Было бы уместно устранить ваши разногласия, прежде чем мы продолжим, — объявляет он, улыбаясь.

Мы с Эйданом смущенно смотрим друг на друга.

— Прости меня. Это я о Джареде.

— Ах! Тебе теперь жаль. Боже, Эйдан, я уже боюсь следующей встречи с Глазом Гора. Не за соколов, а за тебя! Ты просто неуправляем.

Фарран удивленно фыркает и подходит к окну. Кажется, он погружен в мысли.

— И это говоришь ты! — возмущенно продолжает Эйдан. — Ты только что чуть не оставила меня без лица. Это, значит, нормально?

— Да. Потому что я, в отличие от тебя, еще недостаточно контролирую свою силу и опираюсь исключительно на ощущения. Это намного труднее. Да ты и понятия не имеешь!

Эйдан садится рядом со мной. Он побледнел.

— Конечно, не имею. Ты постоянно изображаешь из себя такую загадочную и неприкасаемую девушку. И вдруг ты меня обнимаешь, как тогда, когда я поссорился с Якобом. Не только у эмпатов есть чувства! Ты думаешь, я планировал так поступить с Джаредом?

Я представляю, как Эйдан стоит у окна и наблюдает за моим танцем с Джаредом и нашим поцелуем. Но он вообще-то встречается с Лин! Эйдан явно может читать мои мысли без всякого дара. Его голос тихий, как дуновение ветра:

— Лин и я, это не то, что ты думаешь...

Тут Фарран мгновенно оборачивается и быстро подходит к нам.

— Эмма, тебе никогда больше нельзя использовать Эйдана как объект ненависти, если рядом нет меня или твоего отца, — строго приказывает он, держа руку у подбородка.

— Объект ненависти? — переспрашивает Эйдан. Я игнорирую его гневный взгляд и обращаюсь к Фаррану:

— Потому что он будет в опасности, даже если я этого не хочу?

– Точно. И потому, что Эйдан своей защитой может стать опасным для тебя. Вы оба как два магнита с одинаковым полюсом – отталкиваете друг друга, если применяете свои дары. Я еще не понял, в чем дело, но между вашими дарами есть какая-то связь. Я никогда прежде не встречал подобного. Это... захватывающе, прямо-таки невероятно. Мы непременно должны это исследовать, – он смотрит на нас сияющими глазами.

По спине у меня пробегают мурашки, и я чувствую себя подопытным кроликом.

– Могу я узнать, какой цели служат эти исследования, сэр? – недоверчиво спрашивает Эйдан.

– Можешь. Но ты больше не мой ученик, если самостоятельно не можешь найти ответ.

Эйдан краснеет и задумчиво хмурит лоб. Директор бросает взгляд на буфет, и к нам подлетают три стакана с бутылкой. Не пошевелив и пальцем, Фарран каждому наливает стакан воды. Я не могу насмотреться на его умения.

Тут Эйдан издает удивленный возглас, и я вздрагиваю.

– Вы полагаете, что мы с Эмц можем не только объединить силы на одном объекте, но и мысленно способны переносить их друг на друга?

Фарран кивает, и на его лице появляется довольная улыбка.

– Великолепно, Эйдан. Я в тебе не разочарован. Ты тоже можешь в будущем звать меня Фион.

Я бы очень хотела сфотографировать его растерянное лицо для постера игры в херлинг. Мистер Крутизна становится красным как рак и начинает заикаться:

— Спасибо, сэр, э... Фион.

Фарран быстро поднимается с места.

— Вы можете идти. Мне нужно обговорить с Якобом дальнейший план действий. В свободное время ты всегда должен тренироваться с ней дома, Эйдан.

Довольная улыбка расползается по лицу юноши. В моем животе зарождается щекотка, и я быстро перевожу взгляд на Фаррана.

— На следующей неделе держись подальше от Джареда и соколов! — улыбка у Эйдана становится еще шире. — А сейчас марш на занятия, SPSE уже началась.

— SPSE? — спрашиваю я, когда мы с Эйданом спускаемся вниз по лестнице.

— Special Program in Science Education[1], — отвечает он, — у тебя теперь каждый день после обеда физкультура или занятия у Фаррана. Насколько я знаю, он исключил тебя из команды по херлингу и в это время проводит свои занятия. Неплохая идея, — Эйдан ехидно улыбается.

Вот навозный жук! Но вообще я рада, что больше не должна принимать в этом участие. Тренировки на выносливость два раза в неделю достаточно, а занятия с Фарраном намного интереснее, чем пытаться удержать на палке этот дурацкий мяч.

— Чтобы не потерять форму, будешь бегать со мной по утрам, — говорит Эйдан и сворачивает на первом этаже в правый коридор.

---

[1] Специальная программа научного образования.

Я останавливаюсь как вкопанная. Вставать рано утром, чтобы с ним бегать? У меня перед глазами всплывает последняя игра в херлинг, когда Эйдан как ураган носился по игровому полю. Я в неплохой форме, но этого недостаточно, чтобы соперничать с Эйданом!

Он снисходительно улыбается.

– Как твой наставник, я имею право определять...

– Да хватит! И что, черт возьми, мы будем учить на SPSE?

Мне уже достаточно физики, химии и биологии. От очередной научной чепухи я могу охотно отказаться.

– Это кодовое название предмета, если вдруг обычные люди что-либо узнают о нем.

Этого достаточно. Мое сердце подскакивает от радости.

SPSE

Райан Макмиллан, преподаватель SPSE, немного напоминает мне Элиаса. Ему уже за шестьдесят, если не больше, у него светло-рыжие волосы, а лицо морщинистое, как у черепахи. Когда мы с Эйданом входим в класс, он стоит у компьютера и включает презентацию, которая появляется на белой интерактивной доске перед ним.

– Эмма Макэнгус! Рад видеть тебя в черной форме, – говорит он и с интересом смотрит на меня своими водянистыми голубыми глазами. Его слова сопровождают громкие аплодисменты учеников. Я смущенно протягиваю ему руку и вместе с Эйданом прохожу на задние ряды, мимо Лин Мерфи, которая бросает на него требовательный взгляд и делает мрачное лицо. Я думаю о том, как он меня отвез в больницу к Джареду, и вдруг чувствую себя эгоисткой.

– Если ты хочешь сидеть рядом с Лин, я охотно могу...

– Я не хочу рядом с ней сидеть, ясно? Быть твоим наставником – это лучшее, что я могу использовать как отговорку.

Отговорка? Он что, хочет расстаться с Лин, а я только предлог? Да тут сам черт не разберет. Хриплый голос отвлекает меня от мыслей.

– Мисс Макэнгус – большое приобретение для нашего учебного заведения, – тонкие бесцветные губы Макмиллана растягиваются в улыбке под рыжей бородой, в некоторых местах уже поседевшей. Ученики на передних рядах поворачиваются ко мне с любопытным бормотанием.

О, как я ненавижу находиться в лучах славы. У меня начинает гореть лицо.

– И, как я узнал сегодня утром от нашего экзерциатора, она, вопреки существующим слухам, – он подмигивает мне правым глазом, – не эмпат.

Все взволнованно перешептываются. Фай оборачивается и бросает на меня удивленный взгляд.

– У нее очень редкий дар. Точнее говоря, я прежде только один раз встречал человека, который обладал подобным, – он выдерживает паузу, чтобы усилить напряжение, и я скрещиваю пальцы.

– Мисс Макэнгус – эмоциональный дайвер.

Раздаются восхищенные возгласы, а на лице Эйдана появляется такая самодовольная улыбка, будто я являюсь украшением, которое он только что показал.

– В дополнение к этому, под влиянием определенных эмоций она способна использовать телекинетический дар.

Поднимается суматоха. Некоторые ученики с восторгом начинают стучать по партам, другие в восторге хлопают.

Между тем мое лицо по цвету уже давно напоминает дикий мак. Я смотрю на Макмиллана и пробую не замечать других учеников вокруг себя.

Он проводит рукой по своим редким волосам.

– Успокойтесь, пожалуйста! – его голос не громкий, но ученики сразу замолкают.

– Не связывайся с ним. Он может быть очень противным, – шепчет мне Эйдан.

Этот чудак? Маленький и худой, одетый в белую рубашку, дешевый светло-серый вязаный жилет и темно-серые брюки? Он кажется каким угодно, но только не опасным.

— Что вы знаете об эмоциональных дайверах? — задает он вопрос ученикам.

Лин кидает на меня полный ненависти взгляд и поднимает руку. Это не предвещает мне ничего хорошего.

— Да, мисс Мерфи?

— Они плохо могут управлять собственными чувствами. Когда они ныряют в людей, то им с трудом удается из них выбраться. Особенно тогда, когда речь идет о позитивных эмоциях. Тогда они присасываются к ним, как паразиты. А из-за эмоциональных колебаний страдают их душевные силы, — трещит Лин, будто цитирует учебник.

Я хватаю ртом воздух и хочу что-то ответить, но Эйдан опускает мне руку на колено и быстро шепчет:

— Успокойся! Не показывай им сейчас, что это так.

Он прав. Если Лин сейчас меня спровоцирует, я только подтвержу ее предположения. Дышать. Вдох–выдох. Некоторые ученики смеются, некоторые бросают на Лин злобные взгляды. Мое сердцебиение замедляется. Рука Эйдана все еще лежит на моем колене и вызывает пульсирующее тепло, которое снова и снова распространяется по моему телу. По крайней мере, Лин отчасти права. Мои душевные силы в такие моменты очень страдают под противоречивыми чувствами: кинуться на нее, чтобы вырвать волосы, или броситься Эйдану в объятия.

Мне нужно что-то предпринять. Я осторожно опускаю свою руку на руку Эйдана, слегка сжимаю ее и убираю в сторону. Жар, который охватывает меня при прикосновении, ударом тока проносится сквозь мои нервы и оставляет необычайную бодрость, будто я только что выпила три чашки эспрессо. Что-то особенное действительно соединяет нас с Эйданом.

— Еще замечания? — спрашивает Макмиллан, не отнимая от меня своего сканирующего взгляда.

— Эмоциональные дайверы очень чувствительные и пытаются не задевать других, так как лучше понимают воздействие негативных эмоций на мир чувств, — раздается голос Фай.

Макмиллан согласно кивает.

Высокий темноволосый юноша, сидящий передо мной через ряд, поднимает руку. Он поворачивается ко мне и широко улыбается:

— Эмоциональные дайверы со всеми их ощущениями считаются очень страстными людьми.

По комнате разносится смех и двусмысленное посвистывание. Краем глаза я замечаю, как Эйдан сжимает кулак.

— Довольно, мистер Овенс! — повышает голос Макмиллан и, к моему удивлению: — Мисс Макэнгус, мистер Каллахан, я прошу вас пройти вперед.

Мы следуем его просьбе.

— Вы, должно быть, уже прошли через неприязнь, и поэтому теперь я хотел бы попросить вас продемонстрировать нам свои умения.

О нет. Он же не хочет...

– Будьте так любезны и загляните в чувства мистера Каллахана. Расскажите нам, что он чувствует? Мистер Каллахан, в свою очередь, расскажет нам о своих ощущениях.

– Простите, мистер Макмиллан. Я... не могли бы вы подобрать мне другого партнера?

Эйдан кидает на меня обиженный взгляд.

– Мистер Каллахан ваш наставник, мисс Макэнгус. Я руководствовался тем, что вам не составит труда просканировать его чувства, – Макмиллан недовольно хмурит брови.

– Мне это тоже не составит труда, – спокойно объясняет Эйдан, – все нормально, Эмц.

Ничего не нормально! Мои руки вспотели и дрожат. Невозможно. Я не могу. Позади я слышу шепот и смех. Макмиллан негодующе смотрит на меня. Мне становится плохо, и классная комната начинает расплываться перед глазами. Теплая рука хватает мою. Фай.

– Могу я попробовать вместо Эйдана, мистер Макмиллан?

– Все равно, – раздраженно ворчит он и бросает на меня резкий взгляд, – я хочу увидеться с вами после занятия, Макэнгус.

Проникнуть в Фай проще простого. Она даже не замечает. Удивительно. Папа чувствует каждый раз, когда я исследую его чувства.

Макмиллан объясняет нам, что различное восприятие связано с тем, насколько человек готов показать свои чувства.

Когда мы занимаем свои места, я избегаю взгляда Эйдана.

Макмиллан вручает мне книгу, авторами которой являются Фарран, папа и миссис О'Коннел. Она в черном переплете. На обложке вместо названия значится золотая греческая буква «Пси» – символ паранормальных явлений. На обратной стороне изображен ворон Sensus Corvi.

– Эту книгу вы не сможете брать на дом, мисс Макэнгус, а будете хранить в шкафчике. Мистер Каллахан объяснит наши меры безопасности, – он издевательски улыбается, – если между вами возможна словесная коммуникация. В ином случае я бы предложил вам попросить Фаррана назначить другого наставника.

Я качаю головой. Некоторые ученики ухмыляются.

– Это наш устав: в этой книге собраны знания о сути наших способностей. Прочитайте до завтра, пожалуйста, введение и обзор частоты отдельных даров.

– Это наша Библия, – шепчет мне Эйдан, – и я надеюсь, у тебя есть хорошее объяснение своему поведению, иначе Макмиллан продемонстрирует тебе после урока, в чем состоит его особый талант.

К счастью, последний оставил меня в покое и продолжил свой доклад, который в самом начале занятия обозначил на доске: мантика. Я сразу вспоминаю о девушке Джареда, Хелен, и о Ричарде.

– Мантикой обозначают дар предсказания будущих событий. Его частота спорна, он встречается в различных формах и проявлениях. Кроме того, это способность, которая была задокументирована еще в далеком прошлом.

Затем следует неаппетитный доклад о чтении будущего по внутренностям жертвенных животных в древности у кельтских друидов.

— Мистер Каллахан, вам знакомы другие исторические вспомогательные средства для мантики?

Эйдан небрежно откидывается на спинку стула.

— О да, их целая куча. Значения созвездий, хиромантия, карты Таро, хрустальные шары, кофейная гуща...

Раздается смех.

— Спасибо, этого достаточно. Ну, мисс Макэнгус, какие выводы вы можете сделать из ранее сказанного?

Черт! Он теперь будет мне мстить за то, что я не выполнила его просьбу? Что я могу знать о мантике?

— Э... ну... — заикаюсь я и злюсь, глядя на злорадствующее выражение лица Лин. Карты Таро и хрустальные шары? Кто в это вообще верит? Но может, он хочет услышать именно это. Подумай логически, Эмц!

— Что многие, совершенно различные вспомогательные средства, которые попадались в истории, — полное надувательство.

Лин победоносно улыбается, а Макмиллан поднимает брови.

— Следовательно, вы отрицаете существование этого дара, мисс Макэнгус?

— Ни в коем случае. Я отрицаю тот факт, что для этого нужны вспомогательные средства. Тот, кто обладает подобной способностью, наверняка может ею пользоваться, не копаясь руками в печенке забитой овцы или таращась в хрустальный шар. Это либо шоу для зрителей, либо шарлатаны.

К моему облегчению, Макмиллан кивает:

— Все верно, мисс Макэнгус. Мантикам в самом деле не нужны никакие средства. Хотя вполне возможно, что в прошлом существовали мантики, которые уговаривали себя использовать их. — Он делает паузу и задумчиво перебирает свою бороду. — Что касается длительности предсказаний, об этом мы, к сожалению, ничего сказать не можем. Известные нам современные мантики могут видеть будущее от пары секунд до получаса. Но благодаря тренировкам концентрации и целенаправленным медитативным техникам возможно увеличивать длительность предсказаний на протяжении всей жизни. Какой самый опасный мантик нашего времени вам известен?

Эйдан отвечает, и я нервно ерзаю на стуле.

— Ричард Монтгомери из Глаза Гора, сэр.

Макмиллан кивает, подходит к компьютеру и выводит фотографию на белую доску.

Я с недоумением смотрю на смеющегося молодого человека. Изображению по крайней мере двадцать лет. Волосы достают Ричарду до плеч, а темные, почти черные глаза еще не приняли того грустного и жесткого выражения. Он не так хорошо выглядит, как папа, но и не безобразен. Скорее парень неказистый. Обычное лицо, которое может затеряться в толпе. Внезапно я чувствую на себе взгляд Макмиллана.

— На фото ему двадцать один год. Скоро мы сможем составить его фоторобот, так как один наш член недавно встретился с ним. – По комнате проносится ропот, и я устремляю взгляд на свои руки. – В молодости Монтгомери мог видеть будущее более чем на полчаса вперед. Мы опасаемся, что на сегодняшний день он увеличил силы своих предсказаний на несколько часов.

Худая бледная девочка в первом ряду испуганно вздыхает.

– Он является предводителем соколов. По причине своего дара его тяжело поймать. Как вы знаете, мы охотимся за ним уже больше десятилетия. Он либо переманивал воронов на свою сторону, либо убивал их. Так как Монтгомери мантик, он может видеть ваши шаги наперед и соответствующе реагировать на них. Это, предположительно, происходит как в шахматной игре. Он действует и на основе наших и своих ходов переделывает будущее. Снова и снова. К тому же он был превосходным математиком нашей школы. Его показатель интеллекта намного выше среднего. Если кто-то из вас встретится с ним, то старайтесь избегать контакта с ним и сразу оповестите меня, Каллахана, Макэнгуса или самого экзерциатора. Никаких самовольных геройских поступков! Я ясно выразился?

– Да, сэр! – хором отзываются ученики.

Эйдан и я не произносим ни слова.

Через полчаса я нервно стою перед учительским столом Макмиллана. Он извлекает свою флешку из компьютера и выключает его. Затем садится на свой стул и скрещивает руки на груди.

– Ну, Макэнгус. Я слушаю.

Я ковыряю кожу на большом пальце. Он не поймет. Да я сама не понимаю.

— Сэр, я не хотела вас рассердить. Я себе тоже не могу объяснить этого, но с нашей первой встречи у меня не получается заглянуть в чувства Эйдана.

— С технической или эмоциональной стороны?

Вот этого-то вопроса я и боялась.

— Эмоциональной, — шепчу я.

В его маленьких глазках сверкает интерес.

— Вы уже ощущали что-то похожее?

— Нет, сэр, — честно отвечаю я, — мне жаль.

Он встает и опускает свои морщинистые руки мне на плечи. Пристально смотрит на меня.

— И не нужно. За время, которое вы находитесь здесь, вы уже позаботились о шумихе. Когда я вчера узнал от Фиона, что у вас есть контакты с Глазом Гора, то сразу подумал о вашем сходстве с матерью. Ваш отказ просканировать Эйдана напомнил мне о жарких дискуссиях с ней на занятиях.

У меня сразу пересыхает в горле.

— Вы ей тоже преподавали? И наверняка предупреждали маму о Монтгомери и Глазе Гора!

Макмиллан вздыхает и старается избегать моего взгляда. Он берет свой портфель-дипломат и направляется к двери.

— Поговори об этом с отцом, дитя.

— Если Макмиллан причинил тебе сильную боль — только скажи, и я сразу пойду к Фиону! — Эйдан вырос передо мной с раздосадованной миной.

— Фион? Ты сейчас серьезно? — Фай смотрит со стороны на Эйдана.

— С того момента, как мисс Я-нарушу-здесь-все-правила испортила его стол, мы оба так можем его называть. Круто, да?

— Невероятно! — стонет Фай.

— Он может причинять боль? — я отвлекаюсь от своих мыслей.

— Только не говори, что не заметила этого с Овенсом.

— Да, но... — я улыбаюсь, когда вижу их озабоченные лица, — не беспокойтесь, он ничего мне не сделал. Он только упомянул мою маму, а я на эту тему чувствительно реагирую. Ну, так что он?

— Нейрокинетик, — хором ответили Фай и Эйдан.

— Это значит?

— Он может влиять на проводящие нервы и вызывать в теле чувство боли, даже если для этого нет никакой причины.

— И они позволяют ему вот так легально применять это на учениках?

— Только не...

— ...связывайся с ним, — заканчиваю я его предложение, — уже поняла. Мы можем поехать домой?

— Нет. Сначала тебе надо сделать домашнее задание и потом убрать книгу в шкафчик.

Эйдан, кажется, очень серьезно воспринял роль наставника. Фай начинает смеяться и пихает его в бок.

— Не перестарайся, ты, рабовладелец.

У меня закрываются глаза, когда я прислоняюсь к прохладной коже сиденья в машине. Книга – бестселлер! Я прочитала бы еще раз, если бы Эйдан не вырвал ее у меня из рук и не объявил, что мне не нужно конкурировать с Лин.

Так много разных даров! Я кажусь себе с мамой Робинзоном и Пятницей, живущими на необитаемом острове. Джаред был прав. Я определенно смогу многому научиться в Sensus Corvi. Здорово быть вороном.

– Спасибо! – я смотрю на Эйдана. Его взгляд сосредоточен на дороге.

– За что? – спрашивает он, улыбаясь.

– Что ты меня ждал до тех пор, пока я не прочитала первые три главы и отрывок о мантике.

Свет задних фар проезжающих мимо машин окрашивает его лицо в красный. Отек от фингала уже спал, только на веке остался бледный сине-зеленый ободок от удара Джареда. Эйдан отрывает левую руку от руля и поправляет волосы. Кожу начинает покалывать, когда я вижу, как тонкие пальцы прокладывают дорожки среди темно-русых прядей, слегка касаются щек и подбородка, прежде чем скользнуть по воздуху ко мне. Они мягко приземляются мне на колени и находят мою руку. Я с трудом перевожу дух.

– Будь честной! – тихо начинает он. – Ты правда еще никогда не проникала в мои эмоции?

– Нет.

– А в эмоции Джареда?

Ну вот почему сейчас он спрашивает именно о нем?

– Один раз. Во время встречи с людьми из Глаза Гора. Я хотела выяснить, он может только разговаривать со мной без слов или еще способен читать мысли.

– Ага. И что он чувствовал?

– Это тебя не касается!

Лицо Эйдана мрачнеет.

– Не злоупотребляй своим статусом наставника. Я спрошу у Фиона, какие у тебя есть права. Так как вы, вороны, так любите правила, определенно есть книга, в которой все перечислено.

Он звонко засмеялся.

– А тебе палец в рот не клади. К сожалению, твой ответ сказал мне достаточно. Тебе не любопытно, чувствую ли я то же самое? Почему ты не попробуешь? Ты не хочешь знать или боишься ответа?

Проклятье! Это правда так?

– Мне... мне уже достаточно было просканировать чувства Лин к тебе. Я не хочу видеть еще и твою версию происходящего, – у меня получается придать голосу твердость. Мы свернули с трассы, поэтому Эйдан снова должен был положить руку на руль.

– Послушай, между Лин и мной... ну... я... – он вздыхает и сворачивает на нашу улицу.

– Тебе не нужно все время оправдываться. Я знаю, что она твоя девушка. Мне, между прочим, все равно.

Чистая ложь. Я копаюсь в сумке, пытаясь отыскать ключ от дома, чтобы не смотреть ему в лицо.

– Ах так? – его голос потерял всю теплоту. Он так грубо хватает мою руку, что я вскрикнула.

— Ты спятил? Отпусти меня!

— Выходи и скажи Якобу, что сегодня я ночую у родителей.

Он никогда не говорит «дома», когда упоминает о них. Его дом – это Якоб.

Я его обидела.

— Эйдан, я...

— Исчезни уже! – юноша заводит мотор.

Я молча направляюсь домой.

ОСЕНЬ

Учиться. Есть. Пить. Спать.

Ворвалась осень, как холодная мокрая собака, которая после дождя встряхивает косматой шерстью.

А я стряхнула с себя старую жизнь.

Короткое письмо Ханне и Элиасу. Отец запретил контакт с ними. Немногословный разговор по телефону с Лиц. И потом папа дал мне новую SIM-карту.

— Рано или поздно они бы все заметили. Особенно сейчас, когда ты так интенсивно работаешь над своими способностями. Будет лучше, если все останется между воронами, малышка.

От его слов легче не становится. В моей тоске по маме разговоры с Ханной и Лиц были последним якорем, который соединял меня с прошлой жизнью. А сейчас я направляюсь навстречу будущему, которое нарастает надо мной огромным бурным морем. Вдобавок еще папа уезжает на две недели. Он с Фарраном считает, что будет надежнее, если на время его отсутствия я перееду в общежитие Sensus Corvi. Из-за соколов.

— Почему я не могу остаться с Эйданом дома?

— Это слишком опасно, Эмма. Кроме того, Эйдан сказал, что давно уже хотел побыть с родителями.

Конечно. Он наверняка мечтает об этом.

— Я могу тебе помочь?

Как часто я слышу это предложение в последнее время? С тех пор как я стала вороном, меня засыпают предложениями о помощи, и кажется, я в них потону. Но в этот раз вопрос звучит по-особенному, в нем сквозит что-то сухое, требовательное, что заставляет меня оторвать голову от книги.

На меня устремлены карие глаза под густыми черными бровями. Дин Овенс. Что он делает в библиотеке так поздно вечером?

— Нет, спасибо, — я быстро опускаю голову. Эти дифференциалы сводят меня с ума.

— Прости, — он, не спрашивая, садится рядом со мной.

Я озадаченно смотрю на него.

— За то, что мне не нужна твоя помощь?

— Я бы тебе правда охотно помог, — улыбка на его лице удивительно искренняя. Но, насколько я могу верить Фай, за его готовностью помочь стоит бессердечный сканирующий людей пользователь, которым движет тщеславие подняться по иерархии Sensus Corvi на самый верх.

— Ты же знаешь, из-за того случая на SPSE. Это было нечестно, — продолжает он.

Я смутно начинаю припоминать. Мне кажется, будто уже прошли месяцы.

— Просто забудь, Дин, — я сосредотачиваюсь на формулах и пытаюсь не обращать на него внимания. Его дружелюбие мне не по душе.

— И за игру в камоги.

Верно. Он был одним из тех мальчишек, которые вместе с Эйданом смеялись надо мной. Неудивительно. Дин второй лучший игрок в херлинг после Эйдана, капитан другой команды. Удивительно, что они, несмотря на это, дружат.

Их слова неважны, Эмма, льстят они или обижают тебя. Единственное, что действительно важно, это их намерения.

Я скрещиваю руки на груди и внимательно смотрю на него. Он спокойно отвечает на мой взгляд, все еще улыбаясь. Мне нужно было бы уже нырнуть, чтобы понять его мотивы, но это запрещено без предупреждения.

— И что сейчас будет? Исповедь? Ты ждешь от меня чего-то вроде отпущения грехов?

Дин смеется. Темная прядь волос падает ему на лоб. Его глаза напоминают мне темный янтарь. Он не такой уж и отталкивающий. Для такого мерзавца.

— Эээ, ты всегда такая очаровательная, когда тебя кто-то просит о прощении?

— Все зависит от моей страсти.

— Ты пойдешь со мной на бал в честь Хеллоуина?

Чего? И тут я понимаю, что смотрю на него с открытым ртом. Об этом я вообще не подумала. Эйдан наверняка пойдет с Лин.

— Ты издеваешься надо мной?

Он же все время вертится около этой темно-русой длинноногой красавицы. Как ее там, Кейра?

— Ни в коем случае. Почему я не могу поинтересоваться, если ты дала Эйдану от ворот поворот?

Я вздрагиваю. Становится тяжело дышать.

— Это кто говорит?

— Да ладно, Эмма. Вся школа об этом болтает. Ты, возможно, первая, кого Эйдан не смог добиться.

Я со злостью запихиваю учебник по математике и тетрадь в сумку и встаю с места.

– Что-то не так? – Дин выглядит озадаченным.

Я делаю шаг в его сторону и прищуриваю глаза:

– Мой ответ: нет. И для справки: я не отшила Эйдана. Мы никогда не были чем-то большим, чем друзья.

Путь через двор короче. Я надеюсь, парень останется в теплых коридорах, и поэтому выбегаю наружу. В лицо дует холодный ветер, а дождь льет как из ведра.

Но Дин, к сожалению, этого не боится.

– Я только пытался мило пообщаться с тобой. Что на тебя вообще нашло?

Вздрогнув, я обхватываю себя руками и иду дальше. Капли дождя попадают мне за шиворот блузки и стекают по спине.

– Ничего. Оставь меня в покое.

– Нет, – он хватает меня за руку, – у тебя проблемы, а вороны...

– Держатся вместе... бла, бла, бла. Я не трофей, Овенс! Уйми свое честолюбие! – кричу я и гневно отворачиваюсь. Его лицо принимает странное выражение. Какое-то отрешенное. Глаза застыли, будто не видят меня. На его ресницах повисли капли воды. Он выглядит как статуя из греческой мифологии.

– Э... Дин?

Я осторожно беру его руку и высвобождаюсь. Она безжизненно падает к телу, будто у куклы. Парень выглядит жутко. По телу пробегают мурашки, когда я понимаю: сейчас он применяет свой дар. В столовой две девочки говорили про него. Он оптива. Но что именно? Уже не помню. Я отступаю осторожно на пару шагов назад, не выпуская его из вида. Что, если Дин как-то хочет взять меня под контроль? Он так умеет?

Я рывком поворачиваюсь и бегу.

— Эмма! Стой! Не туда!

Шаги. Тяжелое дыхание у меня за спиной. Мое сердце беспорядочно и быстро стучит. Я должна от него увернуться! Что-то передо мной двигается в темноте. Ко мне устремилась человеческая тень.

— Остановись! — рявкнул кто-то.

Силуэт передо мной останавливается и поднимает руки. Я мгновение вижу черную маску, вспышку, а затем что-то тяжелое врезается в мою спину и валит меня на землю. Я вскрикиваю. Горит! Ох как горит! Левая рука пульсирует от боли, и мне становится плохо. Приглушенные звуки отвлекают меня от тела. Это выстрелы? И тут я слышу поблизости крик мужчины, за которым следует глухой удар.

Я сглатываю горечь во рту, пока все вокруг меня исчезает в расплывчатой темноте. Кто-то все еще прижимает меня к земле. Я пытаюсь его стряхнуть, но он силен.

Как в фильме, я вижу сидящего передо мной Фаррана в кабинете: «Ты должна уметь использовать для телекинеза каждое из твоих чувств. Не только злость. Любовь, ненависть, ревность, радость. Анализируй, что у тебя есть на данный момент, увеличь это и направь на свою цель. Если на тебя нападут, то прежде всего используй страх».

Да. Боже, да! Страх. Я глубоко вдыхаю и ныряю в него, как в лунку замерзшего озера. Давление на мою глотку усиливается. Мне кажется, что я сейчас задохнусь, чувствую каждый сантиметр тяжести надо мной. Вниз!

По моему телу проходит толчок, и я разом освобождаюсь. Кто-то позади меня болезненно вскрикивает. Мне нужно встать, нужно бежать. Только бы убраться отсюда. Почему так жжет левая рука? Мои ноги такие ватные, что я снова приземляюсь на колени. А затем из темноты передо мной появляется мужская фигура. Она бледная и смотрит на меня большими голубыми глазами. В руке мужчина держит оружие. Его дуло направлено прямо на меня. Я в шоке смотрю на блестящий металл. Нет, пожалуйста, не надо. Ничего не делай мне. Но я не могу произнести ни слова.

— Ты в порядке? Он в тебя попал?

Мужчина опускает оружие и убирает его в кобуру. Затем на меня направляется свет его фонарика. Он освещает мое лицо, спускается вниз и останавливается на моей руке.

— Вот черт! Выглядит плохо. Лучше сядь и успокойся, иначе потеряешь слишком много крови.

Кровь? Почему кровь? Глаза следуют за светом, и мне становится дурно. Ткань пиджака разорвана, а под ним все красное. Мясо и кровь. Много крови. Ноги стали ватными, и я увидела приближающуюся землю. Я его узнала. Это охранник у ворот. Он достает рацию. Его губы движутся, но шум в ушах такой громкий, что я не могу разобрать его слова. За гулом в ушах слышится вой сирены, а пучки света прочесывают школьное здание и сад, примыкающий к нему.

Передо мной в траве что-то лежит. Я прищуриваюсь, чтобы лучше рассмотреть. Туда падает свет фар и вырисовывает из сумрака черные сапоги, темные штаны и кожаную куртку. Из рукава куртки торчит рука в перчатке, держащая оружие. Отвернись! Но мои глаза крепко впиваются в фигуру и не слушаются. Когда свет падает на голову, я вижу кровь и...

Меня тошнит на газон. Затем я отворачиваюсь и закрываю глаза. Ничего не хочу больше видеть. Голоса. Повсюду. Ничего не хочу больше слышать. Хочу, чтобы жжение прекратилось. Кто-то поднимает мое правое веко и светит в него фонариком.

– Мисс Макэнгус, вы меня слышите?

Я кричу и отбиваюсь. Руки держат меня крепко. Кто-то закатывает мой правый рукав, я чувствую укол. Голоса снова начинают шуметь, а затем становятся тише.

И тут тишина. И чернота цвета воронова крыла.

ДИН

Первое, что я чувствую, это запах свежего белья и дезинфицирующих средств.

Кто-то держит мою правую руку. И я уже знаю, кто это. Есть только один человек, чье прикосновение вызывает у меня такой жар.

– Эйдан, – шепчу я, прежде чем открываю глаза.

Он выглядит ужасно. Я тоже такая бледная? Улыбаюсь. Эйдан здесь. И все хорошо. Но он остается серьезным и сжимает мою руку.

– Твой отец убьет меня, когда узнает об этом, – говорит он с такой горечью в голосе, что я вздрагиваю. Почему он? – Господи, да не смотри так на меня! Если бы Дин не повалил тебя на землю, ты сейчас была бы уже мертва. Пуля, которая коснулась твоей левой руки, должна была попасть прямо в сердце.

Он отпускает меня и проводит рукой по волосам. Его глаза потемнели от страха. Я пытаюсь понять смысл слов Эйдана. Меня по голове будто обухом ударили. Дин? Но я же его...

– Дин ранен? Боже, я не знала...

Эйдан коварно ухмыляется и наклоняется ко мне.

– Это единственная хорошая новость. Следующие игры в херлинг выиграем мы.

– Что с ним? – я взволнованно хватаю Эйдана за руку.

– Успокойся! – он бросает взгляд на монитор передо мной. Слышен короткий писк. Потом прибор замолкает.

— Он в порядке. Только сломал себе левую руку.

Зеленая линия на мониторе мечется вверх и вниз. Я еще сильнее впиваюсь в его руку.

Эйдан корчит лицо.

— Только? Это очень плохо! Он спасает мне жизнь, а я благодарю его тем, что скидываю его прочь и ломаю руку! — На какой-то момент я замолкаю. — Мне этого достаточно. Я выхожу из игры и возвращаюсь в Германию. Это не дар. Это проклятье!

— Ах, теперь до тебя дошло? Когда ты наконец поймешь, почему все должно оставаться между нами? Представь себе, это произошло бы с каким-нибудь нормальным парнем. Он бы не счел это таким крутым, как Дин.

Эйдан откидывается на стуле и снисходительно улыбается мне.

Я гневно сжимаю кулаки.

— Не рассказывай, что ему покажется крутым смотреть, как ты побеждаешь его команду в херлинг на следующих играх!

— Определенно нет. Но ты кажешься ему крутой. Даже слишком крутой, на мой вкус. Но он еще не почувствовал твои силы вживую. Пока что только я получаю удовольствие от твоих атак, — Эйдан цокает языком и колко смотрит на меня.

Я закрываю глаза и считаю до десяти.

— Вы чокнутые, — мой голос становится таким же обессиленным, как и тело.

Когда я снова открываю глаза, то уже не вижу улыбки на лице Эйдана. Он наклоняется и нежно гладит меня по волосам.

— Нет. Мы вороны. Ты этого все еще не поняла. Мы держимся вместе даже тогда, когда один из нас ранен. Как семья. Особенно тогда, когда речь идет о наших дарах. Ты думаешь, все остальные всегда отлично держат силы под контролем?

Я сразу вспоминаю Джареда. После атаки Эйдана он и наполовину не был таким подавленным, как я. Несмотря на боль. Напротив. Он даже его защищал, говоря, что у Эйдана не было другого выбора.

— Мне... мне жаль, что я упрекала тебя насчет Джареда, — через некоторое время говорю я ему.

И вот опять. Эти серебристые искры в его глазах. Белые макушки волны в зелено-голубом море, которое тепло омывает меня.

— Ты делаешь успехи.

— У меня хороший наставник.

Эйдан вздыхает и хмурит лоб.

— К сожалению, нет. Я проиграл и могу только радоваться, что Дин на тебя запал.

У меня краснеют щеки.

— Эээ... ты же не можешь быть рядом со мной все время. Кроме того, я чисто случайно оказалась снаружи, и...

— Не случайно. Тот парень хотел убить не какого попало ворона. Возможно, за этим стоит Монтгомери. Он должен был предсказать, что ты выйдешь во двор. Ты была жертвой.

Передо мной появляется простреленный затылок того мужчины, и я прекращаю дышать. Мои руки вцепляются в одеяло.

Пип, пип, пип. Монитор снова запищал. Что, если...

— Джаред... — с трудом выдавливаю я.

Эйдан гладит меня по лбу.

— Шшш, не бойся. Это был не Джаред, — его челюсть напрягается, будто при упоминании этого имени у него начинают болеть зубы, — мужчину, которого мы поймали, зовут Никола Шин. Ты его знаешь?

Мое дыхание становится спокойнее.

— Нет, — к счастью, — почему Ричарду понадобилось меня убивать, если ему нужен шпион?

— Без понятия. Но когда мы осматривали того типа, у него была твоя фотография в кармане.

Это, должно быть, дурной сон. Я смотрю на левую руку. Она забинтована, но почему-то не болит. Может, врачи накачали меня обезболивающим?

— Якоб хотел, чтобы я в его отсутствие остался с тобой в общежитии. Но я поехал домой. Это моя вина, что все зашло так далеко, — тихо говорит Эйдан. Он ударяет кулаком по стене.

— Чушь. Дин спросил меня, хочу ли я пойти с ним на бал в честь Хеллоуина, и я почувствовала, будто ко мне пристают. Мне стало как-то дурно, будто я не в себе. Это меня испугало. Я просто убежала.

— Дин хочет пойти с тобой на бал? — Эйдан смотрит на меня так ошарашенно, будто я объявила ему, что со мной будет танцевать Фарран.

У меня урчит в животе.

— Есть что-то, что говорит против этого? — насмешливо спрашиваю я. Дождь глухо стучит по стеклу. Как друг, который просится, чтобы его впустили. Необычно. На самом деле я не люблю дождь.

Я пытаюсь успокоиться, но отчетливо чувствую, как краснею.

– Дин – настоящий ворон. Он бы тебе ничего не сделал. Кроме того, он телевизионер.

Он может видеть картины других мест?

– Поэтому он закричал, что я должна бежать в другую сторону!

Эйдан кивает, встает и легонько касается моего лба губами. Такое ощущение, будто на мою кожу капнул растопленный воск.

– Поспи, маленькая Эмц.

Эйдан хорошо знает, как меня бесит, когда он так меня называет.

Я с криком просыпаюсь.

Светло-голубые глаза на морщинистом лице с румяными щеками обеспокоенно смотрят на меня.

– Все в порядке? – спрашивает женщина. – У вас что-то болит?

Да. Я качаю головой. У меня адски жжет рука, но от обезболивающих я чувствую себя сонливо. Я больше не хочу спать, не хочу видеть сны. Только не сны...

– Я медсестра Мертл. Вы хотите пить?

Я киваю. Она протягивает мне стакан воды. И только тогда, когда первые капли касаются моего рта, я понимаю, как сильно хочу пить. Я жадно опустошаю стакан.

– Сейчас будет завтрак. Тогда вам станет лучше.

Шорох позади медсестры заставляет меня вздрогнуть. Дверь медленно приоткрывается, и тогда я чувствую его. Как такое возможно? Я еще никогда так не делала. Раньше я могла видеть только ауру, облаком витающую вокруг него. Иногда. В последнее время очень редко. Но я знаю, что это он, прежде чем мужчина начинает говорить.

— Спасибо, Мертл. Пожалуйста, оставьте нас ненадолго с Эммой наедине.

— Да, мистер Фарран, — медсестра смотрит на него стеклянным сияющим взглядом.

Когда она отворачивается, чтобы выйти, я снова вздрагиваю. Воздух вокруг худощавой фигуры Фаррана вибрирует светящимися цветами. Его короткие волосы колыхаются волной, будто их кто-то гладит. Эмоции наверняка невероятно сильные, если они вызывают такую ауру. Возможно, медсестра этого не увидела, но явно почувствовала. Его же взгляд остается твердым.

— Они об этом пожалеют, — говорит он.

По моей спине пробегает холодная дрожь, и я одновременно чувствую тепло. Он заботится обо мне.

— Не волнуйтесь, я в порядке. Какой же шпион без шрамов?

Мои слова оказывают на него невероятное действие. Вибрации вокруг него прекращаются. Ощущение их присутствия гаснет.

Он садится на мою кровать.

— Ты борец, как твой отец. Очень хорошо. Я боялся, что ты сейчас сбежишь.

Наши взгляды встречаются, и я думаю: семья.

— Я думаю, вчера ночью я только вылупилась из яйца, — тихо мямлю я.

У него очень красивая улыбка. Возможно, это самое красивое в его лице.

— И каково чувствовать себя птенцом ворона?

— Помогите мне опериться! Тогда я буду для вас летать.

Фарран тянется через кровать и слегка сжимает мою руку.

— Ты узнаешь от меня все, чему я могу тебя научить. Много молодых людей прошло через мою школу. Но ты — особенная. Не только из-за твоих даров. Твой отец может тобой гордиться. Между прочим, он еще ничего не знает о вчерашнем вечере, — Фарран отпускает меня и улыбается, — иначе бы он сейчас стоял здесь и не довел бы до конца задание, которое ему поручили.

Я живо могу представить лицо моего отца, когда он об этом узнает.

— Тогда вы должны прикрыть нас. Он четвертует меня с Эйданом за то, что мы ему не позвонили.

Мне не нужно было бы упоминать Эйдана. Слухи в Sensus Corvi явно не прошли мимо Фаррана.

— Дин, между прочим, тоже оптива, — говорит мужчина, закидывая ногу на ногу.

— Фион!

Раздается стук в дверь. Когда она открывается, я спрашиваю себя, не располагает ли Фарран с недавних пор способностями мантика. У Дина Овенса изумленный взгляд, когда он видит школьного директора на моей кровати.

— Простите, сэр. Эээ, я тогда позже...

— Заходи. Эмма как раз мне сказала, как она жалеет о том, что поранила тебя.

Навозный жук! Дин смущенно улыбается, берет стул и садится у кровати рядом с нами. На нем полинявшие джинсы и темно-синяя облегающая футболка.

Я замечаю, что он почти такой же мускулистый, как Джаред. На его левой руке – гипс.

– Да... мне правда жаль, – краснея, лопочу я.

– Ты была невероятна! – Дин улыбается, а Фарран согласно кивает.

Я пялюсь на одеяло и не знаю, что сказать. Когда молчание становится невыносимым, Фарран откашливается и встает.

– Я не буду больше вас тревожить, – Дин сразу поднимается, – сиди, мальчик. И еще: один из охранников видел Монтгомери на школьной территории. К сожалению, он ускользнул. Почему он охотится за тобой, Эмма?

– Не знаю. У меня больше нет связи с Глазом Гора.

– И с Джаредом?

– Нет.

– Когда тебе станет лучше, я хотел бы, чтобы ты с ним встретилась и все выяснила. Если Джаред еще жив.

Я испуганно смотрю на него.

– Дин или Эйдан прикроют тебя, – мужчина уже стоит в открытой двери, когда еще раз оборачивается, – а лучше оба.

Я со стоном закрываю глаза, когда Фарран уходит.

– А с ним-то может быть очень трудно, – тихо смеется Дин.

– О да!

– Скажи-ка, что там с Глазом Гора. Я не понимал, что происходит, когда Эйдан утром рассказал мне об этом. Никогда бы не подумал, что ты такая смелая.

— Было бы неплохо. Но я как-то сама собой на них наскочила, — я открываю глаза. Когда Дин улыбается, у него появляются ямочки на щеках. Просто скажи. Это же легко.

— Твое предложение пойти на бал все еще в силе?

Его лицо становится серьезным. Конечно. Кто же пойдет на танцы с девушкой, которая сломала ему руку. Я снова смотрю на одеяло.

— Ты не должна этого делать из-за благодарности, — говорит юноша тихо.

Я рисую пальцем завитушки на белой простыне.

— Я не поэтому. Просто захотела. В конце концов, такой маскарадный бал полон опасностей. Кто знает, сколько соколов туда закрадется, а так как ты уже научился заваливать меня на пол...

Я поднимаю глаза и вижу, как в его глазах мерцают победные огоньки, прежде чем губы расползаются в ослепительной улыбке.

— Ну, если так, — Дин наклоняется и берет мои туфли, — не хочешь прогуляться? Завтрак тут ужасный.

— Давай.

Столовая в больнице почти пустая. Мы садимся за дальний столик. Дин покупает две чашки черного чая с молоком и шоколадные пончики. После первого укуса я чувствую, как сильно проголодалась. Две молодых медсестры в паре столов от нас бросают любопытные взгляды и, хихикая, перешептываются. И вдруг я замечаю эмблему ворона на столешнице.

– Что за...

– Это частная клиника Фаррана. Здесь работают только вороны, – объясняет Дин.

– У него своя клиника?

Дин берет с тарелки пончик.

– У него их целая куча. Удобно, не так ли? Что ты думаешь, у тебя сейчас было бы по горло бумажной волокиты, если бы ты оказалась в нормальной клинике. Подумай-ка!

Конечно! Я давно не чувствовала себя такой глупой. Огнестрельное ранение. Меня бы при других обстоятельствах уже давно опрашивала бы полиция.

– Он все замнет? – спрашиваю я и цепляюсь за чашку. – Что с трупом?

– Для этого у нас есть катакомбы в подвале, – Дин основательно откусывает от пончика, и у меня все переворачивается в желудке. Он, жуя, смотрит на меня. А затем начинает громко смеяться.

– Ты меня сейчас подколол или как?

– А то. Непередаваемое выражение лица, мисс Макэнгус.

Дин насыпал три ложки сахара в чай. Возможно, мне нужно было еще раз подумать насчет бала. Неудивительно, что они с Эйданом так хорошо понимают друг друга.

– Фарран богатый, знаменитый человек. Он представит это как покушение именно на него. Кто нападает на безобидных учеников? Кроме того, в полиции есть пара воронов. Поверь мне, не будет никаких больших проверок.

«*Он побеждает. Всегда*», – сказал Джаред. Я не хочу больше об этом разговаривать.

— Ты телевизионер?

— Да. Не знала?

— Нет. Ты выглядел довольно жутко. Поэтому я от тебя убежала, — признаюсь я вполголоса.

Дин начинает кашлять.

— Жутко? И это говорит, конечно же, самая безобидная девочка, которая меня, большого парня, катапультировала в воздух, как тряпичную куклу!

Я дую на чай и пробую вспомнить главу из устава Sensus Corvi.

— Как работают телевидения? Я имею в виду, откуда ты знаешь, куда тебе тогда нужно смотреть?

Дин облокачивается на деревянные подлокотники своего стула и качается на нем взад и вперед. Я жду. Потом он приземляется и нагибается через стол. Его лицо вдруг так близко, что я могу разглядеть темные точки в его орехово-карих глазах.

— Я раньше говорил об этом только Фаррану, Макмиллану и Эйдану. Ты никому об этом не расскажешь.

Его голос звучит угрожающе. Я глотаю. Что-то в нем наводит на меня страх. Но я хочу знать. Я чувствую, что это важно, и неохотно киваю.

— Обычный телевизионер не бывает оптивой. Хотя он может выбрать, какое место хочет увидеть, но, конечно, не знает, стоит оно того или нет. А вот я знаю. — Сейчас юноша так близко, что кончики наших носов почти соприкасаются. Я осторожно поворачиваю голову, но не отстраняюсь. Его губы оказываются у моего уха, и я чувствую теплое дыхание на моей коже. У меня волосы шевелятся на затылке. — Я могу почувствовать опасность, если она проступает в агрессивной форме. И тогда могу определить ее местоположение с помощью дара. Типа, который хотел тебя прикончить, я обнаружил у забора и увидел, что он бежит в твоем направлении. Когда ты ринулась ему навстречу, я должен был тебя задержать. Лишь по собственному желанию. С кем же я тогда пошел бы на бал?

— Спасибо, Дин, — тихо говорю я.

КОЗЕЛ ОТПУЩЕНИЯ И ЖЕРТВЕННЫЙ ЯГНЕНОК

В ночь после того, как меня выписали из больницы, я просыпаюсь в поту от кошмара. На прикроватной тумбочке лежит телефон. Я со стоном поднимаюсь и провожу пальцем по экрану.

«23:36» и «Новое сообщение». Я нажимаю на символ с конвертом.

«Я закончил с делом. Приеду завтра после обеда. Папа».

Черт! Я разом пробуждаюсь и поспешно нащупываю одежду на стуле. Сразу после этого я отправляюсь к комнатам мальчиков.

Через час Эйдан, Дин и я останавливаемся за углом перед пабом, и я ужасно хочу, чтобы Джаред ждал меня там. Только он может сказать, кому понадобилось меня убивать. Когда папа вернется домой и узнает, что в меня стреляли, он запретит любые контакты с членами Глаза Гора. Тогда я никогда не узнаю правду.

Эйдан паркуется и вынимает ключ зажигания.

— Что-то необычное? — спрашивает он, и мне требуется время, чтобы понять, что он обращается к Дину.

Когда я поворачиваюсь к нему, юноша отстраненно смотрит на изголовья сидений. Я с удивлением наблюдаю за его лицом.

— Я так же пугающе выгляжу, когда ныряю? — шепчу я.

Эйдан улыбается.

— Примерно.

Дин вдруг моргает, будто выходит из транса:

— Джаред лежит на скамейках в задней части паба. У него крутая стрижка. Военная. Ты хорошо поработал! — он ухмыляется Эйдану, который со смущенным видом поворачивается ко мне.

Вероятно, когда сняли повязку, Джаред обрезал неопаленные волосы, чтобы оставить равномерную длину.

— Вы оба оставите нас одних и будете ждать здесь, — твердо говорю я.

— Он так и так поймет, что ты сюда не без помощи пришла, — отвечает Эйдан, — у тебя, в конце концов, даже нет водительских прав.

— Я ему объясню, что тебе стыдно из-за его волос и что ты позже меня заберешь, — приторно продолжаю я.

Глаза Эйдана яростно пылают.

— Ни. За. Что.

Дин откашливается, и Эйдан отвлекается.

— Ну ладно, все равно. Иди уже.

Я медленно выхожу и закрываю дверь. Он как-то быстро сдался. Совершенно нетипично для Эйдана. И только я хочу уйти, как понимаю причину. Я открываю заднюю дверь и наклоняюсь к Дину. Он невинно улыбается мне с заднего сиденья.

— Если ты мечтаешь о том, чтобы пойти со мной на бал, то не будешь наблюдать за нами своим даром.

— Как ты об этом узнаешь? – уголки его губ поднимаются в хитрой ухмылке.

— Когда нырну в тебя. Поверь мне, я это могу.

— Черт, он должен это делать. Как мы тебя тогда защитим?

— Не держи меня за дуру, Эйдан. Если станет опасно, он почувствует. Тогда, и только тогда он может телевизионировать.

Когда я закрываю дверь, то слышу возмущенный голос Эйдана:

— Ты идиот! Почему ты ей про это рассказал?

Мне не нужно было долго стучать по двери паба.

Лицо Джареда появляется у окна, затем дверь быстро распахивается и, прежде чем я могу что-либо сделать, уже лежу на его груди. Он пинком захлопывает дверь.

— Наконец-то! – шепчет он мне в ухо.

Юноша мягко гладит меня по спине. И вдруг у меня возникает желание положить голову ему на плечо и заплакать. Только сейчас я понимаю, что с тех пор, как я проснулась в больнице, не делала этого.

Я с трудом отрываюсь от этого чувства защищенности.

— У тебя все хорошо?

— Да. Постепенно заживает, – я показываю на руку.

Джаред качает головой и быстро кивает на мою грудь.

— Я про то, что внутри.

Дерьмо. Нет. Мне совсем не хорошо. Я сжимаю губы и, жмурясь, смотрю на него.

– Понимаю.

Он берет меня за руку и тянет внутрь. Дин был прав. На скамейке лежат подушки и шерстяное одеяло. Джаред предлагает присесть и набрасывает одеяло на плечи.

Когда он садится рядом, я внимательней смотрю на юношу.

У него не только короткие волосы. Он еще и сбрил щетину.

– Ты сейчас уже не выглядишь как Синяя Борода. Скорее как морпех, который вернулся в отпуск на родину.

– Тебе нравится?

– Нет. Совсем нет.

Он лукаво улыбается.

– Хорошо. Тогда как только волосы и борода отрастут, я украду тебя в свой замок и вручу известный ключ.

– Но я им не воспользуюсь.

– Ха! И это говоришь мне ты! Мисс Я-ничего-не-боюсь-со-своим-любопытством. Какая другая девчонка просто так села бы в машину к Ричарду? К совершенно незнакомому человеку! Почему тебя тогда не привлекает ключ к запрещенному чулану Синей Бороды?

Я улыбаюсь ему.

– Очень просто. Я тебе доверяю.

Джаред становится серьезным. Он кладет руку мне на плечо и притягивает к себе.

Я прислоняю голову к его плечу. Это правда. По какой-то причине Джаред действует на меня успокаивающе. *Вот какого иметь брата.* Через какое-то время он откашливается.

— Этот огненный черт ждет снаружи?

— Да. Он пообещал держаться на расстоянии.

— На это я могу только надеяться, — Джаред нежно гладит меня по руке.

— Ричард сказал тебе, что сегодня ночью я буду здесь, не так ли?

— Нет. Я сплю здесь с тех пор, когда этот сумасшедший подкараулил тебя. Ричард слышал тебя, когда был на территории школы. Ты, наверное, кричала, как свинка на вертеле. Мы знали, что ты ранена, но не так же сильно.

— Я думала, Ричард может предсказывать будущее?

— Он... он не хочет убивать тебя, Эмма. Для этого он слишком любил твою маму. Он хотел тебе помочь.

— Я этого не спрашивала.

Джаред молчит. Я освобождаюсь из объятий и беру его лицо в руки. Джаред сглатывает.

— Эмма, нет.

— Да! Как так возможно, что на меня нападает сокол, а Ричард ничего об этом не знает? И почему он не в курсе, насколько тяжело я ранена? Он сейчас мантик или нет?

Дыхание юноши становится тяжелым. Он зарывается в мои волосы и притягивает ближе к своему лицу. На мгновение я замираю, но его губы легко касаются моего лба и спускаются к уху.

— Ты значишь для меня больше, чем можешь себе представить. Но я не могу ответить тебе сейчас.

Я чувствую, как он мучается. И понимаю. Медленно я отстраняюсь от Джареда.

— Эй, тогда я сейчас это просто увижу в одном из твоих запрещенных чуланов.

Он облегченно смеется.

— Ты можешь по крайней мере рассказать мне о Николе Шине?

— Да. Но это тебе не понравится. Возможно, тебе не захочется слышать это.

— Я хочу. Все равно, что там.

Но тон Джареда вселяет в меня неуверенность, а в животе появляется странное ощущение.

— Шин долго состоял в Глазе Гора. Он был телевизионером. Но не особенно хорошим.

— В какой степени?

— Он мог видеть места, но только в радиусе пятисот метров от себя. Ты знаешь Дина Овенса?

Я киваю. Голос Джареда звучит странно. Я думаю, ему лучше не знать, что Дин сидит в тридцати метрах от нас.

— Овенс лучший телевизионер, которого я встречал. Он может переноситься в места в пяти километрах от себя.

— Ты его не особо любишь?

Уголки рта у Джареда спускаются вниз.

— Лучше держись от него подальше. Он ужасно тщеславный. Готов на все, чтобы подняться на вершину иерархии Фаррана. Место твоего отца пришлось бы ему по вкусу. — Джаред щурит глаза и недоверчиво смотрит на меня.

— А что сейчас с Шином? — я стараюсь быстрее отвлечь юношу.

— У Николы появился сын. Мне было двенадцать, когда я поступил в Sensus Corvi, Джим был на последнем курсе.

— Тебя приняли в Sensus Corvi в двенадцать? Ничего себе!

— Я знаю каждый уголок в школе и всех учителей. Мои родители заставляли меня проходить тесты из-за моего дара. В институтах, которые занимаются паранормальными явлениями, Фарран имел подсадных воронов. Однажды вечером он заявился к ним и предложил взять меня в Sensus Corvi бесплатно. В великолепную элитную школу, которая не берет взносов. Это предложение стало для них счастливым билетом.

— Какой дар был у сына Шина?

— Он был телекинетиком, как и его покойная мать. Очень одаренный. Его тренировал твой отец. Насколько я понял, он так внимал ему и Фаррану, что все больше начинал презирать своего отца.

— Почему? Он же его отправил в Sensus Corvi?

— Да. Но у Николы не было особенного дара. Поэтому Джим хотел бы иметь такого отца, как у тебя.

Его выражение лица кажется понимающим. Я невольно стала жестче:

— Мне было бы все равно, обладает мой отец даром или нет, если он меня любит.

Джаред нежно улыбается.

— Это то, что делает тебя такой особенной, Эмма, — он гладит меня по щеке. И тогда, без предупреждения, он тихо говорит:

— Твой отец убил Джима.

Я вскрикиваю. Он зажимает рукой мне рот и ближе притягивает к себе.

— Шшш, девочка. Иначе здесь снова появится Каллахан.

Я с силой отрываю его руку от себя. У меня такой частый пульс, что я слышу, как кровь шумит в ушах. Этого не может быть. Он ошибается. Кто-то наврал ему.

Если тебя что-то выводит из себя, есть только три вещи: думай логично, закрывай свои чувства, дыши!

Мамины слова раздаются в моей голове, и я исключаю все мысли о моем отце. Мы говорим о Якобе. Неизвестном мне человеке.

– Почему Якоб должен был убить одного из самых одаренных учеников?

– Твой отец и он были приставлены к охране Фаррана. Он посещал свой филиал в Чикаго и хотел управлять им. Это значило, что Ричард мог бы замешать туда своего сокола. Якоб и Джим должны были отразить возможные нападения на Фаррана. Но сокол был не так глуп, чтобы просто так атаковать главу организации. Он был не телекинетиком, а проекционатором.

– Он может создавать проекции себя или других людей? – я спрашиваю себя, как он мог серьезно этим угрожать Фаррану.

– Правильно. Он гений. Потому что мог создавать не одну, а от одной до трех проекций. И он сделал так в тот полдень. Сокол создал две проекции себя, и пока бежал на Фаррана с оружием в руке – одну проекцию Фаррана. Было бы лучше, если бы Джима не было вместе с Якобом и Фарраном. Тогда бы они быстрее расправились с ним. Но Джим потерял самообладание. Вместо того чтобы сконцентрироваться и отражать удары, он сам захотел напасть, чтобы покончить с соколом.

Я вижу перед глазами молодого человека, который хочет проявить себя, чтобы получить признание Фаррана. Я догадываюсь, что происходит дальше, и больше ничего не хочу слышать.

– Была ужасная заварушка. Ученики, с криками, выбегали прочь. Фарран побежал к Якобу и Джиму. Другой Фарран стоял на месте. Трое нападающих приблизились. Никто не знал, кто настоящий, а кто проекция. У Джима был с собой револьвер. Об этом не знал ни твой отец, ни Фарран. Наверное, Никола из страха дал сыну оружие, когда они приземлились в Чикаго. Джим как с цепи сорвался и начал стрелять по всем подряд, не понимая, что пули могли пройти сквозь проекции и попасть в других. Твой отец ударил его по лицу, и Джим упал со сцены, – Джаред берет мои руки. Они, в отличие от моих, очень теплые, – он свернул себе шею и умер на месте.

Я закрываю глаза.

– Что произошло с соколом?

– Он смог ускользнуть.

У меня судорожно сжимаются кулаки.

– Шин хотел меня убить, чтобы отомстить Якобу?

Джаред кивает.

– Да. Вообще он не хотел находиться на месте преступления. Но он затаился за школьным зданием и наблюдал за всем с помощью дара.

– Но он же должен был понять, что мой отец сделал это не нарочно!

– Твой отец поклялся Николе перед отъездом, что будет присматривать за его сыном. Николе снились кошмары, перед тем как они улетели в Чикаго. Поэтому он тайно последовал за ними. Фарран с отцом приняли это за истерику. Фарран даже пригрозил ему исключением из воронов, если тот не даст сыну спокойно выполнять свою работу. Никола видел выражение лица твоего отца, когда тот ударил Джима. Он думал, там остались чистые злость и ненависть. Когда речь идет о Фарране, твой отец становится бескомпромиссным. Он бы пожертвовал каждым, чтобы спасти своего лучшего друга.

Я больше не хочу слушать. Но все же чувствую, что Джаред прав. Тогда на меня находит ужасная мысль, и я хватаю ртом воздух.

— А что с мамой? Джаред, он хотел пожертвовать моей матерью ради Фаррана? Поэтому она бежала в Германию?

Юноша отводит взгляд. Мои ногти впиваются ему в ладони.

— Проклятье, да почему никто мне не хочет рассказывать, что тогда произошло?

— Я не знаю. Спроси своего отца, а не меня.

Я вскакиваю и встаю перед ним.

— Тогда я сейчас ухожу.

— Подожди!

— Нет, Джаред Бреди. Мне не нравится, что ты доверяешь мне не в той мере, в какой это делаю я. Завтра вернется мой отец и, насколько я его знаю, придет в ярость, когда узнает, что произошло. Но Фион его снова смягчит. Скажи Ричарду, что я не знаю, когда снова смогу встретиться с соколами. Это зависит от моего отца.

— Эмма, пожалуйста. — Он следует за мной к двери и мягко касается моего плеча.

Я оборачиваюсь и касаюсь его щеки.

— Береги себя! — тихо говорю я. — И берегись Ричарда.

— А ты Фаррана.

В мое разгоряченное лицо ударяет холод, когда я выхожу на улицу.

Я рассказываю Дину и Эйдану о Шине.

— Твой отец поступил совершенно верно, — ободряюще говорит Дин.

Я уныло молчу.

Эйдан бросает на меня короткий взгляд в зеркало заднего вида.

— Эмц, это не твой отец убил Джима.

— Ах нет? Кто же тогда?

— Никола Шин.

Я внимательно смотрю на Эйдана. Он спятил?

— Если бы он не дал своему сыну оружие, этого бы не произошло. Если ты меня спросишь, то Шин сам после случившегося не мог разобраться со своей совестью. Якоб должен был стать козлом отпущения, а ты — жертвенным ягненком.

* * *

– Почему ты связываешься с этими людьми? После всего того, что он сделал для тебя и твоих родителей!

– Ты такой твердолобый! Пойдем со мной. Пожалуйста. Не послушай его один-единственный раз.

– Я обману. Черт, если бы речь шла не о тебе... Это против правил, если я на тебя не донесу.

– Ну сделай же это, ты, подхалим!

– ЧТО? Только попробуй еще раз...

– Ты не видишь, что он из тебя делает? Марионетку, танцующую под его дудку. Его правила, его приказы, его цели, его жизнь.

– Прекрати, иначе...

– Иначе что? Даже если все трясутся перед тобой, я не боюсь. Должна я тебе сказать почему? Нет, лучше я покажу. – Я подступаю к нему, встаю на цыпочки и обнимаю его за шею.

Его глаза испуганно расширяются, но прежде чем он что-то успевает сделать, я прижимаю свои губы к его губам. Я нежно провожу по ним языком. Отстраняюсь и шепчу его имя:

– Якоб.

Часть 3

СОКОЛЫ

Ворон ворону в ответ:
Знаю, будет нам обед;
В чистом поле под ракитой
Богатырь лежит убитый.
Кем убит и отчего,
Знает сокол лишь его.

Адельберт фон Шамиссо «Два ворона»
Перевод А. С. Пушкина

ХЕЛЛОУИН

Фарран сидит на диване, положив ногу на ногу, когда мы перед обедом заходим с Эйданом к нему в кабинет. Папа стоит у окна спиной к нам. Он медленно поворачивается. Я слышу, как Эйдан рядом со мной делает глубокий вдох и задерживает дыхание. Лицо у папы не выражает никаких эмоций. Нехорошо. Совсем нехорошо. Было бы лучше, если бы он на нас кричал. Я быстрее иду вперед. Последние два шага я пробегаю, прежде чем оказываюсь у него на груди и крепко обнимаю его.

– Я так рада, что ты снова здесь, – шепчу я. Я правда скучала по нему сильнее, чем предполагала.

По моему телу проходит дрожь, а затем он коротко прижимает меня к себе.

– Мы с этим закончим, – громко объявляет он.

Я точно знаю, что он имеет в виду. Но я притворяюсь дурочкой.

– Да. Мы уничтожим Глаз Гора.

Он сильно качает головой.

– Нет. С этого места ты прекращаешь дело. Я уже все обсудил с Фарраном.

С дивана раздается недовольное сопение.

– Твой отец ссорится со мной уже два часа. Но мы пока не пришли к соглашению.

– Я задерживала тебя, когда ты уходил? – бросаю я, прежде чем папа вскипает от гнева.

Он озадаченно смотрит на меня.

– Почему? У меня была только деловая встреча.

Блеск в голубизне его глаз: неуверенность.

— Конечно. Скучная безопасная встреча. Ты же показал мне свою зарплату в суде по опеке в Германии. Удивительно, что обычный сотрудник кол-центра компании Apple может позволить себе такую квартиру и к тому же частые путешествия по миру.

Глаза отца сужаются, и он сжимает губы.

Я чувствую за спиной улыбку Фаррана.

— Я не могу ее вечно дурачить, Якоб. Для этого твоя дочь слишком умна.

— Не только ты боишься кого-то потерять, — я опускаю руку ему на плечо и вижу, как напряжение спадает.

Он гладит меня по голове.

— Эмма, тебе только шестнадцать!

— Именно поэтому! — Он медленно движется в направлении, которое я ему показываю.

— Что ты этим хочешь сказать?

— Я все еще маленький, необученный ворон. У меня еще есть бонус птенца.

— Бонус птенца? Они хотели тебя застрелить?

— Нет. На самом деле это был один человек.

Фарран спешит мне на помощь.

— Кое в чем ты можешь довериться Монтгомери. Он знает, насколько Эмма ценна. Для него смертельно опасно лично появляться на территории прямо у воронов.

— Фион! — угрожающе рычит отец. На какой-то момент воцаряется напряженная тишина. Наконец он гневно говорит:

— Больше никаких встреч без нашего с Фарраном разрешения! А ты... — он поворачивается и указывает пальцем на грудь Эйдана, — будешь лучше за ней следить. Меня нисколько не интересуют ваши постоянные разборки. Речь идет о жизни Эммы.

— Ты думаешь, я не знаю? — возмущенно кричит Эйдан. — Я совершил непростительную ошибку. Этого больше не случится. Я клянусь.

По моему животу распространяется тепло.

Не прощаясь с нами и Фарраном, отец выходит из комнаты. Дверь за ним с грохотом закрывается.

Мы встречаемся взглядами с директором школы. На его узких губах рябит победная улыбка.

— Молодец! — тихо шепчет он.

Перед Хеллоуином мне сняли швы. Шрам толстый, красный, чуть длиннее половины моего большого пальца. Я думала, будет хуже.

После обеда я сижу в длинном черном кружевном платье перед зеркалом в ванной и накручиваю кудри.

— Не беспокойся за костюм, — сказала Фай, — у меня есть прикид ведьмы моей двоюродной сестры. Будешь в нем как настоящая колдунья.

Я недоверчиво смотрю на вырез. Затем копаюсь в косметичке, достаю английскую булавку и на всякий случай закалываю его. Насколько возможно далеко и незаметно.

Звонок в дверь. Я вздрагиваю и смотрю на часы. Эйдан же не мог прийти на полтора часа раньше? Нет, у него есть ключ. С расческой в руке я тороплюсь вниз по лестнице и открываю дверь.

На девушке передо мной кожаная куртка и черная шляпа, из-под которой выбиваются светлые волосы, струящиеся до талии. Под курткой виднеется белая футболка, достающая до бедер. Черные узкие джинсы заканчиваются черными полуботинками на высоких каблуках с дюжиной заклепок.

– Привет, Эмц. Ты обещала мне бал в честь Хеллоуина.

Лиц криво улыбается мне и берется за свой темно-синий чемодан на колесиках.

Я закрываю глаза.

Ты должна стряхнуть старую жизнь, чтобы стать вороном.

Я, как робот, отступаю в сторону и пропускаю ее в дом. Моя рука дрожит, когда я закрываю дверь.

Подруга упирается кулаками в бедра и требовательно смотрит на меня.

– Итак? Давай говори! Что значит вся эта чушь о том, чтобы отстраниться, и о новых друзьях! Не дурачь меня! Что-то здесь весьма подозрительно.

Ее глаза излучают ярость.

– Давай выпьем чаю, – бормочу я, и мы направляемся на кухню.

Лиц наливает себе молоко в третью чашку черного чая и добавляет в нее две ложки сахара. Маленькая ложка хаотично ударяется о дно чашки.

Я наблюдаю, как светло-коричневая жидкость наворачивает дикие круги и угрожает в любой момент выйти через край.

– Ты уверена, что этот Фарран не какой-нибудь предводитель секты?

– Да. Он только хочет, чтобы его ученики концентрировались на учебе. Поэтому все должно оставаться между нами.

Папина идея о школе для одаренных детей посетила меня как раз вовремя, когда я заваривала чай.

— Но я все равно хочу на бал. А затем я снова исчезну из твоей элитной жизни, — она упрямо откидывает волосы и поднимает подбородок.

— Боже, ну не я же создала правила! — начинаю стонать я. — Если выяснится, что я протащила тебя на бал, мне светит выговор...

— Ты пообещала, что представишь меня этому своему Эйдану и Синей Бороде, — она угрожающе поднимает указательный палец.

У нее длинный ноготь, покрашенный в черный лак. Я вдруг начинаю смеяться и осознаю, как мне не хватало Лиц. Подруга сильно отличается от меня. Без комплексов, радостная, наивная и спонтанная. Я не хочу даже знать, что она на этот раз рассказала родителям, чтобы прилететь сюда.

— Эйдан будет каким угодно, но не довольным, что я нарушаю правила, а Синяя Борода больше не учится в школе. Он уже давно выпустился.

Лиц нахально ухмыляется:

— Тем интереснее для меня.

С улыбкой я отодвигаю чашку и представляю, как она обводит мальчишек из Sensus Corvi вокруг пальца. Что может произойти, если Лиц немного потанцует? Фай же рассказывала мне, что даже обычным членам семьи вороньих учеников разрешено приходить на бал, если те, зная о тайнах Sensus Corvi, не станут их разбалтывать. Использовать дары на балу строго запрещено, так что Лиц не заметит ничего необычного, да и кто докажет, что она не моя двоюродная сестра из Германии?

— Ладно.

Лиц вскакивает и бросается в мои объятия.

— Я думала, мне нужно будет дольше тебя обрабатывать.

— Прибереги это для Эйдана. Он придет... — я смотрю на часы и хватаю воздух, — через полчаса.

Дверь снизу открывается, когда Лиц фиксирует мой начес лаком для волос. Я смотрю в зеркало и вижу кроваво-красные губы на окрашенном в белый лице, смоки айс и дико спадающие на плечи волосы. Должна признать, без Лиц я бы не так хорошо создала такой образ. И явно не за полчаса. На подруге костюм вампирши с открытыми плечами и с красным корсажем, а еще перчатки до локтей. Справа от полных губ она нарисовала пятно крови.

Мне пришло в голову, что Лин тоже может быть вампиршей, и я с радостью представила ее раздосадованное лицо, когда она увидит Лиц.

— Эмц? — раздается нетерпеливый голос Эйдана.

Я поворачиваюсь к двери, но Лиц задерживает меня, бросает на мой костюм оценивающий взгляд и вдруг хватается за его верхнюю часть.

— Подожди-ка! Ты сейчас серьезно?

Смелым движением она отстегивает иголку и бросает ее в раковину.

— Мы еще должны заехать за Лин. Поторопись, пожалуйста! — зовет Эйдан.

Лиц выталкивает меня из ванной, прежде чем я успеваю схватить иголку.

— Шоу началось!

Эйдан не рассказал мне, какой костюм наденет, но я поставила на вампира: и не обманулась. Его длинный черный плащ отлетает в сторону, когда он оборачивается. У меня обмякли ноги, и я осталась стоять на последней ступеньке и вцепилась в перила.

Еще никогда Дракула не был таким соблазнительным.

И еще никогда его лицо не было таким ошарашенным.

Смех Лиц возвращает меня к действительности. Она парой упругих шагов протискивается мимо меня и останавливается непосредственно перед Эйданом.

– А ты, значит, парень с невероятно красивыми лебедиными глазами.

О нет! На белом напудренном лице Эйдана расплывается улыбка, и он смотрит на меня.

– Это так, Эмц?

Я собираюсь пролить на платье Лиц земляничный пунш. Надеюсь, белая краска на моем лице скрывает жар на щеках.

– Разрешите представить: Лиц Вальднер, Эйдан Каллахан, – тороплюсь сказать я.

Эйдан элегантно склоняется и целует одетую в перчатку руку Лиц.

– Это для меня честь, миледи. Могу ли я спросить, на каком празднике мы вас должны высадить?

– Я сегодня буду сопровождать вас с друзьями, милорд, – лепечет Лиц.

– Эмма, я могу с тобой, пожалуйста, на секунду поговорить? Наедине.

Еще никогда тон наставника не был таким резким.

Лиц приходит мне на помощь:

– Я уже знаю: закрытое общество высшей элиты. Но давай-ка начистоту, Дракула. На балу вы мало будете использовать свой интеллект. Дай умственно отсталой хотя бы шанс посветиться на танцполе. Или ты боишься, что я затанцую у вас кого-нибудь до потери сознания?

– Такая возможность не исключена, – Эйдан, ухмыляясь, двусмысленно оглядывает ее наряд.

Я быстро подхожу к нему.

– Пожалуйста, Эйдан. Только один раз, – я осторожно касаюсь его руки. По кончикам пальцев проходит жар, и когда я хочу их убрать, он хватает меня и притягивает к себе. Каждая мышца в моем теле напрягается, сердце начинает биться быстрее.

– При одном условии, – шепчет Эйдан совсем близко у моего уха. Я задерживаю дыхание. – Сегодня вечером ты не поцелуешь Дина. – Он быстро отпускает меня и направляется к двери, склоняясь и придерживая ее: – После вас, леди.

– Вот блин! – шепчет мне Лин, когда перед нами появляется школьное здание. Желто-оранжевые подсвеченные тыквы со зловещими гримасами усыпают дорогу. Над тяжелыми воротами натянута паутина, в которой висят летучие мыши. Из-за дымовых машин гости напоминают призраков. Из громкоговорителя раздается *Ghost Riders in the Sky*.

— Я надеюсь, ты знаешь, что делаешь, Эйдан, — вызывающе говорит Лин. С тех пор, как мы за ней заехали, атмосфера в машине изменилась. Конечно, она выглядит великолепно в огненно-красном платье с рюшками. Непревзойденная копия подружки Дракулы Мины. Если бы не кислое выражение лица, она могла бы выглядеть симпатичнее Лиц.

Когда мы выходим из машины, Эйдан склоняется к ней. Он всю дорогу молча слушал ее упреки. Сейчас юноша выглядит так свирепо, будто вот-вот вонзит свои зубы в ее нежную шею.

— Если ты настучишь на Эмц, мы расстанемся, — не удостоив нас с Лиц и взгляда, Эйдан берет ее за руку и тащит мимо пары смеющихся скелетов к воротам.

Когда туман поглощает их, я слышу насмешку Лиц:

— Закрой уже рот, Эмц.

Я, не веря, качаю головой:

— Ну, тогда в бой.

— Ты его уже заполучила, — смеется она.

Я озадаченно смотрю на подругу. Лиц закатывает глаза, пока мы идем по гравию к воротам. Парень с топором в голове и окровавленным лицом перекрывает нам путь, и я вздрагиваю. В голове у меня проносятся картинки с Николой Шином.

— Не смотри ты сейчас так! Он ей угрожает, чтобы защитить тебя, и не хочет, чтобы ты целовала какого-то Дина. Ты что думаешь, что это значит? И кто вообще этот Дин?

— Это я.

Я круто оборачиваюсь. Никто из нас не заметил, как он подкрался.

— Добро пожаловать в Sensus Corvi. Эйдан мне рассказал о тебе, Лиц.

— Вау! Классный костюм! — говорит она, с интересом рассматривая Дина.

Он выглядит действительно впечатляюще в своей черной мантии с длинной накидкой и высоких кожаных сапогах. Фай наверняка проболталась ему, что я наряжусь ведьмой. На указательном пальце на правой руке у него блестит серебряный перстень с черепом. Когда он наклоняется и целует руку Лиц, его распахнутая рубашка съезжает в сторону и открывает накачанную грудь с темной татуировкой. У меня скручивает желудок, когда я понимаю, что там изображено: сокол, пронзенный кинжалом. Его грудь приближается, и я не могу отвести взгляд. Только когда Дин по-хозяйски кладет руку мне на талию, я поднимаю глаза.

— Тебе нравится?

Нет. Она отвратительная. Но я молча киваю, и его зубы сверкают белизной в лунном свете.

— Я так и думал, — говорит он самодовольно. Его зализанные назад волосы напоминают мне чем-то темную копию Люциуса Малфоя. Я начинаю мерзнуть.

— Ты выглядишь горячо, Эмма... — улыбаясь, Дин снимает накидку и надевает ее мне на плечи. Она такая холодная, будто сделана из ледышек. Я бы очень хотела ее с себя сорвать. — Даже если сейчас замерзаешь. Пойдем внутрь, прежде чем начнется шоу.

Все в этом вечере совершенно.

Фарран не побоялся потратиться на Хеллоуин. Расточительно украшенный тыквами, паутиной, темной тканью и гирляндами зал вызывает у Лиц восторженный крик. Я слабо улыбаюсь.

Под многочисленные аплодисменты на шоу выступают танцоры, акробаты и фокусники, но я скучающе смотрю в зал. В дубовых гробах накрыт шведский стол, от которого, кажется, ничего не останется, но у меня нет аппетита.

Лиц ныряет в танцующую толпу. Я бы хотела так же развязно с ней танцевать. Но не могу. Уже только потому, что Дин между тем парит со мной по площадке, будто вырос в какой-нибудь аргентинской танцевальной школе. Я чувствую его руку на талии, механически подстраиваюсь под ловкие движения его тела и очень хочу, чтобы он уже наступил мне на ноги.

Наконец я прошу его принести мне стакан пунша и использую возможность, чтобы улизнуть.

Дверь захлопывается за мной, и мне кажется, что я нырнула в ледяное озеро. Боже, как холодно! Душное, мутное облако, окутывавшее меня в зале, пропало. Холод делает мысли ясными.

Между кустами и парковыми скамейками я вижу держащиеся за руки фигуры или целующиеся парочки.

Там Лиц. И я чувствую себя виноватой. Ужасно виноватой, потому что я счастлива оттого, что моя подруга снова рядом, и что у меня не получается быть хорошим вороном, и что каждый раз доставляю Эйдану трудности. Он ее не выдал, даже потанцевал с ней. С ней, Лин и еще шестью другими девчонками.

И только не со мной. Черт!

Между тем я обхожу здание и дошла до парковки. Я смаргиваю слезы. Что-то болезненно сдавливает мою шею, и я пробую обуздать это чувство, но тут оно накрывает меня снова, и я сажусь на каменную стену между двумя освещенными тыквами. Их гримасы издевательски смеются надо мной.

И я вспоминаю о маме. О том, как она пела мне английские песенки на Хеллоуин. И о Ханне, которая наколдовала мне костюм тыквы с оранжевой мишурой на швейной машине. Мои зубы стучат от холода. Слезы уже просто невозможно сдерживать. Я подтягиваю колени и обнимаю себя руками. Но теплее от этого не становится.

Вот бы праздник уже закончился! Я цепляюсь за нижнюю губу и сильно прикусываю ее, когда вдруг слышу глубокий голос, шепчущий в ухо:

– Дин наконец отстал от тебя?

– Джаред!

Я пытаюсь быстро стереть с лица слезы. А сейчас еще я размазала тушь по рукам!

Из искусственного тумана выходит черная фигура с маской дьявола. Я вспоминаю, что пару раз видела ее на вечеринке поблизости.

Джаред быстро стягивает маску вниз:

– Бу!

Я резко спрыгиваю со стены и задеваю глиняную тыкву. Она хрустит под моими ногами, когда я наступаю на осколки.

– Ты с ума сошел? Если Фарран или охранники...

— Ты думаешь, я позволил бы себе убежать, не увидев самую обворожительную ведьму вечера?

Он мягко проводит пальцем по моей щеке.

— Скажи, ты плакала?

Я ударяю его ладонями по груди:

— Исчезни! Сейчас же!

Он смеется.

— Эй, ты настоящий романтик, ты это знаешь?

— Мысли о том, как твоя кровь окрасит местный асфальт, не такие уж романтичные.

Джаред становится серьезным. Он простирает руки и притягивает меня к груди. Она теплая, и я чувствую его сердцебиение. Так хорошо. У меня от холода стучат зубы. Я опускаю голову ему на плечо и закрываю глаза.

— Я не хотел тебя напугать. Должен тебе сообщить, что Ричард хочет встретиться с тобой через три дня. Мы...

— Ник?

Я вскрикиваю, и мы оборачиваемся.

Лиц стоит с открытым ртом, и ее взгляд устремлен на Джареда.

— А ты что здесь делаешь? Я имею в виду... вау! Вот так совпадение, я просто не могу в это поверить!

— Э... привет, Лиц!

Я перевожу глаза с одного на другого. В этот момент мое сердце пропускает удар, а затем подпрыгивает до горла и принимается биться в три раза сильнее. Этого не может быть. Тихо! Я не хочу этого слышать! Но Лиц продолжает говорить. Я вижу, как движется ее рот, но ее голос запоздало доносится до моего мозга. Будто картинка и тон не совпадают.

– ...тогда не пришел на мюзикл?

В день, когда умерла мама. Одна в машине, пока я была на этом дурацком мюзикле. Билеты! Нет! Прекратите уже! Но мои мысли несутся дальше, выводы, которые я не хочу воспринимать, формируются сами собой.

Дребезжащий звук и крик разрывают темную вуаль, которая спустилась на меня и грозила меня задушить. Затем я слышу голос Джареда в голове.

– Спокойно, Эмма! Я могу это объяснить.

Я трясу головой. Сначала медленно, затем быстрее. И тут еще боль в моей правой руке.

– ...видел? Он просто раскололся. Сам собой! – испуганно кричит Лиц.

Пожалуйста, пусть это не будет правдой!

Между нами не должно быть лжи. Это очень опасно. Пообещай мне.

Почему я тогда не рассказала маме, кто принес Лиц билеты? Как я только могла нарушить обещание?

– Эмц? Ты меня слышишь? О боже, да у тебя кровь! В тебя попал осколок.

Но я вижу только Джареда. Ника. Синюю Бороду.

– Убийца! – шепчу я и сжимаю руки в кулаки.

Его лицо становится призрачно-белым как туман, окутывающий его. Он качает головой.

– Нет! Ты сказала, что доверяешь мне! – Лиц не слышит его. Он говорит в мыслях только со мной.

– Эмц! Где ты? – на парковке раздается взволнованный голос Эйдана. И тут же я слышу голос Дина. Но я не могу оторвать глаза от Джареда, просто не могу поверить, что, как назло, я могла в нем так ошибиться.

– Мы здесь! – отвечает Лиц, поворачивается к школе и машет руками над головой. Джаред выпрыгивает и хватает ее за плечи.

– Лиц, не рассказывай ей обо мне. Пожалуйста. Эмма тебе...

Голоса приближаются. Ник, он же Джаред, поворачивается ко мне, и его глаза горят с силой, которую я никогда прежде не видела. Затем он снова надевает дьявольскую маску и исчезает в тумане.

СИНЯЯ БОРОДА

Я привожу парня с топором в голове в качестве отговорки.

И все верят мне, что я, увидев его маску, вспомнила Николу Шина и поэтому вышла из себя. Известно же, что эмоциональные дайверы слишком остро на все реагируют. Я смутно помню дорогу домой. Кроме Лиц, никто не видел Джареда, но она держит рот на замке, а мой отец, скрипя зубами, разрешает ей остаться у нас еще на пару дней.

Она лежит рядом со мной на кровати и рассказывает о доме. Что Петер встречается теперь с Сарой, что наша строгая математичка влепила ей двойку и что без меня, ее соседки по парте, она еще больше хочет спать на латинском. Хорошо, что мы не сразу говорим о нем. Но через какое-то время в Лиц просыпается любопытство.

— Ты мне расскажешь о Нике? — шепчет она, смотря на закрытую дверь.

— Это... трудно.

— Почему ты назвала его убийцей?

Я хотела бы, чтобы она этого не слышала. Рывком встаю, сажусь по-турецки и сжимаю ее руки:

— Ник — это Джаред, Синяя Борода.

Ее глаза расширяются, и я слышу, как она сглатывает.

— Вот дрянь!

Я думаю, насколько много могу ей доверить.

— Ты думаешь, что он подкатил ко мне, чтобы я пригласила тебя на мюзикл? — Лиц сопоставляет факты быстрее, чем я думала.

— Да. Поэтому он дал тебе два билета. Подумай-ка. Если бы он действительно тобой интересовался, то...

— ...точно не спросил меня, приглашу ли я подружку. Вот навозный жук! А я думала, что он просто стеснительный. Но почему ты назвала его убийцей? Я имею в виду... — И тут она понимает. Лиц встает с кровати. — Твоя мама! Было запланировано, что тебя не будет с ней в машине?

— Это только предположение. Но все говорит об этом.

— Нет! Проклятье! Но тебе же нравится Джаред, по крайней мере, немного, не правда ли?

Я отворачиваю голову и не знаю, что должна чувствовать. Там, где раньше был Джаред, теперь пустота. Внезапно я понимаю мамин страх открываться чужакам. Ее постоянное недоверие. А я принимала ее за параноика.

Лиц опускает руку мне на плечо.

— Поэтому ты так отреагировала! Это было жутко! Но почему ты не хочешь сказать папе? Или Эйдану? Я слопаю метлу, если он не влюблен в тебя по уши. Он так смотрел на тебя, когда с Дином нашел нас. На Лин ему совершенно наплевать, — она вдруг улыбнулась, — правда, Эмц. Дину пришлось ему напомнить, что он должен довезти Лин до дома. Он бы вообще без нее тогда уехал.

Не та тема. Совсем не та. Я не могу сейчас еще и об этом думать. Мне нужна ясная голова.

Запри свои чувства и дыши.

О да, мама, ты точно знала, как трудно это сделать с нашим даром. Мы молчим, и мне нравится, что Лиц не пытается продолжить разговор. Она просто рядом, прислонила свою голову к моей и ждет.

Я ей честно говорю:

— Лиц, я не могу объяснить тебе всего. Я должна быть осторожной. Тебе лучше всего исчезнуть. Я не хочу, чтобы ты тоже оказалась в опасности.

— Конечно. Завтра утром я улечу домой и забуду, что какой-то чудак хотел прикончить мою лучшую подругу, а я при этом помогла понять, что несчастный случай с твоей мамой не был случайным.

— Тебе нельзя было знать о Шине, — устало бормочу я.

Подруга берет меня за левую руку и поднимает рукав.

— Я же не тупая, Эмц. Только я не хотела об этом говорить с тобой на вечеринке.

Блин! Нужно было надеть футболку с длинными рукавами.

— И я прочитала достаточно детективов, чтобы узнать огнестрельное ранение! Что, черт возьми, произошло?

— Это не связано с мамой. Это был человек, который хотел отомстить моему отцу.

Лиц горько смеется.

— Только? Ладно. Итак, смерть твоей мамы наверняка была не случайной, а теперь тебя хотят убить, чтобы за что-то отомстить твоему отцу. Ты вообще еще можешь спать?

Нет. Но это неважно. Потому что я вдруг понимаю, что мне нужно сделать.

— Ты мне правда хочешь помочь, Лиц? Даже если это будет опасно?

— Конечно, — она хитро ухмыляется, — ты представляешь, насколько мне скучно с тех пор, как ты удрала в Ирландию?

Школа кажется вымершей, когда я днем поднимаюсь по лестнице в кабинет Фаррана. Ученики, которые не воспользовались праздниками, чтобы поехать домой, занимаются тем, что снимают в зале декорации для вечеринки. К моему облегчению, Фарран не уехал. Но голос секретаря по громкоговорителю ледяной, как у королевы, которая приказывает охотнику убить Белоснежку. Фарран занят. Мне нужно прийти завтра или назначить прием. После долгих уговоров у меня заканчивается терпение.

— Ладно. Мне не нужен прием, Неве. Если я завтра не приду в школу, скажите Фиону, что это не из-за меня.

Она просит меня подождать. Через две минуты я стою перед письменным столом Фаррана в его кабинете. Он просматривает несколько бумаг и подписывает их. Затем мужчина поднимает взгляд, и я мерзну под непривычным холодом, который вижу в нем.

— Присаживайся. Я предполагаю, что у тебя есть веская причина для такого нападения.

— Да, сэр, — я решаю все сделать сразу, — я хочу сегодня вечером поймать Джареда Бреди и допросить его.

Его левое веко вздрагивает.

— Эмма Макэнгус. Всегда устраиваешь мне хорошие сюрпризы.

Он показывает на стул перед своим столом, и я облегченно сажусь, радуясь, что он не вышвырнул меня из кабинета. Его губы довольно изгибаются, когда он отклоняется назад и закидывает ногу на ногу.

– Так как я еще ничего не слышал от Якоба, то делаю вывод, что ты снова не проинформировала отца о своих планах.

– Нет, сэр.

– Фион, – поправляет он, улыбаясь, но затем его лицо снова принимает серьезное выражение.

– Бреди твое контактное лицо с Глазом Гора. Он важен. Этой выходкой ты можешь потерять доверие Монтгомери, это тебе известно?

Я молча киваю.

Он вздыхает.

– Чем же тебя так разозлил Синяя Борода?

– Я думаю, что он убил мою маму или, по крайней мере, был замешан в ее убийстве.

Его лицо сразу становится серьезным, и он наклоняется вперед.

– Это веское обвинение. У тебя есть доказательства?

– Он попросил мою подругу из Германии в вечер, когда с мамой произошел несчастный случай, разъединить нас.

– Ту самую подругу, которую ты вчера без разрешения провела на территорию воронов?

У меня вспыхивают щеки, и я смущенно киваю. Металлические холодные глаза пронизывают меня.

– Ты думаешь, что можешь скрыть от меня подобное? Из-за твоего поведения мы все в опасности. Еще в день посвящения я тебе сказал, что ты должна стряхнуть свою старую жизнь, если хочешь стать вороном. Ты добровольно согласилась. У меня мало времени. Я не трачу его на слабаков.

Фарран прав. Конечно, он прав. Как я только могла так открыться Лиц и рисковать своим будущим ради вечеринки? У меня болезненно сжимается желудок.

– Мне жаль. Если вы не хотите видеть меня среди воронов, я смогу это понять.

Он так сильно ударяет кулаком по столу, что я резко вздрагиваю. Фион гневно смотрит на меня, сильно прищурив глаза. И я понимаю. Этим предложением я еще больше разочаровала его. Прямо сейчас я веду себя как овца, которая сдалась.

Я глубоко вздыхаю.

– Хорошо, я совершила ошибку, – злость на саму себя заставляет звучать мой голос увереннее, чем я себя чувствую, – но в случившемся есть кое-что хорошее. Благодаря Лиц я узнала правду о Джареде. Я ему слишком доверяла, и это давно уже стало опаснее, чем факт, что Лиц верит, будто пришла в школу одаренных детей под руководством сумасшедшего мужчины.

Уголки его губ дергаются, когда он слышит, какую чепуху я намолола Лиц. Фарран поднимает брови.

– И как выглядит твой план?

Фасад *Cork Coffee Roasters* ярко-красный, поэтому его невозможно не заметить. Так же, как и нервный взгляд, который Эйдан бросает из окна. О боже, как долго он уже здесь? Я оставила Лиц в кафе, прежде чем отправиться к Фаррану. Эйдан вообще-то должен был встретиться с нами через полчаса. Такси останавливается прямо у окна. Когда я выхожу, то вижу, как Лиц сидит рядом с Эйданом и закатывает глаза.

– Где ты была? – голос Эйдана холоден. Перед ним стоит полупустой картонный стаканчик с кофе. Именно то, что мне нужно после напряженного разговора с Фарраном. Я хватаю стакан и залпом выпиваю содержимое. Кофе едва теплый.

– Эмма! – рычит Эйдан.

Лиц облегченно вздыхает.

– Я рада, что ты здесь. Он случайно проходил здесь на час раньше и увидел меня за стеклом. С тех пор он без перерыва нервирует меня вопросами. Хотел уже даже позвонить твоему отцу.

Эйдан беспокоился обо мне?

Юноша поворачивает ко мне голову и открывает рот, но я усиливаю его удивление, когда наклоняюсь, запускаю левую руку ему в волосы и целую в щеку. Очень быстро. Но, несмотря на это, мои губы горят. И только тогда до меня доходит, что я только что сделала.

Эйдан поворачивается, мгновенно обхватывает мою талию рукой и притягивает к себе. У меня в животе вибрирует, а сердце стучит в горле. Это от кофеина и облегчения, что Фарран согласился на мой план.

– Какая муха тебя опять укусила?

Мой поцелуй, к сожалению, его не смягчил. Эйдан только еще сильнее разозлился.

– Никакая.

— Не ври. Ты только тогда со мной милая, когда напортачила или когда тебе нужна помощь — или все вместе.

Ой! Это правда так выглядит?

— Я... мне и правда нужна твоя помощь, — мой голос звучит очень тихо.

Эйдан отпускает меня и отворачивается, будто я заразная.

Лиц тихо смеется и откидывает назад свои светлые волосы.

— Вы оба то еще шоу.

— Замолчи и возвращайся уже в Германию! — неприветливо шипит Эйдан. — Ты и понятия не имеешь, что здесь происходит.

— Эй, только не срывайся на меня! Пока ты, тупица, все еще зависишь от этой козы, хотя Эмц...

— Лиц! — в отчаянии кричу я.

Взгляд Эйдана перемещается с нее на меня и обратно. Юноша скрещивает руки на груди.

— Ну давай, говори.

— Нет. Сдержись! — Я точно знаю, что получается, когда Лиц съезжает с катушек.

— Не хотите ли кофе, мисс?

У парня, который хочет записать заказ, рыжие волосы, а на его толстощеком лице ведут борьбу светло-коричневые веснушки и прыщи. Он начинает перечислять сорта кофе, которые есть в *Coffee Roasters*, и я уже не слышу, что Лиц шепчет Эйдану.

— ...за кого ты ее принимаешь... Я знаю ее уже с...

— ...первый, которого... целует... Страх, что... Лин...

— Кофе с молоком! — быстро прерываю я рыжеволосого.

Он очень сильно трясет головой, пока шаркает обратно к барной стойке.

Я оборачиваюсь.

Эйдан смотрит на меня.

Я не могу отвести взгляда от его глаз. Лучи бутылочно-зеленого цвета затягивают меня в бирюзу, и я падаю в его черные зрачки и больше не могу пошевелиться.

— Когда твоя рьяная подружка больше не будет клеиться к нам, как репей, нам нужно будет срочно с тобой поговорить, — говорит он, и его голос, как летний дождь, охлаждает мою разгоряченную кожу.

— Хорошо, — каркаю я.

— Как прошло с Фарраном? — спрашивает Лиц, и я бесконечно благодарна ей, что она сменила тему.

— Он согласен.

— С чем? — резко спрашивает Эйдан.

— Хм, тебе понравится — при условии, что ты нам поможешь.

Возвращается рыжеволосый и ставит передо мной стаканчик кофе с молоком.

Эйдан достает кошелек из своей черной куртки и оплачивает.

— Спасибо, — говорю я.

Он наклоняется вперед. Я хочу спрятаться от такого сильного взгляда или лучше убежать.

— Ты точно знаешь, что должна мне еще одно желание. Итак, что ты снова замышляешь с Фарраном за спиной у отца?

— Мы втроем сегодня ночью нападем на Джареда Бреди и возьмем его в плен.

Я думала, он обрадуется. Дин бы уже ликовал от радости и бил по столу кулаком. Но улыбка у Эйдана пропадает.

Он выглядит обеспокоенным и кладет свою руку на мою.

— Уверена, что ты действительно этого хочешь, Эмц?

Я думаю о том, что мама еще могла жить, если бы я поехала с ней, вместо того чтобы пойти на тот идиотский мюзикл.

— Безусловно.

Он ошарашенно смотрит на меня. А затем широко ухмыляется.

— Да это день рождения и Рождество, вместе взятые.

В пабе еще горит свет.

Хотя уже одиннадцать часов. Получается, Джаред действительно ждет меня. Мы с Лиц выходим из такси.

Но Эйдан сидит на параллельной улице в машине. Такси уезжает, и когда я оборачиваюсь, то вижу Джареда за окном. Он выглядит бледным, а под его глазами залегли темные круги.

— Спасибо, что вы пришли, — говорит парень, когда открывает дверь. Его голос звучит странно. Без эмоций, сдержанно. Не подходит его словам. И уж точно не ему. Что-то не так. Возможно, это из-за Лиц.

Мы садимся, Джаред исчезает в баре и возвращается с одной бутылкой пива и двумя бутылками колы. Он открывает их и ставит на стол.

Лиц хватается за сумку. Я знаю, что она сейчас возьмет в руки перцовый баллончик.

— Прости, что врал тебе, Лиц, — тихо говорит он.

Подруга бросает на него презрительный взгляд.

— Мое раненое самолюбие в этом случае стоит на втором месте.

Джаред кивает и смотрит под ноги. Почему он избегает моего взгляда?

— Ты пообещала, что не откроешь чулан, — его голос беззвучный. Он окутывает нас как легкий туман и оставляет чувство прохлады на моей коже.

— Ты что, ждешь, что я буду извиняться, потому что разузнала твой секрет?

— Ты сказала, что доверяешь мне.

— Да как? Если бы не ты, моя мать еще жила.

— Возможно.

Он это признает. Просто так. Я теряю контроль над телом.

Когда я слышу хлопок, то замечаю жжение в ладони.

Наконец Джаред поднимает голову и рассеянно трогает покрасневшую щеку. У него такой испуганный, отчаянный взгляд.

Я смотрю в глаза сумасшедшему.

— Прости. Я не хотел причинить тебе боль, Эмма.

Мое сердце сжимается, и я чувствую, как страх накрывает меня волной и уносит с собой. А затем все происходит очень быстро.

Лиц держит перцовый баллончик и нажимает. Но тут уже рука Джареда. Он бьет ее по руке, и струя попадает мимо. Баллончик куда-то укатился.

Джаред вскакивает на ноги, и Лиц кричит, отклоняется назад, а я хватаюсь за бутылку с колой, но он ужасно быстр. Его рука обхватывает меня за горло, и я чувствую, как его мышцы напрягаются. Бутылка выскальзывает у меня из руки и падает на правую ногу, но эта боль ничто по сравнению с давлением на шею. У меня дергаются ноги, и я ударяю его локтем в живот. Но тело Джареда напряжено, как у хищной кошки на охоте. Кажется, он вообще не чувствует моих ударов.

И Лиц кричит. И кричит. Тут я слышу другой звук. Разбитое стекло.

– Сейчас же отпусти ее, Бреди!

Эйдан! Помоги мне! Ох, пожалуйста, пожалуйста, помоги мне. Перед моими глазами танцуют черные точки. Ужасно пульсирует голова. Дышать. Я должна дышать.

– Без фокусов, Каллахан, или она умрет. Вы правда думали, что вот так просто сможете застать меня врасплох?

Мои ноги висят где-то в воздухе, а его рука нещадно сжимает мое горло. Другая рука обхватывает мою талию, и я чувствую, как он меня уносит, но я не вижу куда. Вокруг все расплывается.

Не позволяй ему меня забрать. Пожалуйста. Голос Эйдана превращается в бормотание. Моя голова гудит. Такой высокий звук. И я хочу дышать. И только дышать.

УКРАДЕНА

Холодно.

И темно. Я чувствую боль в горле и сглатываю. Но она не проходит. Я глотаю еще раз. Я хочу проверить шею, но что-то не так с моими руками. Запястья горят и зафиксированы за спиной. Я не могу их освободить. И тогда я открываю глаза. Точнее, пробую их открыть. Что-то мешает. Я поворачиваю голову. Но ничего не изменяется. Я медленно вдыхаю. И снова ничего. Черт, да где я?

Мои пальцы касаются запястий. Я чувствую что-то шероховатое: веревка. И тогда я понимаю. Но кто и почему?

— Спокойно, Эмма. Мы сейчас будем на месте.

— Джаред, — шепчу я, — что… — Тогда я все вспоминаю, и страх становится как черная татуировка на моей коже. Безобразная и долговечная.

Сейчас я чувствую движение. Мы в машине. Он меня куда-то везет. Возможно, в свой замок, чтобы убить в своем чулане. Нет. Современная Синяя Борода скорее бы закопал меня в лесу.

Не думай. Не думай об этом. Что-то хорошее вспомни, быстро.

И я вспоминаю наш поцелуй с Эйданом. Я пробую вспомнить, как он быстро и сильно прижал свои губы к моим. Тогда за завтраком, разгневанный на Джареда. Ток, который прошел по моему телу. Тогда я вижу его перед собой, крепко прижимающего Лин перед столовой. Но мне вдруг становится все равно. Потому что я чувствую, что она для него ничего не значит, что он это закончит, если я отвечу на его поцелуй. Я вдруг так отчетливо это понимаю, что сердце в моей грудной клетке болезненно сжимается. Вся неуверенность и страх уходят перед симпатией к Эйдану.

О боже, дай мне еще один шанс!

Мы все еще едем.

Я должна что-то предпринять. Нужно, чтобы что-то произошло с машиной. Что-то естественное. Но у меня завязаны глаза, и я не особенно хорошо разбираюсь в машинах. Честно говоря, вообще не разбираюсь. Тогда я прочесываю воспоминания.

— Нам нужно еще залить воду.

Мама откручивает крышку бака для холодильной жидкости, пока я поднимаю свой маленький дорожный чемодан в багажник.

— Зачем машине вода?

— Двигатель должен охлаждаться.

Она дает мне в руку пластиковую бутылку, когда я к ней подхожу. Я вижу перед собой шланги и пластик, металл и резину. Мама берет крышку и прикручивает ее к пластиковому сосуду.

— Что произойдет, если вода закончится?

— Тогда двигатель перегреется и запахнет дымом, — она смеется, когда видит мое выражение лица, — не бойся, датчик в машине бы нас предупредил. Но и ехать дальше мы не смогли бы.

Ехать дальше мы не смогли бы…

Ладно. Резервуар с водой из пластика. Я могу видеть очертания. Вода втекает струями. Но я не могу рассмотреть детали. Возможно, мне поможет, если я сконцентрируюсь на звуке двигателя.

Я думаю о пластиковой бутылке, которая летом лопнула в бассейне, когда упала на бетонный пол. Двигатель шумит у меня в ушах, и я представляю, как вода капает и течет по асфальту.

Кап. Кап. Кап.

Но ничего не происходит. Но должно же получиться, должно...

До моего уха доходит писк.

– Черт. Каллахан катается, наверное, на самой дорогой тачке в школе и настолько туп, что не может залить воду в радиатор. Но все равно. Это же его двигатель сломается.

Парень просто едет дальше.

– Джаред, пожалуйста, остановись, – я ненавижу просить его.

Он смеется.

– Не бойся, малышка. Пока не пахнет дымом, ничего не произойдет.

Нет. Очень плохо. Вода должна течь быстрее, брешь должна быть больше. На моем лбу выступает пот.

– Черт! – хлопок. Джаред по чему-то ударил? – Черт возьми!

Движение так быстро останавливается, что я ударяюсь о передние сиденья и приземляюсь на пол. Звук мотора глохнет. Я слышу, как что-то шуршит, а затем мне навстречу устремляется прохладный воздух. Пахнет влагой и жженой резиной. До моего уха доносится шум. Идет дождь? Затем дверь закрывается. Да, дождь, даже очень сильный. Я отчетливо слышу сильный шум на крыше машины. Что Джаред сейчас сделает? Просто оставит меня здесь внутри лежать?

Я начинаю считать.

Когда я дошла до 56, то услышала треск и хлопки в машине. Какого черта он там делает? Затем распахивается задняя дверь, и я чувствую холод на ногах. Он берет меня и поднимает обратно на сиденье. Его рука обвивается вокруг моего тела и прижимает меня к груди. Джаред насквозь промок.

Я пробую отодвинуться, но он не отпускает.

– Эмма, – шепчет парень в ухо, и я начинаю дрожать всем телом. Это зашло слишком далеко. Но я ему так просто не достанусь. Может, здесь дом неподалеку и кто-то сможет меня услышать. И я кричу так громко, насколько могу, и ударяюсь головой там, где предположительно было его лицо. Блин, больно! Но я, должно быть, попала, потому что он с болью вздохнул. Джаред рукой зажимает мне рот, а я пробую его укусить, но тут он всем телом прижимает меня и давит на горло. У меня на глазах проступают слезы, и повязка промокает.

– Прекрати! Черт, я не хочу тебе причинять боль. Не вынуждай меня, – гневно рычит он.

Я сдаюсь. Пока что. Когда я перестаю сопротивляться, Джаред убирает руку ото рта и освобождает шею.

Я хватаю воздух, что дается мне с трудом, поскольку он еще наполовину лежит на мне и своим весом держит меня в ловушке. Если я отброшу парня телекинезом, то могу навредить себе. В машине слишком тесно. Должна быть другая возможность.

– Ты как дикая кошка. Не ожидал от тебя. – Я чувствую ухмылку у него на лице и ненавижу его за это.

– Куда ты меня везешь? – спрашиваю я.

Джаред вздыхает. Так близко, что я чувствую его дыхание на своем лице.

– Никуда. В радиаторе брешь.

– Тогда все? Что ты будешь делать? Ты меня задушишь или переедешь машиной?

Дождь стучит по крыше и стеклам. Громко, как барабанная дробь. Юноша отпускает меня и садится рядом. Его руки зарываются в мои волосы, и я напрягаю тело. Вдруг давление на моих глазах ослабевает, и я снова могу видеть.

Его лицо бледно светится в темноте.

– Ты не должна была все так узнать, – шепчет он.

– Ты думаешь, что есть разница, как это было бы сказано? Убийца!

Его руки крепко хватают меня за плечи, и мне становится больно.

– Тихо! Ты не понимаешь. Ничего не понимаешь! Я не убивал твою мать. Я никогда не смог бы это сделать. Не после того, как я наблюдал за тобой и знал, что она для тебя значит.

Он отпускает меня, закидывает голову и закрывает глаза.

На его лице проступает усталость.

– Но ты разделил меня с ней тем вечером. Ты знал, что она умрет.

Вдруг в меня проникает это давящее чувство: скажи, что это не так, что ты ничего об этом не знал. Пожалуйста, Джаред. Скажи нет.

— Да, Эмма.

Его лицо расплывается. Слезы текут на подбородок и шею.

— Кто это был?

— Двое.

— Кто, Джаред?

— Ты знаешь только одного из них.

— Ричард?

Он горько смеется.

— Один, по крайней мере, член Глаза Гора. Больше я не могу тебе ничего сказать.

— Но почему? Она же им ничего не сделала!

Джаред наклоняется вниз и начинает развязывать веревки у меня на ногах. Когда он заканчивает, то гладит меня по щеке. Я содрогаюсь и отворачиваю голову. Юноша склоняется позади меня, освобождает мне руки и что-то накидывает на плечи. Куртка Эйдана. Он ее, наверное, оставил в машине, пока бежал на помощь.

— Тебе нужно выйти, Эмма. Прости, что идет дождь, — у него такой мягкий голос.

Глубоко внутри меня что-то движется, вырывается, становится громче и резче. Смех.

Он помогает мне выйти из машины, дождь сильно бьет по моему лицу. А я смеюсь. И все не могу остановиться, пока к глотке не подступает хриплый плач. Мы стоим на трассе, он засунул руки в карманы и втянул голову в плечи. Его глаза большие и серьезные.

Я простираю руки, поворачиваю их вверх ладонями и запрокидываю голову. Дождь бьет меня по щекам и стекает по шее на грудь.

— Тебе жаль, что идет дождь. Об этом ты жалеешь?

Я должна дышать. Должна снова обрести контроль над своими чувствами. Гром пугает меня. Джаред снимает свою куртку и зажимает ее между ног. Затем он стягивает с себя футболку. Через минуту я смотрю, как дождь жемчужинами лежит на татуировке ворона, прежде чем он снова надевает куртку. Джаред садится на корточки и держит футболку в луже. Когда он открывает капот, я подхожу ближе.

— Она определенно сразу же вытечет. Это слишком опасно, — он бормочет что-то непонятное, выжимает футболку в радиатор и снова кладет ее в лужу.

— Ты слышишь? Если мотор перегреется...

— Именно поэтому ты должна выйти, — он хлопком закрывает капот и подходит к водительской двери. Он хочет меня защитить?

— Джаред! — Я поскальзываюсь в грязи, когда бегу за ним. Он останавливается и оборачивается. Я беру его за руку. — Пожалуйста, скажи хотя бы, как это произошло. Почему машина свернула с дороги?

Он нехотя качает головой, вырывается, открывает дверь и садится внутрь. Прежде чем он ее закрывает, я встреваю:

— Ей было больно? Она...

— Меня там не было, Эмма. Но нет. Все произошло довольно быстро. Кто-то бросил проекцию, и она от нее увернулась. Машина перевернулась. Она сразу же умерла.

Проекцию? Ни за что! У меня мечутся мысли. Она сама когда-то говорила, как опасно уворачиваться от диких животных. Невозможно...

— Отойди от двери!

— Что это была за проекция?

Джаред заводит двигатель.

— В последний раз, Эмма. Отойди от...

— Джаред, пожалуйста!

Он толкает меня в грудь. Я отшатываюсь и падаю на обочину. Грязь брызгает мне на щеки и волосы.

Его лицо искривляется, когда он кричит:

— Ты была проекцией!

Передо мной поле, и я бегу. Просто вперед. Я бегу, потому что не знаю, что мне еще делать, чтобы не сойти с ума, чтобы не потонуть в этом разрывающем, всепоглощающем чувстве боли. Но тогда я спотыкаюсь о кустарник и падаю на колени. И остаюсь в этом положении. Посреди грязи, и не чувствую ничего, кроме холода. Мои руки лежат на коленях и не двигаются. Ничто не двигается под дождем.

Ты должна выдыхать боль, Эмма. Твой дар может тебя погубить, если ты поддашься ему. Ты можешь в нем потеряться.

Но у меня не получается. Печаль сильнее. Она тянет меня в соблазнительную черноту, в которой все спокойно, как в центре торнадо. Я могу закрыть глаза и уже не должна бороться. Могу все отпустить. Прогнать прочь.

И тогда, когда мои глаза уже почти закрылись, я вижу свет. Луч устремлен мне в спину на темное поле передо мной, и мое тело отбрасывает длинную тень на траву. Я слышу голос, много голосов, но среди них и его.

– Эмц! Где ты?

Мои губы двигаются, сами собой шепчут его имя. Сначала так тихо, что я едва могу расслышать, затем громче, и звук его имени горит на моем языке и вытягивает меня из тьмы.

– Эйдан. Эйдан. ЭЙДАН!

Мои руки касаются земли, и я выпрямляюсь. Кто-то подбегает ко мне. Я вижу свет фонарика. Дрожа, я спотыкаюсь ему навстречу. И тогда он прижимает меня к себе, так крепко, что становится больно. За промокшей насквозь одеждой я чувствую огонь, который разжигает во мне его прикосновение.

Дождь.

Осколки, твердые как лед.

Вода, которая взрывается у меня на коже.

Я чувствую все вокруг себя намного сильнее обычного. Воздух пахнет землей, влажной травой и им. Я глубоко вдыхаю и в этот раз не сомневаюсь, а запускаю свои холодные, дрожащие пальцы в его мокрые волосы, притягиваю его ближе к себе и прижимаю свои губы к его. Очень нежно. Я чувствую, как Эйдан удивленно вздрагивает, но я не прекращаю, сначала обвожу языком его верхнюю губу, затем нащупываю нижнюю, исследую каждый миллиметр его кожи, как слепой, который хочет наконец увидеть, и затем мягко проникаю языком внутрь. Эйдан выходит из оцепенения и шепчет мое имя. А затем отвечает на поцелуй, крепко, жадно и властно, но у меня появляется ощущение, что я никогда не захочу оторваться от его губ.

До моего уха доходит покашливание.

Губы Эйдана мягкие, когда он в последний раз проводит ими по моим. Капли воды свисают с его ресниц, а зрачки у него такие большие, что глаза кажутся почти черными. Я поворачиваюсь у него в руках. Мой отец с мрачным лицом стоит рядом с Лиц, но на ее лице ослепительная улыбка, и подруга держит правую руку большим пальцем вверх.

Немногим позже я сижу на заднем сиденье в папиной машине и прижимаюсь к груди Эйдана. Само собой разумеется. Будто мы уже несколько месяцев встречаемся. Он, не спрашивая, обхватывает меня рукой.

– Как вы меня так быстро нашли?

Эйдан похлопал по своей кожаной куртке, которая все еще была на мне, и тихо засмеялся.

– Мой телефон остался в куртке, когда я побежал в паб. Но, к счастью, у Лиц был свой с собой. Так мы смогли позвонить Якобу и определить местонахождение моего телефона.

Я смотрю вперед и вижу холодный взгляд папы в зеркало заднего вида.

– Я предупредила Фаррана, – вполголоса говорю я. Слабое оправдание, и я об этом знаю.

– Почему не меня?

– Речь шла о маме.

– Вот как? Если у тебя выпало из головы: эта женщина мне совсем неизвестна.

– Пап!

— У тебя нет права замалчивать от меня то, что узнала о ее смерти!

— Ты же мне ничего не рассказываешь.

Его лицо мрачнеет еще больше, и я виновато закусываю нижнюю губу.

— Кроме того, я подумала, что ты его... ну... прикончишь, прежде чем я смогла бы что-то из него вытянуть.

Отец встряхивает головой.

— Я не управляемый гормонами подросток. Обычно я контролирую себя лучше, чем ты.

У меня краснеют щеки. Я точно знаю, что он намекает на поцелуй.

— Почему Джаред тебя не бросил где-нибудь? — спрашивает Лиц и отвлекает папу.

— Потому что машина... — я запинаюсь. Внезапно я понимаю, что это машина Эйдана, где я испортила радиатор, и если сейчас перегреется двигатель...

— Что с моей машиной? — рычит Эйдан. — Бреди слишком глуп для того, чтобы водить?

Я осторожно выпрямляюсь. Глаза Эйдана сужаются.

— Выкладывай. Что он устроил?

Как я должна объяснить Лиц, что применила свой дар?

— Знаете, я думала, что он хочет меня убить.

— Мы все так думали, — вздыхает папа, — иметь такую дочь, как ты, — настоящий кошмар!

Игнорируя это замечание, я направляю взгляд на Эйдана.

— Я так сильно боялась, и тут Джаред сказал, что что-то не так с радиатором.

Эйдан разинул рот и распахнул глаза.

— Я так рада, что ты такой везунчик! — Издевку в голосе папы невозможно прослушать, но когда я смотрю в зеркало, то наши взгляды встречаются, и я вижу, что они гордо светятся.

— Подожди-ка. Он же теперь поехал дальше. Он залил воду в радиатор? — негодующе спросил Эйдан.

— Э, да, но в радиаторе была довольно большая брешь, и поэтому он не хотел меня брать с собой, если двигатель...

— Он поехал дальше, несмотря на большую брешь? — его голос становится неприятно громким.

— Тем лучше. Далеко он от нас не уйдет, — говорит мой отец и нажимает на кнопку бортового компьютера. Он включает динамик на телефоне.

В отделе полиции Корка звучит женский голос, и мой отец спрашивает мужчину по имени Адриан Смит.

— Якоб?

— Да. Кто же еще тебя отвлечет в это время от игры в карты.

На том конце провода раздается смех.

— Что я могу для тебя сделать?

— Недавно машину Эйдана украли.

— Понятно.

Рядом со мной юноша начинает рассерженно сопеть.

— Сообщи мне местоположение, и мы позаботимся об этом.

Губы Эйдана приближаются к моему уху:

— Если Джаред сломает двигатель, то ты мне заплатишь за него поцелуями. И поверь мне, такой двигатель стоит целую кучу денег... — шепчет он.

Лиц откидывается на спинку сиденья.

— Что ты узнала от Джареда?

Чтобы не выдать секреты воронов, я рассказываю, что мама была членом PIRA, познакомилась с Ричардом из воинствующего крыла IRA, — он искал ее все эти годы. Джаред наблюдал за мной и мамой долгое время, когда наконец появился приказ убить ее.

— Нет! — испуганно вскрикивает Лиц.

— Я знал это! Эта свинья! — возмущается Эйдан, но я мягко толкаю его в бок.

— Но он не смог этого сделать. Пока он за нами наблюдал, он... э...

— В тебя влюбился! Как романтично! — Лиц бросает на меня томный взгляд.

— Что, извини? Романтично? — рассерженно рявкает Эйдан.

Я подавляю улыбку. Откуда ему знать, что Лиц привлекают плохие парни.

— Помолчите, вы оба, и дайте Эмме выговориться! — папин голос такой резкий, что никто из них больше не решается меня прерывать.

— Он получил задание отделить меня от мамы в тот вечер, а два других человека должны были позаботиться о том, чтобы мама потеряла контроль над машиной. Но Джаред знал, что они собирались сделать, — мой голос начинает дрожать, — и не предотвратил это.

Когда мы приезжаем домой, я прошу Лиц оставить нас с папой и Эйданом наедине.

В глазах отца горит голубой огонь, а его грудь поднимается и опускается в быстром темпе, когда он шипит одно-единственное слово:

— Как?

— Они создали проекцию, от которой она уклонилась. Ее машина перевернулась, и она сразу умерла, — его лицо болезненно искажается.

Я не смогу смотреть на него дальше. С закрытыми глазами и сломленным голосом я добавляю:

— Это была моя проекция.

«Ягуар» Эйдана был найден на рассвете в лесу. Джаред уже удрал. Двигатель действительно больше не работал.

— Жалко-жалко, — говорит Эйдан, когда ловит меня вечером одну на кухне. Он убирает мои волосы и целует в шею.

— Сколько вообще стоит такая поломанная прокладка головки цилиндра? — шепчу я.

— Громадные суммы, — нашептывает он и мягко кусает меня за мочку уха.

* * *

— Ты не умеешь врать, — холодно говорит он, — я мог бы прочитать твои мысли, но было бы лучше, если бы ты искренне поговорила со мной. Разве мы не друзья? Неужели я не помогал тебе и твоим родителям, как только мог.

Мое сердце болезненно сжимается в груди.

— Наверное. Я не знаю. Вы очень хороши в том, чтобы оборачивать вещи в свою пользу.

Он, вздыхая, наклоняется вперед. Его красивые, тонкие ладони обхватывают мои, и мурашки пробегают по моему телу.

– Катарина! Что он тебе рассказал?

Он это так и так выяснит, особенно сейчас, когда узнал о моей встрече с Ричардом.

– Миллер. Вы позаботились о том, чтобы для его жены вовремя не нашли донорскую почку, не так ли? Из мести, потому что он не хотел, чтобы в его фирме работали ваши шпионы. Было ли хотя бы его самоубийство настоящим или об этом позаботился один из ваших воронов?

Улыбаясь, он сжимает мои руки, но его взгляд становится жестче.

– Ты говоришь о них, будто уже не принадлежишь им. Тебе так жаль этого мужчину? Если бы Якоб не был таким расчетливым бойцом, Миллер бы тебя тогда убил.

Якоб. Его имя горит, как открытая рана на моей коже. Я не смогла переубедить его...

– Вы уклоняетесь от разговора.

– Ты тоже. Миллер тебя нисколько не интересует. О чем же тогда на самом деле идет речь, Катарина?

Я сглатываю, вытягиваю свои руки и смотрю ему в глаза.

– Родители четыре года назад отказались отправить меня в вашу школу. Через пару недель моего отца уволили, и он не мог получить новую работу, как бы ни старался, и потом начал пить. – Ничто в его лице не показывает, известна ли ему эта история. Мой голос дрожит, когда я продолжаю: – В какой-то момент уволили и маму. Тогда мы снова пришли к вам, и у вас сразу же нашлись решения всех проблем. Будто вы этого ждали.

В последнее время я часто об этом думала. И я спрашиваю себя, было ли это совпадением.

– Разве это так важно сейчас, когда все хорошо? – спрашивает он и весело улыбается.

Потрясенная, я пристально смотрю на него. Это неправда. Я медленно встаю и иду к двери.

– Катарина, – мягко говорит он, – если ты сейчас покинешь эту комнату, то пожалеешь об этом.

– Нет! – я уверенно качаю головой. – Не пожалею.

ЗИМА

Уже несколько дней сыро и холодно, сила ветра достигает восьмидесяти километров в час. Иногда я думаю, что могу упасть спиной к ветру и он подхватит меня. Но я стою в саду и не решаюсь.

Я скучаю по Эйдану. Так сильно, что становится даже больно.

Я вижу его только во время обеденного перерыва и на SPSE. Но можно считать счастьем, если переживешь попытку отвлечься или поговорить у Макмиллана на занятии... Дополнительное время, которое он должен проводить со мной как наставник, мой папа сократил до минимума, так что Эйдан вернулся домой. Все лишь потому, что Эйдан покончил с Лин и связался с дочерью *этой предательницы*. Если бы только Лиц была здесь. Прошло три недели, как она улетела, но мне кажется, будто миновало три месяца.

– Голодовка не смягчит ярость Каллахана, – говорит папа и промокает рот салфеткой.

Я откладываю вилку, которой уже долго без настроения ковыряюсь в рагу из говядины, в сторону и поднимаю голову.

– Это же нечестно! Даже если мама и правда предала Фаррана, в чем Джаред сомневается, то это же совершенно меня не касается!

– Дорогуша, сколько раз мы тебе это должны разжевывать? Джеймс просто упрямый. Поверь мне, предательство твоей матери всего лишь предлог. Он точно знает, что Фион одобряет ваши с Эйданом отношения. Но Джеймс месяцами торговался с Мерфи и заключил контракт о будущем приданом Лин, которое было очень полезно ему и Эйдану. Меня же он не так просто может перетянуть. Это он точно знает. Или ты хочешь...

— Ты спятил? Я не корова, которую продают на рынке скота! Если ты предложишь Каллахану хотя бы цент, я тебе никогда больше и слова не скажу. Совсем! Мы что, в Средневековье? Мне в следующем месяце уже семнадцать! Почему речь уже должна сразу идти о свадьбе?

— В этом отношении вороны очень консервативны. Ты знаешь, что Фион католик. Если вы сходитесь дарами, что так и есть, то должны будете пожениться в девятнадцать или двадцать. Договоры будут заранее заключены между отцами.

Он берет свой стакан и делает глоток пива. На его лице играет самодовольная улыбка. Я считаю в голове до двадцати и глубоко вдыхаю.

— Но я не знаю, сможем ли мы с Эйданом долго встречаться!

Папа насмешливо кривит рот, и я чувствую, как краснота подступает к щекам.

— Не обманывай. Я тебя знаю получше, чем ты думаешь. А об Эйдане я знаю даже больше, чем его собственный отец. Ночью, когда тебя увез Джаред, в его взгляде было что-то такое, чего я еще у него никогда не замечал: самое настоящее желание убить.

По моей спине пробегают мурашки.

— Ты сильно преувеличиваешь.

— Думай что хочешь, Эмма. Но тогда мне стало ясно одно: Джеймс может быть упрямым, как баран, и в случае с любой другой девочкой он бы выиграл со своей стратегией. Но что касается тебя, тут Эйдан будет упрямее. Даже если Джеймс будет каждый раз приглашать домой Лин, а Эйдан не сможет приходить сюда. Или если он ему подменит мысли. Он не оставит тебя одну. Да даже... — он берет в руки столовые приборы и угрожающе замахивается вилкой, — если ты изголодаешься из-за своей забастовки и станешь непривлекательным скелетом.

— Неплохая попытка, пап.

КОРИЦА, АПЕЛЬСИН И ЕЛЬ

Запах в кабинете Фаррана напоминает мне о выпечке, пунше и Рождестве. Мое первое Рождество без мамы. Без Ханны и Элиаса. Я пытаюсь не думать об этом.

Мы с Эйданом сидим на черном кожаном диване и ждем занятия. Его стол перед нами украшает огромный рождественский венок с красными свечками. Комнату освещают только свет настольной лампы и первой свечи.

Фион стоит у окна и смотрит, как пуржит на спортивном поле. В Корке редко выпадает снег.

Я думаю о том, как дети по соседству сегодня утром, визжа, играли в снежки.

Эйдан осторожно гладит мои пальцы и улыбается.

Фарран, усмехаясь, оборачивается к нам:

— Так дальше не может продолжаться. Я хочу, чтобы вы выполнили для меня задание в Дублине.

Мое сердце моментально начинает биться быстрее, но я чувствую, как Эйдан напрягается.

Фарран садится напротив и закидывает ногу на ногу.

— Вам говорит что-нибудь название Митчел Ltd?

— Производитель полупроводников? — спрашивает Эйдан, и Фарран кивает: — Мой отец рассказывал, что на следующей неделе встречается с ними в Дублине.

— Правильно. Митчел ворон. Джеймс будет на следующей неделе участвовать в переговорах с Хаддингтон Консалтинг. Эта компания проводит юридическую проверку у Митчела, чтобы перепроверить документы, подтверждающие регистрацию котировки акций на бирже. Митчелу срочно нужен капитал, потому что он хочет расширяться. И он должен, иначе его вытеснят конкуренты. За производство полупроводников сейчас активно борются. Поэтому выпуск акций на биржу для него сейчас имеет огромное значение.

Фарран делает паузу и улыбается мне.

Я наверняка выгляжу такой же умной, как Мистер Бин у автомата с напитками.

— Эйдан позже объяснит тебе всю эту профессиональную белиберду.

Прекрасно. Я отчетливо чувствую, как мое лицо краснеет. Может, мне нужно было закончить курс по экономике.

— Проверяющий из консалтинговой компании опасается, так сказать, креативного составления баланса у Митчела. Поэтому он исследует больше положенного, чтобы, по его словам, избежать нового ирландского Энрон-скандала[1].

Эйдан громко смеется, а я ничего не понимаю.

— Да он сравнивает Слона и Моську!

— Совершенно верно, — Фарран самодовольно улыбается, — к счастью, у нас получилось подсадить к старшему менеджеру компании нашего во-

---

[1] История скандала корпорации Энрон связана с фальсификацией отчетности, ее члены завышали результаты деятельности, чтобы акции стали дороже.

рона. Чтобы не вызвать подозрений, он не будет принимать участия в проверке, но пригласит вас через две недели как практикантов в проверочную комиссию.

Тогда я понимаю. Шпионаж. Никакой человек не заподозрит безобидных молодых практикантов.

— Вы придете туда под чужими именами студентов экономического факультета университета Корк. Чтобы вам было проще, я выбрал имена ваших родителей. Следовательно, тебя зовут... — он указывает на Эйдана, — Джеймс Данн, тебе девятнадцать лет и, по причине твоих хороших знаний в области экономики, ты на втором курсе в колледже, а Эмма — Катарина Фрост, восемнадцать лет, студентка по обмену из Германии. Официально ты числишься в мюнхенском университете Людвига и Максимилиана и учишься там с октября.

— Вы не будете ожидать, что я, несмотря на это, должна буду лучше во всем разбираться?

— На следующей неделе ты будешь лично заниматься с Сарой Паркер, нашей учительницей по экономике и на курсах для пожилых людей.

Дополнительные занятия! Будто я не едва справляюсь со своей нагрузкой. А то говорили, что мы можем выбирать себе курсы...

Фарран скрещивает руки и наклоняется.

— Я знаю, что много от тебя ожидаю, но тебе не совсем пока ясно, какой шанс я даю тебе, нет, вам. Подумай! Отец Эйдана эксперт по финансовым вопросам и один из самых больших брокеров на Лондонской фондовой бирже.

Окей. Теперь я знаю, почему Эйдан получает шикарные тачки на день рождения.

— Джеймс с двенадцати лет готовит Эйдана, чтобы тот перенял бизнес после его смерти. Мерфи был очень хитер и поставил свою дочь в известность, какие курсы ей нужно заканчивать, чтобы стать идеальной партнершей Эйдана и выполнять свои обязанности в таких случаях, как сейчас.

Я чувствую болезненную тяжесть в груди, и мой взгляд падает на Эйдана, на лбу у которого пролегла глубокая складка.

— Фион, вы хорошо все объясняете, но это как раз то, что я всегда ненавидел в Лин. Она ничего не делает без расчета, — он кидает на меня виноватый взгляд, — она и капли мной не интересовалась бы, если бы я был из бедной семьи. К тому же есть и другие парни со статусом оптивы. Эмма — полная противоположность! Я не хочу, чтобы ее заставляли...

— Твой отец никогда не согласится на ваши отношения, если она не получит юридическое образование.

— Мне все равно.

Фарран рассерженно морщит лоб.

— Фион прав, — тихо говорю я.

— Нет. Я не хочу, чтобы у тебя были дополнительные занятия. Ты не можешь каждый день зубрить до полуночи! Это сумасшествие!

— А я хочу, чтобы твой отец меня принял. Учеба мне не в тягость.

Эйдан смеется, а его взгляд мрачнеет.

— Ты не знаешь Джеймса. Он не воспринимает людей. Он их использует. Ты интересна для него тогда, когда он может выколотить из тебя капитал. А если ты вдруг начнешь ходить на дополнительные курсы, он подумает о тебе в самом плохом ключе: через меня ты хочешь дорваться до его денег.

– Эйдан! – строго говорит Фарран.

– Вы знаете, что это так!

Мужчина глубоко вздыхает и затем кивает, задумчиво поглаживая подбородок.

– Ты видишь другой способ? Я не хочу потерять тебя, мальчик. И уж точно не Эмму. Мерфи потребовал от меня выкуп.

Лицо Эйдана мгновенно бледнеет.

– Что? Он не может этого сделать! Эмма очень хороша, она...

– Она все еще не оптива. Даже если я и убежден, что она однажды станет одной из лучших. Но договоры между вашими отцами были заключены задолго до ее прибытия. Вы с Лин дали соглашение на переговорах.

Мне становится плохо. Я вспоминаю слова Джареда о Хелен, которая покончила жизнь самоубийством.

– Ты что, подписал с Лин что-то вроде брачного договора?

– Нет. Но между воронами есть устные соглашения, – вполголоса шепчет Эйдан, – поэтому мой отец такой недовольный. Он оказался нарушителем договора перед Мерфи. Все эти соглашения... если бы я только раньше с тобой познакомился! – Эйдан со стоном запускает руку в волосы. Когда он ее убирает, темно-русые пряди обворожительно рассыпаются по сторонам. Я с трудом отвожу взгляд. Мне нужно собраться.

— Что мне нужно делать? — решительно спрашиваю я.

— Прими меры, чтобы успешно решить задание. Узнай, что они запланировали и что особенно нужно проверить в фирме Митчела. Если бы была другая девушка, то он бы уже давно вонзил нож Эйдану в грудь. Он выжидает лишь потому, что у тебя необычные дары.

— Которые вы ему, конечно же, представили в наилучшем свете, — говорю я и тепло улыбаюсь.

На какой-то миг над силуэтом Фаррана проносится разноцветный вихрь, и он начинает звонко смеяться. Необычно, что он единственный человек, у которого я могу видеть ауру, будто являюсь эмпатом.

— Желаю вам удачи!

— Почему ты мне об этом никогда не рассказывал? — спрашиваю я Эйдана, когда мы два часа спустя сидим в филателистическом отделе библиотеки.

— Я не был готов отказаться от тебя.

— Что? Тебе вообще когда-нибудь приходило в голову, что я от тебя отстранялась, потому что думала, что ничего не значу для тебя и ты правда любишь Лин?

Он вздыхает и берет мое лицо в руки.

— Ты не была бы воодушевлена и не упала бы мне на шею, если бы я тебе объявил, что между нами с Лин есть устное соглашение, которое одобрили наши отцы и о котором я с тех пор, как с тобой познакомился, сожалею.

— Э... я... — Он ухмыляется, берет прядь моих волос и начинает накручивать ее на палец.

— Кроме того, я думал, что неинтересен тебе. Ты с самого начала упрямо бойкотировала все попытки приблизиться. Я держал Лин на расстоянии, чтобы дать нам побольше времени, прежде чем мой отец что-то заподозрит и вмешается. Скажи правду. Почему ты никогда в меня не ныряла? Тогда бы ты легко узнала, что я к тебе чувствую.

Я закрываю глаза и сама пробую это понять.

— Я не знаю. Это казалось мне неправильным.

Он рисует пальцем круги на моей ладони. Запутанный узор, который горит на моей коже. А затем я все сразу понимаю и с трудом перевожу дыхание.

— Мой дар! — шепчу я и смотрю на него.

Он отрывается от руки и проводит по моей щеке.

— Да?

— Будто я касаюсь пальцем пламени свечи!

— О чем ты говоришь?

— О том, как... каково, когда я до тебя дотрагиваюсь.

Он распахивает глаза, и блеск его серебристых искр переходит в бирюзовый, — не сейчас, Эйдан. Уже в первый день. Когда я тебя еще не знала, вообще не знала, кто ты такой. Какой ты. Еще не чувствовала, что мы... Ты понимаешь, мне было страшно, я была совсем не уверена, но мой дар с самого начала показал, что...

Нет, он сейчас будет надо мной смеяться. Я не могу сказать. Но он прошептал мое имя и улыбнулся.

— Что я буду парнем, в которого ты влюбишься.

Я молча киваю.

Жужжащий звук заставляет его через какое-то время оторвать свои губы от меня. Сколько мы вообще целовались? Минуты? Часы?

— Черт! Мой отец, — говорит он, бросая взгляд на телефон.

— Чего хочет кочевник?

— Да чего же? Я должен сразу же после окончания занятий быть дома. Кочевник?

— Он же выходит за Митчела.

Эйдан смеется и трясет головой.

— NOMAD — это Nominated Adviser, уполномоченный консультант. Он будет обсуждать с Митчелом изготовление подтверждающих документов выхода акций на биржу AIM.

— Что это за биржа?

— Альтернативный инвестиционный рынок принадлежит Лондонской фондовой бирже. Это ведущий рынок для мелких и развивающихся фирм.

Некоторое время я размышляю.

— Если твой отец влияет на изготовление подтверждающих документов Митчела, а этот эксперт...

— Хаддингтон.

— ...установит, что что-то не соответствует, то тогда он юридически несет ответственность или как?

— Не он один. В конечном счете привлекут Митчела. Но мой отец ответственный за получение фирмой инструкций и за то, что информация в подтверждающих документах действительна. Если не на финансовую сторону, то на репутацию это повлияет. В самом плохом случае он даже может потерять допуск к бирже.

— Ага. А так как я исхожу из того, что понятия «креативность» и «ведение бухучета» не совсем подходят друг другу, то предполагаю, что Хаддингтон предъявит Митчелу фальсификацию баланса.

Широкая улыбка расползается по лицу Эйдана.

— А я думал, ты совсем не понимаешь, о чем мы с Фарраном говорим.

— Представь себе, я иногда смотрю новости! О каком скандале он упомянул?

— Энрон. Техасский энергетический концерн, возможно, самый большой в штатах. Он часто занимался фальсификацией. Указывал в бухгалтерии выручку больше на 1,2 миллиарда долларов и скрывал долги в тридцать миллиардов.

— Ты это всерьез? Поэтому ты назвал Митчела Моськой...

— Да. У Хаддингтона, кажется, есть собственные причины, по которым он хочет усложнить Митчелу выход на биржу. — Задумчиво добавляет Эйдан: — Возможно, он ненавидит воронов.

— Ах, такие люди и правда бывают?

Эйдан улыбается и встает.

— Спасибо. Я над этим попозже посмеюсь. Тогда, когда не будет ни одного сокола, который может тебе угрожать.

ПРАКТИКА

Ты должна его впечатлить.

Я все время повторяю про себя это предложение, пока мы с Эйданом едем в такси из аэропорта Дублина в Митчел Лтд.

У меня холодные руки, и я думаю, что слышу, как бьется мое сердце. Но это только кровь, пульсирующая у меня в ушах.

Эйдан наклоняется ко мне и целует в щеку. У него черные волосы. Я все еще не могу к этому привыкнуть. Каллахан счел нужным, чтобы сын на него не слишком походил.

Перед широким комплексом зданий из красного кирпича изгибается в полукруге двухэтажная пристройка из серого бетона с темным зеркальным фасадом. Лестница ведет нас в вестибюль фирмы Митчела.

Меня зовут Катарина Фрост. Меня зовут...

Стук моих каблуков затихает, когда я иду по дорожке к стойке регистрации. Нас попросили подождать, указав на кожаные диваны.

— Здравствуйте, вы Данн и Фрост? Меня зовут Крис Кендал. Как прошел ваш полет?

Он пожимает руку сначала мне, потом Эйдану и хватается за грудной карман, на который прикреплен бейджик с его именем. Под ним написано *младший консультант*, а над именем — *Хаддингтон Консалтинг*. Он выхватывает две новые магнитные карты с логотипом *Митчел Лтд* и надписью *посетитель*.

— С их помощью вы можете пользоваться лифтом и открывать номера, которые нам предоставил Митчел. Это ваша первая практика?

Через два часа я стою перед огромным принтером и вылавливаю из него горы бумаги с колонками из цифр. Что бы то ни было, умственные способности от практикантки Хаддингтона никому не потребовались. Молодую команду сопровождает старший консультант Кейт Лич. Я с ним еще не познакомилась, потому что он сейчас занимается своими делами. Запах лазерного принтера щекочет мне нос, когда я наклоняюсь, чтобы забрать готовые копии. В коридоре слышатся голоса.

Когда я поднимаю взгляд, передо мной в паре метров стоит Каллахан с подчиненным.

— Мне нужны доказательства, Каллахан. И детальная смета отдельных транзакций, которые касаются Фарран Индастриз.

Я еще никогда не видела отца Эйдана таким бледным.

— Мистер Лич, вы не находите, что ваши запросы в столь короткое время, которое осталось до Рождества, невозможно реализовать?

Так это Лич, враг воронов! Я больше не слежу за их разговором и ныряю.

Злость и ненависть текут через меня, как вязкая лава, и от них задыхаются все другие чувства. Я медленно плыву по этому течению и пробую сориентироваться в его мире чувств. Должно быть больше. Я ныряю глубже. Звуки их голосов глухо доносятся до моих ушей. Слишком опасно. Я должна из него выбраться. Если он со мной заговорит, пока я нахожусь так глубоко, я не смогу среагировать. Я не должна привлекать внимание. Но тут я чувствую что-то новое: зависть. Успешнее, умнее, лучше выглядит...

Она опутывает меня липкой паутиной, грозит задушить и превращает меня в жертву чего-то большего, чего-то, что затаилось совсем далеко, что прячется на вершинах алчности: страх.

Чего?

Я должна узнать. Это может стать оружием, которое нам нужно.

Кто-то касается моего плеча. Вот дерьмо! Меня обнаружили. Но я остаюсь внутри его и как раз в тот момент, когда боль пронзает мою ключицу, надо мной колышется волна: страх быть пойманным, проиграть, опозориться, прямо перед ним, перед... Каллаханом.

– Мисс! Вам нехорошо?

Я выныриваю и смотрю прямо в обеспокоенное лицо Каллахана. Но что-то подсказывает мне, что он сейчас чувствует что угодно, но только не беспокойство. Возможно, потому, что его палец с силой впивается в мою ключицу. Я уверена, что останется синяк. Проклятье!

Страх Лича проиграть Каллахану все еще пульсирует в моем теле, смешивается и увеличивает мой и угрожает лопнуть.

– Может быть, от запаха типографской краски. Некоторые остро на это реагируют, – холодно говорит Лич.

Ты должна быть сильной, Эмма.

Это только игра. А я умею в это играть. У меня была хорошая учительница.

Я Катарина Фрост, практикантка у Лича, и я не должна быть отвлеченной Эммой Макэнгус. И я знаю, чего Лич хочет больше всего: чтобы им восхищались.

Не бросив на Каллахана и взгляда, я оборачиваюсь к Личу. Отец Эйдана отпускает мое плечо.

— Так это вы! О боже, я не могу поверить! — Мой голос звучит немного резко, как у Лиц, когда она рассказывала мне о мальчишках с последней своей вечеринки.

Каллахан глазами прожигает мне спину, когда я выступаю вперед и одариваю Лича своей самой красивой улыбкой. Он озадаченно смотрит на меня, а на щеках над бородой у него появляются красные пятна.

Я протягиваю ему руку.

— Катарина Фрост.

Немного помедлив, он отвечает на приветствие. Его рука теплая и потная.

Я подавляю желание сразу вытереть ее о юбку. С ожиданием я смотрю на него и придаю лицу разочарованное выражение.

— Ваша новая практикантка!

Пятна на его лице становятся больше.

— Ну конечно. Мисс Фрост.

— Когда мистер Кендал сказал, что вы будете руководить моей практикой, я сначала не хотела верить. Я имею в виду, что еще пару недель назад прочитала вашу статью в журнале «Бухгалтерское дело».

Его глаза начинают светиться.

— Какую статью вы имеете в виду? Я часто пишу для специализированной прессы.

Эйдан показал мне одну, чтобы я лучше узнала Лича. И теперь я надеюсь, что он не спросит про другие.

– Ту, в которой вы требуете, чтобы консалтинговая отрасль после истории с Энрон поставила точку.

За мной раздается покашливание. Вдруг я понимаю, что не знаю, каким даром обладает отец Эйдана. Возможно, он нейрокинетик, как Макмиллан. Я сглатываю.

Лич напрягается, а затем широко и покровительственно улыбается.

– Это действительно важно, мисс Фрост. Вы многому здесь научитесь. – Он бросает злорадный взгляд в сторону Каллахана, и его голос становится ледяным. – Позаботьтесь о необходимых документах, тогда мы быстрее со всем разберемся.

– С таким персоналом наверняка, – отвечает Каллахан и саркастически смотрит на меня. Но его голос дрожит. Едва заметно.

Лич этого определенно не замечает, но у меня волосы на затылке встают дыбом. Он разорвет меня в клочья.

Сад Воспоминаний, лабиринт, 20:00, оба!

Сразу после прочтения Эйдан удаляет сообщение. Мы как раз переодевались в отеле в джинсы и кофты, чтобы купить в булочной бутерброды, прежде чем поехать на трамвае в парк.

Мы проходим мимо четырехэтажных фасадов домов из красного кирпича по Харкурт-стрит и движемся по Хэч-аппер в Сад Воспоминаний.

Луну и звезды закрывают густые облака. Дорогу освещает только телефон Эйдана, который он использует как навигатор. Я чихаю, когда ледяной ветер задувает мне за ворот шерстяного пальто. Я в спешке забыла шарф.

Эйдан кладет мне руку на плечи, но я качаю головой.

— Не надо. Я уже сегодня достаточно разозлила твоего отца. Если он нас так увидит, то совсем слетит с катушек.

— Ты права. Черт. Джеймс со своей манией преследования! Мы могли бы посидеть в уютном пабе. Неужто Лич со своими людьми нам специально попадутся!

Он никогда не называет его папой. Только Джеймсом или отцом.

Лабиринт крошечный и состоит из кустов по колено. В его центре находятся солнечные часы. Никого не видно. Слабый свет на стеклах зданий напротив становится зеленым. Мы садимся на скамейку и ждем. Холод ползет с пальцев вверх по рукам, и я начинаю мерзнуть.

— Ты заболеешь!

Я вскрикиваю и встаю.

— Ты с ума сошел так нас пугать! — возмущенно говорит Эйдан.

Откуда, черт возьми, он появился и как ему удалось так тихо к нам подкрасться?

— Как я могу это понимать, мистер Каллахан? — спрашиваю я спокойно, насколько это возможно.

Он подходит ближе и останавливается в нескольких сантиметрах от меня. Белое облако его дыхания окутывает меня, когда он говорит. Его голос тихий, но угрожающий.

— Что сегодня на тебя нашло, Макэнгус? Применяй свой дар, не привлекая внимания! Если бы я не вмешался, он бы что-нибудь заметил. И еще этот Энрон! Ты хочешь еще больше его раззадорить?

— Отец, Эмма...

— Я могу говорить за себя, Эйдан! — мой голос звучит резче, чем я этого хочу.

— Да. Не встревай. Иди погуляй, — приказывает его отец.

— Я останусь! — решительно говорит Эйдан и вздергивает подбородок.

— Мне все равно, только попридержи язык.

Боже, вот он разозлился!

— Я знал, что было ошибкой взять тебя с собой. Ты не имеешь ни малейшего понятия об экономике, не говоря уже о твоей манере поведения. Твой неуклюжий спектакль ставит под опасность весь проект. С завтрашнего дня Катарина Фрост будет лежать в номере отеля с сорокаградусной температурой и, к сожалению, не сможет продолжить свою практику. Лучше бы мы взяли Лин! А теперь прочь с моих глаз.

При упоминании Лин у меня сжимается желудок. Я глубоко вдыхаю и пытаюсь успокоиться. Недалеко от Каллахана в воздух взметается куча листьев. Он щурит глаза.

— Это слишком. Только попробуй напасть!

— Отец!

Я слышу страх в голосе Эйдана, и моя злость зависает в воздухе, как белое облако от его дыхания.

— Все в порядке, Каллахан. С завтрашнего утра больна, — уверенно говорю я, — а сейчас, пожалуйста, выслушайте меня. Лич не такой жесткий и расчетливый, каким кажется с виду. На самом деле он восхищается вами и завидует вашему уму, богатству и внешнему виду. Было ошибкой выставить именно вас в качестве NOMAD. Он сделает все, чтобы вас переиграть. Ему известно, что вы владеете частью акций Фарран Индастриз. Я предполагаю, что он именно поэтому хочет перепроверить транзакции между Митчелом и Фарраном. Ему нет дела до воронов или Фаррана. Речь идет только о вас.

Я делаю паузу и наслаждаюсь испуганным выражением на лице Каллахана.

— Дальше! — властно говорит он через некоторое время, и мое сердце стучит быстрее. Хорошо. Он у меня на крючке.

— Вы можете сложить ваши обязанности NOMAD?

— Нет.

Мои мысли кружатся вокруг чувств Лича.

— Здесь есть кое-что, что мне не совсем ясно. Он ужасно боится того, что вы о чем-то разузнаете... Он недавно работает в бухгалтерском деле?

Каллахан презрительно шмыгает носом.

— Он занимается этим с окончания университета. Когда ты закончишь курсы по экономике, то тоже сможешь.

Я игнорирую его замечание.

— Тогда у вас, может, был университет лучше, чем у него, и поэтому...

— Нет. У меня не было денег на элитные школы и не было возможности получать стипендию. Все, чего я достиг, я выгрызал шаг за шагом. Насколько я знаю, Лич учился в Оксфорде. Все наоборот.

Почему он не мог получить стипендию? Дело явно не в его умственных способностях.

— Возможно, дело именно в этом, — бросает Эйдан, — ему все свалилось на голову.

Его отец рассерженно качает головой.

— Это ничего нам не дает.

Я начинаю переходить от одного к другому. Почему Лич так боится какого-то открытия? Я вижу его лицо передо мной, маленькие голубые глаза, которые нервно мечутся туда-сюда, когда он разговаривает с Каллаханом. Прямо-таки затравленные. Лысина, которую он пытается скрыть парой зализанных волосинок. Его безупречный костюм. Бейджик с именем. Стоп.

— У него степень доктора, не так ли?

— Да, — медленно говорит Каллахан.

— Выясните, все ли с этим в порядке.

На лице Каллахана появляется злорадная улыбка.

— Если выяснится, что он ее купил, тогда с меня желание, девочка. А сейчас идите спать. Завтра вам нужна свежая голова.

— Нам? — спрашиваю я.

— Фрост выпьет пару таблеток аспирина и завтра снова будет в форме.

На том же месте, в то же время.

Эйдан не радуется, когда два дня спустя получает новое сообщение.

— Ну вот опять! – начинает стонать он.

Лич сегодня завалил нас работой. А благодаря отцу его настроение ухудшилось. Каллахан дал ему еще не все запрошенные бумаги от Фарран Индастриз. Кажется, будто они играют в кошки-мышки. Я могу только надеяться, что Каллахан кошка.

Так как после работы мы сразу поехали в парк, то оказались там на полчаса раньше. На углу Коффе-стрит есть «Старбакс», в котором мы немного согрелись, прежде чем зайти в парк с другой стороны. Сад Воспоминаний был таким безжизненным ночью два дня назад. Сегодня же луна бросает свой бледный свет на безлиственные скелеты деревьев, которые отбрасывают тени на гравий. На полпути справа возвышается выключенный на зиму водопад, полукруг из неравномерных природных камней, бассейн перед которыми ограничен черными коваными столбами, между которыми натянуты толстые цепи. И впереди спиной к нам стоит Каллахан. На нем черный макинтош с высоким воротником, светлые волосы отливают серебром в лунном свете. Когда мы находимся примерно в пяти метрах от него, Эйдан окликает его:

— Я думал, мы встретимся у...

Справа от нас раздается шелест, и за каменным полукругом появляется темная тень и несется к нам. Я вскрикиваю, и Эйдан оборачивается. Что-то белое вдруг накрывает его лицо, что-то единственное светлое во всей черной фигуре перед ним. Я больше ничего не успеваю разглядеть, потому что его рука обхватывает меня за талию и тянет прочь от Эйдана и незнакомца. Одновременно другая рука зажимает мне рот. Я хватаю ее, пробую оторвать от себя и чувствую макинтош. Это должен быть Каллахан! Но почему? Я запрокидываю голову и вижу светлые волосы, но чужое лицо с трехдневной щетиной и сломанным, неправильно сросшимся носом. Его губы расползаются в ухмылке.

— Тихо, девочка, иначе будет больно.

Я извиваюсь в его хватке, и мне удается поймать взглядом Эйдана. Он вяло висит на руках у закутанного в черное человека и не двигается.

Он без сознания. Или... умер?

Эйдан. Мертв.

В этот момент мир вокруг меня состоит только из огня. Во мне, надо мной, повсюду. Пламя проносится по моему телу и вспыхивает в висках. Такое горячее, жгучее. Я пробую дышать и тогда кусаю настолько сильно, как могу, и пытаюсь одновременно метнуть незнакомца перед собой. Одним рывком меня подбрасывает в воздух, и я приземляюсь прямо в резервуар водопада, все еще спиной к тому мужчине. Он, наверное, ударился о камни, потому что громко вскрикнул и его руки ослабили хватку. Я падаю на колени, проползаю под металлической цепью и слышу свой крик:

— Эйдан!

Мужчина какой-то момент смотрит на меня. Он перебросил Эйдана через плечо и побежал в направлении нашего дома. Я вспрыгиваю, и у меня сразу кружится голова, а ноги подкашиваются, но я спотыкаюсь и тороплюсь за ним.

Я кричу. И бегу.

Мое дыхание неровное, и я чувствую, как в боку колет. Сердце бьется о ребра. Дорога передо мной извивается, и на мгновение я перестаю видеть мужчину с Эйданом. Когда он снова появляется в поле зрения, я вижу, как он поворачивает направо внутрь парка. Он движется к другому выходу? Я следую за ним и начинаю звать на помощь. И тут слышу выстрелы и голоса. Но мне все равно. Они еще и стреляют! Я сейчас до него доберусь. Он замедлился. Видимо, ему становится тяжело тащить Эйдана. Движения незнакомца становятся отрывистыми. Еще несколько метров!

По черному силуэту проходит дрожь. Нет, неправильно, скорее мерцание. Я протягиваю руки, и он вдруг исчезает. Будто сквозь землю провалился. Эйдан. Тот человек. Все.

Я стою и понимаю это, когда мозг оформляет слово «проекция», слышу позади себя шум, и кто-то ловит меня, схватив за руку.

БЕССИЛИЕ

Мой желудок сжимается, а по пищеводу поднимается горькая желчь. Я вижу темное пальто и светлые волосы.

— Прочь! — кричу я, и мужчина валится с ног и приземляется на траву в паре метров от меня.

— Прекрати немедленно!

Голос звенит у меня в ушах. Такой знакомый, внушающий страх. Я подбегаю к нему. Это на самом деле он.

— Каллахан.

Но тут на меня нападает страх за Эйдана и страшное осознание того, что я напала на его отца, и слова водопадом вырываются из меня:

— У них... у них Эйдан! Он не двигался. Я преследовала их, но они бросили проекцию, и... и затем они исчезли! Я не поняла! Я не могла ему помочь! Я...

Хлопок.

Моя правая щека горит огнем, а Каллахан крепко берет меня за плечи и зажимает.

— Возьми себя в руки и иди за мной!

Его голос острый, как осколки стекла. Он хватает меня за руку и тянет за собой.

Этот навозный жук дал мне пощечину!

Я стряхиваю его руку.

— Не трогайте меня! — запыхавшись, шиплю я.

Каллахан бросает на меня полный ненависти взгляд, оборачивается и широкими шагами идет дальше. Я следую за ним, почти переходя на бег, потому что его ноги намного длиннее моих.

Странно. Пощечина и гнев помогают мне соображать лучше. Опьяненная чувствами и страхом за Эйдана, я протрезвела от действий Каллахана.

Эйдан не может быть мертв.

Зачем же тогда им забирать его труп? Они его оглушили или усыпили. Конечно! Что-то белое на его лице, наверное, было пропитанным каким-то средством платком.

Каллахан достает телефон из кармана и с невероятной скоростью печатает на экране, не замедляя шаг.

– У нас нападение... Только что... Нет, не ее, его... Это было бы слишком опасно. Мы должны сначала дождаться указаний... Да, она, конечно, останется со мной.

Он убирает телефон. Его голос абсолютно спокойный. Ничто не указывает на то, что его единственного сына только что похитили. Я не знаю, должна ли я этому восхищаться, уважать или ненавидеть.

Каллахан поворачивается и критично осматривает меня. Потом он замедляет шаг, достает платок из кармана плаща и протягивает его мне.

– Мы сейчас придем. Вытри лицо и постарайся не зареветь в фойе!

Номер люкс.

Ну конечно. Какой бы еще номер заказал Каллахан в Конрад Даблин?

Снаружи блоки красного кирпича, внутри – блестящий бежевый мрамор. Понятно, почему мы встречались в Саду Воспоминаний. Парк всего в нескольких шагах от его отеля.

Я стою перед раковиной из черного мрамора и смотрю в ярко освещенное зеркало. На меня глядит чужая девочка с растрепанными волосами и опухшим бледным лицом. Образ дополняют темные круги под покрасневшими глазами – результат усталости и растекшейся туши. Меня без проблем пропустили бы на любую вечеринку готов! Отражение медленно расплывается, я наклоняюсь над раковиной и смотрю, как слезы текут через выпуклый край в слив.

– Все в порядке? – голос Каллахана за дверью не звучит обеспокоенно. Скорее раздраженно.

– Я сейчас приду!

Поспешно поворачиваю кран, умываюсь ледяной водой и стираю полотенцем тушь. Затем иду в холл люкса и сажусь на диван. Мое лицо отражается в огромном черном телевизоре.

– Что произошло? Я хочу знать все подробности. И то, с какого перепугу вы сегодня зашли в парк с другой стороны!

Отец Эйдана, не спрашивая, ставит на стол передо мной стакан с апельсиновым соком и садится напротив.

Я делаю глоток. И затем все рассказываю.

Когда я заканчиваю, он встает и начинает медленно ходить по комнате. Затем Каллахан останавливается у панорамного окна и смотрит наружу.

– Почему мы сегодня должны были с вами встретиться?

– Твое предположение оказалось верным. Докторская степень была куплена. Он у нас в руках, – коротко говорит мужчина.

В дверь стучат.

Я вскакиваю, но Каллахан подходит ко мне.

— Нет! — настойчиво шепчет он. — Закройся в ванной. Если что-то покажется странным, нажми аварийную кнопку у двери.

Прежде чем повернуться, я вижу, как он хватается за карман пальто и достает оружие.

Прошло несколько минут, пока я стою за дверью ванной и прислушиваюсь. Тишина. Я прикусываю губу и переступаю с ноги на ногу.

Затем кто-то стучит.

— Ты можешь выйти.

Каллахан протягивает мне белый конверт. На нем кривыми большими буквами написано: «Эмма».

Мое сердце подскакивает. Я открываю конверт. Что-то жесткое, круглое падает мне в руку. Монета. Она сверкает золотом, и на ней выгравированы арабские символы. На обратной стороне изображен герб с соколом, вокруг которого очерчен ореол.

— Глаз Гора, — шепчу я, — проклятье!

Каллахан безостановочно бормочет и выхватывает конверт из руки. В нем нет никакого письма.

— Может, нужно прогладить конверт? — предлагаю я. Когда мне было десять, я писала Лиц письма лимонным соком. После этого на бумаге проступали коричневые буквы.

— Здесь тебе не детский детектив, — отец Эйдана достает из кармана брюк телефон, — я позвоню Якобу, чтобы он забрал тебя утренним самолетом. Было бы опасно путешествовать в одиночку.

Слова глухо раздаются у меня в голове, пока телефон скользит в его руке. Это ошибка. Я чувствую.

— Подождите!

Он останавливается.

— Вы сказали, что у меня будет желание, если мое предположение насчет докторской степени окажется верным.

Он глубоко вздыхает и говорит так угрожающе, что у меня волосы на затылке встают дыбом:

— Моего сына только что похитили. Ты думаешь, мне сейчас больше нечем заняться, кроме как...

— Помочь мне вернуть Эйдана. Это мое желание. Я хочу в этом участвовать. К тому же письмо с монетой было адресовано мне. На это должны быть свои причины.

Мы некоторое время смотрим друг на друга. Он владеет своим лицом так же хорошо, как мой отец или Фарран. Если не лучше.

Тишина давит на уши. Когда я думаю, что не могу больше выносить его взгляд, Каллахан поднимает брови, а на его губах появляется насмешливая улыбка.

— Я тебя недооценил, Макэнгус. Большинство девчонок хотят в благодарность день шопинга с моей кредитной картой. Ты хочешь больше. Ты хочешь все. Его.

Его ненависть хороша в том, что прогоняет мой страх за Эйдана. Теперь я знаю, почему он охотнее живет у Якоба.

— Вы сдержите свое слово? — мой голос дрожит, подавляя злость.

— Да.

Он убирает телефон, подходит к мини-бару и опрокидывает янтарное содержимое из маленькой бутылочки в стакан. Я наблюдаю, как он залпом его опустошает.

— Какие-нибудь предложения, мисс Всезнайка?

Я качаю головой, встаю и подхожу к окну. Напротив находится National Concert Hall. Его фасад освещен голубым, что придает ему сходство с замком с привидениями. Вечернее представление уже закончилось. Между широкими колоннами у входа появляются темные фигуры и спускаются вниз по лестнице. Некоторые направляются к такси. Другие на парковку, где садятся в свои машины.

Я прижимаю лоб к стеклу, и мой взгляд медленно опускается вниз. Прямо перед отелем на полукруглом въезде ждет такси с заведенным двигателем.

И внезапно мне становится понятно, зачем монетка.

Я должна отвлечь Каллахана. Быстро!

Рывком я поворачиваюсь. Его голубые глаза задумчиво смотрят на меня, и я на мгновение с испугом думаю, не может ли он читать мои мысли.

— Возможно, монетка — это опознавательный знак. Как роза в петлице костюма на слепых свиданиях.

Каллахан недовольно фыркает.

— Ну конечно. А то соколы не знают, как ты выглядишь.

— Они — да. А вот посланник от них, который должен доставить сообщение? Вы же стреляли в парке, да?

— Да. И готов поспорить, что подстрелил типа, который за тобой бежал.

— Тогда они не пойдут на риск и не отправят сюда своих. Предположим, внизу в фойе есть кто-то, кто узнает меня по тому, как я буду играть с монеткой в руке. Кто-то, кто получил указание передать или сообщить что-то только мне одной.

Каллахан проводит рукой по волосам, и это движение так напоминает мне Эйдана, что я сглатываю.

— Возможно. Пойдем, — он торопится к двери.

— Я сказала: одна.

— Исключено. Достаточно уже, что Монтгомери сейчас не боится похищать детей. Я не отпущу тебя в фойе в одиночку, — тон его голоса не терпит возражений.

Я все равно пробую:

— Тогда мы так и так можем остаться здесь. Вы почему думаете, что письмо адресовано мне? — Я стою перед ним и вижу, как его грудь тяжело поднимается и опускается.

— Ладно. Ты идешь вперед, а я выхожу за тобой ровно минутой позже. Я спрошу на ресепшен, пришла ли почта. Ты останешься сидеть на диванах.

Одна минута! Он вкладывает монету мне в руку.

Мы разделяемся у лифта. Я слабо улыбаюсь ему, когда закрываются двери лифта, и со вздохом прислоняюсь к стене. Быстро я достаю телефон из кармана кофты и вынимаю аккумулятор. Потом убираю их обратно и выхватываю монетку. Она приятно прохладная. Как талисман.

Три, два, один, цокольный этаж. Двери открываются. Я ступаю в полоску света и поспешно нажимаю все кнопки с первого этажа по пятый.

А затем бегу.

Водитель испуганно поворачивает голову, когда я распахиваю пассажирскую дверь такси и приземляюсь на сиденье. Я держу перед собой монетку и закрываю дверь.

– Поехали! Быстро!

Он всего на пару лет старше меня. Черты его лица, бронзовая кожа и темные глаза выдают индийское происхождение. Он широко ухмыляется.

– О господи. Твой отец, должно быть, сущий ужас! Вы правда хотите сегодня ночью удрать?

Какую историю рассказал ему Монтгомери? Или это был Джаред?

– Если ты сейчас не прибавишь газу, то точно нет!

Он смеется, и у него на щеках появляются ямочки, когда он мчится с визжащими шинами.

– Меня, между прочим, зовут Аван, – он бросает любопытный взгляд в зеркало заднего вида.

– Эмма. А куда ты меня везешь?

– Строго секретно. Иначе я не получу денег.

Затем он рассказывает мне, что его мать из Индии, а отец из Канады и что сначала он жил у ирландских родственников своего отца, чтобы изучать информатику в Дублине. По вечерам он подрабатывает таксистом. Он болтает еще быстрее Лиц. И, по крайней мере, раза в два больше. У меня начинает болеть голова. После часа езды и, как мне казалось, уже двух часов болтовни мы достигаем моря. Наш путь усыпали теперь роскошные виллы. Это, наверное, самая красивая местность Дублина. А затем перед нами открывается порт.

– Конечная остановка, – говорит Аван. – А сейчас в Вест-Индию!

Было бы хорошо. Он протягивает мне руку.

Я копаюсь в кошельке, но он качает головой.

– Мне нужна монетка. Иначе он не отдаст мне обещанную награду.

Было так приятно сидеть в теплом, уютном такси. Я даже не взяла с собой пальто, чтобы не вызвать у Каллахана подозрений.

Узкая дорога ведет между зелеными насаждениями к порту с яхтами. Высокие изогнутые фонари отбрасывают желтые пучки света на две каменные скамьи. Я сажусь и, трясясь, скрещиваю руки на груди. Черный костюм с белой блузкой, который я ношу на работу, определенно слишком тонкий.

До моего уха доносятся глухой всплеск и металлический звон. Карабины ударяются о металлические пилоны, а парусники шатаются под ледяным ветром. Запах влажной соли наполняет мои легкие и чувствуется на моих губах.

Вдруг за мной появляется тень и падает на меня. Я оборачиваюсь, но мне на лицо уже набросили мягкий материал. От него исходит сильный запах химикатов. Мои пальцы вцепляются в руку, я пытаюсь ее от себя отодрать, но тут звезды надо мной становятся пульсирующими точками и постепенно угасают. Не остается ничего, кроме ночной темноты.

РАЗНОГЛАСИЯ

К счастью, тут есть вода.

Она обрызгивает мне лицо, но я ничего не вижу.

Я подумала бы иначе, что снова оказалась в машине у Джареда. Связана по рукам и ногам. Поймана во временную петлю и обречена переживать тот же день снова и снова.

Но здесь кое-что иначе.

У меня во рту кляп, похожий на резиновый мяч, который так болезненно напрягает челюсть, что я судорожно подавливаю рвоту. До моих ушей доносится звук двигателя, и воняет бензином и выхлопами. Запах затхлый — водоросли, ракушки и рыба.

Они притащили меня в лодку.

Конечно. Почему Аван привез меня в порт. Моя щека трется о шероховатое покрытие лодки, когда следующая волна накрывает меня с головой, и я ударяюсь затылком о что-то, что издает глухой, пустой звук.

Как же холодно! Кажется, во мне трясется каждая клеточка тела в бесполезных попытках хоть как-то согреться.

— Она проснулась. — Я знаю этот голос. Он принадлежит мужчине, который напал на меня в парке. Тому, кто меня держал. Каллахан тогда попал в него, но не убил. А я его укусила. Нехорошо.

— Следи, чтобы она не использовала свой телекинез.

Этот голос принадлежит более молодому мужчине. Неожиданно меня ударяют в живот, и перед моими закрытыми глазами танцуют вспышки. Я хочу закричать, но мяч во рту этому препятствует, так что я сжимаюсь и пытаюсь отползти. Все тело пульсирует от боли. Дерьмо, надеюсь, он не сломал мне ребра.

– Попробуй только еще раз на меня напасть, и я тебя разукрашу, – угрожает мужчина из парка.

Не двигайся. Не давай ему повода.

– Эй, остынь! – говорит молодой. Его английский звучит странно. Я думаю, он не местный.

Я не знаю, сколько времени занимает дорога. Холод сотней иголок колет мои руки и ноги.

Наконец раздается звук мотора. Лодка шумно плюхается на воду.

– Я тебя сейчас перенесу. Не выкидывай фокусов, принцесса, а то отправишься к акулам, – говорит молодой, и я чувствую, как две руки хватают меня и поднимают наверх. Я спрашиваю себя, есть ли в Ирландии акулы, когда он ставит меня на ноги. Но те слишком ослабли, и я падаю на грудь.

– Вау, не так быстро!

Со смехом он хватает меня за талию, и я хочу вскрикнуть от боли, которая появляется на месте удара. Когда он перекидывает меня через плечо, мне становится плохо. Затем я слышу шаги и хорошо знакомый голос.

– Боже ты мой, да она совсем позеленела! Быстро поставь ее! – голос Филлис звучит озабоченно. Но почему? Молодой человек, который меня несет, спускается по лестнице и открывает дверь. Моей кожи касается тепло, и я чувствую запах кофе.

— Задание выполнено! — объявляет он, и его голос звучит так самоуверенно и гордо, будто бы поймать меня было невероятно трудно.

— Положи ее на диван и вытащи кляп.

Ричард Монтгомери. Когда раздались его слова, мой живот сжимается от ярости.

Убийца матери. Похититель.

Шнурок на затылке развязывают, а затем вынимают мяч изо рта.

Моя челюсть болит, и я двигаю ею, чтобы расслабить мышцы.

— Ты меня узнаешь?

— Да. Вы Монтгомери.

— Верно. Ты можешь идти, — последнее он явно адресовал моему доставщику.

— Вот ее телефон. — Шаги удаляются, а затем останавливаются. — Ах да, она сама уже вытащила аккумулятор.

Дверь скрипит и закрывается, затем наступает тишина.

— Дай я хотя бы сниму повязку с глаз, Рич.

— Нет. Она опасна.

Я не могу сдержать смех. Когда я успокаиваюсь, он холодно спрашивает:

— Ты закончила, Макэнгус?

— Ричард! — вздыхает Филлис.

— Что? Это теперь ее официальное имя.

— Эмма, когда ты достала аккумулятор? — спокойно спрашивает Ричард. Я чувствую, как он садится рядом и касается моей щеки. У него теплая рука.

Несмотря на это, я от нее вздрагиваю.

— В лифте отеля.

— Почему?

— Потому что не хотела, чтобы Каллахан за мной следил.

Наступает тишина. Наконец Монтгомери рычит:

— Совершенно не нужно было. Парень в такси бы нас предупредил, если бы за тобой кто-то следовал.

— Проклятье, Рич, дай ей еще один шанс!

— Шанс? — я вырываюсь из руки Филлис и пробую встать. Перед моими завязанными глазами пульсируют красные точки. Я знаю, что это ошибка. Знаю, что мне нужно лучше подождать и дать ему выговориться, но я слишком устала, чтобы действовать разумно. Потому что не обязательно быть мантиком, чтобы понимать, что не нужно раздражать главу соколов, если находишься в его власти. — Шанс для чего? Ваши люди пытались меня убить. Меня связали и били. И это я опасна? То, что я рассказывала Фаррану о встречах с вами, вы знали. Но я сообщала ему только самое необходимое. Не говорила, где находится деревенский домик, куда вы меня тогда отвезли. Вы хотите меня упрекнуть в том, что я защищалась от ваших людей, когда они напали на нас с Эйданом в парке? Он же вам ничего не сделал. Вы завравшийся, отвратительный навозный жук. И убийца. Моя мать должна была это предчувствовать. Неудивительно, что она не вас, а моего отца...

Теплая рука Филлис быстро зажимает мне губы, и я слышу гневный крик и шум. Она отпускает мой рот, и я чувствую ее волосы на лице, когда она прикрывает меня.

— С дороги!

— Нет, она еще ребенок. Господи, успокойся. Она даже не знает, о чем говорит!

— Ну давай, убей меня, Монтгомери! — кричу я. — С моей матерью твои люди так не церемонились. Джаред все мне рассказал. Или это, может быть, был ты сам?

— Что-о? — кричит Филлис, и ее лицо отстраняется от меня.

Я слышу, как они оба тяжело дышат. Затем я чувствую две больших руки на моих плечах.

— Что Джаред тебе рассказал? — спрашивает Ричард голосом, который в первый раз заставляет меня содрогнуться.

— Как она умерла, — я хрипло шепчу, — о плане и... о моей проекции.

Его руки касаются моего затылка. Он снимает повязку, и я моргаю от яркого света.

Филлис опускается на колени рядом со мной и развязывает мои ноги, пока Монтгомери снимает веревку с рук.

Я не понимаю, почему они это делают, но глаза сразу же мечутся по комнате в поиске выхода. Комната низкая. Светлые деревянные шкафы встроены в наклонные боковые стены под небольшими затемненными окнами, а потолок облицован деревом. Затем я замечаю легкую качку. Черт, я же на корабле! Судя по каюте, на очень большом корабле. Как я только отсюда выберусь?

Передо мной появляется лицо Монтгомери, и я вздрагиваю. Он бледный как мел, а под его лихорадочно блестящими глазами залегли темные круги. Впалые щеки покрывает небритая борода.

Он выглядит так, будто с нашей последней встречи постарел на несколько лет. И тут злость в животе исчезает, а в сердце поселяется страх.

– Каллахан манипулировал Джаредом, поэтому он тебе такую чушь рассказал? Или его пытал Фарран? Скажи мне о месте, где вы его держите, или он никогда не увидит своего сына!

Я пялюсь на него. Он сошел с ума.

– Никто не манипулировал Джаредом и не пытал. Это по части ваших людей!

Я инстинктивно провожу по правому боку. Уже легкое прикосновение отзывается болью, и я кривлю рот. Монтгомери гневно смотрит на меня, но Филлис сразу хватает мою блузку и мягко поднимает ее.

Я вскрикиваю, когда она касается моих ребер. Глаза у Монтгомери увеличиваются.

– Кто это был?

Я смотрю вниз. Но ребрах огромное красно-синее пятно.

– Мужчина с лодки. Своеобразным способом сказал, чтобы я не применяла телекинез.

– Я этого не разрешал, Эмма! – говорит Монтгомери и, хмуря лоб, смотрит на Филлис. Что за актер!

– Меня зовут Макэнгус! – голос дрожит от гнева. Филлис подпрыгивает и подпирает руками бока. Ее короткие волосы блестят в приглушенном свете, как медный шлем.

– Ох, бог ты мой, так мы дальше не пройдем. Вы один упрямей другого, а времени нет. Пожалуйста, просто скажи нам, где держите Джареда, чтобы мы могли обменяться.

Тогда я понимаю.

— Но Джаред не у воронов! — вырывается из меня, и тогда я хочу прикусить себе язык. Разве не было бы лучше, если бы они не знали, что могут отдать Эйдана? Я идиотка!

— Не ври! Я знаю, что ты с сыном Каллахана хотела поймать Джареда. Вы это спланировали с Фарраном.

— Это сказал Эйдан? — осторожно спрашиваю я.

— Нет. Он насквозь ворон Фаррана и скорее откусил бы себе язык, чем что-либо нам рассказал. Поэтому ты здесь.

— Ах, вы думаете, если моя мать на вас запала, то и я совершу ту же ошибку.

Монтгомери сжимает губы и с ненавистью смотрит на меня.

— Не трогай мать, девочка, иначе я за себя не отвечаю!

— Эмма, у нас есть свидетель, — успокаивающе говорит Филлис, — врать бесполезно.

Я удивленно смотрю на нее. Монтгомери снисходительно улыбается.

— Кафе — неподходящее место для конспирации, — объясняет он, — вам, детям, нужно еще коечему научиться.

Мои мысли устремляются к официанту, который перечислял сорта кофе. Я должна была догадаться!

— Это моя идея, а не Фаррана, — признаю я вполголоса, — он предупреждал меня, что вы разозлитесь.

Монтгомери презрительно корчит лицо, но Филлис садится рядом и берет мою руку.

— Почему ты захотела так сделать? Я думала, тебе нравится Джаред.

Я киваю и чувствую, как под ее материнским взглядом у меня наворачиваются слезы. О нет, не сейчас. Не перед ними.

— Это было прежде, чем он признал, что является соучастником маминого убийства.

Монтгомери рывком вскочил:

— Невозможно!

Я ошарашенно смотрю на него. Его чувства настоящие. Я ощущаю это, даже не ныряя в него. Он этого действительно не знает. Как такое возможно? Его люди действовали у него за спиной?

Я глубоко вдыхаю и рассказываю ему все, что произошло с вечера Хеллоуина.

Когда я заканчиваю, лицо у Монтгомери бесцветное, как у мраморной статуи. И такое же окаменевшее.

— Рич... — шепчет Филлис трясущимся голосом и встает. Она подходит к нему, и мгновение кажется, что она хочет обнять его, но мужчина отшатывается и хватается за стол, будто боится, что потеряет равновесие. Его взгляд прожигает меня. Я не решаюсь нырять в него. В последний раз он казался спокойным, а на деле меня пронзило его болью.

— Мне... мне жаль. Я думала, это вы организовали убийство. В конце концов, я должна была это разузнать, — тихо добавляю я.

Его взгляд проясняется. Когда мужчина падает на диван, я замечаю, как у него трясутся руки.

— Джаред сказал мне, что твою мать хотел убить ворон высокого ранга, чтобы привести тебя к ним, – безучастно говорит он, – и я сразу подумал, что это твой отец.

– Он врал. Я знаю чувства своего отца.

– А Фарран?

Я закрываю глаза и думаю.

– Нет. Он может от меня их скрывать. Но я все равно в это верю.

– Так? Мои чувства ты видела и все еще думала, что я мог убить Рину! – с упреком говорит он. Я виновато смотрю на свои сцепленные пальцы.

– Честно говоря, я уже не знаю, кому и чему должна верить. Я полностью доверяла Джареду. Он был... моим лучшим другом.

– А мне почти сыном, – тихо говорит Ричард. Мужчина поднимает голову, его взгляд потускнел. – Он меня предал. Поэтому он к нам не вернулся! Риск, что ты мне это расскажешь, был слишком высоким. Я его найду. И если он действительно был соучастником, я его убью.

Филлис испуганно вскрикивает, а мой желудок болезненно сжимается.

– Тогда мы никогда не узнаем, кто решил ее убить! Джаред сказал мне, что один член точно был из Глаза Гора. Если это были не вы, то кто же?

– Фарран! Это же понятно, – прорычал он упрямо. – Остальное он наврал.

– Ах, да прекратите вы уже! Джаред же разорвал все связи с Фарраном, когда Хелен себя убила. Должен быть кто-то другой. Кто-то в ваших собственных рядах, кто был зол, что она отвернулась от соколов.

Ричард откидывает волосы и качает головой.

— Те, кто уже давно здесь, кто знал твою мать, так преданны, что я за них мог бы дать голову на отсечение. А все остальные не могли получить никакой выгоды из ее смерти, — он вдруг морщит лоб, — если только...

— ...В ваших рядах нет предателей, которые работают на одного ворона, о котором говорил Джаред, — заканчиваю я, и тут меня пробирает холод намного сильнее того, что был снаружи на лодке.

Мне уже в тот момент было ясно, что они при всей своей наследственности могли бы получить необыкновенного ребенка.

Слова Фаррана возникают в моих мыслях, как ночной кошмар. Это правда могло так быть? Насколько я важна для него? На что он был готов пойти, чтобы заполучить меня? Мама бы никогда добровольно не отпустила меня к воронам, если бы он появился когда-нибудь перед нашей дверью.

— Сколько среди вас бывших воронов?

Ричард горько смеется.

— Почти все, девочка. Нам это ничего не даст. Если мы хотим узнать правду, то должны найти Джареда, — он грустно смотрит на меня, — пожалуйста, верь мне. Я никогда не убил бы твою мать. Я бы сам сдался Фаррану, если бы мог спасти ее таким образом.

Его слова напоминают мне что-то, и я, улыбаясь, говорю:

— Тогда вы теперь точно понимаете, почему я здесь перед вами сижу.

Он, не понимая, смотрит на меня, но Филлис начинает тихо смеяться.

— Нет, ну правда, Эмма. Именно вот сын Каллахана?

Ричард открывает рот, и его глаза испуганно расширяются.

— Пожалуйста, отпустите его.

— Он отвечает на твои чувства? — спрашивает Филлис. Я смущенно смотрю на нее и киваю.

Ричард безмолвно встает и направляется к двери.

— Каллахан! — он качает головой. — Ты понятия не имеешь, во что ввязываешься. Да у тебя вкус еще хуже, чем у матери.

Не успеваю я что-то ему ответить, как дверь за ним закрывается.

Примерно через час я стою, дрожа от холода, на замерзшей траве на острове в паре морских миль от Дублина. Фонарик, который сунул мне в руку сопровождающий, освещает узкое, длинное окно каменной башни. Оно примерно в тридцати метрах над землей, и с него свисает веревка. Я недоверчиво смотрю на молодого мужчину рядом с собой.

— Это единственный вход?

— Прости, Макэнгус. Но я не могу расстелить тебе красную дорожку. Было не так-то просто затащить его туда на спине.

Ветер отбрасывает волосы мне в лицо, когда я крепче заворачиваюсь в одеяло. У Монтгомери действительно есть вкус к драматическим сценам.

Когда я собралась взбираться, блондин сказал:

— Ну, до следующего раза, воронья девочка.

Я медленно оборачиваюсь и направляю свет фонарика в его зеленые глаза. Он моргает и поднимает руку к глазам.

— Лучше вали, пока я не применила на тебе телекинез.

— Эй, это не я тебе двинул в ребра!

С лодки раздается гудок, и он, извиняясь, улыбается.

— Обычно мой партнер не такой противный. Но ты с Каллаханом в парке его прилично достала. — Между тем я замечаю у него выбитый зуб.

— Я надеюсь, рана воспалится, — отвечаю я.

Он смеется и приближается на шаг.

— Ты чертовски крута, Макэнгус. Но, к сожалению, не на той стороне.

— Исчезни, сокол.

— Ах, я почти забыл. На случай, если вы не захотите плыть в Дублин.

Ухмыляясь, он протягивает мне руку.

Завязав одеяло вокруг шеи, как плащ, я поставила ноги на камни и схватилась за замерзшую веревку. Стена у башни скользкая. Я скатываюсь, и у меня горят руки, когда я провожу ими вниз по веревке. С трудом я забираюсь все выше. Мышцы на руках грозят разорваться, когда я наконец цепляюсь за окно. У меня кружится голова, а на коже выступил холодный клейкий пот. Тяжело дыша, я ищу фонарик. Внутри сырой, затхлый воздух.

— Эйдан?

Мой голос тоненький, как у маленькой девочки. Сердце трепещет под ребрами. Ричард соврал? Башня пуста? Но тут я слышу шорох и стук. Пучок света скользит по голым и заросшим мхом стенам и вдруг попадает на скукоженный комок. Я вваливаюсь в башню и падаю рядом на колени. Дрожа, я снимаю кляп.

— Ты в порядке? – хрипло кряхтит Эйдан.

Вместо ответа я развязываю ему глаза, склоняюсь и нежно целую в ледяные губы. Я прижимаюсь к юноше, чтобы согреть его, так близко, что могу чувствовать сердцебиение, и закрываю глаза. Мои губы медленно согревают его, и долгожданный огонь пронизывает мое тело. Его смех через какое-то время прерывает поцелуй.

— Тебе бы не составило труда меня сначала распутать или тебе больше нравится заглатывать беспомощно лежащих перед собой мужчин?

Хорошо, что сейчас темно. Я покраснела до кончиков волос. Быстро я снимаю веревки с ног и рук, и Эйдан прижимает меня к себе и целует в лоб.

— Где мы, черт возьми? – бормочет он.

— На Айрлендс-Ай, это остров около Дублина. Нам нужно позвонить твоему отцу. Ричард отдал мне твой телефон.

— Неужели! Бреди появился у Монтгомери?

— Нет.

— И что это было тогда за мероприятие? Приятное времяпровождение у соколов?

— Я тебе позже расскажу. Давай сначала позвоним.

Наступают сумерки, и чайки стаями поднимаются в воздух, когда оглушительный шум вертолета разрывает тишину.

Я первой забираюсь по лестнице наверх. С каждой перекладиной, за которую я хватаюсь, взгляд Каллахана становится все мрачнее от гнева.

Поток воздуха от вращающихся лопастей треплет его волосы и придает его лицу дикое, непонятное выражение. Он протягивает руки и бесцеремонно подтягивает меня внутрь. После того как Эйдан тоже оказывается на борту, вертолет отправляется в аэропорт Дублина.

Немного позже я поудобнее закутываюсь в одеяло в личном самолете Фаррана и хочу, чтобы оно защитило меня от взглядов директора, Каллахана и отца.

Мимика Эйдана выдает, что ему так же страшно, как и мне, потому что нас лично забирает глава воронов.

Сиденья в самолете просторные и удобные. Я просто хочу закрыть глаза и заснуть. Но Каллахан и Эйдан только что закончили свой доклад, и теперь все с ожиданием направили взгляды на меня.

— Ты осознанно сбежала от Джеймса и без колебаний рискнула жизнью ради Эйдана. — Улыбаясь, Фарран поворачивает голову к Каллахану, но тот лишь с презрением смотрит на меня.

— Это было опасно и глупо с ее стороны. Они оба могли погибнуть.

Я предпочитаю его игнорировать и вместо этого спрашиваю Фаррана:

— Джареда правда нет у воронов?

— Хорошо бы было. Но, к сожалению, мы не знаем, куда он делся.

К моему удивлению, эта новость наполняет меня облегчением.

– Когда Монтгомери узнал, что Джаред рассказал о маминой смерти, тогда, – я смотрю на папу и сглатываю, когда вижу ненависть в его глазах, – тогда он совсем вышел из себя. Я верю, что он не планировал ничего подобного.

На момент я колеблюсь, но потом вдыхаю и говорю:

– Джаред рассказал Монтгомери, что какой-то ворон высокого ранга очень хотел, чтобы я примкнула к вам. Это были вы, Фион?

– Эмма! – с ужасом вскрикивает отец.

– Ты все еще веришь Бреди после всех его сказок? – удивленно спрашивает Фарран. Он спокойно откидывается на темное кожаное сиденье.

– Она не придерживается инструкций и не доверяет тебе. Было ошибкой вообще принимать ее к воронам, – холодно говорит Каллахан.

– Без нее ты никогда бы не разделался с Личем, а еще она спасла твоему сыну жизнь. Ты вообще на что жалуешься?

Я ошарашенно смотрю на отца. Спасла жизнь? Он должен быть очень раздраженным, если так говорит с Каллаханом.

– Эйдан без нее вообще бы не попал в эту ситуацию, и ее так называемое спасение основывается лишь на эмоциональной непредсказуемости и чистой удаче.

– Это неправда! – возмущенно вскрикивает Эйдан.

Я должна была обидеться, но больше не чувствовала провокаций Каллахана. Возможно, причина в том, что я знаю, что на самом деле речь идет не о его сыне.

– Простите, что мои чувства к сыну сильнее ваших, мистер Каллахан, – спокойно говорю я.

Губы отца растягиваются в улыбке, а Каллахан так гневно отодвигает чашку, что половина проливается на деревянный столик.

– Возьми себя в руки, Макэнгус, иначе...

– Иначе что? – угрожающе вставляет папа, но Фарран прерывает их обоих.

– Прекрати играть обиженного Монтегю. Если твой Ромео влюбился в Капулетти, ты должен научиться с этим жить или оспорить шекспировскую трагедию, – он угрожающе поднимает палец, – а это последнее, что нам нужно в данной ситуации. Доверяет она мне или нет, это касается только нас, не так ли, Эмма?

Его глаза кажутся магнитами на холодном, безэмоциональном лице. Они притягивают меня и оставляют чувство бессилия и беспомощности. Я снова обнаруживаю эту нерезкость вокруг его силуэта и замечаю движение в волосах. Нет, я и правда не должна его подозревать. Фарран мой учитель, он верит в меня и защищает. Снова и снова. Внезапно мне становится стыдно. Огромное чувство стыда наваливается на меня, и возникает острое желание извиниться. На моих глазах выступают слезы, когда ощущения достигают точки кипения, и я хочу открыть рот, чтобы закричать, хочу услышать облегчающие слова: «Я тебя прощаю». И тут, прямо в буре моих чувств, я вдруг слышу голос матери:

Тебе не нужно сожалеть, если ты сомневаешься. Хороший друг как-то мне сказал, что я должна обращать внимание на одежду и не позволять другим себя пеленать. Сомнение подтверждает ясный ум. И только он может спасти тебя от сильных чувств.

Я с силой отрываюсь от взгляда Фаррана и поворачиваюсь к Каллахану.

– Я думаю, в Фионе больше от разумного ворона, чем от курицы, которая бездумно покоряется иерархии и целует ноги птице поважнее.

Я чувствую, как Эйдан рядом со мной задерживает дыхание.

Каллахан смотрит на Фаррана, чей взгляд все еще устремлен на меня. У него начинают дрожать уголки рта, и тогда он разражается смехом, а Каллахан, к моему удивлению, утверждающе кивает головой.

Эйдан звучно выдыхает.

– Джульетта Капулетти? Да тут скорее Клеопатра! – подтрунивает Каллахан. Лед в его глазах растаял.

– Твой раунд, девочка, – объявляет Фарран, кидая веселый взгляд на Каллахана, – давайте послушаем, что твой вороний разум предложит насчет Бреди.

Я задумчиво поворачиваю чашку в руке. Она горячая, на ней изображен логотип Sensus Corvi.

– Предположим, что Джаред на самом деле сказал правду. Тогда среди ворон есть наемник. Так как у него высокий ранг, он уже долго среди вас, и он знал мою мать. Из исполнителей, согласно словам Джареда, один был из Глаза Гора, исключая Ричарда. За тех, кто знал мою маму, он мог бы дать голову на отсечение.

– За своих людей я, конечно же, могу так же поручиться, – отвечает Фарран, – никто из воронов высокого ранга не напал бы на твою мать.

– Почему вороны вообще перебегают к Монтгомери? – гневно спрашивает Эйдан. – Он их подкупает?

– Не думаю, – говорю я, и мой взгляд автоматически переводится на сшитый на заказ костюм Каллахана. – Если он и богат, то не афиширует этого. Скорее воздействует путем убеждения.

– Промывка мозгов, – соглашаясь, бурчит отец.

– Я должна знать одного убийцу, – размышляю я вслух. Фарран, понимая, кивает.

– Предатель в Sensus Corvi! – восклицает Эйдан. – Ученик или учитель.

– Этого и стоило бояться, – сухо добавляет мой отец.

– Я составлю список всех мятежных воронов, которые знали твою мать, – объясняет Фарран, – ты мне поможешь, Якоб. Мы еще должны найти Джареда Бреди. Я предполагаю, что он сбежал за границу.

– Я возьму Бреди на себя, – холодно говорит папа.

Я вздрагиваю.

РОЖДЕСТВО

Первый день каникул выпал на рождественский сочельник.

Я встаю, натягиваю одеяло над головой и хочу, чтобы каникулы уже прошли.

Папа купил рождественскую елку.

— У нас еще никогда не было елки, — сказал Эйдан, — это он делает для тебя.

Мы наряжали елку и пили пунш. Затем поставили свечки на подоконник. Три штуки: одна для каждого, и папа пошел на кухню и принес четвертую.

— Для Рины, — сказал он.

И тогда все началось. Я улыбнулась и поцеловала его в щеку, а потом пошла в ванную и прорыдала весь вечер. Очень тихо, чтобы никто не заметил.

Рождество без мамы.

Рождество без Эйдана.

Целые три недели без него.

Тук, тук, тук.

Нет, я не хочу вставать.

— Ты еще спишь, Эмц?

Как наэлектризованная, я спрыгнула с кровати и рванула к двери. Когда я ее открыла, у меня перед глазами затанцевали звезды. Мое кровообращение привыкло, что я с утра, шаркая, недовольно тащусь в ванную, а не к запуску ракеты. На нем тот черный шерстяной свитер, который я так люблю, и мои руки сразу приземляются ему на грудь, взлетают вверх к его лицу, а затем к волосам. Кончики пальцев горят.

Эйдан тихо смеется.

— Мне нужно почаще от тебя отдаляться.

— Доброе утро! Чему мы обязаны неожиданной любезностью? — папа прислоняется к двери спальни. На нем джинсы и свитер. Он странно выглядит без костюма, намного моложе. А может, это только из-за хитрой улыбки на лице.

— Тебе нужно позволять себе время от времени подольше спать, Якоб, — вздыхает Эйдан разочарованным голосом.

— Оденься, Эмма. А ты, — он показывает указательным пальцем на Эйдана, — в целях предосторожности пойдешь со мной вниз готовить завтрак.

Через пятнадцать минут я уже пью кофе и бросаю на Эйдана любопытный взгляд. Он выглядит уставшим. Под глазами темные круги, будто он в последние дни очень мало спал.

— Отец разрешил мне заглянуть и принести тебе подарок.

Он кладет темно-красную коробочку передо мной, на которой золотыми буквами написано Keanes Jewellers. Мы с Лиц во время экскурсии по городу проходили мимо черного фасада ювелирного магазина, и нам хватило одного взгляда на освещенные витрины, чтобы убедиться, что мы и за всю жизнь не сможем позволить себе что-то такое.

Я, не открывая, отодвигаю коробочку.

— Мы договорились ничего не дарить друг другу; по крайней мере, ничего дорогого.

— Это того стоит.

Я открываю крышку. На красном бархате вместо украшения блестит бежевая открытка с золотым орнаментом. На ней изображены две витиеватые буквы — Cs. Внутреннюю часть украшает изогнутый, уверенный женский почерк:

Уважаемая мисс Макэнгус,
для меня честь пригласить Вас на наш маленький рождественский вечер 25 декабря в 19:00.
Я буду очень рада с Вами познакомиться.
С глубоким уважением,
Кейтлин Каллахан.

Под текстом мелко написано:

Просим прийти в вечернем платье.

Буквы буквально светятся.

— Твоя мама? — шепчу я.

Эйдан серьезно кивает и берет меня за руку.

— Это условие для моего подарка.

Я не понимаю.

Папа берет открытку и насмешливо фыркает.

— Уж на комментарии Кейтлин могла бы сэкономить. Она что, думает, я отправлю свою дочь на каллаханское вечернее представление в мешке из-под картошки?

— Ты же ее знаешь. Все должно быть идеально, — стонет Эйдан, отпускает мою руку, достает скомканный бежевый конверт из кармана брюк и протягивает его папе.

— Здесь твое приглашение. Тут она как раз промахнулась и не приписала *«Приди в смокинге!»*.

— Прелестно. И каков актерский состав в этом году?

— Кроме Эмц, все как всегда. Фарран, Макмилланы, О'Коннелы и... Мерфи.

— Дерьмо! — вырывается у меня, и я краснею, когда папа поднимает брови.

— Это выражение тебе лучше не употреблять в присутствии матери Эйдана. Я не уверен, должен ли...

— Ты не можешь каждый год лежать в постели с больным горлом. Они не купились на это еще в прошлом году, — прерывает его Эйдан. — А Эмме нужна твоя помощь.

— В этом году Эмма будет лежать в постели, а я буду представлять Макэнгус.

— Так не пойдет. — Эйдан умоляюще смотрит на меня.

— Почему? — спрашивает папа. — Она может познакомиться с твоей матерью и в другое время. Это представление — фарс и служит для того, чтобы принести ее на серебряном блюдечке с голубой каемочкой, чтобы твои родители с Мерфи могли на нее наброситься. И правда, хороший подарок, Эйдан.

У меня заурчал живот. Может, я сейчас и правда заболею.

— Черт, Якоб, ты думаешь, я этого не знаю? — Эйдан наклоняется ко мне и заправляет прядь волос за ухо. — Это будет самое ужасное Рождество, которое у тебя было. Они накинутся на тебя и пробуют найти твои слабости, до которых только смогут добраться. Но если ты это сделаешь для меня, если ты выстоишь и не выйдешь из себя, то мой отец одобрит наши отношения. Тогда я в тот же вечер снова к вам переедy. Это мой рождественский подарок тебе. Нам.

Мое сердце начинает биться быстрее. Я чувствую, как все горло разом пересохло.

Я слышу циничный голос папы как сквозь туман.

— А кто сказал, что тебе здесь рады, мальчик?

Эйдан оборачивается к нему:

— Я последние три дня безостановочно уговаривал родителей, — грозно говорит он, — и был близок к тому, чтобы спалить все каллаханское имение. Я даже надумал устроить ураган на нашей территории.

Папа смеется.

— При таких масштабах? Это и правда было бы впечатляюще.

— Если ты, именно ты будешь чинить мне препятствия, я сбегу с Эммой и залягу на дно. То, что делает Бреди, я тоже давно умею.

Я выхожу из оцепенения и откашливаюсь.

— Так это испытательный тест для будущей невестки?

— Да. Прости, но это единственная возможность...

— Я пойду.

Глаза у Эйдана засияли.

— Подойди-ка ненадолго к двери.

— Эйдан! — предупреждает папа.

— Господи, да дай ты мне пару минут побыть с твоей дочерью! Я ее не съем.

— Ей только шестнадцать.

— В следующем месяце — семнадцать! — вставляю я. Папа качает головой.

— Пять минут, а потом снова за стол.

Мы стоим перед входной дверью, и Эйдан прижимает меня к себе.

— И? — любопытно спрашиваю я.

Он улыбается и показывает пальцем вверх. Над нами висит зеленая ветвь с маленькими белыми ягодами. Ветвь омелы!

— Я ее только что принес сюда. А сейчас так долго буду целовать тебя, пока твой ревнивый отец не ворвется и не разнимет нас.

Когда мы с отцом в первый рождественский день въезжаем в тяжелые темные ворота и останавливаемся на парковке каллаханского владения, я невольно задерживаю дыхание.

— Дерь... да ладно, — хриплю я. Я предчувствовала, что все будет роскошно, но такого не ожидала. Передо мной возвышается ярко освещенное здание в стиле новое барокко, по крайней мере в полтора раза больше Sensus Corvi, с многочисленными колоннами и лакеями в ливреях у входа.

— Удивлена? — усмехается папа.

Я толкаю его в бок.

— Мог бы и предупредить.

Он останавливает машину, наклоняется ко мне и мягко касается щеки.

— Ты моя дочь. Никто к тебе не приблизится даже для того, чтобы передать воду.

Прежде чем я могу ответить, дверь открывается, и седой лакей подает мне руку в перчатке.

Все еще хуже, чем я думала.

Я пристально смотрю на хрустальный бокал с золотыми мифологическими орнаментами в руке и слушаю, как Лин распинается о новейших событиях на рынке акций, чем явно привлекает Каллахана. Жаклин Мерфи расхваливает умело подобранный рождественский декор матери Эйдана, пока отец Лин обрабатывает Фаррана. Они это заранее спланировали? Возможно. Томас Мерфи при приветствии бросил на меня взгляд, который ясно дал понять, что он держит меня за игрушку горячо желаемого зятя. Времяпрепровождение, которое он быстро прекратит. Улыбка застыла у меня на лице так прочно, что начинает болеть челюсть. Я тоскливо смотрю на другой конец стола, где Макмиллан оживленно разговаривает с О'Коннел. Почему они посадили меня, как назло, напротив Мерфи? Но, может, это часть плана Каллахана, чтобы опозорить меня перед всеми. Я постепенно устаю, голоса шумят в ушах, как спокойная речка, и я жду, когда они нападут. Будет ли это Лин, которая ткнет меня носом в незнание экономики?

— Кем вообще работала ваша мать, мисс Макэнгус?

Началось. Я почти радуюсь, потому труднее всего выносить спокойствие перед бурей. Жирное лицо Мерфи обнажает белые, немного неровные зубы. Это только игра, думаю я и, как робот, нанизываю на вилку кусочек картошки.

— Мама была журналисткой, мистер Мерфи. — Я отправляю картошку в рот и заставляю себя жевать, хотя еда меня сейчас интересует меньше всего.

— Правда? Интересно. Она применяла на интервью свой дар?

Хороший вопрос. Об этом мы вообще никогда не говорили. О многом не говорили. Я чувствую комок в горле и вижу, как уголки губ у Мерфи легко подергиваются. Не думай об этом. Не сейчас! Прогони это прочь! Дыши! Мой взгляд устремляется на Фаррана, который с интересом за мной наблюдает. Я решаю сказать правду.

— Мы с мамой редко разговаривали о наших дарах. А если и говорили, то лишь о том, как скрыть их от окружающих.

— Мудрое решение, — соглашается отец.

— Мудрое? Я тебя умоляю, Якоб! Катарина была одной из самых способных эмпатов, которых я встречал. Из нее могло бы выйти что-то большее, чем журналистка!

Он выплевывает это слово, будто это ругательство.

Я отрезаю кусочек индейки и пытаюсь унять дрожь в руках.

— Мама любила свою работу, мистер Мерфи. У нее были замечательные коллеги, и она могла найти время, чтобы заботиться обо мне. Когда я была маленькой, она также работала переводчиком с английского.

— И все же растраченный талант, — бросает миссис Мерфи, — я хорошо знала вашу мать, мисс Макэнгус. Мы были, так сказать... подругами.

Папа подавился красным вином и закашлялся.

Каллахан цинично улыбнулся.

— О да, Жаки. Я хорошо помню. Катарина и ты, вы были почти так же близки, как и Эмма с Лин.

Наши с Лин взгляды встречаются над столом, как две шпаги.

— Наверняка Катарина хорошо зарабатывала на своей работе, если она ее так любила, — приходит Мерфи своей жене на помощь.

У меня урчит в животе. Я с трудом проглатываю кусок индейки.

— Все зависит от того, в каких масштабах вы измеряете финансовый успех.

Лин начинает громко смеяться.

— Ах, да ладно, Эмма! Эйдан рассказывал, что вы жили в крошечной квартире и что ты глаза выпучила, когда переехала к отцу.

Эйдан. Проклятье! Предательство веревкой затянулось на моей груди и выдавило из меня весь воздух.

На щеках у Эйдана появляются красные пятна, а зрачки расширяются. Ярость в них становится настолько большой, что почти выдавливает всю переливающуюся радужку. Он боится, что я проиграю. И замечание Лин еще больше меня злит. Мать Эйдана любопытно наклоняется вперед, и я смотрю прямо в ее глаза. Бирюза с бутылочно-зелеными искрами. Глаза Эйдана. Я увидела, как в них мелькает чувство сострадания. Это помогает.

— Индейка превосходная, миссис Каллахан. — Показывай зубы, улыбайся. — После всех лет лишений я очень рада, что в кои-то веки могу наесться досыта.

Ее глаза понимающе сверкают, а Джеймс Каллахан, забавляясь, говорит:

— А мы всегда рады, что можем накормить полусиротку.

— Джеймс! — укоряет, играючи, его жена и кладет на его руку свою. Я вижу, как мужчина вздрагивает и кидает на нее удивленный взгляд. Затем быстро сжимает ее, и я спрашиваю себя, сколько времени прошло с тех пор, как они выказывали друг другу хоть что-то похожее на симпатию.

— Никто не должен стесняться быть бедным, если условия не позволяют другого, — поучает Кейтлин, будто разговаривает с толпой маленьких детей, — но нужно всегда пытаться достигать лучшего как в личной, так и в профессиональной жизни.

Я чувствую, каково было Эйдану взрослеть с такой матерью.

— ...к сожалению, ни одного его следа, — слышу я, как сзади отец говорит Фаррану. Возможно, они обсуждают Джареда.

С другого конца стола раздается громкий смех. У Макмиллана раскрасневшееся лицо, он с блестящим взглядом делает глоток вина. Ну, по крайней мере, ему весело.

— ...так сказать, ваше счастье, что мать так рано умерла.

Что? Слова острыми осколками повисают в воздухе. Потом они втыкаются в меня, и я поворачиваю голову и смотрю на Мерфи. Все разговоры затихли.

— Что ты имеешь в виду, Томас? — голос моего отца похож на рычание охотничьей собаки.

Мерфи успокаивающе поднимает руки и обнажает зубы. Его улыбка мне и раньше не нравилась, а сейчас появляется ощущение, что я смотрю в морду хищному животному.

— Прости, Якоб, вы не должны меня неправильно понять. Я только говорю, что дар Эммы под опекой матери зачах бы, а ее обучение в обычной школе не сравнить с Sensus Corvi. Вы же согласитесь со мной, мисс Макэнгус?

Тишина после его слов бушует у меня в ушах как ураган. Все присутствующие оглядывают меня, и их взгляды кислотой прожигают мою кожу. Я смотрю на руки, которые сложили салфетку на коленях. Пальцы так вжались в ладони, что костяшки побелели. Как я должна посмотреть на него, не плюнув в лицо или не закричав?

...если ты выстоишь и не выйдешь из себя, то мой отец согласится одобрить наши отношения.

Но я хочу вскочить и сбежать. Прочь из этого дома, этих ужасных людей, домой, к... да к кому? Передо мной мелькает картинка гроба, и сердце болезненно сжимается. Затем кто-то мягко касается моей руки и гладит ее. Мой отец. Мой дом.

Я рывком поднимаю голову.

Ты, противный навозный жук! Меня зовут Кейт! Я из Лондона, и сейчас я тебя напугаю и сожру.

Мои губы дрожат, когда я их растягиваю в улыбке.

— Вы полностью правы, мистер Мерфи. Как видите, моя мама — лучший человек, какого можно себе представить. Она научила меня думать и быть с другими людьми крайне осторожной, а еще она убила себя в самый нужный момент, чтобы я смогла учиться в необычной школе с превосходным преподавателем. — Я поворачиваюсь и бросаю Фаррану искренне недоумевающий взгляд. В его металлических серо-синих глазах мерцают теплые блики свечей. — Жаль, что у Лин обстоятельства сложились не так выгодно. Как миссис Каллахан правильно сказала, этого не нужно стыдиться, и я между тем подружилась с Лин, чтобы понять, что она, несмотря на это, все еще стремится к лучшему как в школе, так и в личной жизни.

Мерфи разинул рот, а его лицо вспыхнуло.

В голове щекочет, и голос Фаррана так громко раздается в моей голове, что я с трудом подавляю смех:

— Это самый интересный рождественский праздник, который когда-либо был в этом холодном доме.

— Как ты смеешь обижать меня? — Лин подпрыгивает, и мать с полным паники лицом тянет ее за облегающее черное платье, но та не обращает внимания.

Краем глаза я вижу, как Каллахан хмурит лоб.

— Я только говорю, что ты стремишься к лучшему, — отвечаю я и невинно улыбаюсь.

— Я оптива из хорошей семьи. А ты — ничто, дочь нищей предательницы. Я не позволю, чтобы ты клеилась к Эйдану, вертихвостка!

За ее вспышкой следует возмущенное бормотание, тогда Каллахан откашливается:

— Томас, рассматривая обстоятельства...

Мерфи медленно встает и кладет салфетку на стол. Его грудь тяжело вздымается. И только сейчас Лин понимает, что наделала. Она становится белой, как скатерть на столе, поворачивается и умоляюще смотрит на Каллахана.

— Мистер Каллахан, мне... мне жаль. Я не хотела... Только для Эйдана, я же для него...

Ее отец грубо хватает девушку за руку и тянет за собой к двери, которую открывает одетый в черное лакей. Его жена следует за ним, как в трансе. Прежде чем покинуть зал, Мерфи еще раз поворачивается:

— Многократно извиняюсь, Джеймс. Я еще раз желаю тебе и твоим гостям хорошего вечера.

Когда дверь закрывается, я на мгновение закрываю глаза.

— Я хочу сказать тост за самую одаренную ученицу, которая у меня когда-либо была.

О нет! Раздаются аплодисменты, и я открываю глаза. Фарран встает с поднятым бокалом, и все к нему присоединяются.

Дерьмо! И что делают в этом случае? Мне тоже встать? Или сидеть? Папа опускает руку мне на плечо. Ладно. Значит, сидеть. Цвет моего лица наверняка такой же, как и вино в бокале у Фаррана.

Над его силуэтом вспыхивает яркий вихрь.

— Эмма Макэнгус, за последние четыре месяца ты позаботилась о таком волнении среди воронов, какого не было за все существование школы. — Смех со всех сторон.

Я очень хотела бы спрятаться за белой тканью скатерти и подождать, пока все пройдет.

— Ты доказала свою верность, боролась против наших врагов и рисковала своей жизнью. Поэтому я решил повысить твой статус и назначить тебя мистиком. За Эмму!

— За Эмму! — ответили вороны хором.

* * *

– Рина, пожалуйста, не уходи!

Пестрые цвета, кружащиеся вокруг его силуэта, разгоняются черными пятнами, которые становятся все больше и больше.

Будто их съедают монстры, думаю я.

Это страх потерять меня, который впивается в него зубами и не отпускает. Он уже два часа уговаривает меня. Что это слишком опасно и что Фарран найдет меня в Германии.

Между тем в парке стало темно. Черный металлический фонарь справа от меня вспыхнул, когда включили уличное освещение, и погрузил нас в свой холодный неоновый свет. Замерзая, я вжалась в свитер. Почти середина мая, и все еще так холодно!

Он продолжает бушевать, и молить, и ругаться.

– Рич, пожалуйста, не волнуйся ты так. – Я в порыве хватаю его руку, и над ней мгновенно выстреливают радужные потоки и опутывают мои пальцы, будто веревки. Какое-то время я восхищенно смотрю на узор, который они образуют.

– Ты видишь это, – сухо говорит он. Я испуганно вздрагиваю и краснею. – Ты знаешь, что я чувствую, но ты анализируешь меня, как каждого, над кем наблюдаешь своим даром. Это... не трогает тебя.

– Нет, боже, нет, это не так. Но я... Ладно, я должна была тебе это сказать раньше.

– Якоб! – рычит он. Над ним сейчас взметнулись и рассыпались в воздухе красные лучи. – Будто я этого не знал! Для этого моя мантика не нужна! Тогда исчезни и будь с ним счастлива! Но не жди, что я предоставлю вам укрытие. Так не может быть, Рина. Ты не можешь этого у меня требовать. Я его всей душой ненавижу. Это чистый мазохизм, взять вас в соколы и наблюдать вашу любовь день за днем.

По щекам у меня бегут слезы, и я прячу лицо в руках. Когда моя жизнь дала трещину?

– Мне жаль. Правда. Я... я не хотела тебя обидеть, – приглушенно мямлю я, – и я никогда не собиралась просить у тебя убежища. Без тебя я бы всегда оставалась марионеткой Фаррана и просто хотела попрощаться с лучшим другом. Но, возможно, тебя порадует то, что Якоб не будет меня сопровождать. Он мне не верит и никогда не уйдет от Фаррана.

Тишину прерывают только мои тихие всхлипы. Я стыжусь и безрезультатно пытаюсь получить контроль над собой, как вдруг чувствую его теплые руки на моих. Он бесконечно нежно убирает их от лица. Его глаза еще темнее прежнего и горят такой силой, какую я раньше никогда не видела. На его губах появляется горькая улыбка, когда он тихо говорит:

– Ты в нем ошибаешься, Рина. Он через пару часов будет у тебя. Я знаю. Я это увидел перед нашей встречей.

Прежде чем я отвечаю, он с вымученной улыбкой отстраняется и убегает через южный выход парка.

НЕЖДАННЫЙ ГОСТЬ

В глазах Эйдана бушует ураган чувств, когда он вечером под пристальным взглядом моего отца целует меня. Воспоминание об этом, как клейкий мед на моих губах, когда я просыпаюсь утром.

За завтраком звонит папин телефон.

— Наконец-то! — говорит он и пододвигает его через стол ко мне и Эйдану.

Я смотрю на фотографию человека со светлыми волосами в черной кожаной куртке и темных солнечных очках. Он стоит на железнодорожной платформе с рюкзаком в руке. Я нажимаю пальцем на экран, чтобы приблизить его лицо.

— Ничего себе! Я почти не узнала Джареда.

— Фотографию сделал вчера наш шпион. Я полечу в три часа в Мюнхен.

— Чего ты хочешь?

— Допросить его. Я должен узнать, кто убил Рину.

— А потом? Ты... я имею в виду... ты же не... — у меня ломается голос.

Лицо моего отца ничего не выражает. Черные пряди волос падают ему на лоб.

— Да, — холодно говорит он.

У меня сжимается желудок, и я судорожно дышу. Это неправильно. Он не должен этого делать.

Эйдан обхватил меня рукой. Но я вспоминаю лицо Джареда, когда тот оставляет меня под дождем... *Прости, что идет дождь.*

Что-то тяжелое застревает у меня в горле, и я отчаянно пытаюсь это сглотнуть.

– Они наши враги. Как ворон, ты должна быть жестче. Твое выступление у Каллахана было убедительным, но для того, чтобы выжить, не хватит одних махов крыльями. Ты должна научиться летать.

Нежно.

Как дуновение. Что-то прохладное едва касается моей щеки, ямочки на подбородке и нижней губы, а затем проделывает дорогу наверх. Мои глаза еще закрыты, а сердце выстукивает его имя: Эйдан.

Он поклялся моему отцу в аэропорту, что будет спать на диване. «За кого ты меня держишь? – говорил он. – Мы с Эммой вместе всего пару недель. Я не воспользуюсь ситуацией». А сейчас он здесь, в моей комнате ночью и...

Внезапно мне становится понятно, что я не чувствую жжения на коже, и испуганно распахиваю глаза.

Он заглушает рукой мой вопль.

– Шшш, Эмма. Иначе ты разбудишь своего отца и этого огненного черта, – шепчет Джаред и осторожно отпускает меня.

Мою свинцовую усталость как рукой сняло.

– Ты спятил? Ты что здесь делаешь? – шепчу я.

Как, черт возьми, он прокрался мимо двух часовых, которых папа поставил в саду, мимо камер наблюдения, аварийной сигнализации и Эйдана?

– Мне нужна твоя помощь, – так темно, что я не вижу ничего, кроме его очертаний.

– Ты был соучастником убийства моей матери! Почему ты пришел именно ко мне?

– Я тебе доверяю. Да и нет никого, к кому бы я мог еще пойти.

Я издаю громкий стон.

— Шшш, твой отец...

— С обеда гонится за тобой в Германии. Если он тебя поймает, то убьет.

Он слышно сглатывает.

— Дерьмо! Еще один Макэнгус!

— А о чем ты думал, если женщину, которую он любил...

— Я ее не убивал! И я хотел это предотвратить. Проклятье, да у меня не было другого выбора!

— Кто тебя нанял?

Он молчит.

— Джаред Бреди, ты уже достаточно наврал Ричарду и мне. Если я тебе должна помочь...

— Я никому из вас не врал! — его голос возмущенный и громкий. — Каждый из вас знает только часть правды...

Дверь с треском врезается в стену, и на нас устремляется сверкающая струя пламени. Я вскрикиваю и бросаюсь вправо, рядом с кроватью. Джаред уклонился влево.

Слышится грохот и крик боли, и Эйдан кричит:

— Беги, Эмц!

— Нет, Эйдан! Оставь его! Пожалуйста, дай нам с ним сначала поговорить!

Я отшатываюсь в сторону двери. Где этот дурацкий выключатель?

Сзади слышен рев и кряхтенье. Звучит так, будто в мою комнату загнали двух хищных зверей. Я ударяюсь о шкаф и ползу вдоль стены. Когда я наконец нащупываю выключатель и поворачиваюсь, то вижу Эйдана над Джаредом, который обхватил одной рукой его тело, а другой шею. Мелькнуло что-то серебряное: папин карманный нож. Лезвие уже впивается в его кожу, и Джаред умоляюще смотрит на меня.

— Еще движение, подонок, и я тебя зарежу!

Мой отец был прав. В глазах Эйдана горит желание убить.

«Пожалуйста, Эмма!» — голос Джареда громко раздается в моей голове.

— Оставь его, Эйдан.

— Нет! — рычит он.

— Если ты ему что-то сделаешь, прежде чем я узнаю, кто был убийцей, я тебе больше не скажу никогда ни слова.

Он изумленно смотрит на меня. Жадные искры в его глазах сменились новым чувством: гневом. Эйдан рывком встает и оставляет узкую, длинную рану у Джареда на шее. Кровь красной нитью спускается на его свитер, Джаред кладет руку на порез и встает на ноги.

— Тренировался? Ты стал очень хорош! — говорит он, улыбаясь, будто сейчас была спортивная борьба.

Эйдан недовольно фыркает и не выпускает его из глаз. Джаред садится на мою кровать и убирает волосы со вспотевшего от борьбы лба. Он выглядит необычно с покрашенными в светлый цвет волосами. В нем есть нечто, что притягивает меня. Нечто иное, чем у Эйдана. Это странное чувство доверия, и я понимаю, что тогда под дождем он сказал мне правду. Он не хотел убивать маму. *Твоя мать не была предательницей.* Хотя он и ненавидит Фаррана после истории с Хелен, юноша все еще чувствует себя вороном. Я должна доказать это Эйдану.

— Я знаю, кто ты, — говорю я в тишину, и оба удивленно смотрят на меня. Я медленно подхожу к Джареду. — Все равно, насколько светлые у тебя волосы, борода у тебя всегда будет черной. Ты же не можешь вылезти из своей кожи. — Я дошла до него, наклонилась и прикоснулась к груди.

Эйдан издает предупреждающее шипение, но Джаред совсем оцепенел.

— Я доверяю тебе как брату, — мой палец указал на место, где должно быть его сердце, и я ласково смотрю на него, — мой темный, большой вороний брат.

Джаред не успевает среагировать — я хватаю свитер за край и тяну наверх, так что становится видно его черную татуировку.

Эйдан вскрикивает, Джаред хватает меня за руки и отбрасывает на кровать. Его свитер съехал вниз.

Эйдан указывает ножом Джареду на грудь:

— Подними свитер вверх, Бреди!

Джаред вздыхает и кидает на меня грустный, упрекающий взгляд:

— Почему ты это сделала, Эмма?

— Чтобы он понял.

Юноша горько смеется:

— Ой, девочка, тебе еще нужно кое-чему научиться. Каллахан все здесь понимает намного лучше тебя.

Эйдан подступает ближе и поднимает сверкающую серебром сталь к его подбородку.

— Ладно! Убери уже этот ножик!

Он плавным движением стягивает свитер через голову. Джаред мускулистее Эйдана.

Я подхожу к нему, чтобы лучше рассмотреть знак. На левой груди ворон махом расправляет крылья. На секунду в комнате повисла мертвая тишина. Поэтому следующее настигает меня совершенно неожиданно.

Эйдан издает нечеловеческий рев, который заставляет меня тяжелее дышать, а Джареда отступить назад. Он бросает нож через комнату, и тот втыкается в дверь шкафа. В следующий миг он кидается на меня и всем весом вжимает в подушки.

– С каких пор ты это знаешь? – весь его голос одно сплошное шипение. В последний раз я видела его таким, когда Джаред меня поцеловал.

– С моей первой встречи с Ричардом, – хриплю я.

Лицо Эйдана еще больше искажается, и он вцепляется пальцами мне в плечи.

– Почему ты мне никогда не говорила?

Джаред откашливается и облокачивается рядом с нами.

– Э, я неохотно прерываю вашу любовную идиллию, но...

– Захлопни свой рот, Бреди, – затыкает его Эйдан.

Мне страшно. Все его тело дрожит от напряжения, и я издаю болезненный стон, когда Эйдан сильнее сдавливает пальцы.

Джаред успокаивающе кладет руку Эйдану на спину, и тот меня отпускает, чтобы повернуться к нему.

Я не решаюсь двинуться, пока их взгляды ведут немую дуэль.

Это продолжается довольно долго.

Лицо Эйдана вытягивается, и он сильно трясет головой.

— НЕТ! Дерьмо! Нет! — бесконечно мучительно издает он, садится на край кровати и прячет лицо в руках.

Ну все, хватит. Я вскакиваю и становлюсь перед ними.

— Что ты ему сейчас сказал, Джаред?

Он дергает плечами.

— Мужское дело.

— Ну уж нет! Что здесь случилось? Эйдан!

Когда я отнимаю руки от его лица, то отступаю назад. Его охватывают боль, ненависть и сомнение.

Я опускаюсь перед ним на колени.

— Пожалуйста, скажи мне!

Он так крепко сжимает губы, что они образуют тонкую полоску. На секунду юноша закрывает глаза, а когда открывает, они кажутся почти цвета индиго, темные, полные скорби.

— Упаковывай рюкзак, Эмц. Как... тогда, когда... ты хотела убежать от отца в Германии, еще помнишь? Нам нужно бежать.

Лодка такая же старая, как и VW-микроавтобус с цветочными занавесками, на котором Джаред привез нас в Монкстаун, небольшую деревушку у моря. Если не старее. Желто-бежевый, наверное, был хитом в семидесятые годы. Сейчас цвет выглядит как калоши после прогулки по болотам.

Киль несколько раз приделывали обратно, а в поцарапанных подушках меньше воздуха, чем в гелиевом шарике через две недели после того, как его купили на ярмарке.

Эйдан брезгливо поднимает бровь, когда Джаред убирает грязный брезент.

— Ты мне можешь помочь или это ниже твоего достоинства, Рики Рич?

— Опять разыгрываешь бедного хорошего мальчика?

Эйдан смело залезает в лодку и отстегивает несколько кнопок.

— Посудина выглядит будто прямо сейчас утонет. Тебя-то не жалко, но ты уверен, что нужно взять Эмц с собой?

Джаред бросает Эйдану скатанный в рулон брезент и ухмыляется:

— Если ты трусишь, то можешь спокойно отпустить ее одну со мной.

— Только через мой труп.

Они колко переглядываются через румпель.

Я закатываю глаза и иду обратно к «Фольксвагену», чтобы забрать наш багаж. Рюкзаки, палатка на четверых, сумка с едой и... большая сумка Эйдана для тренировок в херлинг.

Он думает, мы отправились в отпуск? Сумка ужасно тяжелая, и, когда я ее поднимаю, раздается металлический звон. Я медленно расстегиваю молнию и оседаю на пол автобуса рядом с багажом. У меня обмякли ноги.

Лиц была права, когда назвала воронов сумасшедшей сектой. Тут речь скорее о мафии. Или

IRA[1]. Или все вместе. Не хватало того, что Джаред вырубил обоих часовых, завязал, вставил кляп на задней части двора, так еще и Эйдан помогал ему затащить их в гостиную, будто это что-то само собой разумеющееся. В его спортивной сумке лежит оружие с прицелом, пистолеты-пулеметы, нож, перцовый баллончик и целая куча магазинов и патронов. Я могу поклясться, что пару недель назад здесь лежали клюшка и мяч. И тут я понимаю, что отец все это хранил дома. Рядом со мной на задней части сиденья приклеена старой жвачкой выцветшая этикетка с символом пацифистов. Я горько смеюсь и застегиваю молнию сумки.

Так холодно, что у меня стучат зубы, когда я сижу в каюте лодки, подогнув ноги и плотнее заворачиваясь в шерстяной красный в клеточку плед, который пахнет солью и плесенью.

– Поспи, Эмц, – сказал Эйдан, когда надел шерстяной жилет и дождевик, чтобы сидеть с Джаредом снаружи, где дует ветер и идет дождь, будто этой дурацкой лодкой не мог управлять только один из них.

Точнее говоря: «Только не задавай вопросов».

Они не хотят со мной говорить и уже не хотят оставаться наедине, и чем дольше они избегают моих вопросов, тем сильнее я злюсь.

Что могло быть хуже, чем то, что Эйдан побратался именно с Джаредом и теперь мирно плывет навстречу рассвету по бурному кельтскому озеру?

---

[1] Ирландская республиканская армия.

Да и куда они вообще, черт возьми, меня везут? Я вжала ногти в ладони, чтобы лучше сконцентрироваться. *Ты должна обращать внимание на мелочи...*

Меня зовут Кейт. А Кейт его не знает.

Ну и не страшно. Она достает свой телефон из кармана и ищет фотографии. Те, на которых он изображен.

Вы действительно хотите удалить данные?

Ее палец перемещается на *Да,* и его лицо исчезает из памяти и освобождает место для следующей фотографии. Рождество, они вместе стоят у свеч. Она нажимает на *Удалить* и представляет, как они вместе с картинкой исчезают и из памяти Эммы. Ее пальцы механически двигаются, и с каждой удаленной фотографией в ней растет холод, пока ей не кажется, что ее быстро стучащее сердце вот-вот даст трещину. Когда последняя фотография была удалена, Кейт выключила телефон.

На черном экране отражается ее лицо. У девочки длинные черные волосы, и она смотрит большими зареванными глазами.

– Тебя зовут Майер, – шепчу я и провожу пальцем по экрану, – Эмма Майер.

Потом я встаю и иду на палубу. Я смотрю на Джареда. Больше всего мне хотелось бы скинуть его с лодки.

– Как ты только мог умолчать, что мой собственный отец был заказчиком! – кричу я против ветра.

ПРАВДА

Всю ночь шел дождь.

И они все еще не хотят рассказывать мне ничего прямо. Сейчас светит солнце. Его лучи прожигают дыры в сером облачном небе, но не могут отогнать тень страха на лице у Джареда. Ровно как и его судорожные попытки казаться спокойным.

Он протягивает мне тяжелый телефон с большой антенной.

— Спутниковый телефон, — объясняет он. Его промокшие насквозь волосы приклеились к голове, и маленькие капли отделяются с их кончиков и стекают по подбородку, пока парень склоняется и набирает номер. — Я все тебе объясню, когда мы будем у соколов. Но ты должна будешь убедить Ричарда ничего не делать, прежде чем он выслушает меня. И спроси про Овенса. Он ни в коем случае не должен оказаться на борту.

— Овенс? — Эйдан стягивает капюшон дождевика, и ветер теперь крутится в его русых волосах. Пару дней назад с них смылись остатки черной краски. Он выглядит не таким уставшим, как Джаред, но эта ночь не прошла бесследно. — Только не говори мне сейчас, что Дин...

— Его отец, — вздыхает Джаред.

— Отец Дина сокол? — удивленно спрашиваю я и вижу перед собой татуировку у него на груди.

— Я позже тебе объясню. У нас не осталось времени. Твой отец позвонит часовым, и, когда те не подойдут к телефону, оповестит Фаррана. Как только он узнает, что произошло, то поднимет на ноги все поисковые отряды воронов. – Джаред нахмурил лоб. – Может, нам нужно было их лучше прикончить и взять с собой?

– Джаред!

– Он прав, – говорит Эйдан, – мы бы выиграли время.

– Ты поэтому взял с собой оружие? Чтобы *прикончить* каких-то людей? – шокированно спрашиваю я.

Эйдан серьезно кивает.

– Ты думаешь, тут у нас игрушки? Ни в ком нет от ворона больше, чем во мне!

– Ой нет, – вставляет Джаред.

Эйдан насмешливо отмахивается.

– Ты только пару месяцев в Sensus Corvi и не знаешь, что это все значит для наших отцов, – бессильно говорит он.

– Якоб убил маму! Он не мог всерьез ожидать, что я у него буду жить и делать вид, будто все нормально!

Якоб. Я больше не хочу думать о том, каково было называть его папой.

– Вы с Эйданом единственные дети союзников, – приходит Джаред Эйдану на помощь.

– И? Это сейчас такой же статус, как мистик или оптива?

– Да. Только вы оба достигли такого ранга. Правая и левая рука Фаррана: Каллахан и Макэнгус, которыми все восхищаются, уважают и боятся. Они скорее вас обоих убьют, чем допустят, чтобы вы сменили сторону и тем самым опозорили воронов.

И тут меня пробирает холод. Он убил мою маму. Что ему мешает поступить так же со своей дочерью? А если не он, то Каллахан. Я уже вижу в его глазах желание убить, потому что якобы оказываю на его сына негативное влияние. И тогда я понимаю, что для Эйдана значит этот побег. Он любит Якоба как отца. Он, должно быть, разрывается внутри от того, что должен оставить его и предать воронов. И это только из любви ко мне. Я сглатываю комок в горле.

— Если мы все это провернем, начнется война, — мрачно объясняет Эйдан, — я только надеюсь, что Монтгомери вооружен. Если он атакует, нам придется сражаться. Дарами и оружием. Не смотри на меня так, Эмц. Я не Якоб. Все равно, как я его уважаю, — я никогда не отдам тебя Фаррану.

Мое сердце так быстро бьется, будто сейчас выпрыгнет из груди. Я беру телефон и нажимаю на кнопку. Пути назад нет.

Белая яхта, на которую мы с Ричардом приземлились двумя часами позже на вертолете, так мало ему подходит, что я испугалась, будто сейчас на палубе появится Фарран или отец, или еще хуже, Каллахан. Почти семьдесят метров длиной, с вертолетной площадкой и крытым бассейном. Он явно не такой бедный, как я думала до этих пор. У перил ждут громилы в черных кожаных куртках и темных свитерах. Несмотря на холод, куртки расстегнуты и открывают вид на кобуру, в которых находятся автоматы. Я, согнувшись, прохожу к ним под вращающимися лопастями вертолета. Они проверяют меня на наличие оружия и недоверчиво осматривают.

Когда позади появляются Эйдан и Джаред, они хватают их за шиворот и прижимают лицом к перилам, и тогда я понимаю, что со мной еще мягко обошлись.

– Они чистые. Все оружие здесь внутри, – говорит голос рядом со мной. Зеленоглазый, который встретил нас в вертолете, бросил сумку для херлинга мужчинам под ноги. Один из них наклоняется и расстегивает молнию. Он издает признательный свист.

Между тем молодой человек нескрываемо пялится на меня со стороны.

– Я не рассчитывал на такую быструю встречу, воронья девочка.

– Отпусти ее! – раздается мужской голос, который уже явно устал приказывать. Уставший, измученный и довольно нетерпеливый.

Я пугаюсь, когда узнаю костлявую худую фигуру. Ричард выглядит еще более больным с нашей последней встречи. Он отрастил бороду, жирные пряди волос падают ему на лицо. На отчетливо проступающих скулах горят в лихорадке темные глаза. Я спрашиваю себя, когда он в последний раз ел вообще хоть что-то. Его лицо напряжено, но гневные черты смягчаются, когда он оборачивается от Джареда с Эйданом ко мне.

– Эмма, – говорит он и улыбается.

– Мой отец был заказчиком, – тихо объясняю я.

– Ах так! Откуда ты знаешь?

– Джаред что-то мысленно сказал Эйдану, и он сразу оставил воронов и пришел к вам.

Ричард удивленно поднимает бровь.

— Эйдан знает, что я не могу жить на стороне отца, который убил мою мать. А Макэнгус был бы не готов отпустить свою дочь.

Ричард кивает и поворачивается к Эйдану. Тот незаметно напрягается.

— Ты ее любишь? — взгляд Эйдана устремляется в мою сторону, и я задерживаю дыхание.

Он робко улыбается мне.

— Да.

Мое сердце трепещет, а ноги становятся ватными. Никто из нас до сих пор этого не произносил.

— Я не занимаюсь благотворительностью, Каллахан. Эмму я без вопросов возьму. Это я задолжал ее матери. Но от тебя я жду борьбы. Против воронов. Против своего отца, Макэнгуса и Фаррана. Ты дашь мне присягу и будешь рисковать жизнью в необходимом случае, чтобы служить нашему делу. Ты действительно готов на это? Если нет, если у меня появится хоть малейшее подозрение, что ты меня обманываешь, я не замешкаюсь, чтобы тебя убить. Даже тогда, — он строго смотрит на меня, — когда Эмма будет умолять меня. Решайся! Если ты не хочешь стать соколом, сейчас я тебя отпущу. Твой последний шанс.

Эйдан делает три шага вперед и останавливается прямо перед Ричардом. Он смотрит на худую фигуру с полным отвращением, и я так прикусываю нижнюю губу, что становится больно.

— Так не пойдет, Монтгомери. Если сейчас я поклянусь, что хочу стать соколом, вы же все равно не поверите мне на слово. Что за фарс? Я ворон. Телом и душой. Вы сами знаете, как я вырос и был воспитан и что мне все время о вас рассказывали.

Единственная причина, почему я здесь стою перед вами, – это Эмма. К сожалению, вы единственный, кто может защитить ее, независимо от наших отцов. Пока вы готовы это делать, я буду выполнять все ваши приказы. В этом я могу вам поклясться. Если же вы не сможете защитить Эмму, я вас убью.

Проклятье! Мои ноги словно воск, который тает на солнце.

Ричард яростно сжимает челюсть.

Мужчины в черных куртках подходят ближе, и один из них кладет руку на оружие в кобуре.

Нет, пожалуйста, нет! Я хочу подойти к Ричарду, как вдруг слышу в голове голос Джареда.

«Только не надо, Эмма. Одно твое слово, и ты все испортишь, – я перевожу на него взгляд. Он мне ободряюще улыбается. – Я недооценил твоего огненного чертенка. Сильная речь. Да черт, я бы сам не осмелился».

– С Риной я проиграл, Каллахан, – отвечает Ричард угрожающим тоном, – с Эммой этого не произойдет. Поверь мне, меня пробовали убить многие люди. Но я ценю твою честность. Возвращаясь к этой теме...

Джаред издает хриплый крик, когда один мужчина по знаку Ричарда достает пистолет и подносит его к виску.

Я мгновенно подхожу к Ричарду и хватаю его за руку.

– Нет! Пожалуйста, он...

– Назови мне хоть одну причину, почему этот кусок дерьма еще должен жить. Если бы он тогда меня предупредил, твоя мать была бы жива!

— Я пытался! — кричит Джаред. — Пожалуйста, поверь мне! Овенс виноват. Он...

— Лжец! Овенс долгое время был моим самым ценным соколом!

— Ричард! — я сильнее сжимаю его руку. — Только Джаред знает, что тогда произошло. Пожалуйста, позвольте ему рассказать!

Несколько минут спустя я сижу между Джаредом и Эйданом в той же комнате, в которую меня привели в ночь похищения Эйдана.

Ричард сидит напротив нас. В руке у него пистолет, направленный на Джареда.

— Итак? — спрашивает он.

— Только контролируй свои эмоции, — тихо начинает Джаред и расстегивает молнию на куртке.

— Я само спокойствие, Бреди.

Мне не нравится ухмылка, которая при этих словах появляется на губах Эйдана. Он с удовольствием отклоняется назад и закидывает ногу на ногу. Я предчувствую что-то ужасное.

Джаред кладет куртку мне на колени и растерянно смотрит на меня. Затем он рывком стягивает свитер и футболку.

Ричард и Филлис одновременно вскрикивают.

Я поднимаюсь и заслоняю собой Джареда.

— Эмц! — кричит Эйдан, но Ричард в одном прыжке оказывается рядом со мной, хватает за плечи и как куклу бросает на руки Эйдану, который держит меня железной хваткой и отворачивает от Джареда. Раздается глухой звук, и что-то красное брызгает в мою сторону. Нет!

— Шшш, он его только ударил, — успокаивающе шепчет Эйдан в ухо.

— Только? Кто-нибудь скажет мне наконец, что значит эта глупая татуировка?

Эйдан ослабляет хватку, так что я снова могу повернуться.

Нос и губы у Джареда разбиты в кровь. Филлис кидает ему пачку с платочками. Я в первый раз вижу, как ее глаза сверкают ненавистью.

— Эта свинья — пиктус, меченый, — объясняет, тяжело дыша, Ричард, не спуская с Джареда глаз, но тот сидит с поникшими плечами перед ним и не делает никаких попыток защититься.

Я простонала.

— Проклятье, Эйдан! Сначала социус, теперь пиктус, может, у воронов есть еще несколько рангов, о которых ты умолчал? Как мой наставник, ты мог бы мне все получше объяснить!

Эйдан пожимает плечами.

— Во-первых, у меня были строгие указания. Во-вторых, у меня не оставалось времени тебе преподавать, потому что ты всем, — он широко ухмыльнулся, — не давала расслабиться своей внеучебной деятельностью. И как у мистика, у тебя больше нет наставника.

Ричард оборачивается.

— Фарран уже сделал тебя мистиком? Если он это сделал, у тебя должны быть необычные дары. Что ты от меня скрываешь, Эмма?

Ричард недоверчиво смотрит на меня. По крайней мере, у него пропало желание бить Джареда.

— Сначала я хочу знать, кто такой пиктус и как смерть моей матери с этим связана.

Филлис садится передо мной на корточки и берет мое лицо в руки.

– Пиктус, или меченый, это такой тайный агент у воронов. Его работа находить и убирать предателей в своих рядах. А глава всех пик...

– Нет!

Я поспешно убираю ее руки и сдерживаю желание прижать их к своим ушам. Я не хочу этого слышать! Кровь пульсирует в висках, когда туман в моей голове рассеивается, и я так ясно вижу перед глазами связь, что мне становится больно. Все уважают и боятся моего отца. У него есть куча аэропортов и вооруженных сил вне Ирландии, алиби-работа в *Apple* и арсенал оружия, которое Эйдан взял из дома. Убить маму было... его работой.

Джаред откашливается.

– Я делал это только ради Хелен. Тогда, когда они нас с ней разделили. Твой папа...

– Не называй его так! – кричу я.

– Якоб хотел мне помочь. Он договорился с Фарраном о том, что наши с Хелен отношения будут одобрены, если я соглашусь стать пиктусом. Никто добровольно не соглашается на такую работу, – Ричард презрительно фыркает, – а когда я вечером после клятвы появился перед домом ее родителей, перед ним стояла «Скорая помощь», и они увезли ее с передозировкой снотворного в клинику. Мне нужно было сказать ей раньше, несмотря на запрет Фаррана! А я, идиот, хотел ее удивить!

Ричард убирает оружие и садится напротив.

– После этого, – голос Джареда ломается, – все стали называть меня Синей Бородой и избегать.

И тут Якоб мне снова помог. Чтобы сохранять дистанцию, он отправил меня в прошлом году на летних каникулах в Германию. Там я должен был, – он смотрит на Ричарда, – найти Кристиана Штайна.

На губах сокола заиграла улыбка.

– Мы его хорошо спрятали. Макэнгус не получит его в когти.

Джаред кивнул.

– Я составил список всех перебежавших воронов по степени очередности. Но матери Эммы в нем не было.

Что? Я озадаченно поднимаю глаза.

Джаред с трудом выдерживает мой взгляд.

– Тогда я не знал, что она вместе с твоим отцом. Видит Бог, я не хочу его защищать, но Якоб явно позаботился о том, чтобы она в нем не появилась. Но, к несчастью, я увидел ее фотографию в одном архивном альбоме, а Макмиллан раз упомянул на SPSE, что она была необычным эмпатом, которая, к сожалению, переметнулась к соколам. Я был разочарован, потому что нигде не мог найти Штайна, каникулы приближались к концу, и мне скоро нужно было возвращаться в Корк, чтобы сдавать выпускные экзамены. Моей последней остановкой был Мюнхен.

– Проклятый Макмиллан, – ругается Филлис, – ты бы без него узнал о Катарине?

Джаред грустно покачал головой.

– Это было двадцать первого августа. – Голос Джареда такой тихий, что Ричард наклоняется вперед, чтобы лучше его расслышать. – Стояла рекордная температура, тридцать градусов в тени, и я слонялся из угла в угол на Мариенплац и спрашивал себя, а не пойти ли лучше в бассейн вместо того, чтобы искать Штайна, когда вдруг увидел желтый автобус с черными буквами Amnesty-International[1].

– И тогда подумал, что это самое место для таких благодетелей, как соколы, и ты пришел по нужному адресу.

Голосом Ричарда можно было замораживать кипяток.

Джаред виновато смотрел на ноги.

– Ты не представляешь, как часто я потом проклинал этот день. Если бы я только не был таким тщеславным! Но я непременно хотел показать Якобу результат!

Вдруг я вспоминаю. Мама не являлась членом правозащитных организаций, хотя была о них высокого мнения. Но ей нельзя было попадаться на глаза. Она не подписывала петиций и не принимала участия в демонстрациях.

– Мама никогда не состояла в Amnesty. Но в тот день она заменяла коллегу, у которой восьмилетний сын упал с велосипеда и был доставлен в больницу со сломанной ногой, – шепчу я, подавляя слезы.

На меня устремились пораженные взгляды. Мое дыхание участилось, и что-то мокрое закапало на руки.

– В моих слезах тебя я вижу, как в зеркале, разбившемся о жемчуг, – бурчит Ричард. Я поднимаю на него глаза. Он вымученно улыбается. – Это не

---

[1] Международная неправительственная организация, занимающаяся защитой прав человека.

мое. Христиан Моргенштерн мог выражать чувства намного лучше, чем я.

Лицо у Джареда между тем казалось восковым, на лбу проступили капли пота.

Я пытаюсь откашляться.

– Итак, ты последовал за ней и... осведомил Якоба, что разузнал ее адрес?

Мне так больно произносить его имя.

– Да. Он сказал, что должен обсудить все с Фараном, а я дальше должен наблюдать за ней. На следующий день Якоб снова позвонил мне и сказал, что лично приедет в Мюнхен.

Я думаю об ужасной жаре в том году, о поездке с Лиц на велосипеде к озеру Лангвидер. Наблюдал ли он за нами?

– Когда... когда он в первый раз тебя увидел, то с ним долгое время невозможно было заговорить. Якоб сразу сообразил, что является твоим отцом. Ты, в конце концов, выглядишь очень... – Мой взгляд заставляет его замолкнуть. – Я никому из вас не должен был рассказывать. Он приказал мне пойти к соколам, когда я вернусь в Ирландию.

– Что, прости? – лицо Ричарда вытянулось. – Все лучше и лучше! Ты тогда вообще не добровольно ко мне пришел?

– Нет. Я так гордился, когда нашел Филлис и смог убедить ее в том, что якобы изменил взгляды.

– Меня от тебя тошнит, Джаред, – возмутилась Филлис.

– Я не понимаю, почему он хотел... – спрашиваю я, но Эйдан прервал меня:

— Думаю, Якоб хотел проверить, остались ли у твоей мамы связи с соколами и возьмет ли Монтгомери ее к себе, если она к нему приблизится.

Джаред утверждающе кивнул.

— Джаред рассказал мне о ней и сообщил, что я должен был спасти ее от Фаррана, — говорит Ричард и нервно проводит по волосам.

Я вскакиваю и упираю руки в бока.

— Черт, почему вы тогда этого не сделали?

Он бледнеет и избегает моего взгляда.

— Потому что... я был глуп и... обижен, — искренне признает он, — я вбил себе в голову, что это могла быть ловушка или что я причиню ей вред, если она вернется, потому что она считалась бы предательницей. Мы разошлись на семнадцать лет, потому что она выбрала твоего отца. Когда Джаред рассказал мне о ней, я убедил себя, что было бы лучше позволить действовать твоему отцу. Я думал, что он взял бы вас обеих к себе. И тогда я дал Джареду задание сообщить о вас Макэнгусу. Я и предположить не мог, что он уже все знает и, в свою очередь, послал Джареда ко мне.

Мое сердце забилось быстрее. Так много совпадений! Так много упущенных возможностей спастись!

— Что тогда произошло? — обратилась я к Джареду.

— После того как я весной сдал выпускные экзамены, Якоб снова отправил меня в Германию. Он все еще ждал реакции Ричарда. Но ничего не происходило, и он терял терпение. Тогда он поручил мне разделить тебя с мамой на выходных. Я достал билеты и подкатил к Лиц. Но я уже слишком долго наблюдал за вами. Не так-то просто убить кого-то, когда знаешь его и любишь.

Филлис засмеялась.

— Да что ты говоришь, Бреди! Я тебе глубоко сочувствую.

— Якоб этого никогда точно не говорил, — продолжает Джаред вполголоса, — но мне стало понятно, что твою мать должны были убить. Почему же тогда мне нужно было тебя отделить? Меня начала грызть совесть, и я попробовал объяснить Якобу, как много мать для тебя значит. Но он сказал только: «Ты мягкий, Бреди. Но не беспокойся. То, что нужно сделать, выполнят другие».

Пока он говорил, я рухнула на диван и начала стучать кулаком по стене, пока боль в костяшках не начала отдаваться в плечо. Эйдан подходит, берет меня и крепко держит в руках.

— С этого момента мне нужно было бы налить вино! — кричит Ричард вне себя.

— Да. Я так сильно боялся его. Я имею в виду, у меня не возникло сомнения, что он убьет женщину, которую прежде любил, чтобы только подобраться к ее ребенку. Почему тогда он должен был пощадить меня, если бы узнал о моем предательстве? Ты сам знаешь, какая у Макэнгуса репутация!

Ричард хватается за оружие так крепко, что бледнеют костяшки, и подходит к нему на пару шагов. Джаред в панике поднимает руки.

— Подожди! Я все равно попробовал. Правда! Вспомни, ты тогда отправил в Мюнхен Овенса с заданием! Он встретил меня, и я ему сказал, что Катарина на выходных поедет одна. Если бы у тебя был интерес встретиться с ней, это была бы неплохая возможность. Овенс ответил, что передаст это тебе.

Ричард опускает руку с оружием вниз.

— Он тебе не сказал, так ведь? — шепчет Джаред.

— Я вообще не отправлял Овенса в Мюнхен.

Джаред в поисках помощи смотрит на меня. Я едва могу вынести его взгляд, но чувствую, что он говорит правду.

— Итак, Овенс был человеком, которого назначил Якоб. Кто второй? — твердо спрашиваю я. — Ты сказал, что я знаю одного из них.

— Его сын.

— ДИН? — шокированно вскрикивает Эйдан.

Я знала это. Я это будто все время чувствовала. Холод, который окружал меня и отталкивал от него, хотя он спас меня, когда Шин хотел меня застрелить.

— У тебя есть доказательства? — угрожающе спрашивает Ричард.

— После того как мама Эммы была мертва, я допросил Овенса. Он утверждал, что забыл передать тебе мое послание и что мне лучше не следовало бы с тобой об этом говорить, так как ты явно хранил к ней больше чувств, чем все предполагали. А я боялся все тебе рассказать.

— Благородный трус! — рычит Эйдан.

Джаред круто оборачивается и злобно смотрит на него.

— Заткнись, Каллахан! Ты не знаешь, каково это, постоянно стоять под ударом со всех сторон. Пока в твоей жизни все крутится вокруг того, когда и какую роскошную тачку тебе подарит папочка, девушка, которую я любил, совершила самоубийство, и я должен был бороться за выживание. Я едва мог дождаться аттестата, чтобы освободиться от Фаррана. А как они выглядели, ты и сам знаешь. Тогда я в первый раз засомневался в Овенсе. Я сделал все, что потребовал Макэнгус. Внешне я был глубоко преданным вороном. Никто, кроме Овенса, не знал, что я пытался предупредить Ричарда. Почему Фарран должен был мне что-то сделать? Дин живет после смерти своей матери в общежитии Sensus Corvi, и Фарран поддерживает его, как только может. Он никогда не скрывал, что глубоко ненавидит своего отца-изменника и соколов. Но я все равно начал за ним наблюдать. И на Хеллоуине мне повезло.

Он хватается за джинсы и достает телефон.

— Ты так ужаснулась, когда Лин тем вечером узнала меня, но я заботился о тебе, Эмма. Я спрятался рядом со входными воротами, чтобы видеть, все ли у тебя хорошо. Когда Эйдан тебя повез домой, я хотел было тоже уйти, как увидел, что Дин пешком покидал территорию. Я прокрался за ним. И через пару сотен метров он встретился со своим отцом. Я записал часть их разговора.

Ричард убирает оружие и подходит ближе, когда Джаред нажимает на экран телефона. И тогда я слышу голос Дина, и холод инеем стягивает мою кожу.

* * *

— *...если ты знал, что он сюда пришел, почему ты не отправил мне сообщение? Я бы с ним покончил. Тогда бы мы разом от него избавились. После напа-*

дения Шина никто бы не упрекал меня в том, что я его прибил, чтобы защитить ее. Меня бы считали героем.

— Монтгомери мне только что сказал, что Бреди должен был оповестить ее насчет новой встречи. Успокойся! Он же ничего о тебе не знает. И против меня у него нет никаких доказательств. Сокол доверяет мне. Если он ему об этом расскажет, я просто возражу.

— Все равно я хочу убрать его с дороги!

Из динамика раздается насмешливый смех Овенса.

— Все еще никакого прогресса с малышкой?

— Черт, я над этим работаю! По крайней мере, Эйдан вне игры. Но Джаред сегодня сказал ей что-то, иначе она бы так не вышла из себя. Что, если он тогда меня увидел в Мюнхене? Лучше бы ты ее мать сам прикончил.

— И как? Кидая проекции твоей Белоснежки перед каждой проезжающей машиной? Ты сам прекрасно знаешь, что был нужен мне, чтобы ее определить!

— Убери его с дороги, пап! Я хочу заполучить эту девчонку!

— Попробую. Но ничего не могу тебе обещать. Из-за твоего романа я точно не выйду из укрытия.

— Никакого романа. Ты все еще не понимаешь. Она будет моим трамплином наверх. Фарран уже у нее как ручной. Когда он ее обучит, она станет его кронпринцессой. Ее дары...

— Пожалей меня и прибереги свое сюсюканье для нее! Мне нужно идти, иначе Монтгомери что-то заподозрит.

— Будь осторожен, пап.

ЗВОНОК

Пахнет водорослями, тухлой рыбой и старым маслом.

И я глубоко вдыхаю тогда, когда выхожу из вонючей каюты и поднимаюсь на палубу. «Исида», корабль Монтгомери, уже три дня стоит на якоре в порту Дугласа, столице острова Мэн. На палубе еще перед рассветом собрались все соколы высокого ранга, среди них Деннис, муж Филлис, и Коннор. Военное собрание.

– У Фаррана этот чертов остров уже давно как бельмо на глазу, – шепчет Эйдан, когда мы стоим у перил и смотрим сквозь серые струи дождя на маленький холм, возвышающийся на рифе в порту. – Насколько я знаю от своего отца и Якоба, здесь штаб соколов и офшорные компании. Они по праву автономные, и он страшно злится, что у него не получается заслать ворон на важные посты в экономике, праве и политике. Думаю, здесь соколы держат в своих когтях абсолютно все.

– И? – спрашиваю я и вытираю пальцем дождевые капли со щеки Эйдана. Тусклое серое небо заставляет выглядеть его лицо еще более бледным. С нашего прибытия он спит так же мало, как и я. И это явно не из-за предательства своего отца. Якоб и Фарран – два призрака, которые гонятся за нами обоими.

– Ладно! Черт! Я не знаю, когда я вообще смогу привыкнуть быть соколом.

– Должны быть соколы с черным оперением. – Я цепляю его и тяну за собой на трап. – Пойдем прогуляемся по порту. Ричард точно еще несколько часов будет объяснять все соколам.

Эйдан прижался губами к моему лбу. Хоть его губы и холодные, но они оставляют приятное чувство тепла на коже.

— Вам лучше не уходить с корабля! — позади нас вдруг раздается насмешливый голос. Я поворачиваюсь и смотрю прямо Дэвиду в глаза. Дэвид Штайн, сын сокола, на которого после Ричарда охотятся все вороны. Его отец Джаред, он нейрокинетик, как и Макмиллан, активный боец, на чьем счету столько же ворон, сколько и соколов у моего отца. Фарран уже годами ищет его в Германии, где он, по слухам, должен был уйти на дно. Я спрашиваю себя, почему он вмешиваться. Хочет ссоры?

— Кто сказал? — выжидающе спрашивает Эйдан.

— Ричард, — невозмутимая улыбка на лице Дэвида вызывает у меня недоверие. Что, если он перенял дар своего отца?

— Ну ладно, — сдаюсь я и тяну Эйдана за куртку, — мы можем попозже...

— Я не в плену у соколов!

— Нет? — протянуто спрашивает Дэвид.

Эйдан медленно поворачивает голову в сторону, но прежде чем я могу что-то сказать, перед нами вырастает метровая волна, переливается за борт, с невероятной точностью охватывает молодого человека и смывает его с палубы, по которой он скользит метров на пять. Он издает гневный крик и пытается освободиться из-под водной массы. Но тут кто-то хватает меня сзади, и я чувствую у виска металл.

— Прекрати!

Эйдан бросает короткий взгляд на охранника.

— Ричард с огромным удовольствием будет пытать вас, если вы хоть след оставите.

У меня не остается времени возмутиться насчет его спокойствия. Выругавшись, мужчина отпускает меня и теперь направляет оружие на Эйдана, который уже торопится к Дэвиду, но я выбиваю его ногой у него из рук. Раздается выстрел, и на палубе слышатся возгласы, за которыми следуют тяжелые шаги, но мои глаза ищут Эйдана. Он только что двинул Дэвиду кулаком в живот. А затем я слышу крик. Голос Эйдана раздается так звонко, что у меня болят уши, а на затылке встают волосы. Дэвид, качаясь, встает с пола. Вода струями течет с его промокшего насквозь пуховика, а волосы приклеились к лицу. Но все, на что я обращаю внимание, — это его глаза. Еще никогда я не видела, чтобы они были такими зелеными. Светящиеся, почти желтые, как у змеи, они останавливаются на Эйдане, который под ним извивается.

— Дэвид! — кричу я на бегу, и он отклоняется назад, будто его стукнули. Он озадаченно смотрит на меня. Его глаза темнеют и теряют свой хищный взгляд. — Пожалуйста, не надо!

— Ему не следует со мной связываться! И тебе, воронья девочка!

— Ты его спровоцировал! — Эйдан со стоном поднимается и с ненавистью смотрит на него.

— Вы уже закончили, детки? — спрашивает пожилой человек с седой бородой. Тогда я замечаю, что мы окружены черными куртками.

— Нет, все под контролем, — говорит в рацию светло-рыжий, который мне угрожал, — у них только слишком много энергии. Лучше, если бы ты им дал задание, босс... Понятно. Только Дэвиду сначала нужно переодеться. — Он мрачно смотрит на нас. — Все втроем к Ричарду. Немедленно.

Через пару позже мы узнаем причину запрета выйти на сушу. На первой странице Mirror, самой большой бульварной газеты в Англии, красуется наша с Эйданом фотография у рождественской елки. Чуть ниже и поменьше — Джаред с покрашенными в светлый цвет волосами. Я узнаю фотографию с телефона. Над фотографией жирными буквами написано:

Ревнивый бывший похищает шестнадцатилетнюю с ее парнем.

— Ну вот, хуже просто быть не может! — говорю я и падаю на стул. В переполненной каюте душно. Запах промокшей одежды и пота смешивается с запахом кофе, чая и выпечки. Эйдан заметно напрягся под взглядом многих соколов.

— Ты ожидал чего-то другого? — спрашивает Филлис. — Вы все еще несовершеннолетние.

Я игнорирую любопытные взгляды незнакомых мужчин и женщин и вылавливаю две чашки с середины стола. Коннор, улыбаясь, пододвигает мне чайничек с кофе. Пока я наливаю в чашки, Эйдан пробегает глазами статью и с мрачным лицом садится рядом со мной. Меня не интересует газета. Все равно, что там написано, там так и так наврали.

— У тебя не найдется для меня кофе, воронья девочка?

Дэвид переоделся с рекордной скоростью. Его волосы еще блестят и выглядят, будто он едва промокнул их полотенцем. С извиняющейся улыбкой он садится на свободное место слева от меня. Прежде чем я протягиваю руку к чайничку, Эйдан уже держит его в руках.

— Вот, — холодно отвечает он и ставит чайничек перед ним, — ее, между прочим, зовут Эмма.

— Успокойся, Каллахан, — он показывает на газету, — теперь ты знаешь, почему вам нужно остаться на корабле.

— И у тебя бы ни зубчик не выпал из короны, если бы ты ему рассказал, — укоряюще говорит Ричард. Эйдан удивленно смотрит на него. Он явно не рассчитывал на то, что Ричард встал бы на его сторону.

— Вы уже решили, что предпримете против Овенсов и моего отца? — спрашиваю, прежде чем Дэвид успевает что-то ему ответить и начать новую ссору. Все остальные разговоры разом смолкают. Ричард скрещивает руки и наклоняется вперед.

— Что бы ты предложила?

Проклятье. Да он больше похож на Фаррана, чем думает.

— Если Фион, — я быстро откашливаюсь, когда вижу шокированные взгляды вокруг, — эм, я имею в виду Фарран, поместил историю о похищении в газету, он явно думает, что я здесь не по своей воле. Вы могли бы предложить обмен. Эйдана и меня на Овенса, Дина и моего отца.

— Он не отнесется к этому серьезно, — вставляет Деннис. Филлис, соглашаясь, кивает.

— Что касается Овенса с его сыном, то, возможно, и да, — говорит Ричард и задумчиво осматривает Эйдана.

— Забудьте. Либо мы оба, либо никто. Я не оставлю здесь Эмму одну и не вернусь к отцу. Оттуда я никогда не вернусь, это вы точно знаете. Он тогда бы стал манипулировать с моей памятью. — Я кладу на его руку свою и всматриваюсь в него. Он вздыхает. — Ты меня никогда не спрашивала про его способности. Даже смешно. Это всегда первое, что хотят знать остальные девчонки. Какой у него дар и сколько у него денег, — за его словами следует смех.

— Прекрасно! — говорю я. — Твой очаровательный папа, получается, может проникать в память других людей?

— Не без помощи, — Эйдан делает паузу и, колеблясь, смотрит вокруг. — Для этого ему нужен Фарран.

Возбужденное обсуждение членов Глаза Гора дает понять, что Эйдан выдал секрет, который до этого строго берег.

— Ты уверен? — тяжело спрашивает Ричард.

— Да. Но я не знаю, как это работает. Мой отец знаком с Фарраном целую вечность. Студентами они довольно часто экспериментировали с дурью и в какой-то момент обнаружили, что могут совместно работать и дополнять дары друг друга, чтобы создать кое-что новое: способность проникать в мозги другим людям. Они годами работали над тем, чтобы это улучшить.

Перед моими глазами встает картина длинноволосого, зажмурившегося Фаррана. Ладно, возможно, этот священник в молодые годы был совсем другим человеком... А затем у меня с глаз будто снимают повязку.

– Поэтому он так был заинтересован в том, чтобы поддерживать нашу связь! Он хотел из нас скроить что-то новое! – вырывается у меня.

Эйдан бросает мне предупреждающий взгляд, и я сжимаю губы. Призрачная тишина, следующая за моими словами, чувствуется веревкой, сжимающей горло.

– Уверен, что можешь доверять этим двум воронам? – спрашивает Ричарда темноволосый гунн с бородой.

– О, я доверяю им в той же мере, что и они мне.

– Значит, совсем нет, – говорит мужчина слева. Он моложе Ричарда, упрямый, как бык, и широкоплечий. Рукава светло-голубой рубашки закатаны до локтей, обнажая мускулистые руки со светлыми волосами. Он с опаской осматривает меня.

– Именно в этом и проблема! – вскрикиваю я. – Недоверие! Потому что вы не доверяли моей матери, ничего не предприняли для ее спасения! Фарран наверняка убежден в том, что я на его стороне или что он может заполучить меня обратно. Большинство ворон возносят его как Бога, его секретарша бы вылизала для него всю школу! Он излучает влияние, которое обволакивает и заставляет забыть все остальное. Потому что он сам уверен, что ему никто не может противостоять. А с вами что? Вы выглядите больным, изможденным и уставшим. Кто мог бы предположить, что вы смогли бы выступить против него?

Лицо Ричарда белое, как кофейная чашка, которую он обхватывает своей правой рукой. Эйдан неловко откашливается, но я больше не могу остановиться.

– Вы перестали в себя верить! Я это знаю. Я была в ваших чувствах. Это я имею в виду буквально. Между прочим, я не эмпат. Мой дар – ныряние.

Я игнорирую испуганное бормотание и концентрируюсь на окаменевшем лице Ричарда. Только короткое подергивание под правым глазом выдает его удивление.

– Если вы и правда любили мою маму, тогда прекратите уже сожалеть и начните биться! Помогите мне найти и наказать убийц! Доверьтесь мне!

В этот момент раздается приглушенная вибрация, и Ричард берется за телефон.

– Да? – его лицо мрачнеет. – Ты, получается, снимаешь маску, Овенс?

У меня сжимается грудь. Ричард слушает с напряженным лицом, затем переключает телефон на громкую связь и двигает его ко мне.

– Отец хочет с тобой поговорить.

Я почти подавилась от испуга. Заставка на телефоне гаснет и погружает экран в черный блестящий цвет, на котором отражается мое лицо. Сердце бьется так громко, что, кажется, заглушает его голос.

– Эмма?

Я открываю рот, но у меня ничего не получается сказать. Телефон расплывается перед лицом, принимает новую форму, и, когда он снова говорит, у меня появляется ощущение, что я смотрю в его ледяные глаза.

— Эмма, у тебя все хорошо? — Обеспокоенность в его голосе зажигает во мне что-то, огненные языки проносятся по моим венам и болезненно взрываются в голове.

— Почему тебя это интересует?

На момент стало тихо.

— Я... твой отец, — еще никогда его голос не звучал так неуверенно. Боль в голове между тем стала такой сильной, что все перед глазами начало пульсировать.

— У меня больше нет отца, — тихо говорю я.

— Тогда Монтгомери снова победил, — безучастно отвечает он, — прямо как с Риной. Но в этот раз я подготовлен и буду сражаться.

О чем он вообще?

— Ты маму...

Меня прерывает испуганный голос девочки.

— Эмц, они тут сумасшедшие. Я тебе сразу говорила, тот тип предводитель секты. Они меня убьют, если ты не вернешься. Этот Макмиллан...

— ЛИЦ! — вырывается у меня, я хватаюсь за телефон, но вместо нее отвечает мой отец.

— Сегодня Новый год, малышка. Либо ты до полуночи снова со мной, либо твоя подружка будет мертва. Я начну этот Новый год только с тобой на моей стороне.

Его слова проникают в сердце, как ледяные осколки. Я начинаю дрожать, и стол под моими руками вдруг начинает дрожать.

— Убийца! — кричу я прямо в телефон.

— И Эйдана, конечно, ты приведешь с собой, — спокойно продолжает он, — мы будем ждать на школьной территории.

— Нет, пожалуйста, не надо снова... Мистер Макмиллан, нет... ааа! — раздается голос Лиц, но связь прерывается. Внезапно стол опрокидывается, и я чувствую что-то горячее и влажное на своих коленях. Моя голова вот-вот лопнет от боли. Где этот чертов телефон? Я падаю на колени и шарю по полу между фарфоровыми осколками и темной жидкостью, но мои руки так сильно трясутся, что он выскальзывает из моих холодных пальцев. Тут я чувствую согревающие руки, и гул в ушах становится тише, когда я наконец слышу Эйдана.

— Спокойно, Эмц. Все будет хорошо.

— Хорошо? — я истерически смеюсь. — Тут не дурацкая сказка!

— Я тебе обещаю, мы...

— Обалдеть, это было круто, воронья девочка, — прерывает его Дэвид, — ты бы так смогла, Филлис? Три ножки стола, в каждой десятисантиметровые винты, вкручивающие его в пол, вау!

Я осторожно отрываюсь от рук Эйдана и оглядываюсь. Ричард и Филлис с обеспокоенными минами на лице стоят справа от меня. Слева на корточках Дэвид собирает осколки. Он поднимает голову и ухмыляется мне. Появляется Джаред со щеткой и помогает ему.

Я растерянно пялюсь на разруху, которую явно только что устроила. Массивный стол с ножками из нержавейки, прикрученный в пол, лежит на краю, за ним в куче лежат разбитые чашки, выпечка, разлитый чай и кофе. Я внезапно чувствую себя очень уставшей.

– Ты не можешь ее отпустить обратно, чтобы только спасти эту девочку, иначе у тебя скоро появится враг похуже Макэнгуса, – говорит Патрик, морща лоб и бросая на меня недовольный взгляд.

Не успеваю я на него наброситься, как Ричард утверждающе кивает.

– Верно. И поэтому я исполню твое желание, которое ты мне, дурья башка, уже давно навязываешь, – он одаривает его самодовольной улыбкой. – Мы соберем наших людей и пойдем в крупное наступление. Посмотрим, как хорошо Фарран сможет обороняться, если соколы серьезно возьмутся за дело.

ПРИГОТОВЛЕНИЯ

Немногим позже «Исида» выходит из порта.

Ее узкий нос легко разрезал волны ирландского моря, которое нарастало над ним подобно серому стремительному табуну коней. Дождь обрушивался на мужчин на палубе, смывая с их лиц усталость и освобождая место для напряженной суеты. Они сняли накрытие с бассейна и стали доставать из него продолговатые деревянные ящики и таскать их внутрь корабля, чтобы защитить от холода и влаги. Я могла бы и додуматься, что с такими температурами, как здесь, Ричард использует бассейн не по назначению. Я наблюдаю за оживлением с защищенной от дождя средней палубы, и в моем животе, как от испорченной еды, режет чувство, что я постоянно бесполезно путаюсь у всех под ногами.

Эйдан вышагивает передо мной взад и вперед, как разъяренная пантера за защитным стеклом в зоопарке. Он меня раздражает. Я очень хотела бы привязать его к ближайшим перилам. Тогда я задерживаю проходящего мимо меня Дэвида с пилотным шлемом под мышкой.

— Что там внутри?

Он следит за моим взглядом, направленным к ящикам.

— Оружие и взрывчатка.

Эйдан останавливается как вкопанный.

— Проклятье, Ричард что, хочет взорвать школу?

— Сам у него спроси.

Дэвид пожимает плечами и торопится к вертолетной площадке. Я бегу за ним. Ветер сдувает с головы капюшон моей куртки. Когда я его догоняю, волосы у меня промокли насквозь.

— Куда ты летишь?

— Забудь, Эмц, ты же его слышала, — говорит Эйдан позади меня. Он натягивает капюшон обратно мне на лоб и мягко заправляет выбившуюся прядь за ухо. — Если Ричард созовет всех своих людей, то проинформирует нас о своих планах. Если он еще не передумает. У соколов нет доверия в крови, — саркастично добавляет он.

Дэвид громко ругается на немецком и нахлобучивает шлем. Я игнорирую вопросительный взгляд Эйдана и считаю лучше этого ему не переводить.

— Прекрати уже купаться в жалости к себе, Каллахан! — бурчит затем Дэвид. — Лучше попытайся быть полезным!

Глаза Эйдана угрожающе сверкнули.

— И как же, если твой босс нам ничего не доверяет делать?

Зеленоглазый продолжительно смотрит на него, пока застегивает шлем под подбородком.

— Ты можешь летать на вертолете?

— Удостоверение пилота я получу только в восемнадцать.

— А несмотря на все эти бумажные формальности?

Лицо у Эйдана проясняется, а на губах играет улыбка.

— Конечно, я могу управлять этой штуковиной. Я закончил обучение полгода назад и в термиках разбираюсь, пожалуй, получше твоего.

— Ты ужасный хвастун, Каллахан.

— Можешь сам испытать, Штайн.

Эти оба да вместе на вертолете?

— Я с вами, — быстро говорю я.

— Нет! — объявляют они в унисон.

— Слишком опасно, — объясняет Дэвид.

Да ты что? Я упираю руки в бока и приближаюсь к ним на шаг.

— Осторожно, — предупреждает Эйдан, — я знаю этот взгляд!

— Помолчи! Ричард об этом предупрежден?

— Ты вот сейчас правда хочешь настучать на парня, воронья девочка? — Дэвид издевательски поднимает бровь. Идиот! Краем глаза я вижу разозленное лицо Эйдана. Может, неправильно его задерживать, если Дэвид сам сдает. Возможно, это такой вид примирения между мужчинами. Но беспокойство за него сильнее.

— Почему Эйдан? Ты же сюда прилетел с другим пилотом.

— Тот нужен Ричарду для другой работы. А второй пилот мне и правда бы не помешал. — Прежде чем я что-то спрашиваю, Дэвид поднимается в кабину вертолета.

Эйдан берет меня в свои руки и прижимается коротким, сильным поцелуем к губам. Когда он меня отпускает, мой рот горит огнем.

— Вы там одни наверху будете как динамит и тротил! — стону я, вспоминая драку утром. Дэвид выпрыгивает из кабины и, улыбаясь, прижимает ему шлем у груди.

Я касаюсь его руки.

— Скажи мне хотя бы, куда вы летите.

Он на момент колеблется, и его лицо становится серьезным.

– Мы приведем моего отца и пару других соколов из их укрытий.

– И это ты мне говоришь только сейчас! – бурчит Эйдан, уставляясь на него. – И ты хочешь взять туда меня с собой?

– Хм. Наверное, отец меня потом за это четвертует. Но я думаю, постепенно время покажет, что мы, соколы, довольно хорошо можем преодолевать наше недоверие.

Двое мужчин из охраны Ричарда притаскивают деревянный ящик и загружают его в пассажирский отдел вертолета. Когда они поворачиваются к нам спинами, Эйдан молниеносно залезает в кабину. Дэвид следует за ним. Я отхожу на пару шагов, пока запускается вертолет. Лопасти начинают быстро вертеться. Меня пробирает дрожь, когда я думаю о ящике с оружием. Сразу становится понятно, почему Дэвиду может понадобиться второй пилот и почему я не должна их сопровождать. Они ожидают нападения ворон с воздуха.

Время до полуночи перед Новым годом всегда казалось мне невыносимо долгим. Но сейчас стрелки на моих часах будто были неподвижно привинчены. Я, как марионетка, все быстрее дергаюсь в волнении, комкая одеяло. Взволнованные лица искаженно проносятся передо мной, и я выкручиваю громкость на плеере до красной отметки, пока низкочастотные басы не перекрывают мое такое же быстро колотящееся сердцебиение. Недавно я была в каюте. Но когда я увидела черный шерстяной свитер Эйдана на кровати, не продлилось и полчаса, когда я снова взяла себя в руки, чтобы снова выйти на палубу. Страх медленно пожирает меня. С отлета прошли часы, и на горизонте все еще не было видно вертолета. После тридцатой попытки я перестала названивать Эйдану. Наверное, он поставил телефон на беззвучный режим. Думаю. Надеюсь.

Кто-то вдруг взял меня за руку.

— Сколько ты уже здесь снаружи? Да у тебя же ледяные пальцы!

Джаред.

Я проклинаю его дар разговаривать со мной в мыслях. Когда я хочу вырвать руку, он быстрым рывком выдирает мои наушники.

Проклятье! Звуки взволнованных голосов и громких приказов душат меня.

— Что ты творишь, Джаред?

— Где Эйдан?

— Это тебя не касается.

Выражение его лица меняется с удивления до злости.

— Эмма!

— Отвали! Ты уже достаточно всего устроил.

Он меня мгновенно отпускает. Я вижу в его глазах, как его ранят мой тон и слова. Я знаю, что не должна снова это начинать. Он все же попробовал исправить свою ошибку. Ричард его простил, а я тем временем его игнорировала. Но в этот момент мне просто было хорошо найти виновника за все то дерьмо, что происходит вокруг меня.

Нет ничего проще, чем обвинить другого! Намного приятнее, чем нести ответственность за собственные неудачи.

Вот дрянь! Сейчас у меня в голове вертятся слова Фаррана. Я бы поступила по-другому на месте Джареда? Я бы осмелилась противостоять внушающему всем страх Макэнгусу? Якобу. Отцу.

У меня в животе заурчало. Под моим ледяным взглядом глаза Джареда темнеют. Он глубоко вздыхает. Мне показалось, что он выглядел так, будто хотел уйти. Но он бледнеет и внезапно хватает меня за плечи.

— Только не говори, что он улетел с Дэвидом!

Я не отвечаю, и его хватка становится такой крепкой, что я поднимаю руки и ударяю его в грудь.

— Отпусти меня!

Мои удары его, кажется, не заботят. Не успеваю я отбиться, как он еще крепче берет меня в руки, и я слышу его голос в голове.

«Мне тебе вообще-то нельзя этого говорить, так что не показывай это всем сейчас. Час назад мы поймали последнее сообщение от Дэвида. Он был под обстрелом людей Фаррана. С тех пор Ричард безуспешно пытается выйти с ним в контакт. Мы не знаем...»

Ноги сдают, и я сильно хватаюсь за него, чтобы не упасть. Я хочу закричать, но Джаред прижимает мое лицо к прохладной ткани своей куртки, и все звуки глохнут. Только через некоторое время я чувствую, как он мягко гладит меня по волосам. Я медленно отхожу от него.

— Джаред, — хрипло шепчу я, — отведи меня к нему немедленно.

Он колеблется только одно мгновение. Затем берет мою руку и тянет за собой на нижнюю палубу.

Я ожидала, что Ричард будет на собрании с другими соколами. Но после того, как Джаред провел меня через множество коридоров с вооруженными охранниками, он постучал в одноместную каюту.

— Что? — я невольно отшатываюсь назад. Голос Ричарда дрожит от гнева. Джаред бросает подбадривающий взгляд и коротко сжимает мне руку. Когда он хочет отпустить, я отвечаю на его пожатие.

— Спасибо, Джаред, — шепчу я.

Он с улыбкой отворачивается и исчезает в проходе.

Я снова стучу. Дверь распахивается, и Ричард буквально натыкается на меня.

— Мне нужно с вами поговорить!

— Эмма, при всем моем уважении, не сейчас!

— С каких пор, — тихо шепчу я и приближаюсь на шаг, — вы больше не владеете мантикой?

Он так быстро хватает меня за куртку, что я только тогда соображаю, что он делает, когда он уже прижимает меня к закрытой двери в каюте. Его глаза прямо как горящие угли. Но испуг от новости Джареда сидит слишком глубоко, чтобы я могла его бояться.

— Кто сказал... — рычит Ричард.

— Никто. Но все так подумают. Особенно сейчас, когда вы не смогли спасти сына Штайна с помощью дара и не имели понятия, что с ним происходит. Это было причиной, почему вы до этого сторонились борьбы с Фарраном, не так ли? Никто ничего не должен был заметить.

Его грудь порывисто вздымается и опускается.

— Откуда ты знаешь о сообщении? Подожди, я могу догадаться. Есть только один, кто хочет перед тобой исправиться. Джаред, верно? – его глаза сужаются. – Но с каких пор ты интересуешься Дэвидом?

— Эйдан с ним.

— Нет! – Ричард отшатывается назад. Он натыкается на узкую кровать с белой помятой простыней, садится и прячет голову в руках. – Еще и Каллахан!

Его отчаяние – отражение моей безнадежности. Я как запрограммированная подхожу к нему, сажусь рядом и устало кладу голову ему на плечо. Я чувствую, как он удивляется. Мой взгляд бродит по комнате. Она скудно обставлена. Пара книг на полке, серые радиочасы на стене. И тогда я вижу знакомое лицо. С фотографии смеется молодая светловолосая женщина из простой серебристой рамки на столе напротив, и у меня с болью сжимается сердце.

— Вы потеряли дар после смерти мамы.

Он не отвечает. Я хочу его утешить, но не знаю, что должна сказать. Ослепший предсказатель. Будут ли держаться за него люди, когда узнают об этом?

Наконец я тихо говорю:

— Я бы хотела, чтобы вы были моим отцом.

Он издает хриплый звук и неуверенно кладет на меня руку. Его дыхание успокаивается, и через какое-то время он тихо всхлипывает:

— Разве? Я думал, что выгляжу по сравнению с твоим идолом Фионом больным и уставшим. Никто не хочет мне вылизывать ботинки, и я больше не владею божественным провидением.

Я виновато поднимаю голову. Он смотрит на меня, будто видит в первый раз.

— Ну честно, кому нужны слюни на ботинках? — спрашиваю я.

Он звонко смеется, и тогда в его горестных чертах проступает лицо того дружелюбно улыбающегося мальчика с доски на SPSE.

— Не поймите неправильно, — серьезно продолжаю я, — Фион — это что-то особенное. Когда он проявляет свою симпатию, то начинаешь чувствовать себя как на небесах. Его воздействие смущает и привлекает одновременно, а дары граничат с волшебством. На своих занятиях он всегда давал мне чувство, что я особенная. Он невероятно терпеливый и хороший учитель. — Лицо Ричарда мрачнеет, но он кивает и позволяет мне продолжить. — Если он кого-то подцепляет на крючок, то заваливает таким количеством работы, что у того не остается времени подумать, что жизнь есть и за пределами Sensus Corvi. Раньше я и третью часть не училась так усердно, как здесь, и даже вне школы все крутится вокруг Sensus Corvi. Вороны же всегда держатся вместе. Но, конечно, гордишься тем, что принадлежишь к этому, что тебя признают, и тогда добровольно оставляешь все другое. Свободное время, друзей, свою жизнь, — я сухо всхлипываю, когда думаю о Лиц.

— Радуйся, что ты еще в положении это осознать, — отвечает Ричард, — многие за всю жизнь не понимают, что он хватает их в когти. Фарран —

артист кукольного театра. Это настоящий мастер манипуляции.

– Если бы только было так! Все намного хуже! Он сам уже одержим своим воображаемым миром. – Я вспоминаю речь посвящения и встречу в кабинете после нее, и по телу бегут мурашки. – Людей, как я, он поддерживает с искренней преданностью, прямо по-отцовски. Но люди без даров для него – низший вид. И даже среди даров он разделяет всех по рангам. Это просто примитивно, ниже человеческого достоинства!

В глазах Ричарда загорается крохотный огонек, как отблеск огня в глубокой темной пещере. Ломкий и беспокойный, будто в любой момент готовый погаснуть.

– Твоя мать сказала мне то же самое слово в слово, девочка.

Его прерывает громкий стук в дверь, и затем она рывком распахивается.

– Рич, ты сейчас же должен... Эмма! – Лицо Филлис раскраснелось и сливалось с ее рыжими волосами. Она, должно быть, бежала всю дорогу к каюте Ричарда. Или она разозлилась.

Ричард мягко меня отпускает и встает. По его лицу скользит циничная улыбка.

– Еще какая-то печальная весть, Фил? Ну давай! Эмма мне только что рассказала, что с Дэвидом именно Эйдан. Звучит замечательно, не правда ли? Принцы из враждебных кланов, объединившиеся в последнюю секунду, чтобы вместе полететь навстречу верной смерти!

Что касается юмора, то мой отец с Ричардом должны были быть лучшими друзьями.

Филлис на какое-то мгновение закрывает глаза. Потом она открывает их и тихо говорит:

– Они говорят, что ты потерял свой дар. Некоторые требуют, чтобы ты отступил и чтобы атака немедленно прекратилась.

* * *

Этого не может быть.

Ричард, наверное, обманулся. Даже его мантика может давать сбои. Я все еще твержу это себе, но его широкая ухмылка перед моим лицом не исчезает, пока я лежу в кровати и жду. Он сказал, через пару часов.

И тогда я слышу шорох в саду.

Слышится шелест листьев, прежде чем перед моим приоткрытым окном появляется тень и осторожно толкает его внутрь. Я задерживаю дыхание. Он пролезает в мою комнату, как пантера, почти беззвучно, и приземляется на пол с такой элегантной гибкостью, как может двигаться только Якоб. Сердце так громко стучит в грудной клетке, что становится больно. Он медленно скользит к моей кровати. Его запах щекочет мне нос – он только что помылся. Эта смесь из мужественности и опасности уже месяцы вызывает у меня влечение, и мои щеки горят огнем. Он наклоняется надо мной с нахмуренным лбом и сверкающим взглядом, но я отвлекаюсь на его светящуюся ауру. Невероятно. Почему он ее от меня не прячет? Фарран же научил его, как прятать свои чувства и защищаться от меня. Он так сильно чувствует это, что у него не получается?

Он упирает руки рядом с моей головой и пододвигается ближе. Светло-красные языки пламени его ауры облизывают мне лоб, и я уже вижу белый цвет на их кончиках. Мой опыт подсказывает, что он в любой момент может взорваться от ярости. И каждый, кто хоть немного знает Якоба, должен был бы взять ноги в руки и спасать свою шкуру.

Но я лежу, ровно дышу и просто смотрю на него.

– Я. Ненавижу. Тебя, – спустя вечность издает он с трудом, ударяя каждое слово. У него хриплый и дикий голос, как глубокое гортанное рычание дикой кошки. – Я ненавижу, как ты на меня смотришь глазами, как у олененка, будто не ты, а я предатель. Я ненавижу эти золотые искры в твоих зрачках, когда ты радуешься или злишься. Я ненавижу это проклятое хрупкое тело, которое каждый раз кричит «Спаси меня!», когда я на него смотрю. Я ненавижу это чувство полной потери контроля, которое во мне вызвали твои мягкие губы. Кто тебе вообще разрешал меня целовать? И больше всего я ненавижу твой ум и упрямство, которые привели к тому, что ты подвергла сомнению поступки Фаррана и поставила с ног на голову все, во что я раньше верил. – У него тяжелое дыхание. Он медленно нависает надо мной.

Из моего рта невольно вырывается мучительный стон, когда я чувствую жар его тела сквозь одежду.

Он наклоняет голову к моему уху, и его шепчущие губы вызывают у меня мурашки.

– После того как я вчера услышал вашу короткую милую беседу с Фарраном, я пытаюсь преодолеть эту ненависть, чтобы снова ясно мыслить. Но ты знаешь что? Одно только представление, что через пару дней тебя не будет рядом, что я больше не смогу слышать твой голос, так крепко закрепилось в моем сердце, что у меня получится его извлечь, только если я сейчас вырву его и истеку кровью.

По моему телу проходит дрожь. Его губы касаются моей шеи, нежно проводят по ней и останавливаются на маленькой впадине между ключицами. Я чувствую, как его язык пробует мою кожу, и зарываю свои руки в его густых черных волосах. Когда он поднимает голову и смотрит на меня, пламя вокруг гаснет. Я будто смотрю сквозь призму, вокруг его лица кружатся все цвета спектра, когда он говорит с чрезвычайно серьезным видом:

– Я всю ночь колол в саду дрова.

Мое напряжение взрывается в громком смехе, и он быстро прижимает руку к моему рту.

– Шшш, ты же разбудишь родителей.

– И, – запыхавшись, с трудом говорю я, – это что-то дало, конечно, кроме дров?

– Когда я наконец так устал, что еле мог держать топор, мне стало понятно, что это, возможно, никакая и не ненависть, которую я чувствую, и это меня еще больше разозлило.

– И? – спрашиваю я в мучительном ожидании.

– Тогда я помылся и приехал к тебе, чтобы выяснить, действительно ли это так.

Скажи, господи, да скажи уже, Якоб! Но он молчит, внимательно всматриваясь в меня, прежде чем твердо и властно прижаться к моим губам. Этот поцелуй совсем другой, чем тот, что был пару дней назад. Я никогда бы и не подумала, каково чувствовать, как он отвечает взаимностью. Может, мне нужно было и убежать...

Каждая моя клетка дрожит под его требовательными губами, и его руки спускаются по моим бокам к талии, которую он крепко хватает и прижимает к своим бедрам. Чувство никогда не хотеть заниматься чем-то кроме этого, накрывает меня волной, смывает за собой и вытесняет все другие мысли.

– Проснись, Рина! – шепчет кто-то мне на ухо.

Что за чудесный сон. Я со вздохом открываю глаза и застываю. Рядом со мной в приглушенном сумеречном свете лежит Якоб с обнаженным торсом. Якоб. Голый. В моей кровати. Мои щеки краснеют, и я быстро встаю, чтобы понять, что я тоже голая. Я поспешно натягиваю одеяло до шеи. Он весело приподнимает бровь и заправляет прядь волос мне за ухо. Когда он наклоняется и мягко меня целует, я снова вспоминаю, что случилось.

– Я объясню это Фиону, – серьезно говорит он.

– Якоб, я не могу быть вороном. Даже после этой ночи. Пожалуйста, пойми!

– Ты не понимаешь, Рина! – он нежно улыбается. – Я буду тебя сопровождать. Куда бы ты ни пошла.

МЯТЕЖ

Разозленные голоса доносились до нас уже в проходе.

Странным образом Ричард становился все более уверенным с каждым шагом, приближаясь к каюте. Наверное, такому, как он, нужны острые ощущения, чтобы достичь своей лучшей формы. Он распахивает дверь и разделяет своими широкими шагами все гудящие в суматохе, как пчелиный рой, разговоры.

Я нерешительно следую за Филлис и сажусь между ней и Джаредом.

На лице Ричарда проскальзывает насмешливая улыбка, когда он осматривается вокруг. Некоторые из его людей отвечают на взгляд, остальные неуверенно поглядывают на пол или на Патрика, крепкого блондина, который смотрит так презрительно, как бык на хилого матадора на арене. Ричард спокойно облокачивается назад на стуле.

– Как сказала Есида Кэнко в своих «Записках от скуки»: «Нельзя полагаться на повиновение слуг – ослушаются и сбегут».

– Избавь нас, пожалуйста, от своей начитанности и скажи лучше правду. Что с твоей мантикой? – шипит Патрик.

– У Фаррана есть мантик? Вы, соколы, слишком трусливы, чтобы бороться, если и не знаете, что вам предначертано?

– Не уклоняйся от ответа!

Ричард нагибается над столом и холодно на него смотрит.

— Моя мантика спит.

За его словами следуют возбужденные возгласы, и уголки рта Патрика вытягиваются в победоносную улыбку.

— С каких пор ты нас обманываешь? — возмущенно спрашивает Коннор.

Прежде чем Ричард отвечает, Джаред громко кричит:

— Он вас никогда не обманывал. Никто из вас его никогда и не спрашивал. Если бы вы включили свои мозги, то уже бы раньше до этого додумались. Я знаю об этом уже довольно долго. Траур по матери Эммы вывел из строя его мантику.

Я бы хотела, чтобы он этого не говорил. Холод, который настигает меня в следующий момент, колет кожу тысячью иголок. Но он в то же время делает меня агрессивной. И сильной. Я отвечаю на взгляд Патрика ледяными глазами своего отца, пока он не хмурит лоб и говорит:

— Нам лучше запереть ее в целях предосторожности.

Филлис издает шипящий звук и кладет руку на мои плечи.

— Ну, давай. Посмотрим-ка, как ты выдержишь мой телекинез.

Он громко смеется и скрещивает руки на груди.

— Разве мы это уже не выяснили на наших тренировочных боях?

Получается, он тоже телекинет.

Деннис встревает и требует мирного разбирательства, но дискуссия становится все вспыльчивей, и в конце Патрик требует от Ричарда добровольно уйти с поста руководителя соколов.

— Может, я и потерял дар, но не разум, — резко объясняет Ричард, — уже два десятилетия я борюсь против Фаррана. Те, кто уже долго с нами, знают, что не я пролил первую кровь. Но борьба сегодня ночью — это кое-что особенное. Речь идет о том, насколько сильны наши убеждения, чтобы преследовать нашу цель: гуманность и свободу. Девочка без даров не имеет для Фаррана ценности, это глупая пешка на его доске, чтобы, — он бросает на меня взгляд, — получить свою королеву. Если вы мной недовольны, я сам перестану быть руководителем, но не жертвуйте ему эту девочку!

Филлис испуганно вздыхает, а у меня сердце стучит в горле. Когда Ричард отступает, я оказываюсь во власти Патрика.

— Никто из вас не может мне предъявить, что я трус, — триумфально заявляет Патрик, — я всегда громче всех призывал к борьбе. Но освободить эту девочку — самоубийство. Мы свернем себе шею. Дела таковы, что Штайн, Смит, Джексон и другие сидят в своих укрытиях, пока сын Штайна, по всей вероятности, уже послужил кормом рыбам в ирландском море. — Каждое его слово будто осиный укус на моей коже. — Уверен, Самуэль уже в пути, чтобы забрать ее вместо Дэвида, но успеет ли он до полуночи? Ричард не может нам этого гарантировать. Все здесь происходит слишком быстро. Я за открытое выступление против Фаррана, видит Бог, но не сегодня ночью!

— Завтра для Лиц будет слишком поздно! — говорю я в гневе.

— У тебя здесь нет права говорить, ребенок. Радуйся, что я не собираюсь отдать тебя отцу.

— Патрик прав, — мямлит Деннис и бросает своей жене извиняющийся взгляд, — Фарран будет вооружен лучшим образом. Подобраться к нему сегодня ночью будет невозможно. Нашей целью не может быть спасти одного-единственного ребенка. Пожертвовать жизнью стольких людей было бы только тогда оправдано, если бы у нас был хоть малейший шанс добраться до Фаррана.

— Деннис! — Филлис возмущенно смотрит на него.

Тот смущенно отворачивает голову.

Несколькими минутами позже соколы определяют нового предводителя. Кроме Джареда, Филлис и Коннора все голосуют за Патрика. Мне кажется, будто я оказалась в плохо снятом фильме о мафии. Не хватает только, чтобы Ричарда засунули в мешок и бросили за борт. Он поворачивается ко мне и виновато улыбается.

— Мне жаль, Эмма.

Пока он встает и идет к двери, ненависть и ярость срастаются во мне в сильную, темную форму. Она выпрямляется и расправляет конечности, будто давно ждала того, чтобы выползти из меня. И я поднимаю руку и выпускаю ее наружу.

НАПАДЕНИЕ

Дверь, которую только что открыл Ричард, с грохотом захлопывается, ключ в ней проворачивается и, словно из катапульты, отлетает в противоположный угол. Одновременно с этим вода в стакане Патрика начинает бурлить. Его удивление длится только пару секунд, а затем он понимает, кто является инициатором всего этого, и принимает мой вызов. Я чувствую, как он направляет свою силу на воду и пытается ее остудить. Но он поздно понимает, что я нагреваю не воду, а стакан, и больше не может предотвратить того, что тот мгновенно расплывается, становится красным, как дикий мак, и взмывает раскаленным мячом в воздух. Как часто я это уже тренировала с Фарраном! Детская игра.

Голова Патрика исчезает за белым облаком пара. По моему лбу на глаза текут капли пота. Я вижу нечетко, и тут мне словно вложили в уши вату, которая заглушает все голоса. Приглушенный, испуганный возглас мужчины передо мной звучит как шипение кошки, когда я направляю раскаленное образование к его лицу. Его сила давит на меня, но я с ним справляюсь. Я знаю, я это могу.

Я вдыхаю гнев и испаряю ненависть.

Медленно. Миллиметр за миллиметром я наседаю на него. И тут я чувствую что-то, чего еще никогда не пробовала на занятиях у Фаррана: власть.

Все мои чувства страстно одержимы этим, и я игнорирую гул в ушах, который раздается уже ревом бури, пока мою концентрацию не прерывает давление на руке.

— Достаточно, Эмма! – кричит Ричард.

Я отпускаю, и раскаленный шар падает на стол и разливается по поверхности. Патрик позеленел, как больной морской болезнью. Но я знаю, что он сейчас снова начнет. Так что я должна сделать еще один шаг. Мое сердце начинает болезненно этому сопротивляться, пока я пытаюсь придать голосу твердое звучание:

— Есть единственный шанс поймать самого Фаррана. По какой причине, вы думаете, мой отец с ним применяют все, чтобы я вернулась к воронам? Если я ныряю в Фаррана, он не может видеть ни мои чувства, ни мысли. Поэтому я единственная, кто способен приблизиться к нему, чтобы он не заметил моих планов и не отбросил на подходе.

По моему телу пробегает дрожь.

Предала.

Я его действительно предала. Фионбара Фаррана, своего наставника, который меня поддерживал и всячески сближал нас с Эйданом.

Боль внутри вызывает головокружение, но Ричард крепко держит меня.

— Спокойно, я знаю, как ты сейчас себя чувствуешь! – шепчет он мне на ухо, пока вокруг в комнате раздаются возбужденные голоса. – Я тоже когда-то восхищался Фарраном.

— Невероятно! Почему ты говоришь об этом только сейчас? – оглушительно кричит Патрик, но я вижу в его глазах больше потрясения, чем упрека.

— Я сражаюсь только за одного сокола, и это Ричард. Или он остается вашим предводителем, или я больше не имею ничего общего с Глазом Гора, — устало отвечаю я.

Наступали сумерки, когда вертолет приземлился на ухоженном газоне. Полет с яхты Ричарда до суши продлился только полчаса. Через вспотевшее от моего дыхания стекло я вижу заставленную машинами парковку по крайней мере с тремя дюжинами темно одетых людей. Воздух, который устремляется на меня, когда Патрик открывает дверь, такой же холодный, как и его взгляд. Деннис следует за ним наружу и протягивает Филлис руку, чтобы помочь ей выбраться, но она разозленно отбивает ее в сторону.

— Где мы? — перекрикиваю я шум вертолета, пока мы идем по замерзшему полю к длинному зданию.

— На площадке для гольфа недалеко от Миддлтон. Его владелец один из нас.

К нам навстречу спешит высокий широкоплечий мужчина, и первое, что мне бросается в глаза в его серьезном, напряженном лице, — это глаза. Зеленые, как у змеи, и темные от боли. Это, должно быть, Штайн. Он вместо приветствия обнимает Ричарда.

— Какие-нибудь новости?

Соколиный шеф грустно качает головой.

— Проклятье, как это только могло произойти! Сын Каллахана заставил Дэвида взять его с собой? Почему ты не...

— Предложение исходило от самого Дэвида, — прерываю я его в момент, когда лопасти вертолета стали вращаться тише, и мой голос неприятно громко прозвучал на парковке.

Штайн поворачивается ко мне. Его глаза такие же проницательные и внушающие страх, как и у сына перед тем, как тот применяет дар. Резкие скулы и выдвинутый подбородок придают ему примечательный вид. Я узнаю лицо Дэвида в нем, только у того они мягче и без горькой черты на губах.

— Макэнгус! — он выплевывает имя как ругательство и напрягается. — Ты лжешь, как и твой отец. Дэвид бы никогда...

— Дэвид еще не так одержим ненавистью, как вы. Он понял, что Эйдан свихнется на корабле, если ему не дадут задание, которое его бы отвлекало от того, чтобы чувствовать себя жалким предателем. Даже если это вам и не по душе: взять Эйдана, ворона, вторым пилотом, было самым разумным, рискованным и великодушным, что сделал ваш сын когда-либо. Вместо того чтобы называть меня лгуньей только потому, что это не соответствует вашей правде, лучше б вы гордились своим сыном!

Он уставился на меня, но его взгляд уже не мрачный, а скорее удивленный. Затем по его лицу скользит циничная улыбка.

— Даже если тебе это и не понравится, девочка, но большой рот у тебя явно от Якоба.

Уже было половина одиннадцатого, когда я прислонялась головой к затемненному окну микроавтобуса, везущего меня, Ричарда, Филлис, Денниса и Коннора из Миддлтона в Корк. Я сонно смотрю на колонну красных огней передо мной и вдруг так сильно начинаю скучать по Эйдану, что каждый вздох причиняет боль.

Поначалу я в здании клуба в гольф пыталась понять, какие задания Ричард давал каждому человеку для нападения на Sensus Corvi. Но в какой-то момент огромный план школьного здания, который он расстелил на столе, так расплылся, что я потеряла внимание. Глава соколов как гроссмейстер определял ходы на возможные реакции со стороны Фаррана, и я не раз вспоминала слова Макмиллана, что Ричард выдающийся математик и стратег. И все же Патрик и Штайн отнеслись к его плану скептически.

— Мы на месте, — объявляет Джаред, когда микроавтобус остановился в восьми километрах от Sensus Corvi на парковке одного супермаркета. Достаточно далеко, чтобы Овенс не обнаружил телевидений, и достаточно близко, чтобы быстро добраться до здания школы.

Телефон Ричарда зазвенел.

— Как дела? — спрашивает он, переключая разговор на динамик. Мы беззвучно слушаем голос Патрика. Он поехал вперед на мотоциклах с двумя другими соколами, чтобы разведать обстановку.

— Ах, совсем не плохо. — Я все еще удивляюсь, как шеф соколов так быстро его простил. Но он простил и Денниса, который был ему намного ближе и чье предательство должно было сильнее ударить по нему. Возможно, именно это знак его настоящего величия, что он не злопамятный. — Территория освещена как днем, каждые тридцать метров у ограды стоят часовые, а над нами кружит вертолет. Наверняка телевизионеры в действии.

На подъезде мы обнаружили много полицейских патрулей, все проплаченные вороны, но в целом попасть туда будет детской игрой.

При словах Патрика у меня болезненно сжимается желудок, но на лице у Ричарда появляется легкая улыбка.

— Ну хорошо, что у меня есть ты в качестве гладиатора.

Из телефона раздается хриплый смех.

— Ты имеешь в виду, потому что здесь будет смертельный приказ и ты таким образом элегантно от меня избавишься?

— Нет. Это бы не принесло никакой пользы тому, за что я борюсь. Я скорее думал при этом о словах Сенеки.

— Ричард Монтгомери, навряд ли существуют неподходящие моменты для твоих философских излияний! Лучше хватай пулемет, если серьезно хочешь напасть на Фаррана.

Улыбка на лице предводителя соколов становится еще шире.

— Сенека как-то сказал, что, если гладиатору дают неравного противника, он расценивает это как бесчестие, ибо знает, что победа без риска — победа без славы. Он выбирает себе самого храброго. Сегодня ночью, Патрик, исполнится судьба всех нас, и одно я знаю точно — ты мой самый храбрый гладиатор. Было бы ниже нашего достоинства просто так войти в открытые ворота.

Какое-то время на проводе повисает тишина. Когда Патрик отвечает, цинизм в его голосе исчезает.

— Ладно, босс. И что я сейчас должен сделать?

Ночь такая ясная и холодная, какой только может быть идеальная новогодняя ночь.

Я невольно вспоминаю последний праздник с Лиц. Маму пригласили друзья, а мы все еще сидели с ней после часу ночи на маленьком балконе нашей квартиры с полными животами ананасного пунша и тяжелой от усталости головой. Она тогда меня спросила, чего я желаю в наступающем году. Я сказала, что маме нужно быть не таким параноиком, давать мне больше свобод и чаще ездить с ней в отпуск. Лиц довольно запрокинула голову и романтично смотрела на ночное небо, а я начала смеяться, потому что знала, что за этим последует:

— В следующий Новый год я буду сидеть на мотоцикле, обняв опасного парня в кожаной куртке, и мы будем мчаться по Лондону.

Тут не Лондон. А я не Лиц. Но пока я крепче цепляюсь за Джареда, который сидит за Патриком, несущимся по улицам Корка, то спрашиваю себя всерьез, не играет ли судьба с нами злую шутку. Холодный воздух выветривает из меня усталость и наворачивает слезы на глаза. Коннор следует за нами с небольшим отставанием, и я едва могу поверить, как он при всей своей тучности так хорошо может держаться на мотоцикле. Да еще и с такой скоростью. Когда я бросаю обеспокоенный взгляд через плечо, во мне смешиваются воспоминания со страхом грядущего. Мое беспокойство за Эйдана превращается в страшную картину, и я прижимаю голову к кожаной куртке Джареда.

Мы останавливаемся, когда перед нами появляются черные блестящие, как перья у воронов, ворота Sensus Corvi.

«Ворота – самое слабое место в их крепости. Фарран не поставит туда лучших людей, потому что будет рассчитывать на нападения сзади или безоговорочную капитуляцию с передачей Эммы. После того как я все последние годы избегал боев в открытую, как только было возможно, и так как моей целью была мирная вербовка ворон, он будет ожидать этого в последний черед. Но сегодня ночью мы преподнесем ему кое-что новенькое: безоружный вход моего специального подразделения, прикрытое под капитуляцией». Слова Ричарда звучали очень хорошо. Прямо-таки гениально.

Пока я не узнала, кого он имел в виду.

Сейчас мы стоим здесь с заведенными двигателями, и я не чувствую ни ворота слабым местом, ни нас «особым подразделением».

Окей, Патрик кажется закаленным в боях. Но Джаред? Или вот Коннор? Он не мог бы лучше отправить Штайна или Филлис?

Из караульного поста выходит одетый в черное мужчина и идет к нам. Я узнаю молодого охранника, который застрелил Николу Шина. Он останавливается с пистолетом в руке за решеткой и смотрит на Патрика, и у него будто написан страх на лице. За ним в паре метров стоят еще два охранника с оружием. С правого столба на нас медленно поворачивается камера наблюдения.

Я раздумываю мгновение и тут вспоминаю имя молодого человека.

— Привет, Джейми! — приветливо говорю я, будто возвращаюсь домой с парой друзей после вечернего представления. Он что-то бормочет в гарнитуру и, качая головой, открывает ворота.

— Сложите оружие!

— Мы безоружны, — объявляет Патрик, поднимает руки и позволяет ему себя проверить.

— В этом случае о телекинетах так невозможно сказать, Намара, — издевается мужчина позади.

Черт, они его узнали! Джейми проверяет Коннора и Джареда. Тогда он останавливается передо мной и краснеет. Я подавляю ухмылку и смело поднимаю руки вверх.

— Ладно уж, Эмма, — мямлит он, проводя руками и не касаясь меня.

В тени караульного поста вдруг что-то возвышается. Большое и темное. Я напрягаюсь и так крепко цепляюсь за Джареда, что он тихо охает.

Его зовут Якоб. Ты ничего не чувствуешь к нему, Кейт. Совсем ничего. Но это не мой отец.

— Добро пожаловать домой, Эмма, — иронично говорит Дин. Его зубы неестественно блестят в свете неоновой лампы над ним, и я не могу больше ни о чем другом думать, что прямо сейчас с удовольствием выбила бы ему каждый по отдельности. В первый раз в жизни я понимаю, что значит ненавидеть человека всем сердцем. Так глубоко ненавидеть, что это чувство охватывает всепоглощающим огнем и что ужасаешься от самого себя. Я будто парализованная смотрю на него, поглощенная силой своих чувств.

Его улыбка гаснет.

— Ты с Джаредом можешь войти. Остальные пусть исчезнут, — тихо приказывает он.

— Мы этого не сделаем, — просто объясняет Патрик. Он так презрительно смотрит на Дина из-под поднятого забрала своего шлема, будто разговаривает с заносчивым слугой.

— У тебя здесь нет слова, Намара, — вскипает Дин, — вали, пока еще можешь!

Я пробуждаюсь из своего оцепенения. Полностью игнорируя Дина, я обращаюсь к охраннику:

— Джейми, ты не мог бы передать Фиону, что я проеду только вместе с Патриком и Коннором? Они будут сопровождать и защищать Лиц, на случай, если вдруг вы не сдержите сделку с Ричардом, когда я снова окажусь в вашей власти. Он может также привести Лиц к воротам и провести обмен здесь.

Дин злобно хватает воздух, но Фарран, вероятно, все уже услышал из камеры наблюдения.

Джейми какое-то время слушает гарнитуру, а потом снимает и надевает ее на меня. Дуло его оружия направлено на землю, когда он останавливается около мотоциклов, но я вижу в его глазах, как ему неприятна вся эта ситуация.

Пока я поправляю гарнитуру на голове, то улыбаюсь ему, и он еще больше краснеет.

— Ты поцелуешь меня в качестве приветствия в левую щеку, Эмма Макэнгус?

Я вздрагиваю.

Голос Фаррана спокойный, как и всегда. Я закрываю глаза, чтобы не обращать внимания на охранников и Дина.

— А вы правда так близко подпустите меня к себе, Фион?

Он весело смеется.

— Ты хорошо играешь. Я удивлялся этому с самого начала. Но я знаю твои чувства лучше, чем ты бы этого хотела.

— Тогда вы наверняка знаете, что мама значила для меня все. Вы защищаете ее убийц и всерьез ожидаете от меня лояльности?

— Ты не должна верить во все, что тебе рассказывают. Катарина когда-то совершила ту же ошибку.

Я наклоняюсь к Джареду:

— Передай-ка мне свой телефон.

Он хватается за куртку и отдает мне его. Когда я нашла запись разговора, то включила его на полную громкость и поднесла к гарнитуре.

— *Все еще никакого прогресса с малышкой?*

Глаза Дина расширяются от страха. Он устремляется вперед, но прежде чем успевает до меня добежать, его сбивает с ног, и он ударяется о правый столб входных ворот, у которых, скуля, остается лежать.

Охранники направляют дула оружий на Патрика, но не нажимают на курок. Наверное, ждут приказа Фаррана.

Краем глаза я вижу, что Джейми рядом со мной держит оружие опущенным. Его лицо искажается в отвращении, пока он внимательно слушает весь разговор между Овенсом и Дином.

— *И как? Кидая проекции твоей Белоснежки перед каждой проезжающей машиной? Ты сам прекрасно знаешь, что был нужен мне, чтобы ее определить!*

В мою барабанную перепонку через гарнитуру раскаленной иглой вонзается нечеловеческий вопль, за которым следует взволнованный крик Фаррана:

– Нет, останься здесь! Джеймс, останови его, бог ты мой!

Кого он имеет в виду? Голос будто бы моего отца. Но это должен был быть Овенс. Он наверняка сбежал, когда Фарран узнал правду.

Охранники удивленно обернулись в сторону школьного знания, когда вопль раздался в их гарнитурах, и Патрик громко закричал:

– Сейчас!

Джаред замахивается и одним ударом отправляет Джейми на землю, благодаря чему передо мной открывается вид на двух мужчин. Они обеспокоенно оборачиваются, и я вижу, как они поднимают пистолеты, чувствую исходящую от них угрозу, которая отзывается во мне болью. Пульс стучит, как удары барабанов в моих ушах, и я реагирую моментально, не успевая размышлять. Охранника, стоящего ко мне ближе, сбивает с ног и бросает через воздух прямо на его коллег. Их выстрелы вслепую замолкают, равно как и их голоса, когда они сталкиваются. Глухой удар их неподвижных тел едва слышно под угрожающе приближающимся вертолетом.

– Вау! – доносится от Коннора слева от меня.

– Вот это я называю отличной командной работой, – с восхищением соглашается Джаред.

Я круто поворачиваю голову и смотрю на Патрика. На его лице смесь из недоверия и торжества. Тут я вижу, как позади что-то мелькает.

– Вниз! – кричу я, и Патрик вместе с мотоциклом бросается в сторону.

Почти одновременно с раздающимся звуком я чувствую, как рядом с моим правым виском проносится снаряд. Джаред хватает меня за талию и падает с мотоцикла. Мы падаем рядом со стонущим в полусознании Джейми. Он защищающе наклоняется надо мной, вытягивает у охранника из руки оружие и целится на столб у ворот. Но мы видим только темную тень Дина, который исчезает между деревьями на территории парка.

– ТРУС! – кричу я ему вслед, когда на пути возникает новый охранник и бежит на нас.

Затем рядом с моей головой раздается выстрел. Мне кажется, я оглохла на левое ухо. Мужчина с бородой, только что появившийся на моих глазах, разворачивается вокруг оси, как марионетка, и опускается на землю.

Я разворачиваюсь и смотрю в бледное лицо Джареда. Его глаза ясно светятся под длинными черными ресницами, как замерзшее горное озеро зимой. И в них такой же холодный взгляд.

Тогда в моей голове снова проносятся слова Якоба: «*В тебе больше от Рины, чем ты хочешь признавать. Ты не подходишь для этой работы*».

А вот Джаред – видимо, да.

Чувство оглушения медленно отпускает. Когда я хочу встать на ноги, то натыкаюсь рукой на что-то металлическое. Телефон. Он, наверное, выпал из куртки Джейми. Я инстинктивно засовываю его к себе. Чья-та рука хватает меня и поднимает наверх.

— Оставьте мотоциклы, — распоряжается Патрик. Он кричит, чтобы перекрыть шум вертолета. — Пешком у нас больше шансов. Поторопитесь.

Когда мы пробегаем через ворота, он забирает у охранников оружие, пока Коннор достает телефон и отправляет заготовленное сообщение Ричарду.

— Мы внутри, — ликующе говорит он и машет нам с Джаредом.

В гарнитуре звучат приказы Фаррана, пока я следую за Коннором в тени деревьев. Как раз вовремя, потому я попадаю под свет фар вертолета, и выстрелы сверху с такой силой ударяются в дорогу, что гравий на полметра отпрыгивает в сторону.

— Прекратите немедленно! Вы не можете повредить девчонку!

Оглушительный треск, раздающийся, кажется, с задней части школы, заставляет вертолет качнуться в сторону, и в тот же момент в черное ночное небо взметнулись три золотые полоски и взорвались огромными пальмовыми листьями, дождем опускаясь на землю. Фейерверк Ричарда! Это сигнал, что команда Штайна перелезла через стены и напала с другой стороны школы. Оптический и акустический отвлекающий маневр, позволяющий выиграть нам время, чтобы найти Лиц.

— Райан, что случилось там сзади? — кричит Фарран в гарнитуре. Возможно, он от волнения совсем забыл, что он еще может быть на мне.

Голос Макмиллана звучит запыхавшись, словно он бежал.

— Настоящий ад! Они нападают со всех сторон. Вот тебе Ричард и трус для борьбы в открытую! Где, черт возьми, пропадает Якоб? Нам понадобилась бы любая помощь, если ты хочешь поймать их лучших людей.

— Если бы я знал! Джеймс, ты...

— Нет, но я вижу там спереди Овенса.

При упоминании этого имени я спотыкаюсь о корень и падаю на колени. Проклятье! Джаред останавливается и помогает мне встать. Я поспешно затыкаю рукой ему рот и показываю на гарнитуру.

«Ты все еще можешь слышать Фаррана?» — мысленно спрашивает он меня, и его глаза восхищенно горят. Кивая, я указываю на Коннора и Патрика, которые к нам спешат.

— Понял, я их предупрежу.

Когда Коннор до нас добегает, он, улыбаясь, берет гарнитуру за дужку и нажимает на маленькую кнопку, которую я до этого еще не замечала.

— Теперь микрофон выключен. Ты можешь слышать Фаррана, а он тебя — нет. Между прочим, хорошая идея была взять телефон Джейми. Я не подумал об этом в спешке.

— Эм, спасибо, Коннор, — запинаюсь я и только сейчас понимаю, что без телефона не услышала бы Фаррана из-за прерванной связи Bluetooth. Кто мог подумать, что Коннор такой технический эксперт?

— Что ты узнала? — нервно спрашивает Патрик.

Я объясняю ему все парой слов.

— Хорошо! Пусть зададут Макмиллану гонку. Тебе лучше взять оружие, — он протягивает мне добытый пистолет.

Я с испугом качаю головой.

— Я даже не знаю, как им пользоваться.

— Объясню по дороге. Бери, и пошли уже.

Неохотно я беру его. Металл неприятно холодный, и при мысли убить кого-то из него по моей спине пробегает дрожь.

Пока мы вдали от дороги приближаемся к школе через парк, шум вертолета над нами становится все громче. Я поднимаю голову и смотрю в небо. Едкий дым между красными и желтыми световыми каскадами фейерверка разрезает ярко-белый прожектор. Мы должны были быть уже близко к месту, откуда пустили ракеты. Над нами медленно нависает черная тень, похожая на угрожающее металлическое насекомое. Сквозь ночь раздаются выстрелы, за которыми раздаются громкие крики.

— Он нападает на них! — с ужасом кричу я Патрику.

— Конечно. Они — приманка, чтобы отвлечь от нас, тогда мы сможем пробежать по полю к зданию.

— Но...

— Мы не можем им помочь, — жестко говорит он.

— Заблуждаешься. Я могу им помочь. Дай мне пять минут! — требует Коннор и скидывает со спины рюкзак.

— Ты слышал Ричарда! Нам нужно как можно быстрее добраться до проводки и вырубить электричество. Не задерживайся из-за вертолета, они с этим справятся!

Я думаю о Филлис, которую вместе со Штайном обстреливают сверху, и хватаю Патрика за руку.

— Пожалуйста!

Он снова смотрит на часы.

– Ладно! Пять минут! Ричард меня убьет, если из-за этого план провалится!

К моему удивлению, Коннор достает из рюкзака серебристый ноутбук и по-турецки садится на пол. Я так-то ожидала, что он использует какое-то оружие или воздействует на вертолет своим даром.

Джаред тихо смеется, когда угадывает мои мысли.

– С телекинезом ты к вертолету не подберешься. Если только приставить к нему целую армию одновременно работающих телекинетов, – с насмешкой говорит он, – кроме того, у Коннора нет никаких даров в нашем понимании. Но все равно можно сказать, что он невероятно одаренный.

– Не болтай так много! Лучше осматривайся, не приближается ли к нам кто-то, – раздраженно говорит Патрик.

Я сажусь рядом с Коннором на корточки и слежу, как он открывает программу, состоящую из дюжины кнопок и консолей. Он указывает на экран и объясняет:

– Это искусственный бортовой компьютер, – затем он достает свой телефон из кармана и хаотично проводит по экрану, – а сейчас я запущу вирус в настоящую систему бортового компьютера на вертолете и взломаю его. После этого я смогу направлять его куда хочу. У пилотов больше не будет влияния над ним.

– Невозможно!

На телефоне Коннора появляется спутниковая картина, которая похожа на Google Earth, только точнее. Я могу разглядеть каждую отдельную часть здания Sensus Corvi. Справа и сверху светятся числа и слово *Телеизмерение.* На красной панели набора с краю написано *Соединить.*

— Нажимай сюда, Эмма. — Я неуверенно прикасаюсь к кнопке на телефоне, и на экране появляется смеющийся череп, под которым мигает слово *Угнано.*

— Круто! — бормочу я.

Коннор что-то печатает на ноутбуке. Вертолет над нами поднимается выше.

— Что сейчас происходит? — не дыша, спрашиваю я.

— Я так запрограммировал приложение, что мальчики там сверху прилетят в Миддлтон и приземлятся прямо на площадке для гольфа у Лиама.

— Ха, вот он обрадуется! — цинично вставляет Патрик. Он стоит спиной к нам и напряженно наблюдает за окрестностями.

Коннор поднимает бровь.

— Я могу еще обрушить его на землю, если это больше подходит твоей жажде крови, — он закрывает ноутбук и вставляет его обратно в рюкзак.

— Но как это возможно? — не веря, спрашиваю я.

Коннор со смущенной улыбкой берет у меня телефон и ставит его на блокировку, прежде чем засунуть в карман куртки.

— Это вообще очень просто. Я взломал сеть связей фирмы, которая при диалоге с Фарраном ждет вертолеты, активирует приложение и...

— Нам нужно идти, киберспециалист! — рассерженно говорит Патрик и тянет Коннора за собой.

Тут Коннор громко вскрикивает.

Ему же не могло быть так больно, думаю я, когда Патрик бросается в сторону и перекатывается по земле. Недалеко от места, где он только что стоял, раздается треск, и что-то ударяет по земле. Трава со мхом брызгают вверх и пачкают мне кромку джинсов. Коннор держит руки у висков и кричит как сумасшедший, опускаясь на колени.

– Нейрокинез, – с отвращением шепчу я, и затем: – Макмиллан.

В подтверждение я слышу его хриплый голос в гарнитуре.

– Я вижу мелкую, Фион! Слева от спортивной площадки. Пришли подкрепление.

– Эмма, вниз! – кричит Джаред, стреляя вслепую сквозь кусты вокруг нас.

Я кидаюсь на землю рядом с рюкзаком Коннора, хватаю оставленное рядом оружие и откатываюсь дальше к высокому дереву. Гарнитура с головы падает и остается лежать в траве в метре от меня. Я не рискую вернуть ее. Прислонившись спиной к шероховатому стволу, я безуспешно пытаюсь что-нибудь разглядеть между деревьями и зарослями.

Где Макмиллан? Мерцающие огни фейерверка погружают напряженные лица мужчин передо мной на миг в ярко-красный цвет.

Коннор, визжа, катается по полу.

Здесь! Что-то темное двигается в паре кустов от нас, маленькое и проворное.

– Сзади, Джаред! – кричу я, и он перекатывается по земле и стреляет.

Я слышу крик, затем узнаю очертания узкой фигуры, бегущей от нас.

– МАКМИЛЛАН!

Похожий на ревущего льва, готового разорвать жертву когтями, Патрик следует за ним.

Внезапно становится тихо. Вертолет исчезает, фейерверк затихает, и только едкий дым призрачно тянется между голыми стволами деревьев.

Джаред подползает к Коннору, я тоже хочу проверить его, как слышу позади тихий шелест.

Там стоит он.

Будто мои отчаяние и тоска его породили. Эйдан.

Он стоит в двадцати метрах под огромным кленом в черном свитере, закатанном до локтей, и машет мне. Мое сердце кричит его имя, но губы не движутся, когда я шагаю к нему. В слабом свете луны его глаза – темные жемчужины на бледном лице. Под ними пролегают темные круги от усталости. Когда я подхожу ближе, его губы растягиваются в нежной улыбке. Он простирает руки, и каждая клетка во мне кричит, чтобы я упала в его объятия. Где-то вдали Джаред выкрикивает мое имя, но сейчас ничто не может меня остановить. Еще пара шагов.

Я вскидываю пистолет и стреляю ему прямо в сердце.

СМЕРТЕЛЬНЫЙ ТАНЕЦ

Его взгляд, застывший в моем.

Затем тонкая пленка его фигуры выцветает, и я вижу через нее, как сквозь цветное стекло. За последними просвечивающими осколками лица Эйдана показались темные волосы и глаза, как янтарь из пустоты. Дин Овенс умер с отчетливо застывшим выражением удивления на лице.

Дин! Оружие в моей руке вдруг становится таким тяжелым, что я больше не могу его держать. Его глухой удар о землю заглушается пронзительным криком.

Я поворачиваюсь и смотрю в искаженное от боли лицо отца Дина. Наверное, он бросил проекцию Эйдана, чтобы я прибежала Дину в руки. Но он ошибся. Черный шерстяной свитер Эйдана, который я так люблю, не покидал корабля.

Быстрее, чем я могу двинуться или применить телекинез, Овенс поднимает пистолет и спускает курок.

Выстрел оглушительно прорывает тишину, но я, как ни странно, не чувствую боли. Глаза Овенса расширяются, и он мешком опускается передо мной, весь его лоб в крови.

Как оглушенная, я склоняюсь вниз и поднимаю оружие перед тем, как подхожу к его неподвижному телу. Его лицо выказывает ненависть даже в смерти. Я, содрогаясь, отвожу взгляд. Слышно шелест листвы и тихий хруст веток, когда кто-то приближается сзади.

– Спасибо, Джаред, – устало бурчу я, не оборачиваясь.

– Эмма! – тихо отвечает голос.

Мое дыхание останавливается, а сердце холодеет, как камень. Я могла бы узнать этот голос среди тысячи. Голос человека, назначившего смерть матери. Голос своего отца.

Я медленно поворачиваюсь и направляю на него пистолет.

Якоб Макэнгус стоит так близко ко мне, что я должна задрать голову, чтобы смотреть ему прямо в глаза. На нем нет костюма, вместо него черные джинсы и темный свитер, на котором натянута кобура. Оружие, которым он выстрелил в Овенса, все еще у него в руке, но он не целится в меня. Он просто стоит с повисшими плечами и смотрит на меня.

Что-то не так.

Его скулы, кажется, выступают сильнее прежнего, а на щеках растет борода. Волосы жирными нечесаными прядями спадают на лоб. Усталость избороздила его лицо. Но самое ужасное в этой карикатуре на моего отца – это глаза. Они без блеска, как грубо обработанный металл, и глубоко лежат в глазницах. Он открывает рот и закрывает. Затем открывает вновь:

– Я люблю тебя.

Моя рука начинает дрожать, и я хочу закричать, как ненавижу его, что его любовь для меня ничего не значит, что мои чувства не изменятся только потому, что он застрелил Овенса и спас мне жизнь. Но дрожь становится сильнее, и тут слезы потекли по щекам.

— Эмма, я никогда...

Он не успевает закончить предложение, потому что позади него мягко, как пантера, выпрыгивает силуэт и громким ударом по виску сбивает его на землю.

— Джаред! — облегченно всхлипываю я и кидаюсь ему в руки.

— Шшш! Все кончилось, — успокаивающе говорит он и гладит меня по волосам, и на короткий миг я верю ему и просто закрываю глаза.

— А вот и нет! — звенит голос острее любого клинка, и в животе у меня свинцом опускается страх. — Отпусти девчонку, Бреди!

Тело Джареда напрягается от слов Джеймса Каллахана. Он быстро оборачивается и, защищая, становится ко мне спиной.

— Ты ее не тронешь! — глухо угрожает он.

Отец Эйдана холодно смеется. В своем костюме на заказ он выглядит так, будто только что пришел с фондовой биржи. Только вот у брокеров обычно в руке телефон, а не пистолет.

Через плечо Джареда я вижу, что он не один. Нас медленно окружают пять вооруженных охранников, и, к довершению всех неприятностей, с ним рядом стоит Райан Макмиллан.

— Не волнуйся, с сокровищем Фаррана ничего не произойдет. Я же еще не устал от жизни. А вот у тебя против нас нет шансов. Если будешь бороться против нас, бесполезно подвергнешь ее опасности. Так что отойди, чтобы ее отвели к наставнику.

Джаред колеблется, но затем отходит на пару шагов вправо.

– Я пойду с вами, только если вы отпустите Джареда! – говорю я, и, несмотря на то, что я едва могу дышать от страха, мой голос звучит невероятно уверенно.

Каллахан смотрит на меня. В полутьме он выглядит невероятно похоже на своего сына. Он поднимает бровь и растягивает уголки рта в снисходительной улыбке.

– Ты всерьез думаешь, что после того, что ты устроила, можешь ставить условия? Он тебе нравится, не так ли? – Его зубы хищно сверкают в серебряном лунном свете, когда улыбка становится шире. – И тебе нравится твоя подруга Лиц. Ну, я даю тебе шанс спасти одного из них. Решайся.

Я уставилась на него. Мое сердце стучит так громко, что мне показалось, будто я ослышалась.

– Простите, что?

Он смеется.

– Ты обычно ужасно гордишься своей способностью схватывать на лету, Макэнгус. Я тебе объясню. Ты очень разочаровала ворон. Чтобы этого еще раз не случилось и чтобы ты снова могла занять место среди ворон, тебе нужно искупиться.

Нет, он не может говорить этого всерьез.

– Вы ждете, чтобы я... пожертвовала одним другом, чтобы снова быть с воронами? Да вы спятили?

Он уж точно. Его глаза сужаются в злобные щелки, и он, все еще улыбаясь, говорит:

– Именно так.

– Джеймс! – вмешивается, хмуря лоб, Макмиллан.

Джаред издает хриплый звук.

Я сжимаю руки в кулаки и до боли впиваюсь ногтями в ладони.

– Это бесчеловечно, я... я так не могу. Фион никогда бы от меня такого не потребовал!

– У тебя больше нет права так его называть! – грозится он. Затем он тихо продолжает: – Да я вижу, что ты слабая. Твое обучение еще не окончено. Не волнуйся, я тебе помогу, – с этими словами он вскидывает руку с оружием и стреляет Джареду в живот.

ЛЮБОВЬ ВОРОНОВ

Джаред адски взревел.

Абсолютно беспомощно под властью жутких болей он съеживается на земле и зажимает руками живот, но кровь неудержимо брызжет между его тонкими белыми пальцами.

— Сделайте что-нибудь! — кричу я Макмиллану.

Он неуверенно идет ко мне, в его глазах смешиваются сожаление и страх. Борода дрожит на морщинистом лице. Нет, он не осмелится пойти против Каллахана.

Думай! «Скорая помощь». Я лихорадочно хватаюсь за карман, но один из охранников выбивает телефон из руки, прежде чем я успеваю набрать номер.

— Ему нужен врач! Господи!

— Поздно, Эмма, — говорит Макмиллан ломающимся голосом, кладя руку мне на плечо.

Нет, еще нет. Не может быть слишком поздно. Я этого не допущу. Он же... Внезапно я понимаю, как стало тихо. Джаред перестал кричать. Его лицо белое, как фарфор, будто последняя капля крови только что оставила его тело. Глаза направлены на меня, шевелятся бледные, посиневшие губы. Губы, когда-то поцеловавшие меня. Изо рта лопаются два красных пузыря, но я все равно понимаю его: «Эмма».

Как только в таком тихо прошептанном имени может быть скрыто столько тоски? Его лицо теряет очертания, когда по моим щекам текут слезы.

Я наклоняюсь к нему ниже и убираю волосы с ледяного, покрытого потом лба.

– Я с тобой, Джаред, – шепчу я, – я всегда буду с тобой.

Мои губы мягко касаются его. Они мягкие, но холодные, как мрамор. Совсем недолго я ощущаю, как он отвечает на мой поцелуй. Его веки дрожат и закрываются. По телу пробегает дрожь, а затем он становится неподвижным.

– Ты не должен был этого делать, Джеймс. – Голос Макмиллана раздается далеко, хотя я все еще чувствую его руку на плече. Ужасно холодно. И так темно.

– Она должна уже научиться, что значит предать ворон.

Макмиллан горько засмеялся.

– Не рассказывай мне, что тут речь шла о предательстве!

– Она привела его к этому! – шипит Каллахан с такой ненавистью в голосе, что я должна была задохнуться от страха. Но я все еще ничего не чувствую, а только глубже погружаюсь в странный водоворот, который возник там, где я раньше испытывала чувства.

Кто-то поднимает меня вверх и ставит на ноги, которые настолько сильно трясутся, что не могут меня нести. Рука обхватывает мою талию, чтобы дать мне опору.

– Она дайвер, Джеймс! Проклятье, посмотри, что ты наделал! Ты теперь доволен?

– Нет. Я только тогда буду доволен, когда мы с Фионом так обработаем ей память, что она потеряет всякий интерес к моему сыну.

«Эйдан», – тоскливо шепчет голос в моей голове.

– Ну конечно, а он не будет пытаться заново ее завоевать. Ты действительно плохо знаешь своего сына.

– Для начала я обработаю его память. А Эмма при этом сможет увидеть, как его любовь к ней будет стерта. Картина, которую она только что нам предложила, поцеловав этого благородного предателя, великолепно отложится у него в воспоминаниях.

– Ты хочешь манипулировать своим собственным сыном? – шепчет Макмиллан с отвращением и растерянностью. – Бог ты мой, ты теперь вообще ничего не боишься?

– Если только речь идет о нашем деле! Поверь мне, Эйдан с Дэвидом будут выдающимися воронами, когда мы с Фионом с ними закончим. Поначалу были неудачи, но мы с ним за последние годы приноровились. Все пройдет совершенно безопасно для Эйдана.

Эйдан. Дэвид. Эти имена проделывают большие дыры в тумане в моей голове. Тогда сквозь меня проходит дрожь, и разум освобождается. То, что Каллахан знает о Дэвиде, может значить только одно: они их нашли.

Эйдан жив.

Мои мысли летят кувырком, когда я понимаю, почему Каллахан совсем спятил от злости. Должно быть, Эйдан, после того как очнулся в плену у ворон, держался не за них, а за Дэвида, сокола.

– Спокойно, девочка. Мы отведем тебя к Фиону, – бормочет Макмиллан, – Майк, помоги-ка, я думаю, она не может идти.

Сквозь полузакрытые веки я узнаю огромную дверь в кабинет Фаррана, и меня охватывает неприятное чувство, будто меня отправляют в распахнутую черную пасть какого-то монстра. Четырех мужчин, стоящих перед ней, я еще никогда не видела. Они кажутся современным вариантом мифологических воинов, высеченных на эбеновой двери. Два метра ростом, выбритые, одетые в черное, в высоких сапогах и вооруженные до зубов. По сравнению с ними охранник, который несет меня, кажется балетным танцором: атлетически сложенный, но все же хрупкий.

Когда меня вносят в фойе, я слышу резкий крик:

— Свиньи! Вы что сделали с Эммой? Почему у нее весь рот в крови?

Лиц всегда была прямолинейной, когда ее задевали. Я кладу голову на грудь охраннику и не реагирую на нее.

— Заткнись, или я засуну тебе кляп! — злостно шипит женский голос. Как мило! Неве, секретарь Фаррана, даже в момент истины не оставляет своего любимого мастера.

— Ну давай, лучше уж быть связанной и с кляпом во рту, чем целовать пол, по которому ходит шеф. Или ты ему и другие услуги предлагаешь?

Громкую оплеуху заглушает звук открывающейся двери. И внезапно я чувствую его присутствие, как тогда, когда он навещал меня в больнице.

— Что здесь происходит? — спрашивает Фарран с таким угрожающим тоном в своем мягком голосе, что моментально воцаряется тишина.

Ко мне приближаются скрадываемые ковром шаги, и я концентрирую все мысли на мгновении, когда Каллахан застрелил Джареда. Его пальцы на животе. Повсюду кровь. Щекотка порывом ветра проносится по моей голове. Убийца! Я вновь и вновь повторяю эту сцену в голове, пока дыхание не становится тяжелым, а сердце чуть не разрывается от боли.

Когда мне кажется, что я больше не смогу этого вынести, Фарран выбирается из моей головы. Он указывает охраннику на диван, и тот кладет меня туда рядом с Лиц.

– О боже! – шепчет она.

Я бы хотела подать ей знак, но я уверена, что Неве наблюдает за нами глазами хищной птицы.

– Джеймс! – грозно говорит Фарран. Я еще никогда не видела его таким несдержанным. – Тебе было трудно понять мои указания или предательство твоего сына так тебя парализовало, что ты распустил слюни?

Я осторожно приоткрываю глаза. Как и ожидалось, Неве в этот момент отвернула лицо от нас к Фаррану. Я поспешно толкаю Лиц в ноги своей головой. Она смотрит на меня вытаращенными от страха глазами, и на ее напряженном лице на секунду появляется улыбка. Затем она быстро наклоняет надо мной голову.

– Ты в порядке? – шепчет она.

Я незаметно киваю и закрываю глаза, прежде чем Неве снова к нам поворачивается.

– С каких пор ты интересуешься вшивыми предателями? – взбешенно шипит Каллахан.

Я бы охотно сейчас посмотрела на его лицо. Слова Фаррана чувствуются как теплое укрывающее одеяло, но следующие бросают меня в лунку горного озера.

— Он меня ни капли не интересует, в отличие от нее. Ты знаешь, что эмоциональные дайверы особенно подвержены тому, чтобы потерять дар, если подвергнутся эмоциональному шоку. Ее аура бурлит злостью и ненавистью, а в мыслях она оказалась в петле, в которой снова и снова видит, как ты ему стреляешь в живот и он умирает. Взгляни на нее! Если ты причинишь длительный вред ее дару, то...

— ...то она тогда ничего не будет стоить! Как из нее выйдет ворон, который тебе мерещится, если она не может вынести даже этого?

Их прерывают громкие звуки за дверью.

Я вижу, как Каллахан и Макмиллан хватаются за оружие, но оглушительный треск и осколки отвлекают меня от них. Темные куски дерева, как конфетти, разлетаются по комнате, и из проема, где только что была дверь, вырывается яркая огненная буря.

Эйдан, думаю я, хватаю Лиц за руку и переваливаюсь с ней через спинку дивана. Как раз вовремя, потому что длинная узкая заноза в падении попадает Лиц в руку, и она с болью вскрикивает.

— Веревки! — кричит она и поворачивается ко мне спиной. Так громко, что я едва ее могу понять.

Я лихорадочно тяну за веревку, но она так крепко натянута, что Лиц уже натерла себе темно-красные рубцы на запястьях. Через секунду все помещение охватывает огонь, и от дыма у меня слезятся глаза. Над нами раздаются выстрелы, и вазы, картины и стулья метаются, как из катапульт.

И только я спрашиваю себя, Фарран ли это или Филлис тоже среди борцов, как на нас направляется темная фигура и вынимает нож из пояса.

Я открываю рот, чтобы закричать, но когда вижу, кто присаживается рядом с нами на пол, то издаю только испуганный хрип. Кровь в ушах шумит, как водопад, и я оцепенело смотрю на лезвие в его руке, с которым он быстро приближается к спине Лиц. Одним резким движением он срезает веревку.

— Ползи с Лиц по полу к двери, — кричит мой отец с запотевшим лицом и виском в крови, — Дэвид отведет вас в безопасное место!

Но я только смотрю на него. В темных клубах дыма его лицо светится, как светлое пятно между мрачными грозовыми облаками, а глаза на нем блестят, как кусочек голубого неба. Он действительно хочет отпустить нас к Ричарду? Кто-то тянет меня за левый рукав куртки.

— Пойдем уже! — кричит Лиц.

— Иди! Мне нужно... поговорить с отцом.

Он хмурит лоб и хватает меня за плечо.

— Не сейчас, Эмма! — Я краем глаза вижу, как изворачивается Лиц. — Тебе немедленно нужно выйти наружу!

— Нет! Сейчас! И я нырну в тебя, чтобы наконец узнать правду, какова бы она ни была. Ты заказал смерть мамы?

В голубизне его глаз я не чувствую ничего, кроме теплоты и любви. Никакой комнаты с дверьми, как в первый раз, когда я была в нем, только яркий свет. Я парю в его брызгающих искрах, пока Якоб крепко притягивает меня к себе и кричит сквозь звуки борьбы:

– Нет! Никогда! Я всегда любил твою мать и тебя. А сейчас, упрямая ты моя, бери ноги в руки и беги отсюда, прежде чем все не станет напрасно!

На его лице неуверенная улыбка, когда я освобождаюсь от него и целую в щеку. А затем я ползу прочь.

Я слышу, как Эйдан зовет моего отца и тот дает ему указания. Я спотыкаюсь и оглядываюсь. Они сражаются бок о бок! Порыв ветра так сильно настигает меня, что отбрасывает на несколько метров в сторону.

Макмиллан испуганно кричит и приземляется на пол недалеко от меня, где остается лежать и больше не двигается.

– ЭМЦ! – визжит Лиц, и я думаю, что она хочет потянуть меня сквозь дым к двери. Мое сердце трепещет от напряжения и облегчения, как стая бабочек. Вот поэтому я и проглядываю тень, которая бросается ко мне, и замечаю оружие тогда, когда оно уже упирается мне в висок. Сильная рука хватает меня и поднимает вверх.

– Прекратите, или я всажу пулю Эмме в голову! Поверьте, я ничего больше сейчас так сильно не желаю!

Едва слова Каллахана замолкают, как шум пропадает.

– Не доведи до этого, девочка, – угрожающе рычит он мне в ухо, – я быстрее спущу курок, чем ты свой телекинез.

* * *

Запах спаленной еды такой сильный, что я зажимаю рот рукой, когда захожу в дом с билетами на самолет в кармане пальто.

– Мама? – зову я и тороплюсь на кухню. За дверью валит густой дым. Я, кашляя, прокладываю себе дорогу сквозь едкий дым и распахиваю окно. На плите стоит кастрюля с черным непонятным содержимым, но полупустая пачка риса на кухонном столе показывает мне, что это должно было быть. Я полотенцем обхватываю кастрюлю, убираю ее с горящей плиты и выкручиваю электричество.

Я не могла вспомнить, чтобы моя мама когда-нибудь так спалила еду. Глаза еще слезятся от дыма, а страх петлей затягивает горло, пока я иду к гостиной. Но их там нет. Мои ноги несут меня по лестнице вверх, и я распахиваю спальню.

– Ой, извините, пожалуйста, я не знала...

Мой голос обрывается, когда я понимаю, что что-то не то с моими спящими родителями. Я осторожно подхожу ближе.

На маме темно-синяя юбка со складками и белая блузка с рюшками, а на папе серые брюки, светло-голубая рубашка и галстук. Они одеты так, будто ждут гостей. Или у них какие-то были... Они лежат вплотную друг к другу, рука в руке, и голова мамы у папы на плече.

Мой взгляд падает на пустой стакан для воды на прикроватном столике рядом с дюжиной распакованных пачек с таблетками.

Нет! Я отшатываюсь назад и ударяюсь о комод. Что-то белое плавно опускается передо мной на пол. Как в трансе, я наклоняюсь и поднимаю исписанный маминым убористым аккуратным почерком лист бумаги. Пока она писала, ее рука тряслась, а в некоторых местах чернила растеклись, будто на них капали слезы.

Катарина,

сегодня после обеда к нам на чай заходил Фион, чтобы сообщить, что с его стороны для нас ничего не изменится. Что он дальше будет о нас заботиться и мы сможем оставаться у него на службе.

Мы сначала вообще не знали, о чем он говорит, а после того, как он рассказал нам о твоей встрече с соколами, мы не хотели в это поверить. Но тогда он показал нам справку из школы, которую хотел передать тебе. Человек, которого ты обманула, выставил тебе только отличные оценки! Я заплакала, когда положила ее на письменный стол в твоей комнате. И тогда увидела упакованный чемодан в шкафу.

Как ты только могла поверить в лживые истории Монтгомери? После всего того, чем мы обязаны Фарану, что он бескорыстно для нас делал!

Ты с нами не обмолвилась и словом! А теперь хочешь тайно сбежать из дома. И тогда мы еще узнали, что ты увела Якоба, чтобы он тебя сопровождал! Человека, которому Фион доверял всю свою жизнь, который ему как брат. Я больше не могу смотреть в глаза Фиону!

Мы не можем жить с таким позором.

Ты нас горько разочаровала.

Благослови тебя Бог, пока ты сидишь в темноте, чтобы он дал тебе просветление, и покайся ему и этому великому человеку.

Пол подо мной вдруг плывет и начинает приближаться. Колени больно ударяются о паркет, и я падаю на бок и съеживаюсь. Обхватывая руками колени, я, скуля, судорожно подавляю рвотный рефлекс. Мое тело дрожит, а щека болезненно трется о дерево, пока я рыдаю, будто бы могла как-то потушить потоком слез тот огонь, что бушует во мне.

Когда запах сгоревшего молока прокладывает дорогу вверх по лестнице в спальню, меня тошнит еще сильнее. Я чувствую, как рвота жжет мне гортань. Но тогда я вдруг слышу голос Ричарда, так четко, будто он стоит передо мной, будто запах принес его с собой в комнату:

Обращай внимание на мелочи. Не позволяй себя усыплять.

Почему тот, кто собирается покончить жизнь самоубийством, начинает готовить рисовую кашу на молоке?

Всхлипывая, я разжимаю кулак и всматриваюсь в смятое письмо. Мамин почерк. Даже ее стиль, горько думаю я. Как мы отдалились с ней за последние годы! Эта смесь из мучительных упреков, божественного восхищения Фарраном и религиозная сентиментальность: без сомнения, ее творение. Но самоубийство? Об этом ни она, ни отец никогда не думали, даже тогда, когда все было совсем плохо. И откуда, черт возьми, все эти таблетки? Мои ноги дрожат, когда я медленно встаю и, покачиваясь, иду к кровати. Я не могу смотреть на них, поэтому перевожу глаза на упаковки. Папино снотворное. Но никакой врач не выпишет разом так много пачек, а в запасе у него таких и не было. Как часто мы с ним ругались, потому что он их так часто принимал, и я его предупреждала, что он станет зави-

симым! Но что-то совсем не сходится. Мне в голову приходит справка Фаррана. Я поворачиваюсь и иду в свою комнату.

На маленьком столе, как обычно, царит беспорядок, но кто-то освободил место по центру, аккуратно сложив по краям в стопки книги и бумаги, и положил туда конверт. Я хватаю ртом воздух. Мои родители знают, что я злюсь, когда кто-то перекладывает вещи на моем столе. Они бы этого не сделали. Я осторожно, будто могла отравиться, открываю конверт.

Никакой справки. Что бы там Фарран ни показал моим родителям, это подменили. На белой бумаге ручного изготовления размашистым выразительным почерком написана цитата Шекспира из «Генриха V».

На белоснежной бумаге проступает голубая эмблема. Я поднимаю лист и застываю. Птицу с изогнутым клювом и распростертыми крыльями окружает ореол.

– Гор, – шепчу я. Ноги становятся ватными, и я падаю на стул перед письменным столом. На кой Фаррану пришло в голову использовать эту бумагу? Я видела ее только раз, когда была с Ричардом в маленьком деревенском домике. Узнаю почерк Ричарда. Но он и правда думает, что я поведусь на то, что мой лучший друг убил моих родителей? Откуда бы у Фаррана ни было это письмо, я уверена, что Ричард знает обо всем, что здесь произошло. Это его зов, его угроза и мое послание.

Виски болезненно пульсируют, пока я в отчаянии пытаюсь сложить в картинку кусочки пазла, которые разбросал передо мной бывший наставник. Он любит такие интеллектуальные игрушки. Я вижу его издева-

тельскую улыбку перед собой, и по спине у меня пробегает дрожь.

Его крик, его угроза – конечно: он кричал мне вслед, что пожалею о том, что оставила его. А теперь он проливает на мою голову кровь убитых. Слезы сирот... я глотаю. Чего-то не хватает. Послания нет. Когда я наконец его нахожу, то издаю громкий крик, и бумага падает на стол.

– Якоб, – шепчу я, и сердце на секунду перестает биться. Он его убьет, если тот покинет ворон из-за меня! А убийство моих родителей никакое не самоубийство, а доказательство того, что его угроза серьезна.

Если ты сейчас покинешь эту комнату, то пожалеешь об этом.

Нет. Не Якоб. С ним ничего не должно случиться. Лучше я отпущу его!

Я достаю перьевую ручку и бумагу из ящика. Рука трясется так сильно, что мне нужно несколько раз начинать. Проходит вечность, прежде чем я заканчиваю письмо.

Якоб,

мои родители покончили с жизнью из-за меня.

Я не могу и не хочу тебе говорить о своих чувствах. Но я сожалею. Так сильно сожалею. Мне не нужно было верить словам Ричарда. Он хотел переманить тебя у Фаррана, а я должна была ему в этом помочь. Поверь мне, я никогда тебя так не любила, как показывала. Но ты мне нравишься, и я не хочу, чтобы с тобой что-то случилось. Оставайся с Фарраном. Попроси его о прощении. Он знает, что это я во всем виновата. Скажи ему, что я клянусь ничего не рассказывать никому о том, что знаю о воронах. Я пропаду и начну новую жизнь вдали от ворон и соколов. Пожалуйста, не пытайся меня найти.

Тогда я тебя только отвергну.

Мне очень жаль,

Рина.

ОСКОЛКИ

Напряженную тишину разрезают сирены и шум вертолетов. Когда дым проясняется, я вижу Эйдана: посреди опрокинутых стульев и сломанной, наполовину сожженной мебели, с лицом в поту и саже, растрепанными и торчащими во все стороны волосами. Как феникс, возвышающийся над пеплом.

И мое сердце бьется так быстро, словно хочет поспешить ему навстречу.

– Отпусти ее, *отец*! – говорит он, будто это слово оскорбление.

– Я и не думал. А сейчас давайте-ка все послушно в кабинет. Ты в порядке, Фион? – зовет он и поворачивает голову в сторону.

– Все хорошо, – раздается сдержанный голос за приемной стойкой, и Фарран вылезает с Неве на руках. Она выглядит как марионетка, которой отрезали нити. – В Неве попали. Что с Райаном?

Лицо Фаррана ничего не выражает, когда он кладет свою секретаршу на приемную стойку.

По спине у меня пробегают мурашки. Папа, наверное, расколол одну большую вазу и направил осколки на Фаррана. Скорее всего, она, защищая, встала перед ним: хотя его лицо и в брызгах крови, но не повреждено. Неве же выглядит, будто кто-то окунул ее голову и грудь в красные чернила.

– Посмотри хорошенько, что устроил твой отец, – говорит Каллахан.

– Вы именно от меня ожидаете сожаления, когда застрелили Джареда, как бешеную собаку?

— А большим он и не был.

Эйдан устремился вперед.

— Ты убил Бреди?

— Оставайся где стоишь, или я спущу курок! — приказывает Каллахан, и Эйдан замирает. Я испуганно ищу глазами по комнате. Где мой отец? Фойе выглядит так, будто здесь прошелся ураган. Между опрокинутой мебелью, осколками, наполовину сожженными занавесками и выпавшими из папок бумагами я узнаю его. Он как раз поднимается за креслом и напряженно смотрит на меня.

Я улыбаюсь ему, и его лицо проясняется.

— Якоб, посмотри, жив ли Райан! — распоряжается Фарран и подходит к нам с Каллаханом. Он думает, что отец снова за него?

— ТЫ мне больше ничего не прикажешь! — Голос отца — хриплый гнев, и мое сердце начинает ликовать.

Между тем Фарран доходит до меня, и я вижу, как он вздрагивает. Но он смотрит не на отца, а на меня. Красочные отражения света кружатся вокруг его фигуры, а его мощная, похожая на облако аура обтекает его так сильно, как никогда прежде. Я не дыша смотрю в его серо-голубые глаза, и в их металлическом блеске осколки моего прошлого складываются в темное зеркало. Тогда я смотрю на них и падаю в глубину его души.

— ВЫ приказали Овенсу убить мою мать, это так? — всхлипываю я, узнавая правду, и горькая рвота подступает ко рту.

— Эмма, — говорит он так трепетно, что меня вырывает, — у меня не было другого выбора. Она бы тебя никогда не отпустила к отцу.

– Будто бы речь шла обо мне! – зло отвечает папа и, прихрамывая, подходит ближе. Левая штанина у него порвана и в крови, а выражение на лице обратило бы в бегство отряд партизан. Но Фарран спокойно смотрит на него. – Ты только хотел предотвратить, чтобы я не ушел от ворон и не сбежал с Риной и Эммой! И я клянусь тебе, что смог бы ее переубедить, но знал, что ты мобилизовал бы все силы, чтобы нас найти, а я ни в коем случае не хотел подвергать их опасности. Поэтому мне нужно было в целях предосторожности привлечь Монтгомери. У тебя понятия нет, как тяжело мне дался этот шаг! Проблема была только в том, что он ненавидит меня так же, как и я его, поэтому я сначала отправил к нему Джареда. Я надеялся, что Монтгомери связался бы с Риной и позже, проникшись доверием, помог бы. Я слишком долго ждал его реакции.

На лице у Фаррана появляется легкая улыбка.

– Так ты меня уже тогда предал? Я этого не знал. Я думал, Джаред самостоятельно перешел к соколам.

– Овенс рассказал тебе о Рине и Эмме, да? – горько спрашивает папа.

– Конечно, – Фарран презрительно смотрит на него, – ты давно меня знал, чтобы понять, что от меня на долгое время ничто не может скрыться.

– Да. Но я не подозревал, что у тебя уже есть шпион в его рядах. Когда Монтгомери не пошевелился, я решил встретиться с Риной сам. Я понимал, что она бы на это резко отреагировала, поэтому считал нужным, чтобы первая встреча прошла без Эммы в доме Леманнов. – Нас с отцом разделяют только три шага.

– Стой на месте! – рычит Каллахан и сильнее вжимает оружие мне в висок.

– Да, это тебе нравится, не так ли? Теперь ты снова номер один, Джеймс! – издевается отец.

Мои мысли мечутся, но не успеваю я открыть и рот, как Эйдан уже спрашивает:

– Тогда ты соврал Джареду, что хочешь разделить их с Эммой, чтобы убить ее мать?

Он кивает, не отводя глаз от меня.

– Мне так жаль, что ты поверила в это, когда Джаред рассказал. Я не мог полагаться на его верность и боялся, что он рассказал бы про вас Фаррану. Я не хотел так рисковать. Но затем все пошло не так, как было спланировано. – Он сжимает кулаки, и его челюсть напряженно дергается. – Вместо того чтобы встретиться с Риной у Леманнов, я полетел по якобы срочному заданию в США. Я думал, что Фарран заподозрит меня, если не последую приказу. Но этот бесчувственный монстр, которого я называл другом, хотел лишь убрать меня с дороги, чтобы между тем убить твою мать с помощью Овенсов. А потом он отправил мне извещение о смерти вместе с твоей фотографией и сделал так, чтобы это выглядело, будто за всем скрывается Монтгомери. И я ему поверил! Я, такой идиот, верил ему!

Последние слова он выкрикивает. Они распыляются, как брызги масла на тлеющем огне моей ярости, и зажигают мой телекинез быстрее, чем я сама успеваю подумать о его применении.

Фаррана откидывает, будто я его ударила, но он собирается и блокирует мое нападение.

— Кто... — ошарашенно произносит Каллахан и смотрит на моего отца.

— Великолепно, Эмма! — прерывает его Фарран мягким, как у кота, голосом. Его удивленный взгляд пронзает мое тело ледяным кинжалом. — Ты день ото дня становишься лучше. До этого ни у кого не получалось. Но ты все еще не можешь соперничать со мной. И чтобы тебе в голову не забрели глупые идеи, мы с Джеймсом сейчас внесем пару поправок в твоей памяти.

— НЕТ! — кричит Эйдан. — Я этого не позволю! Если ты это сделаешь, я больше не твой сын, Джеймс Каллахан!

О, Эйдан! Если бы ты знал, как это мало интересует твоего отца, кроме плана манипулировать тобой.

Черное ночное небо расцветает мерцающими цветами, когда Каллахан доходит со мной до панорамного окна в кабинете Фаррана.

Полночь. Начало нового года и конец моей старой жизни. Если сейчас не случится чудо.

Еще никогда я с таким страхом не смотрела на фейерверк.

Фарран за письменным столом говорит по рации со своими охранниками и Мерфи. Когда он к нам заходит, на его лице красуется выражение глубокого удовлетворения.

— У нас все снова под контролем. Монтгомери с соколами отступил.

— Чего следовало ожидать, — издевается Каллахан.

Я перевожу глаза на Эйдана, севшего рядом с моим отцом напротив. Он смотрит на меня, как утопающий.

Мы справимся, отвечают мои глаза.

— Так как ты по рангу стоишь на первом месте, мы начнем с тебя, мой друг, — говорит Фарран и цинично улыбается моему отцу, присаживаясь рядом со мной. — Если будешь сопротивляться — у тебя больше не будет дочери. Ты ведь знаешь, Джеймс не церемонится.

Лицо папы будто высечено из камня. Ничто не указывает на то, что он вообще понял слова Фаррана. Близость мужчины, которым я раньше так восхищалась, становится выносить еще тяжелее, чем хватку Каллахана. Я вцепляюсь ногтями в джинсы и задерживаю дыхание.

— Следи внимательно, Эмма. Это тебя заинтересует, — говорит он таким же мягким и обучающим тоном, которым он часто со мной разговаривал на этом диване, когда речь шла о моих или Эйдана дарах.

Мне хочется кричать и биться, выпустить ненависть, бушующую во мне огненным штормом. Но тогда я думаю, что он над этим только посмеется. Поэтому я пытаюсь успокоить дыхание и размышляю, что бы ответила на это Кейт.

— Вы так далеко не пройдете, Фион, — говорю я так же спокойно, как и он, и осознанно называю его так, будто мы еще близки, — потому что не знаете, как пройдет ваш маленький эксперимент с эмоциональным дайвером, не так ли? Возможно, это правда получится с моим отцом. Но мои чувства сильны. Глубоко в себе я буду ощущать, как ненавижу вас всем сердцем. И это вернет мне воспоминания. Когда-нибудь. И тогда, – я дружелюбно ему улыбаюсь, – когда вы будете ожидать этого меньше всего, я вас убью.

Он поднимает руку и нежно гладит меня по щеке. У меня в голове начинает щекотать, и я с трудом заставляю себя не отпрянуть и не показывать своего страха.

«Хорошо, – шепчет его голос в моей голове, – ненависть – это не что другое, как потерянная любовь. Пока ты так сильно это ко мне чувствуешь, пока я тебе не безразличен, еще есть надежда. И в один день ты поймешь, что нет никого, кто был бы так близок к тебе, как и я. И тогда ты научишься любить меня, как своего отца».

Любить? Ужас наскакивает на меня, как животное, впиваясь мне в глотку острыми зубами. Но Фарран отворачивается и дает Каллахану знак. Когда они начинают, мой отец вздрагивает, будто его ударили. Его глаза расширяются, и он ищет мой взгляд. Держись! Борись против этого!

Я кусаю губу до крови. Волосы на затылке встают дыбом, когда я вижу, как он сильнее трясет головой и как его обычно спокойное лицо приобретает выражение ужаса.

Каллахан все еще прижимает меня к себе, держа оружие у виска. Я чувствую, как его тело напрягается и он начинает дрожать. Из него вырывается стон. Что бы он ни делал, он явно очень сосредоточен, но у него несомненно еще есть достаточно сил, чтобы спустить курок, если я попытаюсь обороняться.

– Рина, нет! – вдруг кричит Якоб во все горло и начинает безудержно всхлипывать. – Почему ты со мной так поступаешь?

– Отец, пожалуйста, прекрати! – умоляюще кричит Эйдан.

Я не отрываюсь от глаз отца. Почему нам никто не поможет? Не верь, не верь, не верь... В моих ушах раздается громкий шум, и я вижу краем глаза огромную черную тень, которая нарастает перед панорамным стеклом, как безобразное насекомое. Над нами проходит ослепительный свет, и я отрываюсь от лица папы и всматриваюсь в ночь.

Напротив стекла завис вертолет. В открытой двери сидят на корточках двое мужчин и активно жестикулируют.

Ричард и Патрик.

Фарран и Каллахан так заняты моим отцом, что они либо не заметили вертолет, либо держат его за свой. Глаза отца залиты кровью и вылезают из орбит. Со лба стекает пот.

И тогда ты научишься любить меня, как своего отца, раздается в моей голове. И тогда я перестаю бояться Каллахана.

– ПАП, – кричу я сквозь шум вертолета, – Фарран ничего тебе не сделает! Не позволь убить им маму в тебе! Беги к окну! Прыгай! СПАСИ РИНУ!

Мой отец сильно дергается, резко вскидывает голову и вскакивает.

– Остановись! – рычит Каллахан, но Якоб, как хищная кошка, несется к окну и выпрыгивает. Я концентрируюсь на плоской холодной поверхности, чувствую, как наши с отцом силы объединяются, и стекло рассыпается на тысячи осколков. Удар задевает руку Каллахана и попадает мне по щеке, прежде чем раздается выстрел, и на мгновение надо мной нависает лицо Фаррана, искаженное от страха.

– Не стреляй! – приказывает он, поворачиваясь затем к окну.

Каллахан, ругаясь, встает и тянет меня за собой.

И затем мир взрывается.

Я еще вижу, как Фарран в смертельных выстрелах швыряет осколки по направлению к вертолету и как Каллахан направляет оружие в оконный проем, слышу рассерженные крики из рации на столе и раздающиеся снаружи выстрелы. Но потом порыв ветра выдирает меня у Каллахана, проносит по комнате и жестко бросает на кресло Фаррана за письменным столом. Оно опрокидывается, и я падаю на пол. Моя голова болит, во рту чувствуется вкус крови. Тогда меня поднимают чьи-то руки, а языки пламени облизывают мое тело. Я вдыхаю его запах, пока он меня поднимает на руки и бежит к двери.

– Эйдан, – облегченно бормочу я, кладу голову ему на плечо и смотрю назад.

Фарран с Каллаханом лежат на полу, освещенные мерцающим светом вертолета, который носится туда-сюда с жужжанием, как раздраженное насекомое, чтобы уклониться от выстрелов. Я вижу Ричарда и Патрика, склонившихся вниз, но не третьего мужчину. И тут вертолет спускается вниз, будто хочет приземлиться. Что... Нет! О боже, нет!

— Эйдан, папа...

— Нет, Эмма. Вертолет был слишком далеко. Якоб упал, — шепчет он мне на ухо, торопясь через фойе по щепкам эбеновой двери. Кабинет Фаррана находится на самом верхнем этаже, это добрые пятьдесят метров над землей. Он не смог бы этого пережить! Я начинаю визжать.

— Спокойно, Эмма. Не думай сейчас об этом. Нам сначала нужно отсюда выбраться. Фарран будет... ааааа!

Его слова и крик еще раздаются в ушах, когда он падает на пол, и меня пронзает жгучая боль. Это длится только несколько секунд, в которых миллионы нервных клеток становятся на дыбы и превращают мое тело в сжатое, дергающееся образование, а затем я окончательно теряю сознание.

* * *

Оцепенев, он смотрит на записку. Затем так крепко сжимает в кулаке, что проступают белые костяшки. Он закрывает глаза.

— Ты ничего не можешь с этим поделать. Ты знаешь, кто за это несет ответственность, — говорит его друг и успокаивающе хлопает по плечу, — радуйся, что она еще нашла силы сказать тебе правду, не взяв тебя с собой в ловушку. Честно говоря, я удивляюсь ее смелости.

— Смелости? — рассерженно кричит он. — У нее никогда бы духу не хватило сказать мне это в лицо! Как ты можешь еще после всего ее защищать? Я был таким идиотом! Я больше не заслуживаю быть твоим вороном!

— Так я чувствую любовь и ненавижу, что я чувствую! Перестань себя укорять! Молодость и неопыт-

ность Катарины оставили ее беспомощной перед риторикой Монтгомери. Но она вовремя осознала свою ошибку и предупредила тебя. Этому без сомнения подлежит большая доля смелости. Помимо того, она не хочет, – он берет сжатый листок из руки и расправляет его, – если я правильно понимаю, вступать к соколам. Монтгомери разбушуется от ярости. Сначала ты ускользаешь от него, а затем она отворачивается от него. Это должно быть тебе маленьким утешением.

Он неохотно качает головой.

– Я хочу его убить. Его и любого, кто ему доверяет и не может убедиться в обратном. ЭТО будет мне утешением.

Его друг задумчиво трет подбородок.

– Ты это серьезно?

– Я еще никогда не был таким серьезным, – холодно говорит он.

– Ну, я уже давно лелею желание сорвать зло на корню и найти скептиков в собственных рядах, прежде чем станет поздно. Выбери себе пару людей, в которых ты уверен, что ничто не поколеблет их веру в наше дело. Избранных, которые будут оберегать тебя в борьбе. Они будут нести наш символ под сердцем и будут самыми верными воронами. Они должны будут создать военные силы против Монтгомери как внутри, так и снаружи, а ты будешь вести их, как мой генерал.

– Когда я могу начать? – решительно спрашивает он.

– Сразу после церемонии в пятницу, когда я тебе определю новый ранг.

Он вздрагивает.

– Понимаю, – говорит он и опускает взгляд, – я снова заслужил быть твоим мистиком.

Напротив раздается громкий смех, и друг кладет ему руки на плечи.

– Ты с ума сошел? Каким образом моим предводителем против Монтгомери может быть мистик? Я говорю о том, чтобы повысить тебя до социуса.

Он, онемев, смотрит на него.

– Но твой социус уже Джеймс, – говорит он потом устало.

– А кто сказал, что у меня не может быть два социуса?

ВОСПОМИНАНИЯ

— *Эмма*, — шипит его голос во мне, как разъяренный лев, — *тебе не нужно было этого делать. Твой отец был мне как брат.*

Мои закрытые веки дрожат, когда слезы завоевывают себе свободу. Я чувствую его грусть и тем самым еще больше его ненавижу. У него нет права быть обиженным!

Прямо надо мной нависает бледное лицо Феррана, когда я открываю глаза. Высохшие брызги крови Неве светятся на нем, как следы раненого животного на снегу. Слева на лбу к этому добавилась рваная рана. На его узких плечах танцует нерезкой тенью мрачная аура.

Вы могли бы это предотвратить. Это Ваша вина, Вы сами все знаете! — думаю я и гневно смотрю на него. Он опускается рядом со мной на колени. Его костюм разорван на правом плече, руки сложены в молитве, а в ярких серо-голубых глазах мечутся грозовые облака. В первый раз я не вижу в них металлического блеска. И чем дольше я смотрю, тем несчастнее себя чувствую. Разве это не я потребовала, чтобы он выпрыгнул из окна? Моя грудная клетка сжимается от боли.

— *Вы могли бы быть счастливы вместе*, — бушует Фарран в моей голове, — *я бы дал тебе с отцом другие воспоминания о матери. Воспоминания, которые бы не так вас мучили, которые бы сделали ее неумолимую смерть выносимой. Я желал вам только лучшего! Вы бы в спокойствии сконцентрировались на своих дарах. Подумай только, каких необычайных вещей вы смогли бы вместе достичь. Ты даже отдаленно не понимаешь, как сильно Якоб тебя любил. Какой другой отец прыгнул бы по сумасшедшему приказу дочери на верную смерть? Ты всем, всем пожертвовала ради лишь пары смешных воспоминаний о Катарине! И из-за этого убила своего отца!*

– НЕТ! – кричу я, восстанавливаю дыхание и кричу снова. *Убила, убила,* раздается в голове. Я размахиваю вокруг себя и ищу опору, падаю глубже в чувство вины, пока не чувствую руки, прижимающие меня к груди.

Его голос успокаивающе проходит у меня по голове.

– *Шшш, Эмма. Я тебя прощаю. Я буду за тобой следить и заботиться о том, чтобы ты еще себе как-нибудь не навредила. Доверься мне, и все снова будет хорошо.*

Во мне разливается теплое чувство, и я ощущаю, как с меня падает груз, забываю, что это Фарран держит меня в руках, пока заикающийся смятенный голос снова не образумливает меня:

– Эммаааа, нееeeт! Оон тобооой ммманннипуyyлируeeeт!

Эйдан! Господи боже, что... Я с отвращением отталкиваю Фаррана и оглядываюсь.

В метре от меня на полу сидит Эйдан. Что-то с ним не так. Он дрожит всем телом и стучит зубами.

– Ттты вв порядкее? – спрашивает он, и я киваю. Шорох подсказывает мне, что Фарран приподнялся. Перед нами стоит Макмиллан со скрещенными на груди руками, а в стороне нас не выпускает из сощуренных глаз Каллахан.

— Сспаассиббо, ззаа уурокк, Маккмиллаан, — говорит Эйдан, — неммнного силльнно, вввы ттакк нее наххоодитее? Ммммоии ммышшцы вссее ещее ббеессконнтрольнно деррггаюттсяя.

Старик смущенно дергает себя за бороду.

— Прости, мальчик. Но я должен был быть уверен, что разом тебя столкну. Ты в последнее время многому научился у Якоба. Не подумал бы, что ты так далеко зашел со своим даром. Дрожь скоро прекратится, подожди немного.

Эйдан пренебрежительно выдыхает.

— Прекрасно, — холодно говорит ему Каллахан, — тогда мы сейчас продолжим. Если ты осмелишься снова применить против нас дар, Макмиллан приготовит для Эммы такие боли, которые ты только что сам ощутил. А этого ты явно не хочешь.

Эйдан игнорирует его последние слова и презрительно смеется.

— Тттыы сссеййчасс сллеппишшь себбее иддеалльнного ссынна?

— Охотно бы. Только Фарран опасается, что это может повлиять на твой дар, если я слишком много изменю в твоей голове.

— Верно, — подозрительно спокойно говорит Фарран и приближается к Каллахану. На его лице снова непроницаемая маска. По рукам у меня бегут мурашки. — Но есть небольшое изменение. Мы начнем с Эммы.

Мой желудок болезненно сжимается, и я испуганно вздыхаю.

— Нет! — кричит Эйдан, но никто из трех не обращает на него внимания.

— Почему? Я собирался, чтобы она видела, как Эйдан...

— Посмотри, как ты работаешь над своими эмоциями, Джеймс! — голос Фаррана острый как нож. — Твоя жажда мести меня не интересует. Эмма сейчас и так слишком взволнована, а поэтому непредсказуема и опасна. Ты хочешь, чтобы твоего сына постиг тот же конец, что и Якоба? Я бы хотел иметь ее на своей стороне, прежде чем перейти к Эйдану.

Его слова кислотой прожигают мне кожу. Каллахан думает какое-то время, затем его черты лица расслабляются, и он проводит по волосам.

— Ты прав. Начнем. Райан, держи Эйдана в узде. Если он или Эмма будут обороняться, используй свой дар, понятно?

Я закрываю глаза и надеюсь, что так вход в мою душу будет осложнен, но через какое-то время чувствую, что те сами безвольно открываются и отвечают на свинцовый взгляд Фаррана.

— *Эмма, тем вечером, когда ты была с Лиц в театре, я разговаривал с твоей мамой. Я просил ее вернуться ко мне. Но она сказала, что ненавидит меня и ворон и никогда не допустит того, чтобы ты обо мне узнала. Ты ее единственный ребенок! Я не мог тебя так просто отпустить! – Глаза моего отца горят в ужасном сомнении. – Когда я понял, что она это всерьез, то позвал Дина с его отцом. Они ждали у трассы на случай, чтобы Рина не свернула. Поверь мне, я так надеялся на то, чтобы мы могли быть счастливой семьей! Но твоя мать была разорвана ненавистью и паранойей. А Фион ничего об этом не знал. Он желал нам только лучшего. Пожалуйста, прости меня, дитя! Давай сейчас...*

Он не успевает закончить предложение, потому что позади него мягко, как пантера, выпрыгивает силуэт и громким ударом по виску сбивает его на землю.

— Джаред! – облегченно всхлипываю я и кидаюсь ему в руки.

— Шшш! Все кончилось, – успокаивающе говорит он и гладит меня по волосам, и на короткий миг я верю ему и просто закрываю глаза. Мои ладони проводят по его мускулистым рукам, и я глубоко вдыхаю его терпкий запах. Он берет меня за подбородок и мягко его приподнимает. — Я никогда не допущу, чтобы тебя кто-то обидел. И даже если ты решилась пойти к Эйдану, я буду тебя ждать. И когда-нибудь ты поймешь, что только я тебя люблю, а он с тобой играет.

— Я тебе не верю, — мямлю я, но передо мной, как бы я этого ни хотела, быстро всплывают картины с Эйданом и Лин. Мои руки цепляются за куртку Джареда, инстинктивно придвигая его ближе, и он, будто уже этого ждал, сокращает последнее расстояние между нами и требовательно прижимается к моим губам. Его поцелуй сладкий и дикий одновременно.

— Немедленно отпусти Эмму, Бреди! – звенит голос острее любого клинка, и у меня в животе свинцом опускается страх. Мы отрываемся друг от друга.

— Эйдан, – шепчу я, – это не...

Его взгляд заставляет меня замолчать. Еще никогда он не выглядел так похоже на Джеймса Каллахана, как в это мгновение. Он наклоняется вниз к моему лежащему без сознания отцу и поднимает оружие. В его глазах мелькает странная искра, когда он приближается на шаг с пистолетом в опущенной руке.

— Давай попозже во всем разберемся, – говорит Джаред, успокаивающе поднимая руки.

Но Эйдан не обращает на меня внимания, а только всматривается в меня странным взглядом.

— Да я вижу, что ты слабая. Ты все никак не можешь решиться между нами обоими. Но не бойся, я тебе помогу, — с этими словами он вскидывает руку с оружием и стреляет Джареду в живот.

Я хватаю ртом воздух, и мне кажется, будто я проснулась от ужасного кошмара. Все тело в поту. Передо мной стоят Фарран с Каллаханом и любопытно смотрят на меня.

— У тебя все хорошо? — мягко спрашивает Фарран.

Я встаю, и у меня кружится голова. Что произошло? Моя голова болит, будто в любой момент взорвется.

Я поворачиваюсь, вижу Эйдана и отступаю назад. Его глаза большие, а радужки темные, почти темно-синие, как ночь. Он неуверенно улыбается, и моя ярость так быстро и сильно вспыхивает, что Эйдан уже в воздухе, когда в моей голове только образовывается слово «убийца».

Его крик мучительно раздается в моей голове, когда он ударяется о стену.

— НЕТ, ЭМЦ! Что бы они тебе ни внушили, это неправда!

Внушили? Я слышу тихий смех и оборачиваюсь. Каллахан улыбается мне, будто нет ничего более прекрасного, чем мой вид.

— Невероятно! — вырывается у Макмиллана.

Что-то не так. Почему Каллахан радуется, что я нападаю на его сына? Наверное, он не имел ничего против того, что Эйдан застрелил Джареда. Он...

— Пойдем! — зовет Лиц, прежде чем начинает ползти к двери.

— Я так сожалею, малышка! Никогда не смогу погасить вину, которую взял на себя. Но я, по крайней мере, хочу попробовать быть тебе хорошим отцом. Я освободил твоего друга Дэвида, который ждет снаружи тебя и Лиц. Если ты не хочешь быть вороной, я тебя не буду заставлять. Бери руки в ноги и беги! Я попробую сдержать Эйдана и Фаррана, — кричит папа. На его лице неуверенная улыбка, когда я освобождаюсь от него и целую в щеку. А затем я ползу прочь. Никогда бы не подумала, что он ради меня будет сражаться против Фаррана.

— Эмма, — я слышу кричащего в панике Эйдана, — не уходи! Останься! Ты принадлежишь мне!

Но я все еще вижу перед собой истекающее кровью тело Джареда и чувствую несущие меня к Фаррану руки Эйдана. Они так мучительно чувствовались на коже, будто прожигали во мне шрамы. Как я его могла любить! Предатель! Убийца! Я поспешно ползу к двери.

— Якоб, возьмись за ум! — сквозь шум боя раздается голос Фаррана. — Мы ничего не сделаем Эмме. Давай поговорим. Если она не хочет быть вороной, она всегда может уйти.

Я мешкаю. Может, мне нужно было остаться. Не из-за Эйдана или отца, а из-за Фиона. Он единственный никогда мне не лгал. Я уже в больнице почувствовала, как сильно он обо мне заботится. Скольkому я могла бы у него научиться...

Оглушительный взрыв заставляет меня обернуться. Эйдан стоит в нескольких метрах от меня перед па-

норамным окном, не выпуская его из глаз. Его волосы развеваются на ветру, а лицо так прекрасно и одновременно ужасающе, как у разъяренного греческого божества. Я с колотящимся сердцем отрываю от него взгляд и вижу, что стекло разлетелось на тысячи осколков, которые, как блестящие частицы пыли, кружатся в ночном небе, ярко освещенные ракетами фейерверка. А между ними парит темная фигура, которая с последним, отчаянным криком срывается в темноту.

Папа!

НЕТ! НИКОГДА! Мои мысли ненастоящие! Это, должно быть, заблуждение! Ужасный кошмар! Я знаю чувства Эйдана. У него не возникло бы и сомнения, чтобы убить Джареда, но он никогда бы не убил Якоба! Он всегда был ему как отец. Я должна проснуться, проснуться...

— Джеймс, не отпускай! Она скоро перестанет сопротивляться, держись!

Я как сквозь густой туман слышу голос Фаррана, но мои глаза ищут Эйдана. Есть только один способ узнать правду. Его лицо такое белое, что едва выделяется от стены, около которой он приседает. Он смотрит на меня, обняв руками подогнутые колени и дрожа всем телом, и по щекам у него текут слезы. Я никогда бы не подумала, что увижу его плачущим.

Макмиллан стоит рядом и настойчиво уговаривает его. Я вглядываюсь в бутылочно-зеленый цвет его радужки и ныряю...

Эйдан отворачивается от окна и быстрыми шагами подходит ко мне.

— Теперь нас ничто не сможет разделить, Эмц! — серьезно говорит он, когда приседает рядом на корточках.

Я вскрикиваю и отбиваю его протянутую руку. Прочь, прочь, прочь...

...и падаю в его чувства, как в кратер бурлящего вулкана. Обжигающий горячий воздух захватывает мое дыхание и горит на коже. Пары выжигают мои легкие, и я знаю, что нужно выбраться! Любовь, отчаяние, скорбь и боль так неистово бушуют в нем, что я сгорю изнутри, если пробуду в нем дольше. Неудивительно, что даже легкое прикосновение вызывало жжение на моей коже. Но у меня не получается выбраться из него, я падаю глубже и вижу, как вулканический поток становится все ближе.

— *Прочь, Эйдан! — резко кричу я. — Ты убил Джареда, а теперь еще и моего отца! Все кончено! Я не хочу больше с тобой иметь дело. Никогда больше!*

— НЕТ! – ревет Эйдан, подпрыгивает и прижимает руки к лицу. – Как я мог так поступить! Якоб! Я этого не хотел! Я чудовище, чудовище...

В кратере вулкана нарастает темное облако, которое со взрывом устремляется вверх и выталкивает меня из его эмоций смесью из страха, боли и отвращения.

— Проклятье, Джеймс, ты не должен... – зовет Фарран, но я не понимаю, что он хочет этим сказать Каллахану, потому что Эйдан кричит как человек, которого ужасно пытают.

— Райан, прекрати! Ты его так убьешь! – Каллахан устремляется к Макмиллану и Эйдану. Это первый раз, когда я слышу в его голосе страх за сына.

Макмиллан поворачивается с красным от волнения лицом. Он отчаянно машет руками.

— Это не я!

— Да, но... — Каллахан рывком оборачивается и пялится на меня. Кто-то хватает меня за руку.

— Эмма! Ты что сделала? — спрашивает Фарран, не дыша. — Ты в него что, нырнула? Ты все перенесла на него! Он сейчас думает, что...

Что здесь происходит? Я ничего не понимаю. Чувства Эйдана не соответствуют тому, что он сделал. Он сошел с ума? Я еще никогда не была в эмоциях душевнобольных. Это то, что я чувствую, это...

Меня настигает мощная ударная волна и сбивает с ног. Пока я лечу по кабинету спиной вперед, то вижу, что Эйдан, как сумасшедший, крича, несется по щепкам эбеновой двери к лестнице. За ним по стенам фонтаном разливается огонь. Я ударяюсь затылком о что-то твердое.

И чувствую боль.

И наступает ночь.

СОКОЛ И ВОРОН

В ушах у него приглушенно гудит, а холод грызет так же сильно, как и боль.

– Ты мне должен тысячу евро! – кричит мужчина. Он знает этот голос и инстинктивно напрягается. Мучительный стук в голове усиливается. Раздается хриплый смех.

– Да, черт возьми! Я рад, что не поспорил на большее. Ты и так уже напророчил кучу дерьма, но это вот было действительно хардкором!

Он очень тихо лежит и надеется, что они быстро его не заметят, пока он снова не придет в себя.

– Я тебе говорил, что он справится.

– Конечно. И так было понятно, – цинично отвечает другой, – ты меня надул. Ты только сказал, что он выпрыгнет из кабинета Фаррана в вертолет.

– Ну он же так и сделал.

Фарран. Имя снова пробуждает воспоминания и оставляет горький вкус во рту.

– Да. Но было логично, что мы на вертолете были по крайней мере в десяти метрах от здания, чтобы лопастями не сделать красивую стрижку фасаду. Поэтому было так же логично, что он не смог бы так далеко прыгнуть. Настоящий мировой рекорд по прыжкам в длину составляет, насколько я знаю, почти девять метров. Если только не говорить о таком очень важном факте, что речь идет о Макэнгусе. МАКЭНГУС! Почему, ради всего святого, самый убежденный ворон всех времен, человек, заказавший смерть матери своего ребенка, должен был прыгнуть из кабинета Фаррана в распростертые руки своего заклятого врага?

— Я не знаю, — голос звучит задумчиво.

— Ах? А вот теперь я разочарован. Есть хоть что-то, что ты вообще знаешь? Скажи-ка, потеря твоего дара была только шоу? Ты хотел нас испробовать?

— Нет. Я действительно потерял его, когда узнал о смерти Рины.

Он вздрагивает и задерживает дыхание.

— А потом он вот так просто взял и вернулся?

Слышится глубокий вздох, а затем над ним кто-то наклоняется. Теплые руки осторожно приподнимают его голову и кладут под нее что-то мягкое. Приятно.

— Да. Полчаса назад я увидел лицо Эммы так отчетливо, как у меня никогда не было, — говорит мужчина, — будто бы я мог с ней войти в контакт. Она стояла в кабинете Фаррана и кричала своему отцу, что он не должен о ней беспокоиться, а обязан спасти Рину и выпрыгнуть из окна.

— Катарина мертва.

— Я знаю, проклятье! Будто я не думаю об этом каждую секунду и не упрекаю себя! — Мужчина глубоко вздыхает. — Но я не мог прогнать картинку. Это было послание, крик о помощи. Эмма невероятна. Даже если бы у нее не было никаких даров, она была бы чем-то особенным. Я поклялся, что не совершу той же ошибки, как и с ее матерью. Если Эмма хочет спасти такого ненавистного ей отца, на это должны быть причины. Я ей доверяю.

— Новости от Штайна, босс, — раздается позади вдруг еще один, третий голос, — Дэвид и подруга Эммы в безопасности. Они, вероятно, как-то пробились ко главному входу и схватили один из лежащих там мотоциклов. Они только что прибыли на место встречи. Между прочим, он упорно утверждает, что своим спасением благодарен только Макэнгус.

Хотя бы одна хорошая новость! На его губах появляется облегченная улыбка, и он решительно открывает глаза. Темно-карие, почти черные глаза смотрят на него с худого, бледного лица, полного любопытства. Затем губы мужчины тоже расплываются в улыбке, и он говорит:

– Добро пожаловать у соколов, вороний волшебник.

Сбоку раздается хриплый смех, и над ним наклоняется светловолосый, крепкий мужчина с перепачканным в грязи лицом и кровавой распухшей щекой.

– *Волшебник* колет прям как иголкой по голове. Не хватало того, что его дочка в бешенстве прихлопывает меня одной левой, будто она, а не я закаленная годами телекинет. Нет, папочка, конечно, должен был сделать еще шаг и преодолеть границы телекинеза. Как ты, черт возьми, смог остановить падение своего тела в воздухе? Или ты можешь летать?

– Нет, – сухо отвечает он, – но я работаю над этим, Намара.

ВОДА

Дождь.

Осколки, твердые как лед. Вода, лопающаяся о его кожу.

А перед этим? Или потом?

Ничего.

Удалено. Насовсем.

Его сердце стучит быстрее. Он с жаждой смотрит на черно-серые облака, которые возвращают ему единственное оставшееся воспоминание.

Воспоминание о чувстве: счастье.

Когда не можешь больше дышать от радости.

Каждый раз, когда нежный стук дождя превращается в барабанный гул, он чувствует ее.

Как сейчас.

Как фонтан, ураган кружит в воздухе засохшую листву и проливает ярко-желтые листья на машины и прохожих. Мимо витрин проносятся тени. Приходит время. Разражающийся гром сопровождается одиночными толстыми каплями. Они взрываются на асфальте и разбрызгивают дорожную пыль на стекла. Небо темнеет. Призрачно мигают уличные фонари. Когда они достигнут своей нормальной яркости, их неоновый свет будет разделяться ниспадающими водными массами. Тот, кто не хочет промокнуть до нитки, встает куда-нибудь под занавес.

Как она.

Она неподвижно стоит напротив витрины, будто ее туда вместе с листьями поставил ураган. Приятное ощущение счастья раскалывается на осколки из беспокойства и страха. Его правая рука дрожит, когда он крепче сжимает книгу.

Она, может, на один-два года младше его, на ней светло-серый джемпер над голубыми джинсами. Кроссовки и загнутые штанины темные от сырости и грязи. Ее руки крепко обхватывают хрупкое тело, она переступает с ноги на ногу, пока ее глаза бесцельно бродят по выставленным книгам.

Ее волосы. Черные, мокрые, они достают до бедер и вызывают желание их коснуться.

Когда она поднимает голову, их взгляды встречаются. В нем что-то движется. Болезненно.

Мрачная завеса усталости над замерзшей синевой ее радужки срывается, глаза начинают мерцать. Не веря в увиденное, зрачки расширяются, а губы произносят одно слово.

Она прижимает обе руки ко рту и отшатывается спиной к проливному дождю. Раздается хлопок, когда книга выпадает у нее из руки и падает на другие выставленные тома.

Она его узнала.

Она может сказать ему, кто он такой. Он бежит к двери, распахивает ее и выбегает на улицу.

Осколки, твердые как лед.

Дождь.

Но тротуар пуст.

Как и он.

БЛАГОДАРНОСТИ

Спасибо моей семье, которая спокойно восприняла то, что я присутствовала с ними по утрам только телесно перед тремя чашками кофе, так как лучшие идеи приходили мне только ночью, и мне обязательно нужно было все записать. Чтобы это компенсировать, я нападала на вас своими полуиспеченными отрывками из романа, которые впоследствии еще меняла по пять раз. Тогда вы терпели мои изменчивые писательские настроения, о которых я перед читателями лучше умолчу. Если вам все же интересно, в моем блоге www.renafischer.com можно найти достаточно материала, чтобы повеселиться.

Моим родителям, которые всегда поддерживали меня в том, за что билось сердце.

Марине, которая составила для меня замечательную веб-страницу за торт и в самое короткое время оформила для меня пользовательский интерфейс и сервер по тому, что приходило мне в голову.

Роберту, техническому волшебнику, которому хватало одного взгляда на компьютер, чтобы все снова безукоризненно работало.

Моему великолепному агенту Кристине Хэрле из Оливер Брауер, которая болела за Эмц так же, как и я, и была твердо убеждена в том, что она найдет свое издательство. Она к тому же наводит меня на великолепные идеи для новых романов и держит ухо востро на все мои вопросы о книжном рынке.

Всей команде издательства Тинеманн-Эсслингер ферлаг, а особенно моему чудесному редактору Франциске Бройнинг, от которой не скрылось ни одно несоответствие в моей рукописи. И спасибо за то, что она так поверила в мой дебютный роман и всегда терпеливо рассказывала мне обо всем процессе создания книги за таинственными дверями издательства.

СОДЕРЖАНИЕ

Литературно-художественное издание

YOUNG ADULT. ДОМ ВОРОНОВ

Фишер Рэна

ОТРАЖЕНИЕ

Ответственный редактор *П. Рудакова*
Редактор *М. Пелина*
Младший редактор *А. Золотухина*
Художественный редактор *Д. Сазонов*
Технический редактор *О. Лёвкин*
Компьютерная верстка *Е. Коптевой*
Корректор *Е. Дмитриева*

ООО «Издательство «Эксмо»
123308, Москва, ул. Зорге, д. 1. Тел.: 8 (495) 411-68-86.
Home page: www.eksmo.ru E-mail: info@eksmo.ru
Өндіруші: «ЭКСМО» АҚБ Баспасы, 123308, Мәскеу, Ресей, Зорге көшесі, 1 үй.
Тел.: 8 (495) 411-68-86.
Home page: www.eksmo.ru E-mail: info@eksmo.ru.
Тауар белгісі: «Эксмо»
Интернет-магазин : www.book24.ru

Интернет-магазин : www.book24.kz
Интернет-дүкен : www.book24.kz
Импортёр в Республику Казахстан ТОО «РДЦ-Алматы».
Қазақстан Республикасындағы импорттаушы «РДЦ-Алматы» ЖШС.
Дистрибьютор и представитель по приему претензий на продукцию,
в Республике Казахстан: ТОО «РДЦ-Алматы»
Қазақстан Республикасында дистрибьютор және өнім бойынша арыз-талаптарды
қабылдаушының өкілі «РДЦ-Алматы» ЖШС,
Алматы қ., Домбровский көш., 3«а», литер Б, офис 1.
Тел.: 8 (727) 251-59-90/91/92; E-mail: RDC-Almaty@eksmo.kz
Өнімнің жарамдылық мерзімі шектелмеген.
Сертификация туралы ақпарат сайтта: www.eksmo.ru/certification

16+

Сведения о подтверждении соответствия издания согласно законодательству РФ
о техническом регулировании можно получить на сайте Издательства «Эксмо»
www.eksmo.ru/certification
Өндірген мемлекет: Ресей. Сертификация қарастырылмаған

Дата изготовления / Подписано в печать 13.03.2020. Формат 84x108 1/32.
Гарнитура «NewBaskervillel». Печать офсетная. Усл. печ. л. 25,2.
Тираж 3000 экз. Заказ № 44387.

Отпечатано в соответствии с качеством предоставленных издательством
электронных носителей в АО «Саратовский полиграфкомбинат».
410004, Россия, г. Саратов, ул. Чернышевского, 59. www.sarpk.ru

Москва. ООО «Торговый Дом «Эксмо»
Адрес: 123308, г. Москва, ул. Зорге, д.1.
Телефон: +7 (495) 411-50-74. **E-mail:** reception@eksmo-sale.ru

По вопросам приобретения книг «Эксмо» зарубежными оптовыми покупателями обращаться в отдел зарубежных продаж ТД «Эксмо»
E-mail: **international@eksmo-sale.ru**

International Sales: International wholesale customers should contact Foreign Sales Department of Trading House «Eksmo» for their orders.
international@eksmo-sale.ru

По вопросам заказа книг корпоративным клиентам, в том числе в специальном оформлении, обращаться по тел.: +7 (495) 411-68-59, доб. 2261.
E-mail: **ivanova.ey@eksmo.ru**

Оптовая торговля бумажно-беловыми и канцелярскими товарами для школы и офиса «Канц-Эксмо»:
Компания «Канц-Эксмо»: 142702, Московская обл., Ленинский р-н, г. Видное-2, Белокаменное ш., д. 1, а/я 5. Тел./факс: +7 (495) 745-28-87 (многоканальный).
e-mail: **kanc@eksmo-sale.ru**, сайт: **www.kanc-eksmo.ru**

Филиал «Торгового Дома «Эксмо» в Нижнем Новгороде
Адрес: 603094, г. Нижний Новгород, улица Карпинского, д. 29, бизнес-парк «Грин Плаза»
Телефон: +7 (831) 216-15-91 (92, 93, 94). **E-mail:** reception@eksmonn.ru

Филиал ООО «Издательство «Эксмо» в г. Санкт-Петербурге
Адрес: 192029, г. Санкт-Петербург, пр. Обуховской обороны, д. 84, лит. «Е»
Телефон: +7 (812) 365-46-03 / 04. **E-mail:** server@szko.ru

Филиал ООО «Издательство «Эксмо» в г. Екатеринбурге
Адрес: 620024, г. Екатеринбург, ул. Новинская, д. 2щ
Телефон: +7 (343) 272-72-01 (02/03/04/05/06/08)

Филиал ООО «Издательство «Эксмо» в г. Самаре
Адрес: 443052, г. Самара, пр-т Кирова, д. 75/1, лит. «Е»
Телефон: +7 (846) 207-55-50. **E-mail:** RDC-samara@mail.ru

Филиал ООО «Издательство «Эксмо» в г. Ростове-на-Дону
Адрес: 344023, г. Ростов-на-Дону, ул. Страны Советов, 44А
Телефон: +7(863) 303-62-10. **E-mail:** info@rnd.eksmo.ru

Филиал ООО «Издательство «Эксмо» в г. Новосибирске
Адрес: 630015, г. Новосибирск, Комбинатский пер., д. 3
Телефон: +7(383) 289-91-42. E-mail: eksmo-nsk@yandex.ru

Обособленное подразделение в г. Хабаровске
Фактический адрес: 680000, г. Хабаровск, ул. Фрунзе, 22, оф. 703
Почтовый адрес: 680020, г. Хабаровск, А/Я 1006
Телефон: (4212) 910-120, 910-211. **E-mail:** eksmo-khv@mail.ru

Филиал ООО «Издательство «Эксмо» в г. Тюмени
Центр оптово-розничных продаж Cash&Carry в г. Тюмени
Адрес: 625022, г. Тюмень, ул. Пермякова, 1а, 2 этаж. ТЦ «Перестрой-ка»
Ежедневно с 9.00 до 20.00. Телефон: 8 (3452) 21-53-96

Республика Беларусь: ООО «ЭКСМО АСТ Си энд Си»
Центр оптово-розничных продаж Cash&Carry в г. Минске
Адрес: 220014, Республика Беларусь, г. Минск, проспект Жукова, 44, пом. 1-17, ТЦ «Outleto»
Телефон: +375 17 251-40-23; +375 44 581-81-92
Режим работы: с 10.00 до 22.00. **E-mail:** exmoast@yandex.by

Казахстан: «РДЦ Алматы»
Адрес: 050039, г. Алматы, ул. Домбровского, 3А
Телефон: +7 (727) 251-58-12, 251-59-90 (91,92,99). E-mail: RDC-Almaty@eksmo.kz

Украина: ООО «Форс Украина»
Адрес: 04073, г. Киев, ул. Вербовая, 17а
Телефон: +38 (044) 290-99-44, (067) 536-33-22. **E-mail:** sales@forsukraine.com

Полный ассортимент продукции ООО «Издательство «Эксмо» можно приобрести в книжных магазинах «Читай-город» и заказать в интернет-магазине: www.chitai-gorod.ru.
Телефон единой справочной службы: 8 (800) 444-8-444. Звонок по России бесплатный.

Интернет-магазин ООО «Издательство «Эксмо»
www.book24.ru
Розничная продажа книг с доставкой по всему миру.
Тел.: +7 (495) 745-89-14. E-mail: **imarket@eksmo-sale.ru**

ISBN 978-5-04-110817-5

9 785041 108175 >